Nadine Roth
SAMe Love – 2

SAMe Love (Band 2) – Immer noch du

»LOVE WINS«
Wenn du alles verloren hast, was dir etwas bedeutet, und du dir die Schuld daran gibst …
Wenn der Schmerz dich auffrisst und du an nichts anderes mehr denken kannst als an die große Liebe, die nun unzählige Kilometer von dir entfernt ist …
Dann bleibt dir nur, um diese Liebe zu kämpfen und zu versuchen, sie zurückzuholen.
Sam reist zusammen mit ihrer besten Freundin nach New York. Zu Romy. Doch ist diese überhaupt bereit, Sam eine zweite Chance zu geben? Und wenn ja, wie stark muss eine Liebe sein, damit sie nicht an weiteren Schicksalsschlägen zerbricht?
Eine Geschichte über das Leben und eine Liebe, die mit jedem Herzschlag stärker wird.

Die Autorin

Nadine Roth wurde 1993 geboren, lebt in Baden-Württemberg und arbeitet als Bürokauffrau in der Nähe ihres Heimatdorfes. Durch die »Bis(s)-Saga« entdeckte sie das Lesen für sich und später auch das Bloggen. Im Alter von 15 Jahren begann sie selbst zu schreiben, was zunächst nicht mehr als ein Hobby war. Im September 2015 entwickelte sie die Idee zu ihrem Debüt »Bloody Mary«, das sie im April 2016 fertigstellte. Nach einigem Zuspruch von ihren Freunden entschloss sie sich dazu, das Buch zu veröffentlichen. Schon jetzt hat sie Ideen für weitere Projekte.

Nadine Roth

SAMe Love

Band 2: Immer noch du

Romance

www.sternensand-verlag.ch
info@sternensand-verlag.ch

1. Auflage, April 2019
© Sternensand Verlag GmbH, Zürich 2019
Umschlaggestaltung: Rica Aitzetmüller | Cover & Books
Illustrationen: Mirjam Hüberli
Titel-Illustrationen (Rosenranken): Paprika | fotolia.de
Lektorat: Martina König | Sternensand Verlag GmbH
Korrektorat: Jennifer Papendick | Sternensand Verlag GmbH
Satz: Sternensand Verlag GmbH
Druck und Bindung: Smilkov Print Ltd.

Alle Rechte, einschließlich dem des vollständigen oder auszugsweisen Nachdrucks in jeglicher Form, sind vorbehalten.
Dies ist eine fiktive Geschichte. Ähnlichkeiten mit lebenden oder verstorbenen Personen sind rein zufällig und nicht beabsichtigt.

ISBN-13: 978-3-03896-042-3
ISBN-10: 3-03896-042-3

Für Jenni,
weil du mich mit Sam und Romy so unterstützt hast.
Und für deine Jungs! (Anton)
LOVE IS LOVE.

Inhalt

Prolog 9

Familie 11

Die Liebe eines Vaters 38

Der Anruf 51

Die Eine 64

Rote Strähnchen 76

Der achte Tag 94

Labello mit Kirschgeschmack 110

Romys Klavierspiel 122

Küsse auf der Haut 136

Großes Wiedersehen 147

(K)ein guter Morgen 165

Freundschaft auf den ersten Blick	174
Die Grillparty	184
Wie ein gelber Wellensittich	197
Eine wilde Partynacht	209
Das Ergebnis	227
Von Tochter zu Vater	244
Ein Tag zu dritt	263
Ein Wiedersehen nach langer Zeit	273
Einfach nur Menschen	283
Zwei unterschiedliche Welten	297
Ein Abend in der Karaokebar	322
Nur zehn Sekunden	335
Louisa	345
Ein neues Jahr bricht an	357
Ganz in Weiß	376
Frau und Frau	389
Epilog – Romy	403
Über die Autorin	409
Dank	410

Prolog

Rose

Ich wünschte, ich wäre eine Rose. Geschmückt mit roten Blüten, die meine Schönheit und Zartheit repräsentieren. Gleichzeitig aber auch geschützt von spitzen Dornen, die sich an denen rächen, die mir Leid zufügen. Ich würde bewundert, bestaunt und als Symbol der Wertschätzung und Liebe betrachtet werden. Niemand würde mich verspotten, verletzen oder ausschließen, weil ich bin, wie ich bin, und weil ich liebe, wen ich liebe.

Aber ich bin keine Rose. Ich bin ein Mensch. Und genau deswegen werde ich immer um meinen Platz in dieser Welt kämpfen. Weil es mir zusteht, zu sein, wer ich bin, und zu lieben, wen ich liebe.

1

Familie

Mit lauten, durchdringenden Geräuschen kratzte der Scheibenwischer über die Frontscheibe, als ich Kilometer für Kilometer auf der A5 zurück nach Hause fuhr und Frankfurt längst hinter mir gelassen hatte. Ich wünschte mir, der Scheibenwischer würde neben dem Regen auch die Flut meiner Gefühle fortwischen.

Ich wollte nichts mehr spüren. Nicht die Sehnsucht in meinem Herzen, die sich wie ein großes Loch anfühlte. Nicht die Erkenntnis, alles versucht und doch versagt zu haben, und die damit einhergehende Hoffnungslosigkeit, die mich körperlich zu lähmen drohte.

Meine Sicht verschwamm und trotz der flinken Bewegungen des Scheibenwischers klärte sich mein Blickfeld nicht. Es kostete mich ein paar Sekunden, bis ich begriff, dass es an den Tränen lag, die mir die Sicht verschleierten.

Vor meinen Augen leuchtete es rot auf und ich erkannte beinahe zu spät, dass der Wagen vor mir bremste. Ich tat es ebenfalls, heftiger, als ich es gewollt hatte, während der Abstand zu meinem Vordermann immer geringer wurde. Zum Glück hatte ich noch rechtzeitig reagiert und war mit dem Schrecken davongekommen, der dafür gesorgt hatte, dass mir das Adrenalin durch die Adern gepumpt und ich aus dem Zustand der Lethargie gerissen wurde.

Du musst dich konzentrieren, Sam, zischte mich eine innere Stimme energisch an.

Aber ich kann nicht, wimmerte die andere.

Romy zu vermissen bereitete mir körperliche Schmerzen. Keine, die man mit einer Tablette oder einer Wärmflasche, noch nicht einmal mit Schokolade und einem guten Film behandeln konnte.

Ich spürte in jeder Nervenzelle, dass ich kurz davor war, emotional zusammenzubrechen.

Wie durch ein Wunder kam der nächste Rastplatz in zwei Kilometern Entfernung. Bis dahin musste ich durchhalten.

Ich konzentrierte mich auf die Straße, atmete gegen das pochende Gefühl in meiner Brust an und blinzelte heftig, um weitere Tränen zurückzuhalten. Wenn ich sie einmal herauslassen würde, würde es so schnell kein Ende mehr geben.

Nur noch fünfhundert Meter.

Du schaffst das, Sam.

Vierhundert Meter.

Wieso ist sie nur weg?

Dreihundert Meter.

Ich hätte schneller sein müssen.

Zweihundert Meter.

Es ist alles meine Schuld.

Einhundert Meter.

Ich kann einfach nicht mehr.

Geistesgegenwärtig setzte ich verspätet den Blinker, fuhr auf die Raststätte, rollte an den zwei Autos vorbei, die dort ebenfalls parkten, ohne sie genauer zu betrachten. Quer auf dem Parkplatz kam ich zum Stehen, machte automatisch den Motor aus. Der Scheibenwischer blieb abrupt bei der Hälfte seiner Bewegung stehen, während der Regen gegen die Frontscheibe klatschte und nur wenige Augenblicke später alles überflutet hatte.

Ich konnte einfach nur nach draußen starren und das Loch in meiner Brust spüren, das mich verschlingen wollte. Den Druck auf meinem Hals, als würde ihn jemand mit zwei starken Klauen zudrücken. Das Gefühl in meiner Lunge, als hätte ich ein-, aber niemals wieder ausgeatmet. Als würde die angestaute Luft mich zum Platzen bringen wollen. Diese ganzen Empfindungen wurden zu einem großen Ballon, der sich in meinem Inneren entfaltete, bis zu dem Punkt, an dem es fast unerträglich wurde.

Ich hob meine Hände, griff mir rechts und links in die Haare, als müsste ich mich irgendwo festhalten, um den Schmerz aushalten zu können. Eigentlich wollte ich so laut schreien, bis es mir die Stimmbänder zerriss. Aber als der Ballon in mir platzte und die Tränen in Sturzbächen über meine Wangen rollten, öffnete ich meinen Mund, doch es kam mir kein Ton über die Lippen. Beinahe so, als wäre ich auf stumm geschaltet.

Ich spürte regelrecht, wie sich mein Gesicht zu einer grotesken Grimasse verzerrte, als der Schmerz mit einem Mal aus mir herausbrach. Mein Körper erschlaffte und ich sank kraftlos nach hinten in den Sitz. Meine Finger glitten aus meinen Haaren, als hätten sie den Halt verloren. Ein gequälter Ton brach nun endlich aus mir heraus, der sich fast wie ein Quietschen anhörte, gefolgt von einem tiefen Atemzug, der in ein Schluchzen überging.

Ich drückte mir beide Hände an die Brust, ungefähr da, wo mein Herz saß, das ich mir am liebsten herausgerissen hätte, weil es so wehtat und ich nichts dagegen tun konnte.

Also ergab ich mich meinen Tränen, dem Schmerz, der Verzweiflung, der Sehnsucht und dem Gefühl, versagt zu haben. Ich schämte mich fast schon für die Idee, Romy zu folgen. Was hatte ich denn erwartet? Dass ich sie an einem überfüllten Flughafen finden würde? So etwas klappte in Büchern und in Filmen, aber nicht in der Realität!

Abermals entwich mir ein fast schon animalisches Schluchzen. Ich heulte, wie ich es in meinem Leben noch nie getan hatte.

Vielleicht hatte sie auch gar nicht von mir gefunden werden wollen? Immerhin hatte ich sie am Informationsschalter ausrufen lassen, aber selbst dann war sie nicht aufgetaucht. Vielleicht hatte sie gewusst, dass ich es gewesen war, und hatte nicht mit mir reden *wollen*?

Der Gedanke verpasste mir einen Stich ins Herz, das sowieso schon genug gepeinigt und gequält war. So sehr, dass nicht einmal mehr Tränen reichten, um den Schmerz zu stillen.

Ich stieß einen lauten, kummervollen Schrei aus, schlug mit der Faust gegen das Lenkrad, das mit einem dumpfen Geräusch protestierte.

Ich kann nicht! Ich kann nicht ohne sie leben. Wie soll ich das aushalten, wenn sich jeder Tag ohne sie wie eine einzige Qual anfühlt?

Wie konnte es überhaupt sein, dass man so für einen anderen Menschen empfand, dass man glaubte, sterben zu müssen, wenn die Person nicht bei einem war? War das krank? War ich viel zu sehr von Romy abhängig oder war das einfach die Liebe, die ich so schmerzlich vermisst hatte? Von der ich geglaubt hatte, ich würde sie niemals für jemanden empfinden? Hatte Robin sich so gefühlt, als ich ihn verlassen hatte?

Die Fragen sprengten mein Gehirn und gleichzeitig wirbelten Erinnerungsfetzen durch meinen Kopf. Es drehte sich alles um Romy – die kleinsten Momente, die wir miteinander geteilt hatten, die Augenblicke, die mir besonders im Gedächtnis geblieben waren, die vermutlich für andere nicht einmal besonders waren.

Romy, wie sie ins Klassenzimmer kam und ihre Kopfhörer entwirrte.

Romy, wie sie ihren Apfel aß.

Romy, wie sie mir frech zuzwinkerte.

Romy, die beim Schlittschuhlaufen ihre Hände an meine Taille legte.

Aber für mich waren sie die Welt, auch wenn sie sich wie Rasierklingen auf meiner Seele anfühlten.

Wie konnte etwas so Schönes gleichzeitig so schmerzhaft sein? Als würde man eine Rose in der Hand halten. Während man von ihrer Schönheit fasziniert war, bohrten sich die Dornen gleichzeitig in die Haut.

Ich wand mich in meinem Sitz, schlug die Hände vors Gesicht und weinte so viele Tränen, bis ich mich innerlich dumpf und leer fühlte. Benommen saß ich da und starrte aus der Fensterscheibe, auf der immer noch die Wassertropfen herabliefen, auch wenn der Regen fast aufgehört hatte. Es nieselte nur noch.

Ich fühlte mich so leer geweint und schwach, dass ich nicht einmal die Kraft hatte, meine Arme zu heben. Obwohl es weder im Wagen noch draußen kalt war, fröstelte ich. Das lag vermutlich an der Erschöpfung. Ich brauchte eine warme Dusche und ein Bett, aber ich wusste nicht, wohin ich fahren sollte.

Mein Zuhause war irgendwie nicht mehr mein Zuhause. Denn was würde mich dort erwarten? Der schuldbewusste Blick meines Vaters, weil er mich ermutigt hatte und das nun doch bereute, weil er damit seiner Frau in den Rücken gefallen war? Meine Mutter, die mit einem höhnischen Grinsen fragen würde, ob es nicht so gelaufen war, wie ich es mir vorgestellt hatte. Nur um mich dann wieder darauf hinzuweisen, welch hervorragende Partie Robin für mich war. Ohne dass sie wusste, was er mir in den letzten Wochen Schreckliches angetan hatte.

Mir wurde schlecht bei dem Gedanken daran, wie er mich berührt und dazu gezwungen hatte, mich ihm hinzugeben.

Mein Magen krampfte sich zusammen und ich nahm einen tiefen Atemzug, um die Erinnerungen daran zu verscheuchen.

Nein, darüber konnte und wollte ich jetzt nicht nachdenken. Nicht noch ein Problem mehr auf der unendlich langen Liste.

Zuhause war für mich kein Ort, an den ich in diesem Augenblick zurückkehren wollte. Aber ich wollte auch nicht zu Vanessa. Es klang so fies, aber ich wollte ihre tröstenden und gut gemeinten Worte in diesem Moment nicht hören. Auch Ella, die mich vor wenigen Stunden zu dieser Aktion ermutigt hatte, wollte ich nicht sehen. Ich wollte einfach keine Fragen beantworten oder überhaupt reden.

Und dann, ganz plötzlich, von dem einen auf den anderen Moment, wusste ich, zu wem ich fahren konnte.

Ich hielt am Straßenrand. Die Reifen gaben ein kratzendes Geräusch von sich, als ich mit dem Profil das raue Material der Bordsteinkante streifte. Als ich den Motor ausschaltete, verstummte augenblicklich das Radio und Stille breitete sich aus.

Meine Augen brannten von den vielen Tränen, die ich vergossen hatte. Ich fühlte mich so leer, als hätte ich einen Brunnen voll geweint. Dennoch war da kein Gefühl von Erleichterung, das man manchmal danach hatte, eher dieses dumpfe, pochende Nichts, was sich paradoxerweise trotzdem schmerzhaft anfühlte. Ein Teil von mir wünschte sich, er wäre Romy nie begegnet, damit es aufhörte, so wehzutun. Aber im Grunde wünschte ich es mir nicht, denn sie war eines der besten Dinge, die mir in meinem Leben passiert waren. Und letztendlich war die Tatsache, dass es nun vorbei war, meine eigene Schuld.

Sie würde sicherlich mit *uns* abschließen. In einem Jahr konnte verdammt viel passieren. Vermutlich plante Romy einen Neustart. Und wenn sie wieder zurück nach Deutschland kam und wir uns begegneten, würde sie mich dann anschauen, als wäre ich eine Fremde für sie?

Der Gedanke sorgte dafür, dass sich mein Herz zusammenzog. Ich wollte es mir nicht einmal vorstellen, dass sie mich nicht mehr so anschauen würde wie bisher. Mit diesem lodernden Feuer der

Leidenschaft und Liebe. Als wäre ich der einzige Mensch auf der Welt, der sie glücklich machen konnte.

Mir wurde schlecht und mein Magen krampfte sich zusammen. Es war endgültig vorbei. Es gab keine Chancen mehr, keinen Weg zurück. Wie sollte ich das nur schaffen? Wie sollte ich das nur überleben? Wie sollte ich jemals wieder jemanden an mich heranlassen? Romy hatte mich geprägt und ich konnte mir nicht einmal vorstellen, jemals wieder jemanden so zu lieben, wie ich sie liebte.

Und ich wusste, dass mir jeder raten würde, dass ich nur Zeit bräuchte. Dass ich irgendwann darüber hinwegkommen würde. Aber danach fühlte es sich nicht an.

Sondern eher so, als würde ich aufs Neue daran zerbrechen.

Energisch zog ich den Schlüssel aus der Zündung. Ich musste raus aus dem Auto, weg von der Stille, in der meine Gedanken so laut waren.

Ich stieg aus dem Wagen, warf einen Blick zum Himmel. Die Sonne ging am Horizont unter und machte der Dämmerung Platz. Seltsamerweise sorgte das Naturspektakel dafür, dass ich innerlich zur Ruhe kam. Es verschaffte mir irgendwie Frieden, der leuchtenden Kugel dabei zuzuschauen, wie sie in dem flammenden Himmel ertrank.

Dennoch wandte ich mich ab und drehte mich zu dem zweistöckigen Haus um, dessen zitronengelbe Fassade einen neuen Anstrich vertragen könnte. Der Garten war über die Jahre verkümmert, weil mein Opa nicht mehr da war, um ihn mit voller Hingabe zu hegen. Unkraut wucherte aus den Ritzen der Steinmauer, die das Grundstück umzäunte, und Efeuranken umschlangen einen großen Teil davon, sodass stellenweise nichts mehr von der Mauer zu sehen war.

In dem unteren Fenster ganz rechts schien das Licht einer Lampe und hinter dem weißen Stoffvorhang konnte ich die Schemen einer Person ausmachen, die sich bewegte.

Meine Oma.

Die ganze Fahrt über hatte ich in meinen Gedanken durchgespielt, was ich ihr sagen sollte. Warum ich so spät bei ihr auftauchte, besonders wenn ich sie so lange nicht mehr besucht hatte. Ich war mir sicher, dass sie eine Erklärung von mir fordern würde – zu Recht. Ich wollte nicht mehr lügen, aber ich hatte auch fürchterliche Angst davor, dass die Wahrheit mir einen weiteren Menschen nehmen würde, der mir sehr viel bedeutete.

Das alles erdrückte mich so langsam und sorgte dafür, dass mein Kopf schmerzend zu pochen begann. Ich wollte in ein Bett kriechen, mir die Decke über den Kopf ziehen und nichts mehr hören oder fühlen.

Ich nahm einen tiefen Atemzug, lief die hellgrauen Marmorstufen zum Eingang hinauf, klingelte und wartete. Es dauerte eine Weile, bis sich die Tür vor mir öffnete und mir das vertraute Gesicht meiner Großmutter hinter der dicken Brille entgegenblickte. Ihre ergrauten Haare ließ sie sich zu einer Dauerwelle frisieren, seitdem ich sie kannte. Die braunen Augen, die weder Mama noch ich geerbt hatten, schauten mich gütig, aber auch eine Spur verwirrt an. Kein Wunder, wenn ich zu der späten Stunde unangekündigt hier auftauchte.

Ich spürte regelrecht, wie sie mein Gesicht scannte, das vom Heulen völlig verquollen sein musste, ganz zu schweigen von meinen blutunterlaufenen Augen.

Ihr Gesichtsausdruck wechselte von verwirrt zu besorgt.

»Samantha. Kind! Was ist denn passiert? Hast du Ärger zu Hause?«, fragte sie erschrocken.

»So kann man es nennen«, murmelte ich leise, doch bevor Oma Maria genauer nachfragen konnte, platzte ich schon mit meiner Frage heraus. »Kann ich heute Nacht bei dir bleiben?«

Sie schaute mich an, als hätte ich sie gebeten, eine Handvoll Münzen aus dem Klingelbeutel der Kirche zu stehlen.

»Selbstverständlich! Komm rein, Mäuschen.«

Sie machte die Tür weiter auf und trat einen Schritt zur Seite, sodass ich hineinkommen konnte.

Der vertraute Geruch nach Mottenkugeln, Seife und abgestandener Luft empfing mich. Ein Duft, den ich immer mit meiner Oma assoziieren würde. Es roch hier so, seitdem ich denken konnte.

Meine Schultern entspannten sich ein wenig, als hätte ich einen Teil der Last, den sie trugen, beim Betreten des Hauses abgelegt.

Erinnerungen aus meiner Kindheit wurden wach, hatten aber nicht genug Raum, um sich zu entfalten, weil Romy in meinen Gedanken noch viel zu allgegenwärtig war.

Ich hörte, wie meine Großmutter die Tür wieder schloss. Obwohl ich mich hier auskannte, blieb ich wie angewurzelt im Flur stehen. Ich war mir unschlüssig, was ich machen sollte. Eigentlich wollte ich nur eines: ins Bett. Aber meine Oma ohne Erklärung stehen zu lassen, empfand ich auch nicht als richtig.

»Sollen wir ins Wohnzimmer gehen und du erzählst mir, wieso du so spät am Abend vor meiner Tür stehst und aussiehst, als hättest du nächtelang nicht geschlafen?«, fragte sie liebevoll und allein ihr Tonfall sorgte dafür, dass meine Augen wieder verräterisch zu brennen begannen.

Ich drehte mich zu ihr um, schaute in ihr vertrautes, herzliches Gesicht.

»Wenn es dir nichts ausmacht, würde ich gern schlafen gehen. Ich werde es dir morgen erklären, aber im Moment bin ich einfach zu fertig«, gestand ich und hoffte, sie würde sich damit erst einmal zufriedengeben.

»Ist gut, Mäuschen. Du musst nicht darüber reden, wenn du das nicht willst.«

Mit diesem Satz trat sie nach vorn und zog mich in eine sanfte und liebevolle Umarmung, sodass ich mich beherrschen musste, nicht aufs Neue loszuheulen.

Die Geste war unglaublich tröstend und tat mir mehr gut, als ich erwartet hätte. Bei ihr fühlte ich mich wohler, als ich es bei meiner Mutter je getan hatte.

Oma Maria gab mir einen Kuss aufs Haar, ehe sie sich von mir löste, mir aufmunternd die Wange tätschelte, als wollte sie mir damit sagen, dass ich stark bleiben sollte. Der Kloß in meinem Hals schien mir auf die Stimmbänder zu drücken, denn ich konnte kein Wort sagen.

»Du weißt, wo das Gästezimmer ist, Mäuschen. Wenn du etwas brauchst, findest du mich im Wohnzimmer. Ich häkle noch etwas, bevor ich selbst zu Bett gehe.«

»Danke, Oma«, brachte ich erstickt hervor, weiterhin darum bemüht, die Tränen zurückzuhalten.

Sie nickte, schenkte mir nochmals einen mitfühlenden Blick, ehe sie ging, damit ich mich zurückziehen konnte. Und das tat ich auch, denn ich fühlte mich einfach nur noch ausgelaugt und erschöpft.

Ich zog mich ins Gästezimmer zurück, schloss die Jalousien, obwohl es noch nicht einmal völlig dunkel draußen war. Mir blieb nichts anderes übrig, als mich in Unterwäsche ins Bett zu legen. Aber in dem Raum war es sowieso viel zu warm, obwohl ich mich innerlich kalt fühlte.

Ich hob die Bettdecke, die stets bezogen war, obwohl meine Oma selten Besuch bekam, der über Nacht blieb. Aber sie war der Meinung, man sollte auf jede Eventualität vorbereitet sein. Heute kam mir das wohl zugute.

Bevor ich mich hinlegte, wühlte ich in meiner Handtasche, kramte nach meinem Handy und den Kopfhörern. Ich aktivierte das Display in der dummen Hoffnung, dass Romy mir geschrieben haben könnte. Nur um danach das betäubende Gefühl der Enttäuschung in mir zu spüren. Ich hatte Nachrichten, aber keine davon war von ihr. Jedoch hatte ich jetzt keinen Nerv dafür, Ella und Vanessa zu antworten, und wischte die Benachrichtigung zur Seite. Selbst die Nachricht von meinem Vater ignorierte ich.

Ich öffnete die YouTube-App und gab in die Suchleiste *Joel Brandenstein Polaroid* ein. Musik war jetzt genau das, was ich brauchte. Mit einem Klick aktivierte ich das Video und die leisen Klavierklänge drangen an meine Ohren. Ich schloss die Augen, ließ mich voll und ganz darauf ein und hörte nicht auf, an Romy zu denken, bis ich einschlief.

Das Wohnzimmer meiner Großmutter hatte sich über die Jahre immer mal wieder verändert. Fotos waren ausgetauscht worden, ebenso die Vorhänge. Auch einen neuen Tisch hatte meine Oma sich nach dem Tod meines Opas gekauft. Er war es, der sich nicht von dem alten Ding hatte trennen können, was meiner Oma immer ein Dorn im Auge gewesen war. Lediglich das Hochzeitsbild in Schwarz-Weiß hing unverändert an der Wand. Es war immer ein komisches Gefühl, zu sehen, wie jung die beiden mal gewesen waren. So als hätten sie keine Vergangenheit gehabt. Richtig glücklich wirkte auf dem Foto keiner von beiden, sodass man fast annehmen konnte, sie hätten nicht aus Liebe geheiratet. Vielleicht war die auch erst über die Jahre gekommen.

Unwillkürlich fragte ich mich, ob ich Robin irgendwann geliebt hätte, wenn ich Romy nie begegnet wäre. Hätte er dann auch sein wahres Gesicht gezeigt? Es war immer noch unfassbar, dass ich geglaubt hatte, ihn zu kennen, es aber nie wirklich getan hatte.

Neben dem Hochzeitsbild meiner Großeltern hing ein großes, farbiges Porträtfoto meines Opas, der vor sechs Jahren gestorben war. Seitdem lebte Oma Maria allein in diesem großen Haus, dennoch zufrieden. Sie war keine alte Witwe, die von Gram und Trauer gezeichnet war. Sie sagte mir immer, Opa Horst wäre nur vorausgegangen, um es ihr für ihre Ankunft recht zu machen, denn er wüsste, wie ungemütlich sie werden konnte.

Manchmal fehlte mir sein glucksendes Lachen, das er viel zu selten von sich gegeben hatte. Oder die Art, wie er sich durch den grau melierten Oberlippenbart gestrichen hatte, wenn er über etwas nachdachte.

Zu ihm hatte ich nie die gleiche Bindung aufbauen können wie zu meiner Großmutter. Vielleicht weil sein Charakter dem meiner Mutter entsprochen hatte? Im Gegensatz zu meiner Oma hatte er mich nie herzlich in den Arm genommen, sondern mit strengem Blick gefragt, wie es in der Schule läuft. Sicherlich wäre er aus allen Wolken gefallen, wenn ich ihm erzählt hätte, dass ich eine Frau liebe. Eine, die ich nun schmerzlich und mit jedem Atemzug vermisste.

Das Klappern von Porzellan riss mich aus meinen Gedanken. Bevor ich aufstehen und Oma Maria zur Hand gehen konnte, stellte sie das Silbertablett auf den Glastisch, der zwischen Sessel und Sofa stand. In den Teetassen schwappte die rote Flüssigkeit gefährlich hin und her, jedoch nicht über den Rand.

Heißer Dampf stieg in die Luft auf und eigentlich war für mein Empfinden nicht die passende Jahreszeit für Tee. Aber das sollte man mal versuchen, meiner Großmutter zu erklären. Eher würde man es schaffen, einem Hund das Sprechen beizubringen.

Meine Oma gehörte zu den Menschen, für die Tee die Lösung für jedes Problem war. Du hast Magenschmerzen? Dann trink einen Tee. Du kannst nicht schlafen? Trink Tee. Du hast eine Blasenentzündung? Trink Tee. Du hast Kopfschmerzen? Du solltest mehr Flüssigkeit zu dir nehmen, vorzugsweise Tee. Dir ist kalt? Tee wärmt dich. Aber es war leider noch nicht das Heilmittel gegen Liebeskummer.

Oma Maria nahm mir gegenüber auf dem Sofa Platz, griff nach ihrer Tasse und rührte mit dem Löffel schweigend darin herum. Immer wieder war ein leises Klirren zu hören, wenn der Edelstahl gegen das Porzellan stieß. Sie wartete ruhig und gespannt darauf, bis ich den Anfang machte. Selbst als zehn Minuten in der Stille vergangen waren, sagte sie nichts, sondern wartete weiterhin schweigend ab.

Ich wusste nicht, wo oder wie ich anfangen sollte. Außerdem hatte ich noch nicht so viel Übung darin, mich zu outen. Besonders deswegen, weil die Reaktion der Leute überwiegend negativ war.

Ich beugte mich vor, griff selbst nach meinem Getränk, als wollte ich eine schützende Barriere zwischen uns haben, wenngleich sie auch kläglich war. Wie sollte eine Tasse mir schon helfen können?

Meine Gedanken schweiften in der Stille ab zu Romy. Ich sah sie ganz deutlich vor mir, als würde sie vor mir stehen. Ich roch sogar ihr Parfüm, das in der Luft zu schweben schien, auch wenn das natürlich Unsinn war, denn sie war nie hier gewesen.

Meine Hand begann zu zittern, so stark, dass ich das Geschirr klappernd auf die Untertasse stellen musste, ehe ich einen Schluck trinken konnte.

»Ich habe einen Fehler gemacht«, sagte ich schließlich, als ich sowohl den Mut als auch meine Stimme dafür fand.

»Und der wäre?«, hakte Oma Maria behutsam nach.

Ich schwieg, hin- und hergerissen, ob ich es ihr erzählen sollte oder nicht. Meine Oma war einer der wichtigsten Menschen in meinem Leben. Könnte ich damit umgehen, wenn sie mich mit diesem ablehnenden Blick betrachten würde, den ich von so vielen Menschen geerntet hatte? Auf der anderen Seite hatte genau das Romy und mich auseinandergebracht: der Wunsch, allen gerecht zu werden. Letztendlich hatte ich mich damit selbst unglücklich gemacht. Und wollte ich von Menschen für etwas geliebt werden, was ich gar nicht war?

»Ich habe mich verliebt«, sagte ich. Mein Herz klopfte schmerzhaft hart und mein Mund fühlte sich ganz trocken an, trotzdem griff ich nicht noch mal nach meinem Tee.

Meine Großmutter ließ langsam ihre Tasse sinken, sodass sie auf Höhe ihrer Brust in der Luft schwebte.

»Kind, das ist doch kein Fehler. Sich zu verlieben ist etwas Wundervolles und garantiert kein Fehler.«

Für manche schon, Oma.

»Oder ist er verheiratet? Oder ein älterer Mann?«, bohrte sie nach, aber ihre Tonlage klang nicht verurteilend.

Er. Das Wort, das mir einen Stich in den Magen versetzte. Aber ich nahm es ihr nicht übel. Woher sollte sie wissen, dass es kein *er* war? Etwas, was ich lange Zeit selbst nicht gewusst hatte. Natürlich ging sie zuallererst von einem *er* aus.

Die Wahrheit steckte wie ein Kloß in meinem Hals, den ich einfach nicht über meine Lippen brachte. Tränen traten mir in die Augen und für einen Moment schien die Welt sich in Zeitlupe zu bewegen.

»Nein.«

Mehr schaffte ich nicht, zu sagen, weil meine Angst mir noch immer den Weg versperrte. Sie war daran schuld, dass ich Romy verloren hatte. Ich hasse dieses Gefühl. Ich hasse mich dafür, dass ich ihm so viel Freiraum gab.

Und in diesem Moment vermisste ich sie schon wieder mit der Wucht eines Faustschlages mitten in den Magen. Ich wusste, dass allein ihre Anwesenheit mich trösten und mir Kraft geben würde. Aber sie war nicht mehr hier und dieses Gefühl war kaum zu ertragen.

»Weshalb denkst du denn dann, dass es ein Fehler ist, Kind? Ist es wegen Robin?«, hakte sie nach, als ich immer noch schwieg. Ihre braunen Augen wirkten so gütig, so voller Verständnis, als würde nichts, was ich sagen könnte, sie abschrecken.

Ihr Blick sorgte dafür, dass eine Böe des Mutes in mir aufkeimte, und bevor diese abflaute, schlüpften die Worte aus meinem Mund. Nicht mehr als ein leises Flüstern.

»Es ist eine *Sie*.«

Schweigen bildete sich zwischen uns. Die Gesichtszüge meiner Oma verschwammen und wurden zu denen meiner Mutter, die mich angeekelt ansah. Meine Haut fühlte sich zu eng an, sodass ich das Bedürfnis hatte, aus ihr herauszuschlüpfen. Meine Atmung beschleunigte sich.

Ich rechnete jeden Moment damit, dass sie aufstehen und mich beschimpfen würde. Dass sie mich aus dem Haus werfen würde, weil sie genauso angewidert davon war, wie es meine Eltern und meine Klassenkameraden gewesen waren.

Eine einsame Träne bahnte sich einen Weg aus meinem Auge, lief über meine Wange und tropfte auf den Boden. Meine Unterlippe begann unkontrolliert zu zittern.

»Ich verstehe. Und sie interessiert sich nicht für Frauen?«, hörte ich Oma Maria fragen.

Die Illusion meiner Mutter verschwand. Die Gesichtszüge meiner Großmutter wurden wieder zu ihren eigenen. In ihrem Blick war nichts von den Gefühlen zu sehen, von denen ich geglaubt hatte, sie würden mir begegnen.

»Oma, hast du mir nicht richtig zugehört? Ich *liebe* eine Frau!«, brach es in einem Schrei aus mir heraus, zusammen mit einem Schluchzen, das meinen ganzen Körper beben ließ. Hätte ich die Teetasse noch in den Händen gehalten, wäre sie zu Boden gefallen, denn sie zitterten so heftig, dass ich sie kaum unter Kontrolle bekam. Meine Atmung ging stoßweise und würden meine Beine sich nicht wie Gummi anfühlen, wäre ich vermutlich aufgesprungen.

»Du brauchst nicht zu schreien, Sam. Meine Augen funktionieren vielleicht nicht mehr so gut, meine Ohren dafür aber umso besser. Kind, hör auf, zu weinen. Es ist alles in Ordnung.«

Ich schlug die Hände vors Gesicht, weil ich kaum mehr imstande war, sie anzusehen. Nicht weil ich mich schämte, sondern weil ihre Worte und ihre Reaktion mich überrumpelten. Es war, als würde eine schwere Last von mir abfallen. So als hätte ich viel zu lange die Luft angehalten und könnte nun endlich wieder ein- und ausatmen. Und gleichzeitig tat es auch weh, über Romy zu reden, mit dem Wissen, dass ich sie verloren hatte. Für nichts und wieder nichts. Dass ich sie von mir gestoßen und verletzt hatte. Genau das, was ich nie gewollt hatte.

»Atme tief ein und wieder aus, Samantha«, wies mich Oma Marias Stimme an, die ich unter dem Puls, der mir in den Ohren rauschte, kaum hören konnte.

Ich schaffte es, mich Atemzug für Atemzug zu beruhigen.

Es dauerte eine Zeit, bis mir nur noch stumme Tränen die Wangen hinunterliefen und ich versuchte, sie mit meinen Fingern wegzuwischen.

»Hast du vielleicht ein Taschentuch?«, fragte ich mit verstopfter Nase, was mich wie ein Kleinkind klingen ließ oder als hätte ich eine Erkältung.

Oma Maria nickte, stand auf und verließ das Zimmer. Das gab mir Zeit, mich wieder unter Kontrolle zu bekommen, und desto mehr ich mich beruhigte, desto mehr spürte ich, wie sich eine der vielen Lasten von mir löste.

Konnte meine Großmutter diese Tatsache einfach so akzeptieren? Etwas, was meine Eltern nicht gekonnt hatten? Es fiel mir noch schwer, das zu glauben, aber ihre Reaktion war so verständnisvoll.

Vielleicht hätte sie Romy sogar gemocht ...

Natürlich hätte sie das. Wie konnte man diese perfekte Frau nicht mögen? Die, mit der ich mir vorstellen konnte, eine Zukunft aufzubauen. Vielleicht klang das nach der kurzen Zeit voreilig, aber dennoch war ich mir absolut sicher, dass sie die Person war, mit der ich mein Leben verbringen wollte.

Wie sollte ich es nur schaffen, darüber hinwegzukommen? Wie sollte ich es nur schaffen, jemals eine andere Frau an mich heranzulassen?

Schritte waren zu hören und nur den Bruchteil einer Sekunde später betrat meine Großmutter wieder das Zimmer. Sie hatte eine ganze Packung Taschentücher dabei, die sie mir reichte.

Ich putzte mir geräuschvoll die Nase, tupfte die letzten Tränenspuren weg und nahm einen tiefen Atemzug.

Oma Maria setzte sich mit einem leisen Ächzen wieder auf ihren Platz mir gegenüber. Sie sah mich noch immer so sanft und voller Liebe an, dass sich meine Kehle vor Rührung zuschnürte.

»Dein Tee wird kalt, Kind«, kommentierte sie schließlich, als wäre da nicht diese wichtige Sache, über die wir reden sollten.

»Also ... hasst du mich nicht?«, fragte ich verunsichert nach.

»Wieso sollte ich das tun?« Oma Maria sah mich entrüstet an.

»Weil ich ... Weil ich lesbisch bin«, brachte ich hervor, meine Stimme immer noch von den Tränen belegt. Wie viel konnte ein Mensch davon überhaupt vergießen?

»Selbst wenn du einen Kochlöffel lieben würdest, wärst du immer noch meine Enkeltochter«, polterte sie los. Ihre Stimme klang ernst, aber gleichzeitig auch so voller Zuneigung, dass sich eine Gänsehaut auf meinen Armen ausbreitete. Sie gab mir das, was ich mir von meinen Eltern so schmerzlich gewünscht hatte. Liebe und Akzeptanz.

Mir wurde fast schwindelig vor Erleichterung, als mir die Tragweite ihrer Worte richtig bewusst wurde. Meine Hände hörten auf, zu zittern, mein Tränenkanal blockierte augenblicklich und ein schmales Lächeln bildete sich auf meinem Gesicht. Es tat fast weh, die Mundwinkel zu heben, weil sich meine Wangen von der Nässe wie gespanntes Leder anfühlten.

»Selbst wenn ich mir die Haare kurz schneiden und mich ab heute Samuel nennen würde?«, fragte ich unschuldig.

»Selbst dann noch«, bestätigte sie und nickte dabei so heftig, dass ihr die Brille fast von der Nase gerutscht wäre.

Warum hatte ich mich ihr nicht viel eher anvertraut? Aber wie hätte ich ahnen sollen, dass sie nicht so konservativ wie meine Eltern eingestellt war? Ich hatte noch nie so ein intensives Thema in ihrer Nähe angeschnitten. Aber in diesem Moment kletterte Oma Maria zu mir ins Boot, das den Kurs verloren zu haben schien, und half mir dabei, mich nicht mehr so verloren und allein zu fühlen.

»Vielleicht erzählst du mir deine Geschichte von Anfang an, Kind. Ich verstehe immer noch nicht, warum das ein Fehler sein soll und wieso du so aufgelöst vor meiner Haustür aufgetaucht bist. Und trink deinen Tee.«

Ohne es zu wollen, musste ich schon wieder lächeln. Ich beugte mich vor, nahm die Tasse in die Hände, trank einen Schluck, um meine Oma zufriedenzustellen, und dann begann ich zu erzählen.

Von Anfang an. Wie Romy in das Klassenzimmer gekommen war und mein Leben von da an mit ihrer draufgängerischen, verruchten Art völlig auf den Kopf gestellt hatte. Wie ich mich meinen Gefühlen gestellt und Robin verlassen hatte. Auch davon, wie wir ein Paar wurden, von dem Mobbing, der Reaktion meiner Eltern.

An dieser Stelle wurde das Gesicht meiner Großmutter düster. Es sah so aus, als wollte sie etwas sagen, meinen Redeschwall aber nicht unterbrechen. Als ich damit endete, wie ich Romy bis zum Flughafen verfolgt hatte und hier gelandet war, war die Tasse samt Inhalt erkaltet.

Danach fühlte ich mich erschöpft und seltsam befreit, als wäre ich nicht nur einen Teil meiner Last losgeworden, sondern alles. Es tat weh, sich an die guten Zeiten mit Romy zu erinnern und sich einzugestehen, dass ich all das weggeschmissen hatte. Ich konnte niemand anderem die Schuld geben. Nicht meinen Klassenkameraden, nicht meinen Eltern, auch nicht Robin. Nur mir selbst.

»Ich war so dumm, Oma«, sagte ich schließlich.

»Nein, du warst verzweifelt. Das ist ein Unterschied, Kind. Ich kann nicht glauben, dass meine eigene Tochter …«

Ihr schienen die Worte im Hals stecken zu bleiben und das erschreckte mich.

Ich hatte meine Großmutter noch nie sprachlos erlebt.

Sie stellte ihre Tasse zurück, die anders als meine geleert war, dann stand sie auf. Außer einem leisen Ächzen gab sie keinen Ton von sich, schlurfte zum Wohnzimmerschrank und öffnete eine Schublade, aus der sie eine Flasche mit durchsichtigem Inhalt zog.

Sie drehte den Deckel ab und es brauchte ein paar Sekunden, bis ich begriff, dass sie gerade wirklich einen großen Schluck Schnaps trank. Das erschreckte mich sogar noch mehr als die Tatsache, dass es ihr die Sprache verschlagen hatte.

»Tut mir leid, Kind. Ich musste deine Geschichte mit etwas Härterem als Tee runterspülen«, erklärte sie sich, als sie den Verschluss wieder draufschraubte und sich zu mir wandte.

»Das sehe ich …«, brachte ich immer noch etwas verdattert hervor. Ich hatte sie noch nie Alkohol trinken sehen. Kein Bier, Wein oder Likör, und erst recht keinen Schnaps!

»Willst du auch?«

Damit schoss sie den Bock ab.

Sie musste mir meine Gedanken vom Gesicht abgelesen haben.

»Nun, du bist volljährig, oder nicht?«

Ich schüttelte auf ihr Angebot hin den Kopf. Jetzt fehlten *mir* die Worte.

Sie kommentierte es mit einem Schnauben. »Schau mich nicht so an, als käme ich von einem anderen Planeten. Der lag schon viel zu lange in der Schublade.«

Damit legte sie die Flasche wieder zurück an ihren Platz und nahm den ihren abermals auf dem Sofa ein. Für einen Moment schien sie ihren Gedanken nachzuhängen, ehe sich ihre braunen Augen auf mich richteten, so scharf wie die eines Adlers.

»Du musst um dieses Mädchen kämpfen, Samantha.«

Ihre Stimme klang so intensiv und so nachdrücklich, dass sich eine Gänsehaut auf meinen Armen ausbreitete, die in meinem Nacken nachhallte. Gleichermaßen stimmte sie mich auch traurig.

»Ich habe gekämpft«, gab ich zurück.

Aber ich habe versagt.

»Oh nein, mein Kind. Das, was du gemacht hast, war, sich zu bemühen«, tadelte sie mich mit einem sanften Ton, sodass ich mir tatsächlich wie das *Kind* vorkam, so wie sie mich immer nannte.

»Ich habe meinem Ex-Freund eine reingehauen. Ich habe mich gegen meine Eltern gestellt. Ich bin ihr nachgefahren. Ich habe sogar den halben Flughafen nach ihr abgesucht! Ich …«

Oma Maria unterbrach mich.

»Ebendies. Du hast dich *bemüht*, wie ich schon sagte.«

Für einen Moment packte mich die Wut so heftig, dass sie wie ein Blitz durch mich hindurchzuckte. Etwas in mir wollte ihr sagen, dass sie keine Ahnung hatte. Dass sie nicht wusste, wie es sich anfühlte, einen wichtigen Teil zu verlieren, der einem alles bedeutete und sogar noch mehr. Doch dann brannten die Blicke des Fotos meines Großvaters auf meinem Gesicht wie zwei Laserstrahlen.

Sie wusste ganz genau, wie sich das anfühlte. Sogar noch mehr als ich. Und sie konnte nichts mehr tun, außer darauf zu warten, ihm in den Tod folgen zu können.

Und dann fiel es mir wie Schuppen von den Augen.

Ihm folgen zu können.

Aber natürlich! *Ich* hatte diese Chance, die Oma Maria nicht hatte. Romy war nicht aus der Welt, nicht aus meiner Reichweite, sie war *nur* in Amerika!

»Du meinst, ich soll ihr nachfliegen?«, stieß ich hervor und spürte, wie neue Kraft durch meine Adern rauschte und mich wiederbelebte.

Am liebsten würde ich schon jetzt in dem Flugzeug sitzen. Wie konnte ich nur so blind sein? Romy musste erfahren, dass ich sie noch liebte. Dass ich mich für sie und gegen alles entschieden hatte. All in! Ich würde kein Jahr darauf warten müssen, dass sie vielleicht zurückkam und mich schon längst vergessen hatte, während mein zersplittertes Herz sich noch immer nach ihr sehnte.

Meine Großmutter sah mich zufrieden an, weil ich selbst auf die Idee gekommen war. Es fühlte sich an, als hätte man mir einen Schleier vom Kopf gezogen, als würde ich alles um mich herum wieder klarer sehen. Das hatte es also mit dem Sprichwort *Sie hat mir die Augen geöffnet* auf sich.

»Wenn sie es dir wert ist, solltest du das tun. Oder du bleibst hier und bereust vielleicht für den Rest deines Lebens, dass du es nicht zumindest versucht hast.«

Mein Körper fühlte sich an, als hätte er zu viel Energie, die er nicht abbauen konnte. Ich begann, mit den Beinen zu wackeln, als wollte ich jeden Moment aufspringen. Hinter meiner Stirn rasten die Gedanken. Ich ging alles durch. Ich brauchte die Adresse, unter der ich Romy finden konnte. Flug und Hotel mussten gebucht werden. Hoffentlich hatte ich noch einen gültigen Reisepass. Und das Visum!

Doch genauso schnell verpuffte meine neu aufkeimende Hoffnung wieder, als ich darüber nachdachte, wie ich das Ganze finanzieren sollte. Ich hatte schließlich kein Einkommen und mir einen Job zu suchen, um das Geld dafür zu verdienen, würde Monate dauern!

Zeit, die ich nicht hatte.

Zeit, die *wir* nicht hatten.

Ich sank in mich zusammen, als hätte jemand unsichtbare Fäden durchgeschnitten, die mich aufrecht gehalten hatten.

»Aber ich habe kein Geld«, platzten meine Gedanken aus mir heraus, ehe ich sie zurückhalten konnte.

Wenn ich mir vorstellte, dass ich meine Eltern danach fragen würde ... Mama würde mich in der Luft zerreißen. *Wenn* ich überhaupt noch zu Hause gestattet war.

»Aber ich«, erwiderte Oma Maria mit einem spitzbübischen Grinsen, das sie zehn Jahre jünger aussehen ließ. »Über die Jahre habe ich etwas zur Seite gelegt und mir scheint, dass nun ein guter Moment gekommen ist, etwas von dem Ersparten abzuheben.«

Ich saß zwischen zwei Stühlen. Ich wollte auf der einen Seite nichts lieber, als das Geld zu nehmen und Romy zu folgen. Auf der anderen Seite ... Es waren die Finanzen von meiner Großmutter. Wie habgierig und egoistisch wäre das?

Nein, ich konnte das nicht tun. Es musste einen anderen Weg geben.

Aber welchen denn? Ich kann nicht warten! Ich will sie sehen. Ich will nur noch ein einziges Mal in ihre blauen Augen schauen und mich zu Hause fühlen. Nur noch einmal will ich ihr sagen, was sie mir bedeutet. Und vielleicht ... Vielleicht haben wir ja noch eine Chance. Vielleicht ist noch nicht alles verloren, schrien die Sehnsucht und Liebe in mir.

Aber nicht so. Ich kann das Geld meiner Oma nicht annehmen, das geht nicht, erwiderte die Vernunft.

»Oma, ich weiß dein Angebot zu schätzen, aber ich kann es nicht annehmen«, gab ich dem vernünftigen Teil in mir nach, auch wenn es mich mit Enttäuschung erfüllte. Zum ersten Mal bekam ich eine Vorstellung davon, wie sich Romy fühlen musste, wenn ich anbot, etwas zu bezahlen.

Meine Großmutter wirkte fast persönlich beleidigt, aber als sie sprach, klang sie gütig.

»Ach Kind, was soll denn eine alte Frau wie ich mit so viel Moneten auf dem Sparbuch?«, wischte sie meinen Einwand beiseite und machte eine passende Handbewegung dazu. »Es geht hier immerhin um die Liebe.«

»Na, du könntest dir zum Beispiel einen Porsche kaufen«, übertrieb ich absichtlich, weil es mir immer noch nicht behagte, sich aber dennoch die Hoffnung in mir aufbaute und mein wackeliger Widerstand zu bröseln begann. Ich wollte es zu sehr, um vernünftig zu sein.

Oma Maria lachte so herzlich, als hätte ich einen guten Witz erzählt.

»Kein Porsche auf der Welt wäre es mir wert, dass du unglücklich bist. Ich besorge dir das Geld und du kümmerst dich um die Organisation. Und Kind, buche für zwei Personen. Mir wäre es lieb, wenn eine Freundin dich begleiten würde. Du solltest nicht allein in ein so großes fremdes Land fliegen.«

Ach Oma, wollte ich schon antworten, *ich werde nicht allein sein.* Aber wer konnte mit Gewissheit sagen, dass Romy mich nach alldem noch wollte? Ich hatte sie verletzt, in dem Moment, in dem sie am verletzlichsten gewesen war. Daran zu denken, versuchte ich mir zu verbieten.

Die Hoffnung hellte abermals in mir auf, wie ein Sonnenaufgang am frühen Morgen. Es waren nur die ersten Streifen, die mich berührten und mich wärmten, denn noch traute ich mich nicht, das Licht hereinzulassen. Denn es konnte immer noch Schatten werfen. Ich würde mir erst erlauben, zu hoffen, wenn ich tatsächlich vor Romy stand.

»Oma«, brachte ich mit zittriger Stimme hervor. Mein Puls schien explodieren zu wollen. Ich wollte das, ich wollte das so sehr, dass ich kaum einen klaren Gedanken fassen konnte. »Ich kann dir nicht sagen, wie dankbar ich dir bin.«

»Ach nicht doch, Kind. Dafür ist die Familie doch da«, erwiderte sie sanft. Und ihre Worte fühlten sich wie die Berührung eines wärmenden Feuers an eiskalten Wintertagen an.

2

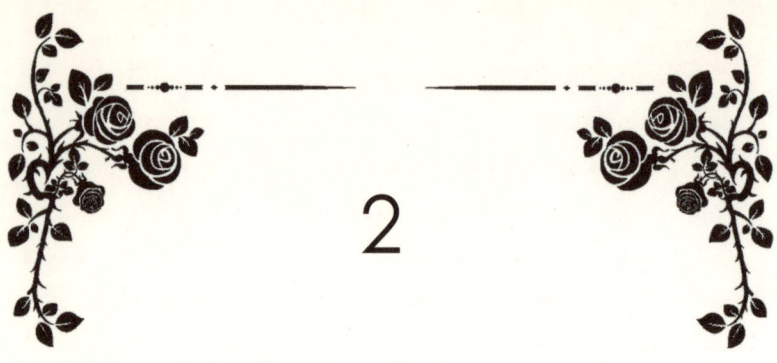

Die Liebe eines Vaters

Ich blieb den ganzen Tag bei meiner Oma und ignorierte die vielen Anrufe meines Vaters auf dem Handy. Nicht, weil ich sauer auf ihn war, immerhin hatte er mir am Ende des Streites den Rücken gestärkt. Verletzt war ich dennoch. Aber ich hatte Angst vor dem, was er sagen würde. Vielleicht, dass ich nach Hause kommen und meine Sachen packen sollte? Dass ich ab sofort nicht mehr willkommen war?

Es war schließlich Oma Maria, die mich bestärkte, nach Hause zu fahren.

»Du musst mit deinen Eltern sprechen. Problemen kann man nicht ewig aus dem Weg gehen, sie holen einen bald ein. Und wenn alle Stricke reißen, kommst du hierher. Meine Tür steht für dich immer offen, Mäuschen«, hatte sie gesagt.

Sie hatte ja recht, ich musste heimfahren, und sei es nur, um meine notwendigsten Sachen zu holen. Ich hatte nicht einmal ein Ladekabel mit und mein Akku stand auf zwanzig Prozent. Was, wenn Romy doch noch anrief? Auch wenn es sehr unwahrscheinlich war, würde ich es mir nicht verzeihen, wäre ich in diesem Moment nicht erreichbar. Allein bei dem Gedanken daran, ihre Stimme zu hören, machte mein Herz einen Sprung und zog sich gleichzeitig krampfhaft zusammen.

Jedes Mal, wenn mein Vater angerufen hatte, hatte ich gehofft, ihren Namen auf dem Display zu lesen, und genauso war ich jedes Mal enttäuscht worden.

Also stand ich nun auf den Treppenstufen vor der Haustür meines Elternhauses, den Schlüssel bereits in der Hand, und dennoch zögerte ich. Noch nie in meinem Leben hatte ich solche Angst davor gehabt, nach Hause zu gehen und meinen Eltern gegenüberzutreten. Mein Rückzugsort war zu meiner persönlichen Hölle geworden. Nicht nur wegen meiner Eltern, sondern auch wegen der vielen Erinnerungen an Robin.

Die letzten Wochen waren furchtbar gewesen. Zu was er mich alles überredet hatte ... Mein Verstand weigerte sich, *gezwungen* zu denken, denn das würde bedeuten, dass er mich missbraucht hatte, auch wenn ich nie deutlich Nein gesagt hatte. Ich hatte es eher über mich ergehen lassen, weil mir alles egal war und weil es eine seiner Bedingungen war. Aber wenn ich mir das auch noch eingestehen müsste, würde ich vermutlich vollkommen die Kontrolle über mich verlieren.

Ich nahm einen tiefen Atemzug. Die warme Luft des Junis schien mir fast die Lungen zu verbrennen, als würde mir das Atmen nicht schon schwer genug fallen.

Genug des Aufschubs. Ich kratzte den letzten Rest Mut zusammen, den ich noch besaß, und schob den Schlüssel in das Schloss.

Mit einem leisen Klicken öffnete sich die Eingangstür, hinter der es ungewöhnlich still war, als wäre niemand da. Der vertraute Geruch meines Zuhauses schlug mir entgegen, der aber anders als sonst dafür sorgte, dass mir schlecht vor Angst wurde. In meinem Bauch zwickte es unangenehm, als hätte ich etwas Verdorbenes gegessen.

Ich ließ die Tür geräuschvoll hinter mir ins Schloss fallen, damit meine Ankunft nicht unbemerkt blieb.

Fast meinte ich schon, die energischen Schritte meiner Mutter zu hören, aber sie blieben aus.

Ich war im Begriff, auf das Wohnzimmer zuzugehen, doch auf der Hälfte des Weges blieb ich stehen, weil mein Vater genau in dessen Türrahmen stehen blieb und diesen mit seinen breiten Schultern ausfüllte.

Für den Bruchteil einer Sekunde erschrak ich, denn es wirkte so, als hätte ich meinen Vater nicht bloß einen Tag, sondern ein ganzes Jahr nicht gesehen. In seinen sonst so geschäftigen Gesichtszügen lag ein tiefer Ausdruck der Reue, Trauer und Besorgnis. Er sah aus, als wäre er über Nacht schlagartig gealtert. Seine Augen hatten einen erschöpften Glanz. Aber nicht so, als hätte er nicht genug geschlafen, sondern als wäre er müde vom Leben.

Die Ärmel seines weißen Hemdes hatte er bis zu den Ellbogen schludrig nach oben geschoben, die ersten drei Knöpfe waren geöffnet und sein dunkelbraunes Haar stand zerzaust in alle Richtungen ab, als hätte er sie wieder und wieder gerauft. Dabei saß seine Frisur sonst immer so tadellos wie sein Anzug.

Mein Magen zog sich abermals auf diese unschöne Weise zusammen, als ich meinen Vater so sah. Es fühlte sich an, als würden kalte Klauen meinen Rücken entlangstreichen.

Unsere Blicke trafen sich. Für ein paar Sekunden schienen all die unausgesprochenen Worte zwischen uns in der Luft zu schweben. Ich wusste nicht, was ich sagen oder tun sollte, aber das musste ich auch gar nicht, denn mein Vater nahm mir jede Entscheidung ab.

Er stürmte los, als hätte jemand den Startschuss bei einem Wettrennen gegeben. Ich unterdrückte den ersten Impuls, zurückzuweichen. Dann legte er schon seine großen Hände um meine Schultern und zog mich mit einem Ruck an sich, sodass ich an seine Brust gedrückt wurde.

Mit allem hatte ich gerechnet. Mit Beschimpfungen, enttäuschten Blicken, der Frage, wo ich gewesen war, oder sogar einem Rausschmiss – aber nicht damit.

Er schlang seine Arme so fest um mich, als hätte er Angst, mich je wieder loszulassen. Sein Geruch war mir so vertraut und die Umarmung katapultierte mich elf Jahre zurück. In die Zeit, als ich ein kleines Mädchen mit Zahnlücken und helleren Haaren gewesen war. In die Zeit, als ich geweint hatte, wenn er zur Arbeit oder auf eine Geschäftsreise musste. In die Zeit, in der er mich gehalten hatte, wenn die Tränen nicht aufhören wollten, zu fließen. In die Zeit, als mein Vater für mich ein Held gewesen war.

Ich war wieder das Kind, das einfach nur von seinem Papa geliebt werden wollte. Egal, ob ich nun Männer oder Frauen liebte.

Meine Kehle schnürte sich zu, ein schmerzhafter Druck legte sich auf meine Augäpfel, bis die Tränen mir die Sicht verschleierten.

Die väterliche Umarmung sorgte dafür, dass all die Fäden, die zum Zerreißen gespannt waren, platzten. Mein ganzes Inneres schien zu implodieren – all die Enttäuschung, all der Schmerz, all die Wut und die Hoffnung. Es war wie eine Flutwelle, die den

Damm gebrochen hatte und sich nun ohne Kontrolle über alles ergoss.

Ich hob meine Hände, schlang sie um die Körpermitte meines Vaters und krallte mich an dem Stoff des Hemdes fest, das seinen Rücken minimal umspielte. Mein Gesicht drückte ich an seine Brust, genau da, wo sein Herz saß, das ich wegen des Rauschens in meinen Ohren nicht schlagen hören konnte.

Und dann brach es abermals aus mir heraus, als hätte ich in den letzten Wochen nicht schon genug geheult. Aber diese Umarmung machte etwas in mir, das ich nicht beschreiben konnte. Es riss meine Narben wieder auf und gleichzeitig linderte es den Schmerz. Ich bemerkte erst, wie sehr ich die Zuneigung meines Vaters vermisst hatte, als er sie mir endlich wieder schenkte. Gerade dann, als ich sie am meisten brauchte.

»Es tut mir so, so, so unendlich leid, Sam. Ich kann dir nicht sagen, wie sehr«, flüsterte er irgendwo über meinem Ohr und er selbst klang so, als würde er gegen die Tränen ankämpfen müssen.

Mein Körper wurde von den vielen Schluchzern geschüttelt, die mich daran hinderten, etwas sagen zu können. Ich fühlte mich zwar immer noch verloren, aber für den Moment zumindest nicht mehr orientierungslos.

Mein Vater ließ mich weinen und lockerte dabei den Griff seiner Arme kein einziges Mal. Er strich mir mit einer Zärtlichkeit, die man seinen großen Händen gar nicht zutraute, über den Hinterkopf.

»Es tut mir leid«, wiederholte er abermals.

Mehrere Minuten standen wir so da, während er mich hielt und tröstete, so wie damals, als ich mir die Knie aufgeschlagen hatte.

Damals, als ich noch geglaubt hatte, dass es keinen größeren Schmerz auf der Welt als meine Schürfwunde geben konnte.

Wie sehr ich mir heute wünschte, ich hätte recht gehabt.

Nachdem ich mich wieder beruhigt und wir beide eine lange Zeit so dagestanden hatten, löste ich mich aus der Umarmung. Mein Gesicht fühlte sich seltsam verquollen an.

Ich schniefte so überhaupt nicht ladylike, als wir uns abermals anschauten. Die Augen meines Vaters schienen tatsächlich zu schimmern, doch bevor ich mich genauer davon überzeugen konnte, war der verräterische Glanz unter seinem Blinzeln verschwunden.

»Ich bin froh, dass du nach Hause gekommen bist, Sam. Ich habe mir schreckliche Sorgen gemacht«, sagte er und seine Worte klangen aufrichtig.

Ein Kloß steckte in meinem Hals. Auf der einen Seite freute ich mich über die lange vermisste Zuneigung, auf der anderen war da immer noch die Tatsache, dass er nicht hinter mir gestanden hatte.

Langsam begann ich, seine Worte zu verarbeiten.

Er hatte sich Sorgen gemacht. Was war mit meiner Mutter? Saß sie mit zusammengekniffenen Lippen im Wohnzimmer und belauschte uns? Allein bei dem Gedanken, sie sehen zu müssen, zog sich mein Bauch zum hundertsten Mal an diesem Tag zusammen.

»Wo ist Mama?«, hakte ich nach, ohne auf seine Worte einzugehen.

Der Ausdruck auf dem Gesicht meines Vaters wurde noch eine Spur trauriger, wenn das überhaupt möglich war, und sorgte gleichzeitig dafür, dass mir ein kalter Schauer den Rücken hinablief.

Es war etwas passiert.

»Komm mit ins Wohnzimmer, dann reden wir.«

Sein Tonfall klang bestimmend. Aber nicht so, als hätte ich nicht widersprechen können, sondern vielmehr so, dass ich die Dringlichkeit heraushörte.

Ich zog noch mal die Nase hoch, wischte mir mit den Handflächen die Tränen aus den Augen und von den Wangen und nickte wortlos. Ich fürchtete mich vor seinen noch unausgesprochenen Worten.

Er drehte sich um und ich folgte ihm mit wackeligen Schritten ins Wohnzimmer. Dort angekommen, ließ ich mich auf unser vertrautes Ledersofa fallen.

Mein Vater setzte sich mir gegenüber auf einen Sessel, den er in meine Richtung gedreht hatte, beugte sich nach vorn, stützte die Ellbogen auf den Knien ab und legte die Fingerspitzen wie zum Gebet aneinander.

Mein Herz begann zu pochen und meine Handflächen wurden schweißig. Was wollte er mir sagen? War das vielleicht der Grund, wieso er so übernächtigt aussah? Und so unglücklich?

Mein Vater schaute mich nicht an, sondern lehnte sich mit dem Kinn gegen seine aneinandergelegten Fingerspitzen. Sein Blick war zwar ruhig, wirkte aber so, als wäre er sehr weit weg. Als wüsste er nicht, wie er die richtigen Worte zu finden hatte.

»Deine Mutter ist gestern Abend zu Tante Andrea gefahren«, sagte er schließlich, nachdem das Schweigen unerträglich zu werden schien.

Tatsächlich überraschte mich das nicht. Es sah ihr ähnlich, dass sie zu ihrer Schwester flüchtete, wenn sie selbst nicht mehr weiterwusste. Dennoch verletzte es mich. War sie wegen mir gegangen?

»Warum?«, fragte ich und hasste mich dafür, wie leise und piepsend meine Stimme klang.

»Weil ich sie darum gebeten habe, zu gehen.«

Erst jetzt schaute mein Vater auf und der Blick seiner blaugrauen Augen traf mich mitten ins Herz. Es lag so viel Trauer, aber auch Wut darin, dass ich glaubte, nicht genug Luft zu bekommen. Noch nie hatte ich diesen so starken Mann verletzlich gesehen.

Ich wollte mich eigentlich nicht wiederholen, tat es aber trotzdem.

»Warum?«

Er nahm einen tiefen Atemzug, seinen Blick immer noch ernst auf mich gerichtet. Aber nicht so, als wäre ich ein kleines Kind, dem man etwas erklären musste, sondern eine ihm ebenbürtige Gesprächspartnerin.

»Wir haben gewisse Differenzen in unserer Ehe, und das nicht erst seit gestern. Das war nur der sprichwörtliche Tropfen, der das Fass zum Überlaufen gebracht hat.«

Er machte eine kurze Pause, aber nicht lange genug, dass ich etwas hätte sagen können.

»Es gab einmal eine Zeit, in der mein Vater mich geschlagen hat. Seitdem habe ich mir geschworen, dass das meinem eigenen Kind niemals passieren wird. Ich war ein dummer Esel und viel zu selten zu Hause. Es tut mir leid, dass ich dich im Stich gelassen habe, nur weil ich mich nicht an den Gedanken gewöhnen konnte, eine Schwiegertochter anstelle eines Schwiegersohns zu haben. Ich dachte, dass du nur eine Phase durchmachst, und habe deiner

Mutter zu viel Entscheidungsfreiheit eingeräumt. Und das hat dich beinahe von mir weggetrieben.«

Er blickte mich fast flehentlich an, als befürchtete er, dass ich ihm gleich sagen würde, dass ich ihm nicht verzeihen konnte.

Mein Herz pochte bei jedem seiner Worte immer lauter und schneller. Die Luft um mich herum schien viel zu zäh, um sie atmen zu können. Gleichzeitig war es aber auch so, als würden seine Worte eine Last von meinen Schultern nehmen.

»Du bist trotz allem meine Tochter und ich liebe dich.«

Mein Vater sah mich intensiv an, um das Gesagte durch seine Blicke zu untermauern.

Das war der Moment, der dafür sorgte, dass mir nun doch wieder Tränen in die Augen traten. Seine Worte trafen mich mitten ins Herz und mit jedem Schlag pumpte das Gefühl der Wärme durch meine Adern. Das war alles, was ich mir von meinen Eltern gewünscht hatte.

»Deine Mutter kann das nicht akzeptieren.«

Es stach mir in den Magen, als hätte man ein Messer hineingerammt. Es war dumm von mir gewesen, auch nur einen Funken Hoffnung zu verspüren, dass sie es genauso wie mein Vater sehen könnte.

»Es ist nur einer der vielen Gründe, wieso sie gegangen ist, also gib dir bitte nicht die Schuld daran, Sam. Aber ich denke darüber nach, mich von ihr scheiden zu lassen. Nicht erst seit heute, auch nicht seit gestern, sondern schon viel länger. Es ist nur so, dass ich lange gehofft hatte, dass wir das in den Griff bekommen. Aber die jüngsten Ereignisse haben mir klargemacht, dass diese Hoffnung vergebens war.«

Das Wohnzimmer drehte sich.

Es drehte sich, als wäre es zu einem Karussell geworden.

Scheiden lassen, scheiden lassen, scheiden lassen, hallte es wie ein Echo immer und immer wieder in meinem Kopf nach.

Meine Wangen begannen vor Scham zu glühen, weil mir nicht bewusst war, was für Probleme meine Eltern hatten. Ich warf mir selbst vor, viel zu egoistisch gewesen zu sein, um es zu bemerken. Es war so paradox, aber in diesem Augenblick bohrte sich ein Stachel aus Schuld in mein Herz. Einfach nur wegen des Gedankens, dass ich ihre Ehe letztendlich zerstört hatte, auch wenn mein Vater mir sagte, es wäre nicht so.

Ich blickte auf, direkt in seine Augen, in denen der Glanz von Tränen schimmerte, denen er keinen Freiraum gab, sich über seine Wangen zu ergießen.

Er sah so zerschlagen aus, wie ich mich fühlte, und fast schämte ich mich dafür, dass ich Liebeskummer hatte, wo ich doch, verglichen mit meinen Eltern, den Hauch von Nichts mit Romy hatte. Die kurze Beziehung zwischen uns war wohl kaum mit einer jahrelangen Ehe und einem gemeinsamen Kind zu vergleichen.

»Und du meinst nicht, dass ihr das wieder hinkriegt?«, fragte ich beinahe verzweifelt nach. Denn es war unübersehbar, dass mein Vater meine Mutter wirklich geliebt hatte und es vielleicht trotz allem immer noch tat. Es fühlte sich an, als wäre es eine Entscheidung zwischen ihr und mir, und das wollte ich nicht.

»Manche Sachen sind zu kaputt, um sie reparieren zu können«, erwiderte er mit Melancholie in der Stimme.

Der Kloß in meinem Hals breitete sich aus, bis ich glaubte, nicht mehr an ihm vorbei schlucken zu können.

Zu kaputt.

War nicht nur die Ehe meiner Eltern, sondern auch das zwischen Romy und mir zu kaputt?

Ich konnte diese ganzen schlechten Neuigkeiten kaum ertragen, ohne dass sie meinen Kopf sprengten. Umso sehnlicher wünschte ich mir, Romy wäre hier. Ich wollte mich in ihre Arme flüchten, der einzige Ort, an dem ich jetzt das Gefühl hätte, nicht noch mehr auseinanderzubrechen.

Mein Vater schien meine Mimik zu lesen und richtig zu interpretieren.

»Konntest du dich mit deiner Roxy vertragen?«, lenkte er das Thema auf mich, bevor ich es so weit sacken lassen konnte, dass ich dazu etwas hätte sagen können.

»Romy«, korrigierte ich ihn und ihren Name auszusprechen war, als würde man ein heißes Eisen die Kehle hinaufwürgen. Es tat verdammt weh.

Nein, es war kaum zu ertragen.

»Entschuldige bitte. Romy«, verbesserte er sich.

Ich schwieg und mein Blick musste Bände sprechen, sodass mein Vater sich die Antwort selbst geben konnte.

»Das tut mir sehr leid, Sam«, sagte er mitfühlend.

Ich verschränkte meine Hände und presste sie zwischen meinen Beinen zusammen, als wären sie kalt und ich müsste sie wärmen. Mein Blick glitt auf meine Oberschenkel und meine Sicht begann zu verschwimmen. Ich wollte nicht schon wieder weinen, ehrlich nicht, aber ich war so machtlos gegen dieses Gefühl. Jedes Mal, wenn ich an sie dachte, fühlte es sich so an, als würde ich innerlich ein bisschen mehr sterben.

Und alles, was mich am Leben hielt, war der Funke Hoffnung, der durch das Gespräch mit Oma Maria in mir gezündet worden war. Nicht umsonst gab es das Sprichwort *Die Hoffnung stirbt zuletzt*.

»Sie ist in die USA geflogen, kurz bevor ich am Flughafen angekommen bin«, sagte ich schließlich und traute mich, aufzuschauen, als ich das Gefühl hatte, die Tränen unter Kontrolle zu haben.

Mein Vater zog die Augenbrauen zusammen. »Macht sie da Urlaub?«

Eine bleierne Schwere legte sich um mein Herz.

»Nein, sie bleibt für ein Jahr dort.«

»Das tut mir leid. Ich hoffe, du kannst mir irgendwann verzeihen«, sagte er und schaute mich fast um Vergebung bittend an.

Ich war mir sicher, dass ich das konnte. Eigentlich war ich schon gar nicht mehr wütend auf ihn. Er war immerhin mein Vater. Vielleicht wollten Eltern für ihre Kinder nur das Beste, aber deswegen trafen sie nicht automatisch die richtigen Entscheidungen.

»Das habe ich schon«, erwiderte ich und der kurze Glücksschimmer in seinen Augen ließ meine Brust vor Zuneigung enger werden.

»Liebst du sie denn noch?«, fragte ich in die Stille hinein, die sich kurz darauf zwischen uns ausgebreitet hatte.

Mein Vater musste nicht fragen, wen ich damit meinte. Es lag auf der Hand.

Er lächelte ein trauriges Lächeln.

»Trotz allem, was sie getan hat, tue ich das noch. Aber manchmal reicht nur Liebe eben nicht mehr aus.«

In seinen Augen schimmerten Tränen, wovon sich eine den Weg über seine Wange bahnte.

Es war ein seltsames Gefühl der Hilflosigkeit, als ich meinen Vater so sah. In all den Jahren hatte ich ihn noch nie weinen gesehen und es schockierte mich beinahe so sehr, wie meine Oma Alkohol trinken zu sehen.

Ehe ich mir darüber im Klaren war, was ich tun sollte, reagierte mein Körper automatisch. Ich stand auf, überbrückte die körperliche und emotionale Distanz zwischen uns, beugte mich zu meinem Vater in den Sessel hinunter, setzte mich auf seinen Schoß, schlang die Arme um ihn und hielt ihn fest.

Er erwiderte die Geste nach kurzem Zögern, als wäre er verblüfft darüber, dass ich das tat. Er vergrub sein Gesicht in meinen Haaren, so nah an meinem Ohr, dass ich sein leises, unterdrücktes Schluchzen hören konnte.

Alles in mir schnürte sich zusammen und unwillkürlich kam mir in den Sinn, dass nicht nur ich litt. Dass nicht nur ich durch die Hölle gegangen sein musste. Wie viele Jahre hatte mein Vater sich nach der aufrichtigen Liebe meiner Mutter gesehnt? Wie viele Jahre hatte ich ein verzerrtes Bild von ihm im Kopf gehabt? Eines, auf dem er immer glücklich war? Wie hatte mein Vater das so lange verstecken können und wer war ich, dass ich nicht bemerkt hatte, welche Probleme meine Eltern hatten?

Und so hielten wir uns fest, trauerten beide um unsere Frauen, die wir auf unterschiedliche Weisen verloren hatten. Ein Schmerz, der dem jeweils anderen vertraut, aber doch so fremd war. Denn meine kurze Beziehung ließ sich nicht mit seiner langjährigen Ehe vergleichen.

In diesem Moment hasste ich meine Mutter mehr denn je dafür, dass sie nicht nur mein Leben, sondern auch das meines Vaters zerstört hatte.

3

Der Anruf

Ich starrte auf den Namen auf dem Klingelschild. Mein Herz pochte wie verrückt und ich erinnerte mich daran, wie ich zum ersten Mal hier vor der Eingangstür gestanden hatte. Obwohl sich mein Kopf damals viel mehr wie ein Karussell angefühlt hatte, hatte ich das Bild gestochen scharf vor Augen. Es war der Abend gewesen, an dem ich Romy total betrunken angerufen und sie mich noch zu so später Stunde abgeholt hatte. Mein Herz hatte zu dem Zeitpunkt schon gewusst, was meinem Kopf noch verborgen geblieben war.

Ich erinnerte mich daran, wie wir zusammen hier gestanden hatten und ich Romys Nachnamen erfahren hatte.

»Wie heißt du denn?«

»Romy.«

»Du weißt, was ich meine.«

»Streng genommen heiße ich Romina Alexandra Keller.«

Die Erinnerung daran ließ mich lächeln und gleichzeitig den Schmerz von tausend Messerstichen in meiner Brust spüren. Wieso war das so, dass Erinnerungen einen glücklich und traurig gleichzeitig machen konnten?

Ich schüttelte die Gedanken ab und klingelte bei *Keller*. Ich musste die letzte Hürde überwinden, um meine Reise in die USA antreten zu können. Alles war bereits organisiert. Vanessa, meine beste Freundin, würde mich bei meinem Versuch, Romy zurückzuerobern, begleiten. Unsere Flüge waren gebucht, die Reisepässe vorhanden und die ESTA-Genehmigung für die Zeit unseres Aufenthalts lag ausgedruckt bei mir zu Hause.

Es fehlte nur noch eine Sache: die Adresse, unter der sich Romy aufhielt. Deswegen stand ich hier, in der verzweifelten Hoffnung, dass ihre Mutter bereit war, sie mir zu geben.

Ein leises Knarzen ertönte und riss mich aus meinen Überlegungen. Ich schaute auf die Gegensprechanlage, aus der eine junge Stimme ertönte.

»Ja, hallo?«

Ich erkannte sie als die von Dylan, Romys jüngerem Bruder.

Ich beugte mich hinunter, damit ich verständlicher zu hören war.

»Hallo? Hier ist Sam«, brachte ich hervor und wusste nicht, ob ich noch etwas hinzufügen sollte. Aber das war anscheinend nicht nötig, denn kurz darauf war das Surren zu hören, das mir ermöglichte, die Tür zu öffnen.

Ich betrat das Treppenhaus, in dem es im Gegensatz zu der Hitze des Sommers angenehm kühl, aber auch düster war. Mit schweißnassen Händen ging ich die Stufen hinauf, wobei es sich eher so anfühlte, als würde ich den Mount Everest besteigen. Es fühlte sich fast so an, als würde ich mein Ziel niemals erreichen. Aber irgendwann erreichte ich die letzte Treppenstufe und erkannte Holly, die im Türrahmen stand und dort auf mich wartete.

Es war ein eigenartiges Gefühl, sie nach der kurzen Zeit wiederzusehen. Fast so, als hätte ich etwas Falsches getan. Als würde sie mich noch mehr für das hassen, was ich getan hatte, als ich es selbst tat. Nachdem sie mir jedoch ein gütiges Lächeln schenkte, zog sich die Angst in mir ein wenig zurück.

Ich erwiderte diese Geste, was mir in ihrer Gegenwart nicht schwerfiel. Ich hatte sie schon immer sehr gern gehabt, weil sie mehr Mutter für mich war, als meine eigene es je gewesen war.

»Hallo, Holly«, brachte ich etwas atemlos hervor, weil mir die Stufen doch mehr zu schaffen gemacht hatten, als ich es gewohnt war.

»Samantha, Darling«, begrüßte sie mich und streckte die Arme nach mir aus, als hätte sie meine Ankunft sehnsüchtig erwartet.

Etwas überrumpelt, aber nicht überrascht von ihrer Herzlichkeit, ließ ich mich von ihr in die Arme ziehen. Sie roch sogar so ähnlich wie Romy, was mich so fühlen ließ, als hätte ich Steine in meinem Magen liegen.

Einfach alles schien mich an sie erinnern zu wollen.

»Komm rein«, lud sie mich ein, nachdem sie mich losgelassen hatte, und trat einen Schritt beiseite, damit ich eintreten konnte.

Ich schaute mich um, als würde ich alles zum ersten Mal sehen.

Das *Welcome-Home*-Schild, das links neben der Tür an der Wand befestigt war und auf dem sechs Haken in gleichem Abstand angebracht worden waren. Daran baumelten Messingschlüssel und darunter war der Name des betreffenden Familienmitgliedes geschrieben. Die Birkenfeige, die neben dem Sideboard stand und deren Blätter das Möbelstück überragten. Die vielen Bilder an der Wand, von der Türen jeweils in ein anderes Zimmer führten.

Etwas unschlüssig blieb ich stehen, da ich nicht genau wusste, wohin. Aber Holly nahm mir die Entscheidung ab.

»Lass uns doch am besten in die Küche gehen«, schlug sie vor und ging voraus.

»Setz dich doch«, bot sie an, als wir den Raum betraten. »Möchtest du etwas trinken?«

»Ja, gern.«

»Wir haben Wasser, Saft oder Eistee.« Sie sah mich abwartend an.

»Dann Wasser, bitte.«

Holly hantierte in der Küche herum und wenig später stellte sie mir ein Glas auf den Tisch, ehe sie sich mir gegenübersetzte. Das zischende Sprudeln der Kohlensäure war für einen langen Moment alles, was zu hören war, bis Romys Mutter die Stille durchbrach.

»Was führt dich hierher?«

Sie stellte die Frage so, dass klar war, dass wir beide genau wussten, dass es um Romy ging. Aber dennoch half sie mir dabei, einen Einstieg zu finden. Sonst hätten wir vermutlich noch eine Weile hier gesessen und uns angeschwiegen.

Und trotz der Tatsache, dass ich das Gespräch wieder und wieder in meinem Kopf durchgegangen war, dass ich mir jedes Wort zurechtgelegt hatte, schien es, als wäre all das nun ausgelöscht.

»Ich habe einen großen Fehler gemacht, als ich mich von Romy getrennt habe. Einen Fehler, den ich mir nie verzeihen würde, wenn ich nicht zumindest versuchen würde, das zwischen uns zu kitten. Am Flughafen konnte ich sie nicht mehr erwischen. Also habe ich vor, ihr nach Amerika hinterher zu fliegen, um ihr zu zeigen, wie wichtig sie für mich ist. Aber um sie dort zu finden, brauche ich deine Hilfe, Holly«, sprudelte es aus mir hervor.

Mein Herz raste. Es hing so viel davon ab, dass sie mir half. Meine Augen bewegten sich unruhig, während ich gleichzeitig versuchte, den Blickkontakt zu ihr zu halten. Ich hoffte, dass sie in meinem Gesicht sehen konnte, wie wichtig mir das Ganze war.

Am liebsten hätte ich ein flehendes *Bitte* hinzugefügt, unterdrückte diesen Impuls aber.

Holly setzte eine merkwürdige Miene auf, die ich nicht zu deuten wusste, was dafür sorgte, dass mein Herz einen Schlag aussetzte.

»Und wie genau soll ich dir dabei helfen?«, fragte sie schließlich vorsichtig nach, als wollte sie keine voreiligen Zusagen geben.

»Nun, es ist so, dass ich nicht weiß, wo Romy sich aufhält. Ich brauche die Adresse. Bitte, Holly, bitte«, begann ich nun doch zu flehen und lehnte mich mit dem Oberkörper so weit nach vorn, dass ich fast über dem Tisch lag. Ich musste wie eine Geisteskranke aussehen, aber im Moment war mir das vollkommen egal.

Mein Körper war so gespannt wie eine Bogensehne, während ich auf ihre Antwort wartete. Irgendwo aus einem anderen Zimmer war ein gedämpfter Wutschrei zu hören, der verdächtig nach Dylan klang, was mich erschrocken zusammenfahren ließ.

Holly wirkte ziemlich überrumpelt, aber das wäre ich an ihrer Stelle auch gewesen. Sie fasste sich an den Kragen ihres T-Shirts, als müsste sie sich irgendwo festhalten. Ihr Gesichtsausdruck wechselte von überrascht zu nachdenklich und schließlich mitfühlend.

Oh, oh, das war kein gutes Zeichen!

»Sam, Liebes, du weißt, dass ich dich unglaublich gern habe, aber ich schätze, das ist eine Sache, in die ich mich nicht einmischen sollte. Es steht mir nicht zu, über Romys Kopf hinweg zu entscheiden.«

Hitze und Kälte durchfuhren gleichzeitig meinen Körper, als sie das sagte. Ich war nicht so weit mit meiner Planung gekommen, um hier zu scheitern.

»Holly«, sagte ich ihren Namen und erschrak beinahe vor mir selbst, so eindringlich und erwachsen klang mein Tonfall plötzlich. So, wie mein Vater manchmal den Namen meiner Mutter ausgesprochen hatte, wenn es ihm ernst war. Als würden wir uns schon eine Ewigkeit kennen, und nicht, als hätten wir uns nur ein paar wenige Male gesehen.

»Ich liebe sie. Ich würde alles dafür tun, dass sie glücklich wird. Ich hatte nicht mehr die Chance, ihr das alles zu sagen, bevor sie geflogen ist. Und ich hätte sie gehen lassen, wenn sie dann noch hätte gehen wollen. Ich will nur, dass sie weiß, dass sie eine Option hat, für oder gegen die sie sich entscheiden kann. Bitte, Holly.« Gegen Ende meines Monologes wurde meine Stimme schwach und flehend.

Mein Herz klopfte so hart in meiner Brust, dass es beinahe schmerzhaft wurde. Mein Nacken kribbelte und mir schien es, als wäre die Temperatur in der Küche viel zu warm.

Ich wartete einige Sekunden, aber Holly schwieg eisern. Jedoch konnte ich an ihrem Gesichtsausdruck erkennen, dass sie tatsächlich darüber nachdachte, mir die Adresse zu geben. Denn wenn Mütter nur eins wollten, dann war es, dass ihre Kinder glücklich waren.

»Ich habe alles schon organisiert und gebucht. Ich werde fliegen. Und wenn es sein muss, werde ich jede Straße, jedes Haus, jeden Winkel nach Romy absuchen. Ich werde sogar jeden Stein in New York einzeln herumdrehen, bis ich sie gefunden habe«, drang ich weiter auf sie ein, bevor sie sich dagegen entscheiden konnte. Ich schaute ihr intensiv in die blauen Augen, die denen von Romy so ähnlich waren und die es mir schwerer machten, zu atmen.

»Darling, du machst es mir wirklich nicht einfach, dir nicht zu helfen.«

»Dann tu es einfach«, bat ich.

Meine Fingerspitzen kribbelten, als ich darüber nachdachte, wie nah dran ich war, die Adresse zu erhalten.

Hollys Zweifel bröckelten sichtbar und schließlich nickte sie. Um meine Brust wurde es ganz leicht, als hätte man ein tonnenschweres Gewicht davon heruntergenommen. Sie stand auf und verließ die Küche, um sich etwas zum Schreiben zu holen, während ich zurückblieb. Ich hätte weinen können vor Erleichterung, war für diesen kurzen Moment aber zu glücklich, um heulen zu können.

Nur wenige Augenblicke später kam Romys Mutter zurück, mit einem Zettel in der Hand. Darauf hatte sie in einer geschwungenen Schrift die versprochene Adresse sowie eine ausländische Telefonnummer gekritzelt.

»Ich habe dir ihre Handynummer aufgeschrieben, die sie für ihren Aufenthalt in den Staaten nutzt. Ich hoffe für euch beide, dass ihr die Probleme, die ihr habt, aus der Welt schaffen könnt. Und sei umsichtig mit meinem Mädchen. Sie kann sehr … hartnäckig sein. Lass dich davon nicht entmutigen.«

Fast hätte ich gelacht, denn wenn Romy eines war, dann war es in der Tat hartnäckig. Hätte sie mich damals aufgegeben, wüsste ich heute nicht, wie süß die Liebe tatsächlich schmecken konnte.

»Ich danke dir, Holly«, erwiderte ich und dann stand ich auf, umrundete den Tisch und umarmte sie überschwänglich.

Prompt erwiderte sie diese Geste, tätschelte mir mütterlich den Rücken, ehe wir uns nach kurzer Zeit voneinander lösten.

»Versprich mir, dass du ihr nichts sagst. Ich muss sie damit überraschen.«

Holly nickte. »Ich werde nichts sagen.«

Daraufhin brachte sie mich zur Wohnungstür, an der ich mich mit einer weiteren Umarmung von ihr verabschiedete.

Ich lächelte sie noch mal dankbar für ihre Hilfe an, ehe ich mich abwandte.

»Ach, Sam«, hörte ich ihre Stimme, die mich innehalten ließ, kurz nachdem ich meinen Fuß auf die erste Treppenstufe gesetzt hatte.

Ich drehte mich halb zu ihr um, sodass ich ihr ins Gesicht schauen konnte, das einen sanften Ausdruck aufwies.

»Ja?«, hakte ich nach.

»Du verdienst es, geliebt zu werden, Darling, vergiss das niemals.«

Ich wusste nicht, warum sie das sagte oder ob sie überhaupt Romy damit meinte, aber sie traf mich mitten in mein geschundenes Herz. Ihre Worte legten sich wie Balsam über die kleinen und großen Risse, über all die Kratzer und Prellungen, die es hatte ertragen müssen. Es fühlte sich seltsam an, so etwas gesagt zu bekommen, gerade in dem Moment, wenn man sich wie der schrecklichste Mensch der Welt fühlte.

Ich schluckte den Kloß der Rührung herunter, der in meiner Kehle steckte, bevor ich wieder sprechen konnte.

»Ich wünschte, meine Mutter wäre so wie du«, erwiderte ich und wir beide lächelten uns noch ein letztes Mal an, ehe ich die Stufen nach unten ging.

Den Zettel hielt ich immer noch fest in meiner Hand, aus Angst, ihn verlieren zu können. Selten war mir etwas kostbarer vorgekommen als dieses Stück Papier.

Es war der 15. Juli. Nur noch vier Tage bis zu unserer Abreise in die USA. Außerdem war heute Romys Geburtstag, den ich nicht mit ihr verbringen konnte. Heute war es besonders schlimm, an sie zu denken. Es war so hart, ohne sie zu sein, dass es mir abermals die Luft zum Atmen raubte. Immer wieder gingen mir alle möglichen Erinnerungen an sie durch den Kopf, besonders die unseres ersten Kusses. Er war schöner gewesen als in jedem Hollywoodfilm. Er war real gewesen, neu, aufregend und wild zugleich. Ich wusste, wenn ich jetzt in den Garten hinausgehen würde, würde ich trotz der Temperatur des Sommers den kalten Wind des Winters spüren und Romys Hitze, die mich von innen und außen gewärmt hatte.

Der Gedanke machte mich für einen Sekundenbruchteil glücklich, ehe die Traurigkeit mich wie ein dichter Nebel umhüllte. Ich liebte sie, aber nicht so sehr, wie ich sie vermisste.

In meinen Händen hielt ich den Zettel, den Holly mir gegeben hatte. Ich ließ ihn kaum aus den Augen, auch wenn ich mir die Adresse darauf genau eingeprägt hatte. Ungefähr so wie der Fisch Dorie aus dem Film *findet Nemo*.

Neben der Anschrift stand die ausländische Handynummer, die Romy sich für ihren Aufenthalt in den Staaten besorgt haben musste.

Auch wenn ich es gewesen war, die Holly gesagt hatte, sie sollte ihrer Tochter nichts sagen, wuchs in mir der unbändige Wunsch, Romy anzurufen. Einfach nur, damit ich ihre Stimme hören konnte. Vielleicht würde das Gefühl der Sehnsucht, die mich innerlich zu zerreißen schien, wenigstens ein bisschen gelindert werden? Aber was, wenn sie mich nicht hören wollte? Was, wenn sie wieder auflegen würde? Das würde mir einen harten Schlag verpassen und ich wusste nicht, ob ich das in meinem momentanen Zustand verkraften würde.

Ich gab einen aggressiven Laut von mir, während ich innerlich mit mir selbst kämpfte. Ja, ich wollte sie anrufen. Ja, ich wollte ihre Stimme hören, nur für diesen einen, kurzen Moment. Ich wollte nur für einen Augenblick wieder genügend Luft bekommen und das Reißen meines Herzens stoppen.

Also gewann die Sehnsucht den innerlichen Ringkampf und ich begann, die Nummer auf meinem iPhone einzutippen, bevor ich auf *wählen* tippte.

Mit wild klopfendem Herzen hob ich das Handy an mein Ohr.

Zuerst war gar nichts zu hören, ehe das Freizeichen ertönte und ich mich kerzengerade aufrecht setzte. Mein Blick war starr auf einen Punkt in meinem Zimmer gerichtet, ohne dass ich diesen wirklich wahrnahm. Alles in mir war nur darauf fokussiert, zu hören, was sich am anderen Ende tat.

»Ja, hallo?«

Meine Welt blieb für einen Moment stehen, nur um sich dann in die andere Richtung weiterzudrehen, als wäre alles außer Kontrolle geraten. Mein Magen krampfte sich zusammen, als hätte ich etwas Unbekömmliches gegessen, und die Hand, die das iPhone an mein Ohr gepresst hielt, begann zu zittern.

Es war ihre Stimme, die mir wieder einmal durch Mark und Bein ging und dafür sorgte, dass sich meine Augen sofort mit Tränen füllten, aber nur, weil es so schön war, Romy zu hören.

Mir fehlten die Worte.

»Hallo?«, hörte ich Romy erneut fragen, weil ich es noch nicht geschafft hatte, etwas zu sagen. »Wer ist da?«

Ich wünschte, sie würde nicht mehr damit aufhören, zu reden. Ich wünschte, sie würde nie wieder auflegen. Und ich wünschte, ich wäre dazu fähig, irgendetwas zu sagen. Ganz egal, was. Aber es war fast so, als hätte mein Körper sich in eine Schockstarre katapultiert.

Für einen Moment tat mein Herz nicht mehr so sehr weh, als würde es in meiner Brust verbluten.

Alles war gut.

Allein nur deshalb, weil ich sie hörte.

In meinen Gedanken war es so einfach, Sätze zu formulieren.

Romy, es tut mir alles so leid.

Ich bin es, Sam …

Alles Gute zum Geburtstag. Ich wollte dir nur sagen, dass ich dich nicht vergessen habe und dass ich dich immer noch liebe.

Ich komme. Ich komme nach New York! Ich komme, um für ein uns *zu kämpfen.*

Aber nichts davon kam mir über die Lippen.

Am anderen Ende war es still geworden, nicht einmal Atemzüge waren zu hören, nur hin und wieder ein leises Knistern, das mir verriet, dass Romy nicht aufgelegt hatte.

Die Tränen liefen über meine Wangen, genauso stumm wie ich selbst.

Die Sekunden verstrichen, schienen sich wie Stunden endlos in die Länge zu ziehen. Erneut versuchte ich, etwas zu sagen, bewegte meine Lippen, aber es war, als hätte man den Ton vom Fernseher ausgeschaltet – nichts war zu hören.

»Sam?«, fragte Romy argwöhnisch, als wäre sie sich nicht sicher, ob ich es war. Allein, meinen Namen aus ihrem Mund zu hören, schoss mir wie ein Blitz ins Rückenmark.

Ja, wollte ich sagen, schaffte es aber nicht und verfluchte mich selbst dafür. Wieso ging es nicht? Wieso brachte ich dieses eine bescheuerte Wort nicht hervor? Ich kämpfte innerlich, ich spürte die Buchstaben in meiner Kehle und auf meiner Zunge, aber ab da schienen sie gegen eine unsichtbare Barriere zu prallen, was mich fast wahnsinnig machte.

»Sam, bist du das?«, fragte sie abermals nach, doch diesmal schwang Wut in ihrer Stimme mit, was mich fühlen ließ, als hätte man mir einen Eimer voller Eiswürfel über dem Kopf ausgegossen, der sogar meine Tränen gefrieren ließ.

Weitere Sekunden vergingen.

Dann der Durchbruch.

»Ja, ich bin es«, flüsterte ich. Zu mehr war ich nicht in der Lage, aber da hörte ich, dass die Verbindung bereits beendet worden war. Romy musste in dem Moment aufgelegt haben, als ich es endlich geschafft hatte, etwas zu sagen.

Ich nahm das Handy vom Ohr und starrte es an. Für ein paar Sekunden blieb ich in der Lethargie, bevor mich der Schmerz mit voller Wucht erneut traf.

Ihre Stimme zu hören, hatte meine Wunden kurz betäubt, aber jetzt tat es umso mehr weh. Als wäre sie zum Greifen nah gewesen und doch unendlich weit entfernt.

Ich traute mich nicht, noch mal anzurufen. Auch wenn ich mich fragte, wie ich es schaffen sollte, ihr gegenüberzutreten, wenn ich schon am Telefon kläglich versagte. Aber den Gedanken verdrängte ich, so schnell es ging. Denn die Vorstellung, sie zu sehen, war das Einzige, woran ich mich gerade festhalten konnte. Loszulassen würde die vollkommene Leere bedeuten.

Ich fiel mit dem Rücken voran aufs Bett und rollte mich dort zu einer Kugel zusammen. Die Tränen liefen mir kreuz und quer übers Gesicht und es waren so viele, dass ich sie gar nicht aufhalten konnte.

Romy zu vermissen, kam in wellenartigen Schüben.

Heute Nacht war ich dabei, zu ertrinken.

4

Die Eine

Es war ein seltsames Déjà-vu-Gefühl, als wir den Frankfurter Flughafen betraten, in dem eine wilde Hektik herrschte. Menschen verschwammen zu einem Mix aus Farben und Bewegungen. Alle so unterschiedlich und jeder von ihnen hatte seine ganz eigene Geschichte. Ich blickte in die teilweise gehetzten, freudigen oder müden Gesichter und fragte mich, was diese Menschen zu erzählen hatten. Menschen, die ich in meinem ganzen Leben vermutlich nie wieder sehen würde.

Komisch, womit man sich ablenkte, nur um nicht über das nachzudenken, was einen wirklich beschäftigte.

Romy, die noch keine Ahnung hatte, dass ich auf dem Weg zu ihr war. So wie sie damals nicht gewusst hatte, dass ich ihr zum Flughafen gefolgt war. Ob sie trotzdem gegangen wäre, wenn ich es geschafft hätte, sie hier zu erwischen?

Dieses Mal war alles anders. Dieses Mal hatte ich eines der verdammten Tickets, das mich nach New York bringen würde. Dieses

Mal würde ich nicht wieder abgewiesen werden. Dieses Mal hatte ich meine beste Freundin Vanessa an meiner Seite, die ihren schwarzen Rollkoffer hinter sich herzog, der synchron zu meinem ratternde Geräusche von sich gab.

»Kind, lauf doch nicht so schnell«, beschwerte sich Oma Maria, die uns – neben meinem Vater – unbedingt zum Flughafen hatte begleiten wollen. Wenn sie gekonnt hätte, wäre sie vermutlich sogar mit in den Flieger gestiegen.

»Tut mir leid«, erwiderte ich und zwang mich, etwas langsamer zu laufen, auch wenn es verdammt schwierig war. Ich wollte am liebsten schon seit gestern in New York sein.

Vanessa schien meine innere Unruhe zu spüren oder vielleicht konnte sie auch nur verstehen, wie es mir in dem Moment gehen musste.

»Alles wird gut, Sam«, sagte sie in beruhigendem Tonfall zu mir.

Ich warf ihr einen kurzen Blick zu und zwang mich dazu, zu lächeln. Das war der Satz, den Menschen immer sagten, wenn sie jemanden ermutigen wollten. Und ich wünschte mir so sehr, dass sie damit recht hatte. Ich wünschte mir mehr als alles andere auf der Welt, dass zwischen mir und Romy wieder *alles gut* werden würde.

»Ich hoffe es«, sagte ich.

»Da wären wir«, kam es von meinem Vater, als wir unser Ziel erreicht hatten und in der Nähe der Schlange stehen blieben, die sich zur Ticketkontrolle gebildet hatte.

Bei dem Anblick wurden meine Handflächen feucht vor Schweiß. Mein Magen rumorte schon wieder und Übelkeit machte sich in mir breit. Ich atmete tapfer dagegen an. Das lag an dieser verdammten Nervosität, die bereits dafür gesorgt hatte, dass ich heute Nacht kaum hatte schlafen können. Müdigkeit verspürte ich dennoch keine, dafür hatte ich zu viel Adrenalin im Blut.

»Sam?«, riss mich die Stimme meines Vaters aus meinen Gedanken, in denen ich in letzter Zeit so oft verschwand.

Ich blinzelte. »Ja?«

Sein Blick kreuzte meinen.

»Ich wünsche dir, dass alles so wird, wie du es dir erhoffst«, sagte er und mein Herz zog sich gerührt zusammen.

»Das wünsche ich mir auch«, antwortete ich und ehe er etwas tun konnte, ließ ich meinen Koffer los, der durch das Übergewicht mit einem lauten Knall zu Boden flog, was mir in diesem Moment aber egal war.

»Ich hab dich lieb, Papa.«

Ich umarmte ihn zum Abschied ganz fest. Tatsächlich hatte sich unsere Beziehung um einiges verbessert, seitdem wir uns ausgesprochen hatten und meine Mutter nicht mehr nach Hause gekommen war – und das war nun einige Zeit her.

Seine Arme legten sich um mich und er drückte mich an seinen Körper. So hielt er mich einen Moment lang fest, ehe er mir einen Kuss auf den Kopf gab.

»Ich wünsche euch einen guten Flug und melde dich, sobald du im Hotel angekommen bist und WLAN hast. Passt auf euch auf, ihr beiden«, murmelte er zur Verabschiedung irgendwo über meinem Ohr.

»Ich melde mich, versprochen«, gab ich zurück.

Wir lösten uns voneinander und schenkten uns noch einen Blick, ehe ich mich von ihm zu meiner Oma drehte, die bereits darauf wartete, sich ebenfalls von mir verabschieden zu können.

»Komm her, Kind«, sagte sie, zog mich überschwänglich in eine herzliche Umarmung und gab mir links und rechts jeweils einen Kuss auf die Wange.

Sie roch nach der Creme, die sie täglich auftrug, damit ihre Haut nicht zu sehr austrocknete, und nach einem alten Parfüm, das sicher keiner mehr benutzte. Aber sie roch so vertraut wie seit meinen frühesten Kindheitstagen.

»Mach's gut, mein Kind. Und komm mir nicht ohne deine Freundin zurück«, flüsterte sie in mein Ohr.

Am liebsten hätte ich geantwortet, dass sie nicht mehr meine Freundin war, aber das war unnötig. Ich wusste, wie meine Großmutter es meinte, und ein Teil in mir hoffte darauf, dass sie es bald wieder sein würde. Dass die letzten Monate rückwirkend nur ein böser Albtraum sein würden.

»Ich werde es versuchen, Oma. Letztendlich liegt es in ihren Händen«, antwortete ich, als ich mich von ihr löste und durch die dicken Brillengläser hindurch in ihre braunen Augen schaute. In ihnen schimmerten plötzlich Tränen, was mir einen Schock verpasste und dafür sorgte, dass sich meine Brust zusammenzog. Das letzte Mal, als ich diese Frau hatte weinen sehen, war zwei Wochen nach dem Tod meines Opas gewesen. Als sie so richtig realisiert hatte, dass er für immer fortgegangen war.

Sie strich mir behutsam über die Wange, als wäre ich eine zerbrechliche Porzellanpuppe, lächelte mich liebevoll an, ehe sie tief durchatmete und sich zu Vanessa drehte, um sich auch von ihr zu verabschieden.

Ich hob meinen Koffer vom Boden auf und wartete auf meine beste Freundin, die sich gerade aus der Umarmung meiner Großmutter löste.

Wir beide schauten uns an.

»Bist du bereit, Sam?«, fragte sie mich und mein Magen krampfte sich zusammen, als wäre mir plötzlich kotzübel.

»Nein«, antwortete ich wahrheitsgemäß.

Nichts könnte mich darauf vorbereiten, was passieren würde, sobald ich vor Romy stehen würde. Außerdem machte ich mir so viele Sorgen darüber, was alles schiefgehen konnte. Was, wenn ich sie nicht finden würde? Was, wenn sie mir nicht einmal die Chance geben würde, zu sagen, was ich zu sagen hatte?

Ich nahm einen tiefen Atemzug. »Aber lass uns gehen«, fügte ich hinzu.

Wir reihten uns in die Schlange ein, während mein Vater und Oma Maria uns dabei beobachteten, wie wir Schritt um Schritt der Dame, die die Tickets kontrollierte, näher kamen.

Es dauerte einige Minuten, bis wir endlich an der Reihe waren, und als es dieses Mal hieß: »Ihre Bordkarte, bitte«, war ich vorbereitet und überreichte fast triumphierend das Flugticket, ehe wir passieren konnten.

New York war überwältigend. So viel größer und mächtiger, als ich es mir auch nur annähernd vorgestellt hatte. Es war noch viel imposanter, schriller und gewaltiger, als es in Filmen dargestellt wurde. Natürlich war mir klar gewesen, dass es mit einer deutschen Großstadt nicht zu vergleichen war und dass selbst Frankfurt mit seiner Skyline neben New York seinen Glanz verlor, aber dennoch war ich geplättet von dem, was mich erwartet hatte.

Während der langen Taxifahrt vom Flughafen zum Hotel hatte mein Blick ständig am Fenster geklebt. Immer wieder gab es etwas

Neues zu entdecken. Imposante Brücken, edle Gebäude, Theaterhäuser, fremdländische Kennzeichen und Straßenschilder. Leute, die den Gehweg hinauf und hinab hetzten, Touristenführer umringt von Menschentrauben und Wolkenkratzer, die bis in den Himmel hinaufzuragen schienen.

Und irgendwo dort draußen, in dieser großen Stadt, war dieses braunhaarige Mädchen mit der schwarzen Lederjacke und den Springerstiefeln, die es so liebte. Das Mädchen, das mein ganzes Leben durcheinandergebracht hatte. Die Person, die mich überhaupt dazu gebracht hatte, den langen Weg auf mich zu nehmen. Nur Liebe konnte so ein starker Motivator sein. Ein Gefühl, das einen dazu bringen konnte über seine Grenzen zu gehen. Ich konnte selbst nicht fassen, dass ich zu solch einer Aktion bereit war.

So etwas passierte nur in Filmen und Büchern und nicht im wahren Leben. Und dennoch stand ich nun hier, in dem luxuriösen Hotelzimmer, in dem ich nicht zur Ruhe kommen konnte. Zwar waren Vanessa und ich nach der anstrengenden Anreise total übermüdet gewesen, aber ich hatte gehört, dass man keinen schlimmeren Fehler begehen konnte, als sich schlafen zu legen. Der Biorhythmus musste sich an die neue Zeitzone gewöhnen, also blieben wir wach, bis wir den tiefsten Punkt der Müdigkeit überschritten hatten.

Nun fühlte ich mich zwar wieder wacher, aber dennoch ausgelaugt. Und da war noch dieser andere Teil in mir, der voller Tatendrang steckte. Der sich am liebsten in eines der gelben Taxis gesetzt hätte, um zu Romy zu fahren.

Ich wollte nicht mehr warten. Ich hatte so viele Tage ohne sie ausgehalten und jetzt, wo ich ihr so nah war, ertrug ich es kaum noch, eine Nacht ohne sie zu sein.

Und ganz tief in mir drin war der Part, der Angst davor hatte, ihr zu begegnen. Angst davor, sich ihren geballten Gefühlen zu stellen. Angst davor, zu erkennen, dass wir uns hoffnungslos verloren hatten. Dass es kein Zurück mehr gab und ich mit meiner Entscheidung, sie gehen zu lassen, leben musste.

Ich gab ein leises Seufzen von mir und griff nach dem roséfarbenen Samtvorhang, zog ihn zur Seite, um einen erneuten Blick auf die Stadt werfen zu können. Das tat ich seit unserer Ankunft im Hotelzimmer bestimmt zum hundertsten Mal, als müsste ich mich jedes Mal aufs Neue vergewissern, dass wir hier waren. Dass New York nicht einfach verschwunden war. Ich hatte Angst, jeden Moment die Augen aufzuschlagen, in meinem Bett in Deutschland aufzuwachen und feststellen zu müssen, dass alles nur ein Traum gewesen war.

»Auch wenn du zum zwanzigsten Mal aus dem Fenster schauen wirst: Ja, wir sind wirklich hier, Sam«, sagte Vanessa weder unfreundlich noch genervt. Ihr Tonfall wirkte mild.

Ich ließ den Vorhang los und drehte mich zu ihr um. Meine beste Freundin saß im Schneidersitz auf einem der zwei Betten, die man auch zu einem großen hätte zusammen schieben können. Die braunen Haare hatte sie während des Fluges zu einem unordentlichen Knoten zusammengebunden, aus dem bereits einige Strähnchen herausgerutscht waren. Der Blick ihrer blauen Augen war erschöpft, aber dennoch aufmerksam auf mich gerichtet.

»Ich weiß«, sagte ich mit einem angedeuteten Lächeln, ehe ich abermals ein Seufzen ausstieß. »Ich wünschte mir einfach nur, ich könnte mehr tun, als untätig im Hotelzimmer zu sitzen. Warten und nichts zu tun, ist ein ekliges Gefühl«, gab ich zerknirscht zu.

Vanessa lächelte wissend.

»Soll ich dich ablenken?«, fragte sie und legte den Kopf schräg.

Für einen dämlichen Moment musste ich breit grinsen. Mir war klar, dass sie meine beste Freundin war und dass sie mit hoher Wahrscheinlichkeit kein Interesse an Frauen hatte … aber dieser Satz hätte auch von Romy kommen können, untermalt mit einem verruchten Zwinkern.

An sie zu denken, ließ mein Herz sich schon wieder schmerzhaft zusammenziehen. Ich hasste es, dass mich einfach alles an sie erinnerte, was mich wiederum daran erinnerte, wie sehr ich sie vermisste.

Vanessa rollte mit den Augen, musste aber selbst verlegen grinsen.

»*So* war es nicht gemeint«, fügte sie hinzu, als müsste sie es ganz besonders klarstellen. Dabei schüttelte sie den Kopf.

Bevor ich Romy gekannt hatte, wären mir solche Gedanken gar nicht in den Sinn gekommen.

»Wie dann?«, hakte ich nach.

Vanessa ließ sich auf den Bauch fallen und streckte den Arm aus, um ihren aufgeklappten Koffer am Boden zu erreichen. Es sah so aus, als müsste sie sich ziemlich verrenken, doch bevor ich fragen konnte, ob ich ihr helfen sollte, hatte sie eine gelbe Tasche, die mit weißen Blumen versehen war, in der Hand und zog sich in ihre ursprüngliche Position zurück. Sie öffnete den Kulturbeutel und kramte geräuschvoll darin herum, bevor sie nach wenigen Augenblicken ein kleines Fläschchen lilafarbenen Nagellack herausgezogen hatte.

Sie hielt es triumphierend in die Höhe und schaute mich an.

»Ich könnte dir die Nägel machen, damit du morgen gut aussiehst«, bot sie an.

Ich schaute auf meine Finger. Tatsächlich täte ihnen ein Anstrich gut. Sie sahen dann meistens femininer aus, aber mir fehlte oft die Geduld, sie zu lackieren.

»Und du denkst, dass maniküre Fingernägel Romy so verzaubern werden, dass sie nicht mehr böse ist?« Ich legte den Kopf schräg und sah meine beste Freundin zweifelnd an.

Sie stieß ein leises Lachen aus und zog die Schultern hoch, als wollte sie sagen: *Wer weiß?* Dann klopfte sie auffordernd auf die Matratze ihres Hotelbettes.

»Schaden kann es zumindest nicht«, sagte ich, ehe ich ihrer Aufforderung Folge leistete, indem ich mich vor sie fallen ließ.

»Gib mir deine rechte Hand«, sagte sie bestimmend.

Vanessas Finger waren warm, als sie meine festhielt, um die Nägel besser lackieren zu können. Konzentriert war ihr Blick nach unten gerichtet und ich beobachtete, wie die feuchte lila Farbe meine Fingernägel bedeckte.

Für den ersten Moment lenkte es mich tatsächlich ein bisschen ab, aber das währte nicht lange. Ich begann, auf meiner Unterlippe zu kauen, und dachte schon wieder an Romy und daran, dass sie sich vermutlich nie freiwillig für Lila entschieden hätte. Sie war einfach eine Verfechterin von Schwarz. Sollte sie jemals heiraten, würde sie vermutlich ein schwarzes anstatt ein weißes Brautkleid tragen.

Mir zog es stark in den Magen, als ich mir auch nur vorstellte, eine andere Frau könnte mit ihr zum Altar schreiten.

Mir wurde kotzübel bei dem Gedanken, irgendjemand könnte überhaupt mit Romy zusammen sein. Von ihr geküsst werden, wie sie mich geküsst hatte ... Wieso dachte ich über so etwas überhaupt nach?

Weil wir getrennt waren und weil die Wahrscheinlichkeit, dass sie in diesem Jahr jemanden kennenlernte, nicht gering war. Es war die richtige Entscheidung gewesen, hierherzukommen und nicht in Deutschland zu warten. Allein der Gedanke, sie würde zurückkommen und eine andere Frau lieben, erweckte in mir das Gefühl, innerlich zu verbluten.

»Was ist, wenn sie mich nicht mehr will?«, fragte ich, als Vanessa sich gerade an meinem vierten Finger zu schaffen machte.

Sie blickte kurz auf und hörte mit dem Lackieren auf.

»Als ob Romy dich nicht mehr wollen würde. Sam ... du warst *die Eine* für sie oder bist es vielleicht immer noch. Hast du eine Ahnung, wie sie dich angesehen hat?«

Ihre Worte beruhigten mich nicht wirklich. Was, wenn sie mittlerweile ihre Meinung geändert hatte? Unsere Trennung war eine lange Zeit her.

»Trotzdem: Was, wenn sie mich nicht mehr will?«

Meine Hand begann zu zittern und Vanessa hielt sie fester, streichelte mit dem Daumen über meine Fingerknöchel, um mich zu beruhigen.

»Dann wirst du sie gehen lassen müssen, Sam«, kam es ganz leise von ihr, als hätte sie Angst, mich damit zu verletzen.

Und ganz ehrlich? Ihr Satz raubte mir fast den Atem.

»Das kann ich nicht«, stieß ich aus und schloss meine Augen, die schon wieder verräterisch zu brennen begannen. »Sie ist es nämlich auch für mich, verstehst du? Die Eine. Ich weiß nicht, wie ich jemals wieder jemanden lieben soll, wenn sie mir keine Chance mehr gibt.«

»Hey!«

Ich hörte ein Schnippen und öffnete die Augen, schaute direkt in die von Vanessa, die mich intensiv anstarrten.

»Hör auf, dir alles kaputt zu denken, bevor irgendetwas passiert ist. Romy wird verletzt sein, darauf solltest du dich einstellen. Und ja, vielleicht wird sie sich auch nicht gleich mit dir versöhnen wollen, vielleicht wird sie Zeit brauchen. Aber hör auf, so negativ zu denken, damit machst du dich nur verrückt.« Vanessa drückte sanft meine Hand, als wollte sie ihre Worte damit unterstreichen.

Ich ließ die angestaute Luft aus meinen Lungen entweichen. Das Atmen fiel mir von Sekunde zu Sekunde etwas leichter, als hätte mich zuvor eine eiserne Hand umklammert, die ihren Griff langsam lockerte.

»Du hast recht«, lenkte ich ein. »Sorry, ich habe Panik bekommen und mich da in etwas reingesteigert.« Mein Blick senkte sich auf meine Finger, von denen zwei noch immer unlackiert waren.

»Glaub mir, man hört nicht so schnell auf, jemanden zu wollen. Das wäre doch viel zu einfach, oder nicht?«

Vanessa versuchte, mich aufzubauen, und dafür war ich ihr unendlich dankbar.

Zum Glück musste ich nicht allein hier sein, sondern hatte so eine tolle Freundin, die mir zur Seite stand. Die mit mir nach New York geflogen war, damit ich meine Ex-Freundin (das Wort schmeckte so bitter) zurückerobern konnte. Mein Herz zog sich abermals zusammen, dieses Mal aber vor Rührung gegenüber Vanessa. Erst in schwierigen Situationen erkannte man, wer einem wirklich zur Seite stand.

»Danke, dass du so eine wunderbare Freundin bist«, wechselte ich unvermittelt das Thema.

Vanessa blinzelte, doch dann lächelte sie, ebenfalls gerührt.

»Und jetzt sei du eine gute Freundin und halte still, während ich deine Fingernägel lackiere!«, forderte sie, doch ich konnte das Schimmern von Tränen in ihren Augen sehen, bevor sie wieder nach unten schaute.

5

Rote Strähnchen

Wieder und wieder knickte ich das kleine weiße Stück Papier, auf dem Holly mir die Adresse aufgeschrieben hatte. Wieder und wieder glitt es durch meine Finger, fühlte sich an manchen Stellen schon ganz weich an, weil es so abgegriffen war. Ich wollte es einfach nicht weglegen. Nicht einmal nachdem ich dem Taxifahrer, in dessen Wagen ich nun saß, die Anschrift genannt hatte.

Ich hatte diese irrationale Angst, dass ich meine Verbindung zu Romy verlor, sollte ich den Zettel verlieren.

Es machte mich nur noch nervöser, allein zu sein. Vanessa war im Hotel zurückgeblieben, weil wir beide der Meinung waren, dass ich das allein regeln sollte.

Die Wolkenkratzer zogen links und rechts an mir vorbei, während wir uns stückchenweise durch den Verkehr schlängelten. Ich hatte wirklich darauf geachtet, nicht zur Rushhour zu fahren, aber in einer so großen Stadt wäre es ein Wunder Gottes gewesen, wären die Straßen einigermaßen frei.

Der Taxifahrer schlängelte sich lässig von einer zur anderen Lücke, die sich zwischen den Autos auftat, und immer wieder ertönte ein Hupen hinter oder vor uns. Ich hätte niemals so ein dickes Nervenkostüm gehabt, um durch diese Stadt zu fahren, doch wenn man das tagtäglich machte, härtete man wohl ab.

Das, was der Fahrer zu viel an Geduld hatte, hatte ich zu wenig. Ich begann, nervös im Sitz hin und her zu rutschen, und fing trotz Klimaanlage an, zu schwitzen. Aber eher, weil mir vor Aufregung innerlich heiß war.

Alles, woran ich denken konnte, war Romy. Daran, dass ich gerade auf dem Weg zu ihr war. Diese Tatsache sorgte dafür, dass sich mein Magen immer und immer wieder stechend zusammenzog, sodass ich das Gefühl hatte, mich jeden Moment erbrechen zu müssen.

Was würde sie tun, wenn ich vor ihr stand? Was würde sie sagen? Was würde ich sagen? Ich hatte mir zwar die Worte im Kopf zurechtgelegt, so als würde ich für eine Präsentation üben, aber ich wusste genau, dass mein Kopf wie leer gefegt sein würde, sobald ich in Romys Augen sah.

Diese Wirkung hatte sie schon vom allerersten Moment auf mich gehabt.

Mein Name ist Romy und ich gehe ab heute in eure Klasse.

Ja, sie war *die Eine* für mich, wie ich es gestern bereits zu Vanessa gesagt hatte. Eine Erkenntnis, die vielleicht zu spät kam. Und ich könnte es Romy noch nicht einmal verdenken, wenn sie mir keine Chance mehr geben wollte.

Sie war mir fünf Schritte voraus gewesen und hatte schon früh erkannt, dass wir zusammengehörten. Dass wir uns gegenseitig den Rücken stärken konnten. Nur ich hatte wie immer zu lange gebraucht, um das zu kapieren, und jetzt könnte alles vorbei sein, bevor es richtig begonnen hatte.

Mir war schon wieder schlecht, sodass ich die Hand auf meinen Bauch pressen musste. Die Tatsache, dass der Wagen in dem Moment scharf bremste und ich nach vorn geschleudert, aber vom Gurt aufgefangen wurde, machte das alles nicht besser.

Bei dem Fahrstil, den die New Yorker an den Tag legten, rechnete ich fest damit, hier in einem dieser gelben Taxen zu sterben. Es wurde erneut wild gehupt und meine Nerven, die sowieso zum Zerreißen gespannt waren, machten das nicht länger mit. Hätte ich gewusst, wohin ich gehen sollte, wäre ich ausgestiegen – mitten auf der Straße – und gerannt. So lange, bis ich endlich vor dem Haus stand, das in meiner Vorstellung weder eine genaue Form noch eine Farbe hatte. Da war einfach nur der Umriss eines Gebäudes.

Und da würde Romy sein.

Es tat sich eine Lücke auf. Der Taxifahrer gab Gas, preschte zwischen zwei Autos hindurch und bog in eine etwas weniger belebte Straße ein. Ich krallte die Fingernägel in das Sitzpolster, als wir eine scharfe Kurve fuhren und ich das Gefühl hatte, jeden Moment aus dem Wagen geschleudert zu werden.

Es ging noch eine Weile geradeaus und links und rechts, bis wir in eine Wohngegend kamen. Hier herrschte zwar immer noch reges Treiben, es schien aber für New York ruhig zu sein. Die Häuser, die sich dicht aneinanderreihten, sahen schick aus und als ich einen Blick auf den Straßennamen erhaschen konnte, schlug mein Herz fünf Takte schneller.

Um mir ganz sicher zu sein – auch wenn ich blind wusste, was auf dem Zettel stand –, überprüfte ich es noch mal mit der Anschrift auf dem Papier. Und tatsächlich: Wir waren richtig.

Wir hatten unser Ziel beinahe erreicht.

Meine Gedanken begannen wieder zu kreisen, schienen mit sich selbst eine Schlacht zu führen. Mein Magen rebellierte, mir wurde schwindelig und ich bekam kaum noch Luft. War es schon immer so stickig hier drinnen gewesen?

Auch mein Körper schien zu wissen, dass Romy ganz nah war.

Wenige Meter später kam das Taxi sachte zum Stehen und der Fahrer drehte sich zu mir um. Seine Augen lagen hinter einer schwarzen Sonnenbrille verborgen, in der ich meine eigene Spiegelung erkennen konnte. Als er mir den Preis nannte, den ich gar nicht so richtig verstand, weil ich es eilig hatte, aus dem Auto zu kommen, wackelte sein brauner Schnauzer bei der Bewegung seiner Oberlippe mit. Er streckte fordernd die Hand aus und ich gab ihm einen Fünfzigdollarschein, weil ich immer noch nicht wusste, wie viel ich ihm schuldete.

»Keep the change«, beeilte ich mich, zu sagen, öffnete hastig die Tür, als würde das Taxi weiterfahren, wenn ich es nicht schaffte, schnell genug auszusteigen. Mit dem Fuß verfing ich mich in dem Gurt, was mich dazu brachte, leise zu fluchen und ihn mit strampelnden Bewegungen abzustreifen.

Es war, als würde ich gegen eine Wand laufen, denn die Hitze der Stadt erdrückte mich fast. Im Innenraum des Wagens war es so angenehm kühl gewesen – auch wenn ich trotzdem geschwitzt hatte –, aber hier war es kaum auszuhalten. Ich musste einen Moment ausharren, weil mir sonst sicher der Kreislauf zusammengebrochen wäre, und betrachtete meine Umgebung.

Zweistöckige Familienhäuser aus braunem Sandstein standen dicht an dicht. Sie teilten sich zu beiden Seiten die Außenwände und formten so eine lange Reihe von Häusern. Gusseiserne Geländer säumten steile Treppen, die zum Hauseingang führten. Lindenbäume waren in einem Abstand von jeweils fünf Metern gepflanzt und wurden von Eisenzäunen geschützt.

Meine Augen bewegten sich wie Scanner hin und her und verharrten schließlich an einer Stelle links neben dem Erkerfenster, an der die Hausnummer angebracht war. Die Zahl hatte ich mehr als einmal auf dem Papier gelesen und deswegen war ich mir nun ganz sicher, dass es das Haus von Romys Onkel und Tante war.

Obwohl ich nichts lieber wollte, als die Treppe zur Eingangstür hinaufzurennen, blieb ich wie angewurzelt unter dem Schatten eines Baumes stehen. Ich war kaum fähig dazu, mich zu bewegen. Mein Blick war nur auf dieses eine Gebäude gerichtet, als würde um mich herum nichts mehr existieren. Das Atmen fiel mir plötzlich schwer, was nichts mit der heißen Luft um mich herum zu tun hatte. Meine Beine begannen zu zittern, als wollten sie jeden Moment nachgeben.

Ich spürte einen Stich der Panik bei dem Gedanken, dass es vielleicht doch nicht das richtige Haus war. Dass es irgendeine Verwechslung gegeben hatte oder ein Fehler passiert war. Dass ich gleich dort klingeln und mir fremde Menschen die Tür öffnen würden, die noch nie etwas von einer Romy gehört hatten.

Mein Kopf schien fast zu explodieren und ehe ich mir darüber bewusst wurde, machte ich mit zittrigen Beinen meinen ersten Schritt in Richtung Ziel. Und dann noch einen, zuerst ganz zögerlich, ehe ich immer schneller lief. Zum Schluss rannte ich die Stufen nach oben und blieb angespannt vor der Tür stehen.

Mein Blick glitt auf das kleine Schild neben der Klingel.

Stone.

Da stand er schwarz auf weiß: Hollys Mädchenname und der ihrer Familie, der mir verriet, dass ich hier doch richtig war. Dass es keine Verwechslung und keinen Fehler gegeben hatte.

Ich hätte fast geweint vor Erleichterung, aber mein Körper war so voller Adrenalin, dass er das nicht zu ließ.

Wie atmet man noch mal gleichmäßig?

Komm schon, Sam, sei kein Feigling.

Was, wenn sie mich nicht sehen will?

Was, wenn sie mich wegschickt?

Das wirst du nie herausfinden, wenn du jetzt nichts tust.

Mehrmals machte ich Anstalten, zu klingeln, aber kurz vorher verließ mich doch wieder der Mut. Ich wusste, dass ich nichts sehnlicher wollte als das hier, aber ich hatte furchtbare Angst. Es konnte alles gut werden, aber es könnte auch gewaltig schiefgehen.

Ich nahm noch einmal einen tiefen Atemzug, ehe ich es nach dem achten Anlauf endlich schaffte, zu klingeln. Das Geräusch war so laut, dass ich es durch die Tür hindurch hören konnte.

Die Sekunden, die daraufhin vergingen, kamen mir vor wie Stunden. Es war ein Gefühl, als würde man am höchsten Punkt der Achterbahn stehen bleiben und auf den Moment warten, bis der Wagen in die Tiefe raste.

Ich musste nicht sehr lange warten, bis Bewegung in die Tür kam und diese sich öffnete. Vor mir stand ein Mann mittleren Alters. Seine blauen Augen, die denen von Holly und Romy sehr ähnlich waren, schauten mich reserviert, aber dennoch freundlich an. Braune Bartstoppeln dominierten seine Wangen und seinen Kiefer.

Ich konnte nicht anders, als enttäuscht darüber zu sein, dass es nicht Romy gewesen war, die mir die Tür geöffnet hatte. So wie sie es in meiner Vorstellung Hunderte Male getan hatte.

»Can I help you, Miss?«, fragte er mit einer äußerst tiefen Stimme.

Ich war so nervös, dass mir für den Bruchteil einer Sekunde die englischen Wörter nicht mehr einfielen.

»Hello«, brachte ich atemlos hervor und verschaffte mir eine kurze Denkpause. »I … I want … to see Romy. Is she here?«, brachte ich schließlich nach dem holprigen Start zustande.

Es sah so aus, als wollte er etwas antworten, aber da plapperte ich voreilig schon wieder dazwischen.

»I'm a friend from Germany. I need to talk to her, it's really important. Could you tell her that I'm here?«

Als er nickte, hätte ich zwanzig Dankesgebete in den Himmel schicken wollen, wäre ich dazu noch irgendwie in der Lage gewesen. Alles, woran ich jetzt noch denken konnte, war Romy.

Romy. Romy. Romy.

Herzschlag. Herzschlag. Herzschlag.

Sie war hier.

Doppelherzschlag.

Ich wollte sie sehen, ich wollte sie berühren, ich wollte in ihre vertrauten Augen schauen und mich darin verlieren, so wie ich es vom ersten Moment an getan hatte.

»Sure. Gimme a second, I'll get her for ya«, erwiderte er in seinem breiten amerikanischen Akzent. Dann schloss er die Tür bis auf einen kleinen Spalt, der mir dennoch nicht erlaubte, in das Haus zu schauen.

Erneutes Warten.

Ich war kurz davor, durchzudrehen.

Sie war mir zum Greifen nahe und trotzdem unerreichbarer denn je.

Meine Schuhsohlen knarzten leise, als ich auf dem Treppenabsatz hin und her tigerte, aber sofort ruckartig stehen blieb, als leise Stimmen durch den Türspalt zu mir herausdrangen. Ich hörte eine weibliche Stimme, konnte aber nicht erkennen, ob es sich um die von Romy handelte, denn mein Puls rauschte mir so laut in den Ohren, dass ich nichts anderes mehr wahrnehmen konnte.

Mein Körper war geladen wie eine Steckdose. Jede noch so kleine Berührung könnte dafür sorgen, dass ich mich elektrisch entlud.

Als die Tür sich erneut öffnete, blieb mir das Herz stehen. Es hörte einfach auf, zu schlagen. Vielleicht dachte ich es auch nur, weil ich bis auf das Schwindelgefühl nichts mehr wahrnehmen konnte?

Ich schaffte es, einzuatmen, und das Drehen um mich herum hörte auf.

Noch ein Atemzug …

… und dann stand sie vor mir.

Romy!

Live und in Farbe.

So, als wäre sie nie weg gewesen.

Der Schock stand ihr regelrecht ins Gesicht geschrieben.

Die ganze Welt schien für einen Moment stillzustehen, nur um sich im nächsten Moment in die andere Richtung weiterzudrehen. Nichts spielte mehr eine Rolle, als wir beide uns in die Augen sahen. Wie schon bei unserer allerersten Begegnung fühlte es sich an, als hätte man meinen Körper festgebunden und das Seil zu stramm gezogen. Ich war zu keiner Regung möglich.

Es war, als würde ich mich noch mal ganz neu in sie verlieben. Aber nicht so schleichend wie beim ersten Mal, sondern mit einem gewaltigen Schlag.

Ich wollte meine Arme um sie schließen, ich wollte sie küssen, ich wollte mein Gesicht an die weiche Stelle ihres Halses drücken. Ich wollte sie schlagen, weil sie einfach weggegangen war und mich zurückgelassen hatte. Bis mir einfiel, dass ich diejenige war, die sie zuerst verlassen und dann auch noch gehen gelassen hatte.

Romy war noch immer so schön, wie ich es in Erinnerung hatte. Vielleicht sogar noch mehr, als würde das Bild in meinem Kopf der Realität nicht einmal annähernd gerecht werden.

Ihr dunkelbraunes Haar, das ihr glatt über die Schultern fiel und dessen Spitzen sie sich in einem leuchtenden Rot hatte färben lassen. Diese kleine Veränderung ließ sie noch viel tougher aussehen.

Ihr Körper, von dem ich genau wusste, wie er sich anfühlte. Wie jeder Zentimeter ihrer Haut schmeckte. Ihre Hände, die mich gleichzeitig so behutsam gehalten hatten, als wäre ich aus Glas, und doch so stark, dass sie mich zusammenhielten, wenn etwas in mir zerbrach.

Ihre Lippen, die mich sanft geküsst hatten, an jeder Stelle meines Körpers, auch die, die ich am wenigsten an mir mochte.

Ihr schmales Gesicht, der Schwung ihrer Nase, der Zug ihrer Lippen, die einen Spaltbreit geöffnet waren.

Dieser vertraute Geruch nach Mandel-Vanille-Seife, den ich so sehr vermisst hatte und der mich nun sanft einhüllte.

Und diese Augen, diese verdammten Augen, in denen sich Schock und Überraschung spiegelten, weil sie nicht schnell genug die Kontrolle über ihre Emotionen wiedererlangt hatte.

Allein, sie vor mir zu sehen, löste eine Lawine an Gefühlen in mir aus und begrub mich darunter. Jeder Nerv meines Körpers schien vor Verlangen und Sehnsucht zu brennen. Es ließ mich fast ohnmächtig werden, denn ich wollte meine Hände nach ihr ausstrecken und sie berühren, wusste aber gleichzeitig, dass ich dieses Recht nicht hatte.

Mein kaputtes Herz schien zu heilen, als wäre es niemals zerbrochen gewesen. Es fühlte sich für einen Moment so federleicht an, als würde es in meiner Brust schweben. Für ein paar Sekunden überwogen Freude und Glück, ehe sich die Sehnsucht und der Schmerz, sie nicht berühren und küssen zu können, wie ich es gern getan hätte, wie klebriger Kleister über die positiven Gefühle legten.

Ob sie sich auch so fühlte wie ich?

Ich wusste, dass ich etwas sagen musste, aber wie ich es selbst prophezeit hatte, schien keines meiner zurechtgelegten Worte meinen Mund verlassen zu wollen.

»Hi, Romy«, war also alles, was ich quiekend hervorbringen konnte. Und im nächsten Moment hätte ich mir dafür selbst in den Arsch treten können. Wirklich? Nach allem, was passiert war, hatte ich nichts Besseres zu sagen als ein lahmes *Hi, Romy*?

Nachdem sich der erste Schock bei ihr gelegt zu haben schien, konnte ich deutlich erkennen, wie sich ihr Blick veränderte. Wut trat in das Blau ihrer Augen, was sie so scharf wirken ließ wie ein ungeschliffener Diamant. Aber auch eine Spur Sehnsucht lag darin – oder bildete ich mir das nur ein, weil ich wollte, dass es so war?

»Sam«, erwiderte sie, als hätte sie den Klang meines Namens vergessen und müsste sich nun daran erinnern. Ihr Blick war vollkommen auf mich fixiert.

Ich konnte kaum atmen, so weh tat die Tatsache, dass sie nur eine Armeslänge von mir entfernt stand und ich sie dennoch nicht berühren konnte, weil da diese emotionale Distanz zwischen uns war. Eine Distanz, die ich verschuldet hatte. Weil ich Romy von mir weggestoßen hatte, als wir uns näher denn je hätten sein können.

»Was zur Hölle tust du hier?«, fragte sie mit einer Spur von Wut. Ihre Brauen zogen sich zusammen, ihre Augen bewegten sich hoch und runter, als sie mich wieder und wieder musterte. Der Zug ihrer Lippen war nicht zu dem schönen Lächeln geformt, das sie mir sonst zugeworfen hatte, wenn wir uns angesehen hatten. Vielmehr waren sie hart aufeinandergepresst.

Mein Mut sank und ich spürte einen verdächtigen Druck hinter meinen Augen, aber ich wollte jetzt nicht weinen. Das wäre nicht fair gewesen. Wenn hier jemand einen Grund dazu hätte, war es Romy. Dennoch kam ich kaum gegen das eklige Gefühl an und zusätzlich bildete sich ein Kloß in meiner Kehle. Ich hatte Angst davor, in Tränen auszubrechen, wenn ich versuchen würde, etwas zu sagen. Also gab ich mir selbst ein paar Sekunden Zeit, bis ich glaubte, mich unter Kontrolle zu haben und reden zu können.

»Romy, es tut mir so leid«, brachte ich hervor und hörte selbst, wie erbärmlich das klang. Sie hatte mehr verdient als ein ›*Es tut mir leid*‹. Das war eine Floskel. Etwas, was Menschen sagten, wenn sie jemandem auf den Fuß traten, in der Straßenbahn anrempelten oder wenn man nicht wusste, was man sonst sagen sollte.

Sie reagierte nicht darauf. Vielleicht weil ihr der Schock immer noch die Sprache verschlagen hatte, weil sie nicht reden wollte oder weil sie mir wie immer Zeit gab, zuerst zu reden.

»Es tut mir leid, dass ich dir wehgetan habe. Dass ich dich von mir weggestoßen habe, als wir einander am dringendsten gebraucht hätten. Es tut mir leid, dass ich dich habe gehen lassen.«

Ich musste meinen Monolog abbrechen, als meine Unterlippe verdächtig zu zittern begann. Ich zog sie zwischen meine Zähne und knabberte darauf herum, um mich erneut in den Griff zu bekommen. Heftig blinzelte ich die Tränen weg, die sich in meinen Augen bilden wollten und dafür sorgten, dass ich kurzzeitig nur verschwommene Farbkleckse sah.

Falls Romy auffiel, wie sehr ich um meine Fassung rang, ließ sie es sich nicht anmerken. Ebenso wenig wie die Tatsache, ob meine Worte sie erreichten oder nicht. Sie schien dicht gemacht zu haben – etwas, das ich so gar nicht von ihr kannte.

»Ich bin hier, weil ich dich immer noch … will.«

Eigentlich hatte ich *dich immer noch liebe* sagen wollen, war mir aber nicht sicher, ob es das war, was sie hätte hören wollen.

»Ich bin hier, weil ich dich vermisse. Ich bin hier, weil ich ohne dich einfach nicht kann.«

Ohne darüber nachzudenken, was ich da tat, streckte ich meine Hände aus, um nach den ihren zu greifen. Doch gerade als ich ihre Finger zu fassen bekam, zog sie ihre Arme langsam zurück und entfernte sich somit aus meiner Reichweite. Es tat weh, so weh, dass ich glaubte, auf der Stelle daran ersticken zu müssen. Als würde mir der Schmerz eigenhändig die Kehle zudrücken.

Und dann liefen doch die Tränen meine Wangen hinunter. So schnell, dass ich sie weder hätte wegblinzeln noch wegwischen können. Sie befeuchteten meine Haut, führten dazu, dass der Knoten in meiner Kehle sich nicht mehr so schmerzhaft anfühlte.

»Es tut mir leid«, wiederholte ich diese eklige Floskel, begleitet von einem leisen Schluchzen.

»Hör auf«, fuhr mich ihre Stimme an.

Erschrocken blickte ich in ihre Augen, die mich abermals wütend anfunkelten.

»Hör auf, Sam! Du hast kein Recht darauf, wieder die Schwache zu sein! DU bist gegangen, DU hast dich gegen uns entschieden. Und jetzt denkst du, du tauchst hier auf und damit ist alles wieder gut? Dass wir da weitermachen, wo wir in Deutschland aufgehört haben? So als wäre nichts passiert?«

Ihre Stimme wurde mit jeder Silbe lauter, wütender, emotionaler, als würden all ihre angestauten Emotionen aus ihr herausfließen. Und es half mir tatsächlich dabei, die Tränen zu kontrollieren.

Ich wollte ihr sagen, dass ich das gar nicht erwartet hatte. Auch wenn ich es mir tief im Inneren erhofft hatte und deswegen jetzt fast enttäuscht war, war mir klar, dass wir nicht einfach so weitermachen konnten. Eine Wunde brauchte Zeit, um zu heilen, und dennoch blieb in den meisten Fällen eine kleine Narbe zurück.

Es war mir nur wichtig, dass sie wusste, dass ich sie wollte – noch immer. Dass ich sie immer noch liebte, dass ich sie nicht gänzlich aufgegeben hatte. Dass ich nur viel mehr Zeit als sie gebraucht hatte, um das zu begreifen.

»Du hast mich verletzt, und zwar sehr, Sam. Das ist nichts, was man mit einem schnellen *Aber es tut mir doch alles so leid* einfach wieder geradebiegen kann.«

Sie fuhr sich hektisch durch ihre Haare. Ihre Augen ließen mich zum ersten Mal los, als sie meinem Blick kurz auswich, dem sie sonst so eisern standgehalten hatte.

Ein Ziehen ging durch meinen Magen, als ich glaubte, ein Glitzern in ihnen zu entdecken, doch als ich genauer hinsah, hatte sie es weggeblinzelt oder ich mir nur eingebildet.

Auch wenn ich wusste, dass sie recht hatte, fühlten sich ihre Worte an, als hätte ich Rasierklingen verschluckt.

»Ich weiß, dass eine Entschuldigung nicht reicht, das habe ich auch gar nicht erwartet. Aber ich hatte nicht mehr die Chance, dir das alles zu sagen. Dir zu sagen, dass ich dich immer noch will. So sehr, dass ich kaum atmen kann, ohne dass es wehtut. Ich kann dich nicht vergessen und ich will es auch gar nicht. Du bist die Eine für mich, Romy.«

Ich schüttete ihr mein ganzes Herz aus, bereit, um sie zu kämpfen, wie sie es damals bei mir getan hatte.

Allerdings ließ sie sich keinerlei Gefühlsregung anmerken, was mich dazu brachte, sie leicht verunsichert anzuschauen. Als sie den Kopf schüttelte, kam es mir so vor, als würde sie einen Dolch in mein Herz stoßen.

»Was erwartest du jetzt von mir?«, fragte sie, doch bevor ich ihr darauf antworten konnte, redete sie schon weiter. »Ich brauche Zeit, Sam, um das alles sacken zu lassen und darüber nachzudenken, was das für mich bedeutet.«

Ich wusste, dass es egoistisch war, aber ich konnte nichts gegen das Gefühl der Enttäuschung tun, das sich in mir ausbreitete wie ein Schmetterling seine Flügel.

Was hatte ich eigentlich erwartet oder erhofft? Dass sie einfach alles vergessen würde, was geschehen war? Dass sie sagen würde, dass sie mich noch genauso wollte wie ich sie und dass sie ohne mich genauso wenig leben konnte wie ich ohne sie?

Vielleicht …

Ich nickte.

»Das verstehe ich«, sagte ich und dann breitete sich das Schweigen zwischen uns aus. Eines von der ekligen Sorte, das man am liebsten mit Geplapper füllen wollte, nur damit es nicht mehr so unangenehm war.

So etwas hatte es zwischen ihr und mir noch nie gegeben. Es fühlte sich in diesem Moment wie eine Niederlage an. Als hätte ich versagt, auch wenn ich wusste, dass noch nichts entschieden war. Dass sie mir noch nicht direkt gesagt hatte, dass es keine Chance mehr für ein Zurück gab, war doch auch etwas Gutes, oder?

»Ich verstehe dich und ich werde dir diese Zeit geben. Ich bin für drei Wochen hier und ich werde jeden Tag um die gleiche Zeit hier vor deinem Haus stehen und fünfzehn Minuten auf dich warten. Und wenn du bereit dazu bist, mit mir zu reden, kannst du ja einfach rauskommen«, bot ich ihr an. Ich wusste, dass ich jetzt vernünftig sein musste, auch wenn mein zerbrochenes Herz, das sich so sehr nach ihr sehnte, wollte, dass ich auf die Knie fiel und sie anflehte.

Dieses Mal war es Romy, die nickte.

»Okay«, kommentierte sie.

»Okay«, antwortete ich und das Wort fühlte sich seltsam schwer auf meiner Zunge an.

Alles in mir wurde taub, weil ich wusste, dass es Zeit war, zu gehen. Und das war das Letzte, was ich wollte. Ich wollte nicht weg von ihr. Aber dennoch tat ich es.

Zuerst machte ich einen Schritt rückwärts die Treppe hinunter, ohne sie aus den Augen zu lassen. Ihr Blick ruhte genauso intensiv auf mir wie meiner auf ihr.

Ein Teil von mir wünschte sich, sie würde mich aufhalten, aber sie tat es nicht, als ich das Ende der Treppe erreichte. Wie sollte ich es nur schaffen, mich umzudrehen und zu gehen? Es schien mir wie eine unmögliche Aufgabe.

Aber Romy wäre nicht Romy, würde sie mir nicht selbst das abnehmen. Sie löste den Blickkontakt zwischen uns, als sie sich umdrehte, als wäre es für sie das Leichteste auf der Welt – und ja, das tat weh –, und wieder ins Haus ging, die Tür hinter sich schloss und eine sichtbare Barriere zwischen uns brachte.

Ich wünschte, ich könnte sie dafür hassen, dass sie einfach so hatte gehen können. Aber wer war ich, darüber zu urteilen, ob es einfach für sie gewesen war? Außerdem war ich diejenige gewesen, die zuerst gegangen war. Das musste ich mir immer wieder vor Augen halten.

In diesem Moment fühlte es sich so an, als hätte ich sie ein weiteres Mal verloren.

Ich stand noch ein paar Minuten so da, mit dem Schmerz tief in meiner Brust, unfähig, mich zu bewegen oder zu gehen. Doch schließlich wandte ich mich ab und ging los, ohne ein Ziel vor den Augen.

Als ich das Hotelzimmer betrat, in dem Vanessa auf mich wartete, konnte ich meine Tränen nur mit Mühe zurückhalten. Meine beste Freundin saß auf dem Bett, Kopfhörer steckten in ihren Ohren. Sie schien auf dem Handy Musik zu hören. Als ich die Tür hinter mir zumachte, zog sie die Stöpsel aus ihren Ohren und schaute mich zuerst erwartungsvoll, dann wissend an.

»Es ist nicht so gelaufen, wie du gehofft hast, oder?«, fragte sie und stand in einer fließenden Bewegung vom Bett auf, den Blick mitfühlend auf mich gerichtet.

Ich schaffte es nur, den Kopf zu schütteln, und hob meine Finger, sodass die Nägel in ihre Richtung deuteten.

»Ich glaube, der Nagellack hat ihr nicht gefallen«, brachte ich mit einem Lachen hervor, ehe das Schluchzen aus mir herausbrach und mit ihm die Tränen, die ich so mühevoll versucht hatte, zurückzuhalten.

»Oh Süße!«, rief Vanessa aus und war in wenigen Schritten bei mir. Sie streckte die Arme aus und zog mich in eine Umarmung, die ich nur allzu gern zuließ.

Ich klammerte mich an sie, froh, dass sie hier war, und begann hemmungslos zu weinen. Mir war klar gewesen, dass es nicht einfach werden würde und dass ich mich der geballten Macht von

Romys verletzten Gefühlen stellen musste. Aber deswegen tat es nicht weniger weh, dass sie mich quasi fortgeschickt hatte.

»Ist schon gut, ich bin ja bei dir«, flüsterte Vanessa aufmunternd, während sie beruhigend meinen Rücken streichelte.

Es dauerte lange, bis ich meine Tränen soweit zurückhalten konnte, dass ich Vanessa von meiner Begegnung mit Romy erzählen konnte.

Sie bestärkte mich darin, jeden Tag dort hinzufahren, um Romy die Chance zu geben, auf mich zuzukommen, wenn sie bereit war, auch wenn es mir natürlich schwerfiel, zu warten. Außerdem beteuerte sie, dass es ihr nichts ausmachte, mich das allein machen zu lassen. Sie würde sich die Zeit schon vertreiben.

Das zeigte mir mal wieder deutlich, was für eine wundervolle Freundin sie war und wie sehr ich sie in meinem Leben brauchte.

6

Der achte Tag

Wie ich es versprochen hatte, kam ich jeden Tag wieder und würde das so lange tun, bis ich zurückfliegen musste.

Ich stieg zur selben Uhrzeit aus dem Taxi und marschierte mit wackeligen Beinen zu der mittlerweile vertrauten Treppe. Jeden Tag wartete ich sogar länger als fünfzehn Minuten, immer in der Hoffnung, die Tür würde sich nun endlich öffnen und Romy würde hinauskommen. Doch jedes Mal spürte ich erneut das Gefühl der Niederlage in mir, wenn Romy nicht kam und mir damit signalisierte, dass sie noch nicht bereit war. Und jedes Mal war mir kotzübel, wenn ich mit der gleichen Schwere im Herzen im Taxi saß und zurück zum Hotel fuhr, in dem Vanessa mich mit offenen Armen empfing. Mich weinen, schreien und verzweifeln ließ und mir jedes Mal aufs Neue sagte, dass ich Romy die Zeit geben musste, die sie brauchte.

Meine beste Freundin lenkte mich damit ab, dass wir uns in den freien Stunden gemeinsam New York anschauten. Wir besuchten den Central Park, die Manhattan Bridge, das Empire State Building, die Freiheitsstatue und die St. Patrick's Cathedral. Und noch immer staunte ich über die Größe der Stadt. Alles in New York war laut, schrill und überdimensional.

In diesen Momenten schaffte ich es, nicht ständig an Romy zu denken und daran, dass mir die Zeit davonlief.

Heute war der achte Tag. Ein weiteres Mal stieg ich aus dem Taxi, drückte dem Fahrer die Geldscheine in die Hand und drehte mich zu dem mittlerweile vertrauten Gebäude um. Wie immer mit der Hoffnung im Herzen, dass heute alles anders werden würde.

Und wie jedes Mal steuerte ich auf die Stufen zu, ließ mich auf der untersten nieder und begann, zu warten. Ich hätte auch den ganzen Tag hier gesessen, wenn ich wüsste, dass Romy kommen würde. Noch schlimmer als die Hoffnung war das Gefühl der Ungewissheit.

Meine Gedanken wurden unterbrochen, als ein Pärchen an mir vorbeischlenderte, als hätte es alle Zeit der Welt. Ihre Hände waren ineinander verschränkt und die beiden hätten unterschiedlicher nicht sein können. Sie hatte sehr blasse Haut, trug knallbunte Haare in den Farben Türkis und Lila, dazu einen schwarz-rot karierten Rock mit zerrissener Leggings. Er war dagegen ein Afroamerikaner mit schwarzem Haar, der eine verwaschene Bluejeans und ein schlichtes weißes Oberteil trug.

Die beiden waren der lebende Beweis dafür, dass Liebe keiner Norm entsprach, dass sie keinen Regeln folgte und dass jedes Paar auf seine Weise individuell war. Ich konnte mir sehr gut vorstellen, wie viele Blicke die beiden auf sich zogen, einfach weil sie optisch so unterschiedlich waren.

Ich lächelte wehmütig, aber auch aufmunternd, als die beiden an mir vorbeigingen. Das Mädchen warf mir zuerst einen skeptischen Blick zu, ehe sie mein Lächeln dann doch erwiderte. Vermutlich hatten die beiden schon genauso viel Spott wie Romy und ich ertragen müssen.

Traurig, dass es in unserer Welt noch so viel Intoleranz, Hass, Homophobie, Gewalt und Rassismus gab. Die Welt war doch groß genug, damit alle friedlich dort leben konnten. Ich würde das wohl nie verstehen.

Seufzend wandte ich den Blick ab und drehte mich um, halb in der Hoffnung, Romy könnte die Tür geöffnet haben, ohne dass ich es bemerkt hatte. Aber wie zu erwarten war nichts passiert.

Ich warf einen Blick auf mein Handy. Zehn Minuten waren bereits vergangen und bisher noch immer keine Reaktion. Was, wenn sie nie bereit war, mit mir zu reden? Ich hatte nicht mehr viel Zeit und mit jedem Versuch, der scheiterte, rückte der Tag unserer Abreise näher.

Mein Magen begann sich schon wieder zusammenzukrampfen und die Übelkeit, mit der ich bereits heute Morgen zu kämpfen gehabt hatte, war wieder da. Wahrscheinlich war das die Rebellion meines Körpers für das, was ich ihm in den letzten Wochen angetan hatte.

Ich atmete dagegen an, spielte an dem Saum meines Matrosenkleides und versuchte, an alles zu denken, nur nicht daran, dass ein weiterer Tag verging, an dem Romy nicht bereit war, mit mir zu reden.

Irgendwann gingen die fünfzehn Minuten vorbei, so wie sie es immer taten. Manchmal wartete ich auch noch die sechzehnte, die siebzehnte und sogar die achtzehnte ab. Aber es machte einfach keinen Sinn. Wenn Romy mich hätte sehen wollen, hätte sie schon längst die Tür geöffnet. Und trotzdem war sie mir all das hier wert. Morgen würde ich wiederkommen und den Tag darauf und den darauf ... so lange, bis Vanessa und ich wieder abreisen mussten. Aber dann hatte ich zumindest alles versucht.

Ich erhob mich, klopfte mir den Dreck von dem – für die New Yorker Hitze – viel zu dicken Stoff und machte mich bereit für die Fahrt zurück ins Hotel. Vielleicht würde Vanessa noch nach Downtown wollen, denn wenn ich nun eines brauchte, dann war es jede Menge Ablenkung.

»Sam? Warte!«

Die Stimme sorgte dafür, dass mir das Herz in der Brust für lange Sekunden stehen blieb, ehe es mit der dreifachen Geschwindigkeit weiterschlug. Trotz der Temperatur lief mir ein wohliger Schauder über den Rücken und schlagartig fühlte ich mich hellwach.

Sofort wirbelte ich herum, um mich zu vergewissern, dass es keine Einbildung war. Dass sie wirklich meinen Namen gerufen hatte. Nein, dass sie mich sogar gebeten hatte, zu warten! Alles in mir fühlte sich wie elektrisch aufgeladen an. Als stünde ich unter Hochspannung – und vielleicht tat ich das auch.

Ich hätte fast vor Erleichterung geweint, als ich sie wirklich an der offenen Haustür stehen sah. Die dunkelbraunen Haare, die in knallig rote Spitzen übergingen, hatte sie zu einem hohen Zopf gebunden. Wie so häufig trug sie ein klassisches Bandshirt – trotz der Hitze in Schwarz –, das mit einem wilden Aufdruck und modischen weißen Farbklecksen versehen war. Hellblaue Hotpants aus Jeansstoff betonten ihre glatten, langen Beine, die mit ihren nackten Füßen endeten. Mir fiel auf, dass sie sich selbst die Zehennägel schwarz lackiert hatte.

Erst zuletzt schaute ich in ihr perfektes Gesicht. In die dunkelblauen Augen, die sie auf diese vertraute Weise mit Kajal und Eyeliner umrahmt hatte, was Romy so stark und unnahbar wirken ließ. Aber hinter der harten Schale verbarg sich ein weicher, liebenswürdiger Kern.

»Du wirst nicht aufgeben, was?«, fragte sie unvermittelt.

»Würdest du das tun?«, antwortete ich mit einer Gegenfrage.

Sie warf mir einen verschmitzten Blick zu, als wollte sie sagen: *Touché*. Es erinnerte mich an die Romy, die ich kennengelernt hatte. Jede Wut war für ein paar Sekunden aus ihrem Blick verschwunden. So als wären wir nie voneinander getrennt gewesen.

»Nein, vermutlich nicht«, antwortete sie, ehe sie die Tür lässig ganz aufstieß und mir mit einem Nicken bedeutete, dass ich eintreten sollte. »Komm rein, wir reden.«

Es kostete mich einen Moment, bis mein Gehirn zu begreifen schien, was diese vier Worte bedeuteten. Hoffnung erfüllte mich so langsam, wie die ersten Sonnenstrahlen des Morgens den Himmel erhellten. Ich wollte mich nicht zu früh freuen, aber ich konnte nicht verhindern, dass meine Laune stetig besser wurde.

Also folgte ich Romy in das Haus, das ich mit beinahe ehrfürchtigen Schritten betrat. Im Flur war es hell, da das Tageslicht durch das Erkerfenster schien und das Innere warm wirken ließ.

Zu meiner Linken stand eine Kommode, vermutlich mit einem eingebauten Schuhschrank. Nur stapelten sich die meisten Schuhe eher davor. Vielleicht aus Platzmangel. Jacken, die zu dieser Jahreszeit nicht gebraucht wurden, hingen an der Garderobe.

Fotos von einem blonden Mädchen, das strahlend in die Kamera lächelte, dominierten die Wand. Auf manchen war auch Romy neben der Blondine zu sehen. Allerdings sah sie noch um einiges jünger aus, aber trotz ihrer kindlichen Art war sie damals schon hübsch gewesen. Auch von dem Rest ihrer Familie fand ich vereinzelt ein paar Bilder.

Der Flur mündete in eine alte Holztreppe, deren Stufen mit Teppichläufern bedeckt waren, die in den ersten Stock hinaufführte. Rechts befand sich eine Tür und als ich einen Blick in das Zimmer warf, erkannte ich flüchtig das Wohnzimmer.

Allerdings wandte sich Romy parallel dazu nach links und führte uns in den Raum, in dem sie aktuell lebte.

Mir fiel sofort auf, wie spärlich das Zimmer eingerichtet war. Es mangelte nicht an Möbeln. Vom Bett über den Kleiderschrank bis zum Schreibtisch war alles vorhanden. Doch es wirkte so ... unpersönlich. Wie ein Krankenhauszimmer, das man in der Regel nach kurzer Zeit wieder verließ. Es sah aus, als wäre Romy gar nicht richtig hier angekommen. Man merkte, dass sie nur zu Gast und das nicht ihr richtiges Zuhause war.

Ob sie ihre Familie in Deutschland schon vermisste? Und unsere Freunde? Ob sie mich vermisst hatte?

Ich hörte, wie Romy hinter mir die Tür schloss, und drehte mich zu ihr um. Unsere Blicke kreuzten sich wie so oft, als wären sie füreinander bestimmt, sich immer und immer wieder zu begegnen.

»Sind wir allein?«, fragte ich.

Sie schüttelte den Kopf und ihr Zopf wippte hin und her.

»Nein, Savannah ist oben, aber sie wird uns nicht stören.«

»Savannah?«, fragte ich und runzelte die Stirn, weil ich mich daran erinnerte, dass sie diesen Namen schon einmal erwähnt hatte.

»Meine Cousine.« Romy schmunzelte, als wäre es eigentlich selbsterklärend. Und das war es auch.

Ich sagte nichts dazu, sondern zupfte nervös an dem Stoff meines Matrosenkleides herum. Wie sollte ich anfangen? Was genau sollte ich sagen? Es gab zwar so viele Dinge, die ich hätte sagen sollen, aber war jetzt auch der richtige Zeitpunkt dafür? Sollte ich meine Worte nicht lieber mit Bedacht wählen? Seit wann musste ich überhaupt darüber nachdenken, was ich zu Romy sagte und was nicht? Vor unserer Trennung hatte ich daran keinen Gedanken verschwendet und jetzt fiel es mir so schwer.

»Setz dich.« Romy deutete auf das gemachte Bett, das mit einer türkisfarbenen Tagesdecke überzogen war. So eine helle Farbe schien gar nicht zu ihr zu passen.

Ich ließ mich ihrer Anweisung folgend darauf sinken und klemmte meine Hände zwischen die Oberschenkel, weil ich sie sonst wahrscheinlich nicht hätte stillhalten können.

Romy selbst blieb stehen, lehnte sich aber mit dem unteren Teil ihres Rückens gegen die Kante des Schreibtischs, der parallel zum Bett stand. Auf ihm lagen unordentlich ein paar Papiere zerstreut und, soweit ich es erkennen konnte, ein paar Stifte kreuz und quer.

Durch die Position, die Romy eingenommen hatte, musste ich zu ihr aufblicken. Sie wirkte nicht mehr so distanziert wie vor acht Tagen, aber immer noch eine Spur reserviert.

Ihre Schönheit wurde mir in diesem Moment wieder qualvoll bewusst. Wie gern wäre ich aufgestanden, hätte meine Arme um sie geschlungen und ihre Lippen geküsst.

Hör auf! Konzentriere dich, Sam!, ermahnte ich mich selbst.

»Du warst das oder?«, fragte sie unvermittelt in die Stille hinein, was mich dazu brachte, sie verwirrt anzuschauen.

»Was meinst du?«, hakte ich nach, als Romy nicht weitersprach.

»Du hast mich an meinem Geburtstag angerufen, oder?«, erläuterte sie ihre Frage. Ihre Augen waren auf mich gerichtet, als wollte sie keine meiner Reaktionen verpassen.

Ich schaffte es, zu nicken.

»Wieso hast du nichts gesagt?«, hinterfragte sie weiter.

»Ich wollte … aber ich habe mich nicht getraut.«

Nur zu gut erinnerte ich mich daran, wie eng sich meine Kehle angefühlt hatte. Als hätte man sie mit Nylonfäden zugeschnürt.

Wieder herrschte Schweigen zwischen uns. Mir war klar, dass ich etwas sagen sollte, aber ich wusste nicht, was.

»Romy …«, setzte ich nach einer gefühlten Ewigkeit an, während sie ebenfalls das Wort ergriff.

»Ich habe viel über das nachgedacht …«

Wir beide schauten uns an, da wir beide verstummt waren, und für einen kurzen Moment huschte ein Grinsen über ihre und auch über meine Lippen.

»Nachgedacht worüber?«, hakte ich nach.

»Eigentlich alles. Aber am meisten über die Dinge, die du mir neulich gesagt hast.«

Sie wich kein einziges Mal meinem Blick aus und das sorgte dafür, dass es in meinem Nacken seltsam kribbelte, aber nicht auf eine unschöne Art.

»Und am liebsten würde ich dir sagen, dass du dich zum Teufel scheren sollst«, erklärte sie, immer noch den Augenkontakt aufrechterhaltend, den ich nun unterbrach, indem ich auf meine ausgestreckten Beine hinunterschaute.

Meine Hände begannen leicht zu zittern und mein Magen schien in die Tiefe zu stürzen.

»Doch die Wahrheit ist, dass ich das weder *kann* noch *will*.«

Ihr Tonfall klang nun sanfter, fast schon verzweifelt, was mich doch wieder hoffnungsvoll aufblicken ließ.

»Nicht?«, fragte ich leise nach, aus Angst, sie falsch verstanden zu haben. Meine Wangen glühten, was nicht an der Wärme lag, denn das Haus war angenehm klimatisiert.

»Denkst du, es ist so einfach, jemanden wie dich zu vergessen?«

Der Blick ihrer dunkelblauen Iriden bohrte sich in meinen, als wäre er ein Pfeil, der direkt auf mein Gesicht zuschoss.

Mir blieb bei ihren Worten für einen Moment die Luft weg und eine Gänsehaut breitete sich auf meinen Armen aus. Mein Herz schlug so kräftig wie lange nicht mehr, als wäre es nie verletzt gewesen. Die Art, wie sie es gesagt hatte, *was* sie gesagt hatte, dass sie es über mich sagte, und die Weise, wie sie mich dabei anschaute … das würde ich in meinem Leben nie wieder vergessen. Ich hatte mich immer für ein normales Mädchen gehalten, nichts Besonderes … Doch mit ihr fühlte ich mich wie eine Königin.

»Aber da sind noch ein paar Dinge, die ich nicht ganz verstehe und über die ich mit dir sprechen will«, sagte sie in ruhigem und sachlichem Tonfall. Was vermutlich an der Tatsache lag, dass sie acht Tage Zeit gehabt hatte, über alles nachzudenken und sich zu beruhigen.

»Die wären?« Ich musste mich räuspern, weil mir fast die Stimme versagte.

»Robin zum Beispiel. Was ist mit ihm?«

Dachte sie, er und ich wären noch ein Paar?

»Wir sind nicht mehr zusammen. Dieses Mal endgültig. Ich habe mich noch am Abend des Abschlussballs von ihm getrennt«, klärte ich sie auf und sah ihr dabei ins Gesicht, damit sie sehen konnte, dass es die Wahrheit war.

Romys Augenlider flackerten kurz, aber ich konnte ihren Gesichtsausdruck nicht richtig deuten. Sie wirkte nicht wirklich überrascht. Eher so, als wäre ihr von Anfang an klar gewesen, dass Robin und ich niemals eine Zukunft haben würden.

»Und was jetzt, Sam? Was konkret hat sich verändert? Was passiert, wenn du auf die Uni gehst und deine Sexualität wieder ein Problem wird? Wenn du wieder dafür verurteilt wirst? Würdest du diesmal einen deiner Kommilitonen als Alibi benutzen? Würdest du mich geheim halten wollen?«, fragte Romy mich.

Autsch.

Es war nicht so, als würde sie diese Fragen nicht zu Recht stellen, aber dennoch tat es weh, es so vor Augen geführt zu bekommen. Gleichzeitig säte sie aber Hoffnung in mir, weil es sich so anhörte, als wollte sie mir wirklich noch eine Chance geben.

Meine Finger zitterten, als ich darüber nachdachte, was ich ihr antworten sollte. Ich wollte ehrlich sein, aber auch nichts Falsches sagen, was Romy davon überzeugen könnte, dass wir es nicht schaffen würden. Ich fühlte mich, als würde ich auf einem Seil balancieren, darauf bedacht, nicht das Gleichgewicht zu verlieren.

Ich gab mir ein paar Sekunden Zeit, ehe ich die Lippen öffnete. Ohne sie anzuschauen, begann ich, es ihr zu erklären.

»Es hat sich alles verändert, Romy, einfach alles. Zum einen habe ich erkannt, dass ich mich nicht mehr für meine sexuelle Orientierung verurteilen und herumstoßen lassen möchte. Und zum anderen habe ich mich mit meinem Vater versöhnt und ausgesprochen. Er hat eine Weile gebraucht, aber er beginnt zu akzeptieren, dass ich lesbisch bin. Einer der vielen Gründe, weshalb meine Mutter vorerst ausgezogen ist. Vermutlich lassen sich die beiden scheiden. Vor meiner Oma habe ich mich geoutet und für sie ist es kein Problem. Im Gegenteil. Ich glaube, unsere Beziehung hat sich dadurch noch intensiviert. Ich habe diese Unterstützung gebraucht, aber ich brauche auch dich, Romy. Und es tut mir leid, dass so viel passieren musste, bis ich so weit war, das zu erkennen. Es tut mir leid, dass ich dich weggestoßen habe, als wir beide einander am meisten gebraucht haben.«

Mein Blick war immer noch auf meine Finger gerichtet, auf deren Nägeln der lilafarbene Lack schon längst verschwunden war. Nur ganz langsam traute ich mich, den Kopf zu heben und Romy anzuschauen, die mittlerweile ihre verschränkten Arme gelockert hatte, sodass sie ihr lässig an den Seiten herunterhingen.

Ihre Augen waren zielsicher auf mich gerichtet, der Ausdruck in ihrem Gesicht war schon viel weicher und zugänglicher. Und das machte mir Mut.

»Deine Eltern lassen sich scheiden?«, hakte sie nach. Dabei legte sie den Kopf schräg, auf so eine vertraute Weise, dass ich einen süßen Zug in meiner Brust spürte. Eine Mischung aus Sehnsucht und Vertrautheit.

Ich nickte. »Sehr wahrscheinlich, ja.«

»Das tut mir leid für dich«, erwiderte sie einfühlsam, so wie sie es vor unserem Streit auch getan hätte.

»Muss es nicht, du kannst ja nichts dafür.« Meine Stimme war nur noch ein schwaches Hauchen.

Wir schauten uns immer noch über die geringe Distanz hinweg an. Romy war zwar nur ein paar Schritte von mir entfernt, trotzdem fühlte es sich so an, als wäre es eine unüberwindbare Kluft. Zu sehr wünschte ich mir in diesem Moment, sie würde mich schützend und tröstend in die Arme schließen.

Abermals schwiegen wir, als wir beide unseren Gedanken nachhingen, aber dieses Mal war es keine unangenehme Stille, bei der man das Bedürfnis hatte, sie füllen zu müssen. Dennoch sprach ich aus, was mir gerade durch den Kopf ging.

»Ich bin dir gefolgt, weißt du?«, sagte ich.

Romy sah mich fragend an.

»Zum Flughafen«, ergänzte ich etwas verspätet, befreite meine Hände aus meinen Oberschenkeln und zupfte nervös an meiner Haarsträhne herum.

»Ach ja?« Sie zog eine Augenbraue hoch, hörte sich aber nicht so an, als wäre sie desinteressiert, sondern vielmehr so, als würde sie darauf warten, dass ich es weiter ausführte.

»Ich bin dir gefolgt, weil ich nicht wollte, dass du gehst. Ich habe gefühlt alles nach dir abgesucht, aber ich konnte dich nirgendwo finden.« Ich wandte den Blick für einen kurzen Moment ab, blinzelte die aufsteigenden Tränen weg und atmete tief durch die Nase ein und aus, ehe ich sie wieder ansah und weitersprach. »Ich frage mich ständig, ob du vielleicht nicht geflogen wärst, wenn ich dich gefunden und angefleht hätte, nicht zu gehen.«

Romy atmete ebenfalls geräuschvoll aus.

»Das kann ich dir jetzt auch nicht sagen«, antwortete sie. Selbst ihre Tonlage war nun wieder zärtlicher, die unterdrückte Wut verschwunden.

Schon wieder Schweigen.

Ich wusste nicht mehr, wie ich die Stille durchbrechen sollte. Ich hatte alles gesagt, was ich hatte sagen wollen. Es war eigentlich an Romy, etwas darauf zu erwidern. Aber unsere Konversation konnte man nicht mit einer Partie Schach vergleichen, in der jeder einen Zug vollführte und dann die Nächste dran war.

»Und jetzt?«, hakte ich nach, als sie immer noch nichts sagte.

»Jetzt immer noch nicht«, kam es mit einer Spur Belustigung von ihr.

Ich brauchte ein paar Sekunden, um ihren Witz zu verstehen, aber dann konnte ich nicht verhindern, dass meine Mundwinkel kurz in die Höhe zuckten. Das war Romy, wie ich sie kannte. Immer einen lustigen Spruch auf den Lippen.

»Ich meinte nicht, ob du es mir *jetzt* sagen kannst.« Ich rollte gespielt mit den Augen. Auf einmal war es wieder so leicht und ungezwungen wie früher. Waren die imaginären Mauern zwischen uns gefallen?

»Ich weiß.« Sie zwinkerte und ich spürte sofort, wie heiß meine Wangen wurden. So als würde sie das zum ersten Mal tun. Und es sah bei ihr auch noch auf eine lässige Art gut aus! Bei mir eher so, als wäre mir etwas ins Auge geflogen.

»Okay«, kam es plötzlich ohne Kontext von ihr. Schließlich konnte ich mich nicht daran erinnern, etwas gesagt oder eine Frage gestellt zu haben.

Verwirrt zog ich die Brauen zusammen und schaute sie an.

»Okay?«

»Lass es uns probieren«, antwortete sie und mein Kopf begann sich zu drehen, als säße ich auf einem Karussell.

Zuerst langsam, dann schneller. Mit jedem Schlag pochte mein Herz härter vor Aufregung und Hoffnung breitete sich in mir aus, wie ein Feuer, das zuerst klein begann und sich stetig vergrößerte.

»Was?«, brachte ich atemlos hervor. Ich musste mich fast schon dazu zwingen, den Mund nicht ungläubig offen zu lassen. Meine Augen suchten ihr Gesicht ab, um zu überprüfen, ob sie sich vielleicht einen makaberen Scherz mit mir erlaubte.

Romy lächelte ein schiefes Lächeln, was so gut an ihr aussah, dass es mich dazu brachte, mich abermals neu in sie zu verlieben.

»Lass es uns noch mal als Paar versuchen«, wiederholte sie und schmunzelte, als würde sie genießen, wie die Emotionen auf meinem Gesicht wechselten wie die Farben eines Beruhigungslichts, das normalerweise Kinder beim Einschlafen half.

Ich saß da, als hätte mich der Blitz getroffen. Und vielleicht hatte er das auch. Zumindest fühlte sich mein ganzer Körper so angespannt und elektrisiert an.

»Meinst ... Meinst du das ernst?«, schaffte ich es, zögerlich zu fragen, immer noch schockiert und zu ängstlich, die Hoffnung vollkommen auflodern zu lassen.

»Nein, ich scherze bloß, weil ich die Hoffnung und anschließende Enttäuschung auf deinem Gesicht sehen wollte. Natürlich meine ich es ernst, Sam.« Ihr Blick bohrte sich in meinen.

Mein Magen wollte schon in die Tiefe fallen, nur um kurz darauf wieder in die Höhe zu schießen. Schon wieder war mir so schlecht, dass ich die Hand auf den Bauch pressen wollte, würde sie sich nur nicht so gelähmt anfühlen wie der Rest meines Körpers.

Lass es uns noch mal als Paar versuchen.

Lass es uns noch mal als Paar versuchen.

Lass es uns noch mal als Paar versuchen.

Wie eine Schallplatte, die hängen geblieben war, hörte ich die Worte immer und immer wieder in meinem Kopf. Es war alles, was ich wollte. Alles, wofür ich meine Kräfte mobilisiert hatte. Alles, wofür ich hierhergekommen war.

»Oh Gott«, brachte ich noch hervor, ehe alles über mich hereinbrach. All der Schmerz der letzten Monate, die Sehnsucht nach Romy, das Wissen, sie verloren zu haben, die Entschlossenheit, sie zurückzuerobern, die Ernüchterung, als ich vor ihrer Tür stand und sie nicht mit mir hatte reden wollen, die Hoffnung, die sie in mir gesät hatte, und nun die Erleichterung. All das war ein Emotionen-Cocktail, der zu viel für mich wurde, und zum ersten Mal seit Wochen heulte ich nicht, weil ich traurig, sondern unendlich glücklich war.

Ich schlug mir die Hände vors Gesicht, die sofort von meinen Tränen benetzt wurden, während gleichzeitig ein Lachen in meiner Kehle aufstieg. Ich begann zu glucksen, wenn ich nicht gerade am Schluchzen war, und wenig später spürte ich zwei vertraute Hände, die sich um meine Ellbogen legten. Ein elektrischer Impuls raste mir durch den ganzen Körper.

Romy zog mich sanft, aber bestimmend in die Höhe, sodass ich auf meinen wackeligen Beinen stehen musste. Ich ließ die Hände sinken, schaute ihr direkt in ihr makelloses Gesicht – zumindest war es das für mich. Ihre Augen schauten so zärtlich, wie sie es einst getan hatten. Die Zuneigung in ihnen traf mich wie warmer Nieselregen an einem viel zu heißen Sommertag.

Mein ganzer Körper verzehrte sich nach ihrer Nähe und sie gewährte mir diesen Wunsch, als sie mich mit einer fließenden Bewegung in eine intensive Umarmung zog und festhielt. Ihr Kinn legte sich auf meinen Kopf, während ich verspätet die Arme um sie schlang. Wir klammerten uns aneinander, hielten uns ganz fest. Mein Herz schlug kräftig und gesund in meiner Brust und so hoch, als wollte es mir zum Hals hinausspringen.

Ich roch ihren Mandel-Vanille-Seife-Duft, der sie stets umgab.

Ich spürte ihren Körper so dicht an meinem, als wären wir zwei Puzzleteile, die füreinander gemacht waren.

Zum ersten Mal seit Monaten vermisste ich sie nicht mehr. Der Schmerz in meinem Oberkörper war verschwunden und das Atmen fiel mir wieder leichter, wenn ich nicht gerade schluchzte.

Meine Tränen sickerten in ihr T-Shirt, doch schon bald verblasste die Nässe auf meinen Wangen und zurück blieb nur das alberne Grinsen auf meinen Lippen.

Wir schwiegen wieder, aber diesmal war es nicht unangenehm, sondern seltsam intim. Viel mehr, als Worte es hätten sein können.

7

Labello mit Kirschgeschmack

Als ich an diesem Tag das Hotelzimmer betrat, in dem Vanessa mich schon erwartete, musste meine beste Freundin mich nicht auffangen, nicht aufmuntern, nicht trösten und mir keinen Mut zusprechen. Dieses Mal begrüßte ich sie mit einem dümmlichen Grinsen, was ihr schon längst verriet, was geschehen war, ehe ich es aussprechen konnte. Ich konnte regelrecht sehen, wie sich ihr Gesicht ebenfalls erhellte, ihre Augen funkelten voller solidarischer Freude.

Für ein paar Sekunden blickten wir uns einfach nur stumm an. Sobald mein Lächeln breiter wurde, wurde ihres das auch, bis wir beide gleichzeitig platzten. Vanessa stieß einen Schrei der Freude aus, ich quiekte vor Erleichterung und bald darauf lagen wir uns abermals in den Armen, taumelten hin und her wie Betrunkene. Tatsächlich fühlte ich mich auch so, als wäre ich in einem Rausch voller positiver Gefühle. Als wäre nach einer langen Regenzeit endlich wieder die Sonne aufgegangen.

»Du musst mir ALLES erzählen!«, schrie meine beste Freundin mir fast schon ins Ohr.

»Natürlich, was denkst du denn?«, tadelte ich sie scherzhaft, als wir uns voneinander lösten.

»Jetzt!«

Ihre blauen Augen schauten mich fordernd an und bevor ich mich dagegen wehren konnte, griff sie nach meiner Hand, zog mich zum Bett, auf das wir uns gemeinsam niederließen, damit ich ihr alles erzählen konnte.

An diesem Abend vermisste ich Romy noch mehr als zuvor. Aber nicht mehr auf diese negative Art, die mir das Gefühl gab, jemand würde mir auf der Brust sitzen und die Luft zum Atmen rauben. Es war anders ... es war dieses Gefühl von Sehnsucht, gepaart mit Vorfreude auf unser nächstes Treffen. Ich hatte zwar eine Vergangenheit mit Romy, dennoch fühlte es sich so an, als würden wir uns gerade erst kennenlernen.

Die Tage, die darauf folgten, rasten förmlich an mir vorbei. Romy, Vanessa und ich verbrachten viel Zeit zu dritt miteinander.

Wir erkundeten die Stadt, aber nicht wie Vanessa und ich es zuvor getan hatten. Romy zeigte uns New York auf eine ganz andere Weise, fernab der Anlaufstellen der vielen Touristen. Wir besuchten Orte, die sie mit ihrer Vergangenheit verband, Restaurants, auf die wir ohne sie nicht gestoßen wären, auch die Nischen-Cafés und viele andere schöne Plätze, die dafür sorgten, dass ich mich in die Stadt verliebte. An manchen Tagen war auch ihre Cousine

Savannah dabei. Ein quirliges Mädchen, das ohne Ende plappern konnte, ohne dass es je langweilig wurde. Sie sprach zwar Deutsch – mit dem typischen breiten amerikanischen Akzent –, doch hin und wieder fehlten ihr die Wörter, die Romy dann für uns übersetzte.

Optisch erinnerte sie so gar nicht an Romy. Savannah hatte honigblondes Haar, froschgrüne Augen und ihr Gesicht wurde von Sommersprossen dekoriert. Es sah aus, als hätte ein Künstler kleine Farbtupfer auf eine leere Leinwand gespritzt. Aber an ihr sah es unglaublich gut aus!

Die beiden erinnerten mich an Licht und Dunkelheit. Und wäre Savannah nicht mit Romy verwandt, wäre ich vielleicht eifersüchtig geworden. In ihrer Nähe war auch Romy irgendwie anders, zumindest kam es mir so vor. In Karlsruhe hatte sie – bis auf uns – keine richtige Freundin und das schien Savannah für sie zu sein. Als wäre ihre Cousine die Schwester, die sie in Mayleen nicht hatte. Romy hatte mir erzählt, dass das Verhältnis zwischen ihr und ihrer älteren Schwester etwas verkrampft war. Nicht, weil sie auf Frauen stand. Es war vielmehr die Tatsache, dass Mayleen so perfektionistisch war und ihre akademische und berufliche Laufbahn ihr oft wichtiger waren als ihre Familie.

Ich kam nicht drum herum, sie insgeheim mit meinem Vater zu vergleichen. Er stürzte sich seit jeher in seine Arbeit und ich hatte die Befürchtung, dass es nun noch extremer werden würde. Jetzt, wo meine Mutter dabei war, auszuziehen, und ich demnächst auf die Universität in Heidelberg gehen würde.

Romy und ich hatten selten Momente, in denen wir wirklich allein waren. Aber wenn wir sie hatten, redeten wir über alles, was sich in den letzten Monaten angestaut hatte. Sie hatte mir erzählt, dass sie sich ihre Haarspitzen spontan hatte färben lassen, dass sie sich überlegte, sich ein Tattoo stechen zu lassen, über das Motiv war sie sich noch unschlüssig.

Und dann kam der Oberhammer überhaupt! Sie hatte doch tatsächlich Tony und Drew (die beiden Bandmitglieder ihrer Lieblingsband *WrongTurn*) hier in einem New Yorker Straßencafé getroffen. Ich wollte es ihr zuerst gar nicht glauben, ich dachte, sie würde mich verarschen. War das denn zu fassen? Okay, das hier war Amerika, das Land der unbegrenzten Möglichkeiten, aber wie gering war denn bitte die Wahrscheinlichkeit, seine Idole zu treffen?

An ihrer Stelle hätte ich kein Wort herausgebracht. Aber Romy war nun mal Romy ... Sie hatte mir davon erzählt, dass sie sich mit Tony unterhalten hatte, der allerdings nicht in bester Verfassung gewesen war. Außerdem hatte sie geäußert, dass sie sich nun ganz sicher war, dass die beiden ein Paar waren, so wie Drew ihn an sich gedrückt hatte. So behandelte man niemanden, der *nur* der beste Freund war.

Aber das Beste an der ganzen Geschichte war, dass Tony indirekt nach mir gefragt hatte. Oder besser gesagt hatte er mein Gesicht mit dem von Romy verbunden. Allerdings war Romy mit einer alten Schulfreundin in dem Café gewesen, was ihn wohl verwirrt hatte.

Ich fühlte mich seltsam ... geehrt. Ein Superstar, der Millionen von Gesichtern sah, erinnerte sich ausgerechnet an das von Romy und mir? Irgendetwas auf dem Konzert in Hamburg, das wir beide besucht hatten, musste Tony berührt haben, sodass wir nicht in

Vergessenheit geraten waren. Wie auch immer … für Romy musste das ein ganz besonderer Moment gewesen sein und deshalb freute ich mich umso mehr für sie.

»Worüber denkst du nach?«, fragte Romy und riss mich aus meinen Gedanken. Ihre schmalen Finger streichelten durch mein Haar, das sich wie ein Fächer um meinen Kopf ausgebreitet hatte. Ich spürte die Berührung durch das leichte Ziepen an meiner Kopfhaut.

Zum ersten Mal seit unserer Versöhnung waren wir für längere Zeit allein. Nur Romy und ich. Savannah war mit Vanessa losgezogen, um im Macy's shoppen zu gehen, denn die beiden hatten sich vom ersten Augenblick an super verstanden, sodass sie uns die Zweisamkeit ermöglichten. Deswegen lagen – nun ja, ich lag, Romy saß – wir auf einer Decke mitten im Central Park unter dem Schatten eines großen Baumes. Um uns herum ragten die Wolkenkratzer zum Himmel hinauf, als wollten sie ihn berühren. Und ich wollte es auch am liebsten. Ich sprühte vor Glück, als wäre ich wieder ganz frisch verliebt. Und vielleicht war ich das auch. Zwischen uns herrschte wieder diese knisternde Atmosphäre wie am Anfang, als hätten wir die Zeit zurückgedreht.

Vielleicht lag das auch daran, dass es bis auf ein paar Umarmungen oder streifende Berührungen keine weiteren Intimitäten zwischen uns gegeben hatte. Nicht einmal einen Kuss.

Seltsamerweise traute ich mich aber auch nicht, ihr einen zu geben, was total hirnrissig war. Als wäre nicht schon viel mehr zwischen uns geschehen. Von ihr allerdings kam auch nichts … das verunsicherte mich umso mehr, sodass ich es noch nicht geschafft hatte, den Schritt zu gehen.

»An dich«, antwortete ich ehrlich, doch bevor ich dazu kam, das weiter auszuführen, quatschte sie mir dazwischen.

»Du brauchst doch nicht von mir zu träumen, wenn ich direkt neben dir sitze.«

Ihr neckischer Tonfall brachte mich zum Grinsen. Ich rollte die Augen etwas nach oben, um in ihr Gesicht schauen zu können, das sich halb über die Sonne geschoben hatte, die mich dennoch blendete.

Ich blinzelte heftig, um die schwarzen Punkte loszuwerden, die mein Sichtfeld dominierten.

»Ich habe über deine Begegnung mit Tony und Drew nachgedacht«, überging ich ihren Kommentar.

»Daran muss ich auch oft denken«, kam es von ihr zurück und sie drehte ihren Kopf, um ihr Gesicht in die Sonne zu halten.

Sie schloss die Augen, schien die Wärme zu genießen. Ihre Haare schimmerten fast hellbraun, obwohl sie eigentlich dunkel waren, und ihre Spitzen sahen aus, als stünden sie in Flammen. Ihre Mundwinkel waren minimal nach oben gezogen und ihre langen schwarzen Wimpern bewegten sich leicht, wenn ihre Lider sich zuckend bewegten.

Ich hätte sie stundenlang betrachten können, ohne dieses Anblicks je müde zu werden.

Ihr T-Shirt war an der linken Schulter heruntergerutscht, sodass ein großes Stück Haut entblößt wurde, und ich konnte dem Drang, es zu berühren, nicht widerstehen. Ich zog den Stoff nach oben, aber nicht, ohne dabei mit den Fingerspitzen die entblößte Stelle zu streicheln. Das hatte eigentlich überhaupt nichts Intimes oder

Sexuelles, aber dennoch brodelte es in mir, als würde ich einen Vulkan in mir beherbergen, der kurz davor war, auszubrechen.

Romy drehte den Kopf wieder in meine Richtung, öffnete die Augen und schaute mich mit einer Mischung aus Neugier und Zärtlichkeit an. Ich wünschte mir so sehr, sie würde sich zu mir beugen und meine Lippen küssen. Mir war es egal, dass wir in der Öffentlichkeit waren. Mir wäre es egal, wenn die Mutter, die mit ihrem Kind spielte, aufschauen und uns sehen würde. Mir wäre es auch egal, wenn der ältere Herr, der mit seinem Spazierstock auf der Bank saß und die Natur beobachtete, empört aufstehen würde.

Ich hatte ihr versprochen, mich nie wieder für sie zu schämen, und ich tat es auch nicht.

Aber sie küsste mich nicht, sondern lächelte mich nur auf verführerische Weise an, als wollte sie, dass ich es tat. Oder wollte ich nur glauben, dass sie es wollte? Was, wenn sie es doch nicht wollen würde? Verdammt, mein dämlicher Kopf war mir schon wieder im Weg.

»Ich habe heute mit meiner Familie telefoniert«, gestand sie, während ich mit dem Zeigefinger weiterhin kreisend ihre Schulter über dem Stoff streichelte.

Der Moment schien vorbei und vielleicht hatte ich mir das Begehren in ihrem Blick doch nur eingebildet.

Ich zog die Augenbrauen hoch.

Erst nach ein paar Sekunden wurde mir die Tragweite ihrer Worte bewusst. Mein Herz begann schneller zu schlagen und ich richtete mich eiliger, als ich es gewollt hatte, in eine sitzende Position auf. Mir wurde von der abrupten Bewegung schon wieder schwindlig.

»Heißt das, du hast dich entschieden?«, fragte ich leise nach.

Romy war sich noch nicht ganz sicher gewesen, ob sie nicht länger in Amerika bleiben sollte. Nicht das ganze Jahr, aber um die Zeit hier in dem Land, in dem sie einen Großteil ihrer Kindheit verbracht hatte und das sie dennoch vermisste, zu nutzen. Ich hätte ihr das niemals versucht auszureden, auch wenn es mir verdammt schwergefallen wäre, wieder zu gehen.

Die andere Alternative war, eine Woche nach meiner Abreise ebenfalls nach Deutschland zurückzufliegen, damit sie noch Zeit mit ihrer Cousine verbringen konnte, die sie sowieso zu selten sah.

»Ja, das habe ich«, erwiderte sie mit diesem Gesichtsausdruck, der nicht darauf schließen ließ, was sie dachte oder fühlte.

Wie ich sie manchmal dafür hasste!

Sie schwieg, ließ mich absichtlich zappeln. Vermutlich genoss sie es, die Anspannung auf meinem Gesicht wachsen zu sehen, obwohl ich mir so viel Mühe gab, sie zu verbergen.

Es kam mir vor, als würden quälende Minuten vergehen, obwohl es nur wenige Sekunden waren, bis sie endlich antwortete.

»Liane hat sich vor Freude fast überschlagen, dass ich schon bald zu Hause sein werde.« Sie zwinkerte, als wollte sie mich damit besänftigen.

Ich musste kurz sacken lassen, was sie gesagt hatte. In mir schienen tausend Raketen zu explodieren, anders konnte ich die Freude, die mich erfüllte, nicht beschreiben.

»Bist du dir wirklich sicher?« Ich riss die Augen auf und schien auf einmal doppelt so schnell zu atmen. Die Welt um mich herum drehte sich, außer Romy, die ganz klar zu sehen war.

Sie zog lässig ihre dunkelbraune Augenbraue hoch.

»Bitte wann war ich mir nicht sicher mit meinen Entscheidungen?«

Und das war der Moment, in dem etwas in mir zu platzen schien. In dem ich alle Ängste, Verunsicherungen, Gedanken und innerliche Barrieren über Bord warf. Ich hätte schreien wollen, aber kein Ton kam über meine Lippen. Meine Augen sprangen wild zwischen denen von Romy hin und her. Das dunkle Blau in ihnen zog mich immer mehr in die Tiefe. Wieder meinte ich, die Einladung in ihren Iriden zu sehen, und diesmal folgte ich ihr.

Ich hob meine Hände, packte Romy an den Haaren und zog sie mit einem Ruck zu mir. Die Hälfte der Strecke kam ich ihr entgegen, so eilig hatte ich es, endlich ihre Lippen zu berühren. Sie wehrte sich nicht und das ließ mich innerlich triumphieren.

Wir trafen uns in der Mitte und als mein Mund ihren berührte, schien es, als würde ich abheben und noch höher steigen als die Wolkenkratzer um uns herum.

Romy gab ein leises Stöhnen von sich, als hätte sie es sich genauso sehr herbeigesehnt wie ich. Ihre Hand legte sich an meinen Rücken, direkt zwischen die Schulterblätter. Sie drückte mich so eng an sich, dass ich spürte, wie sich ihre Brüste an meine schmiegten.

Sie roch so wahnsinnig gut, ihr Haar fühlte sich immer noch so seidig an, ihre Lippen schmeckten noch immer nach ihrem Kirschlabello. Und es fühlte sich immer noch gut an.

Verdammt. Noch mal. Gut.

Meine Erinnerung an unsere Küsse waren nichts im Vergleich mit der Realität.

Ihr Mund bewegte sich geschmeidig an meinem, als wäre er nur dafür gemacht. Ihr warmer Atem streifte meinen. Ihre Bewegungen waren so behutsam und im nächsten Moment so fordernd.

Ich küsste sie, bis mir die Luft wegblieb und ich mich von ihr lösen musste, weil ich kaum atmen konnte.

Beinahe entsetzt schaute ich sie an, ihr Gesicht meinem immer noch so nah, dass sich unsere Nasenspitzen fast berührten.

Romy lächelte auf diese Weise, die dafür sorgte, dass meine Beine zu Pudding wurden.

»Na endlich«, flüsterte sie, ehe sie mir noch mal einen kurzen, unschuldigen Kuss auf die Lippen hauchte.

Ich saß immer noch hier, wie vom Blitz getroffen. Unfähig, irgendetwas anderes zu tun, als nach Luft zu schnappen und in ihre Augen zu schauen.

»Was … meinst … du?«, brachte ich atemlos hervor.

»Na, ich dachte schon, du hättest vor, nun eine abstinente Beziehung zu führen«, sagte sie belustigt, streichelte meinen Rücken entlang nach unten, was dafür sorgte, dass ich überall elektrische Impulse spürte, wo sie mich berührte.

»Aber … Aber wieso hast du nicht angefangen, wenn du es auch wolltest?«, hakte ich verwirrt nach.

Mit ihren Berührungen brachte sie mich schon wieder aus dem Konzept. War es verwerflich, wenn ich mich gerade danach sehnte, mit ihr zu schlafen? Ich hatte dieses Bedürfnis so lange nicht mehr verspürt und jetzt, nach dem Kuss, begann das Verlangen in mir, seine Fühler auszustrecken. Wie ein Juckreiz, der immer stärker wurde, je länger man ihn zu ignorieren versuchte.

Romy lachte auf, legte den Kopf leicht in den Nacken und entblößte die empfindliche Stelle an ihrem Hals, an der ich nur zu gern knabbern würde. Sie nahm ihre Hand von meinem Rücken und schob sie unter mein Kinn, hob dieses leicht an, sodass ich ihr wieder in die Augen schauen musste.

»Sam.« Sie schüttelte gespielt tadelnd den Kopf und mir schoss die Hitze in die Wangen.

Oje, bestimmt merkte sie mir wieder an, woran ich dachte. Bitte … nicht!

»Hm?«, versuchte ich, unschuldig zu tun.

»Du kannst nicht immer mich den Anfang machen lassen.« Romy legte den Kopf schief.

»Ich war … unsicher!«, verteidigte ich mich.

»Als hättest du mich nicht schon hundertmal geküsst«, konterte sie.

Ich schaffte es nur, mit den Schultern zu zucken, weil sie mir den Wind aus den Segeln genommen hatte.

Kurz schwiegen wir, während Romy mich mit ihren Blicken zu scannen schien.

»Denkst du, Vanessa kann es verschmerzen, wenn du morgen wieder für ein paar Stunden fehlst?«, hakte sie nach.

»Ähm … ja«, brachte ich so geistreich hervor wie bei unseren ersten Begegnungen.

Irgendwann musste ihre Wirkung auf mich doch mal nachlassen, oder nicht?

Romy beugte sich vor und halb in der Erwartung, sie würde mich noch mal küssen, schloss ich meine Augen zur Hälfte. Allerdings legten sich ihre Lippen nicht auf meine, sondern an mein Ohr.

»Prima, dann komm doch morgen gegen drei zu mir«, hauchte sie, ehe sie mir einen Kuss auf das Ohrläppchen gab, bevor sie sich zurückzog.

Verdattert schaute ich ihr in die Augen, bevor sich die Scham auf meinem ganzen Gesicht bis zum Hals hinunter spürbar ausbreitete. Ich musste so knallrot wie eine Ampel sein.

An ihrem wissenden Blick erkannte ich, dass sie mir meine Gedanken natürlich von der Nasenspitze abgelesen hatte.

»Oh Gott, ich hasse dich so sehr!«, fluchte ich peinlich berührt und versuchte spielerisch, nach ihr zu schlagen.

»Tust du nicht, du liebst mich«, entgegnete sie mit einem Lachen, fing meine Hand ab und verschränkte meine Finger mit ihren, was mich besänftigte.

»Hm«, machte ich nur, zu stolz, ihr darauf zu antworten, aber im Grunde wussten wir beide das, auch ohne es auszusprechen, sonst hätte ich wohl kaum den Atlantischen Ozean überquert, um bei ihr sein zu können.

8

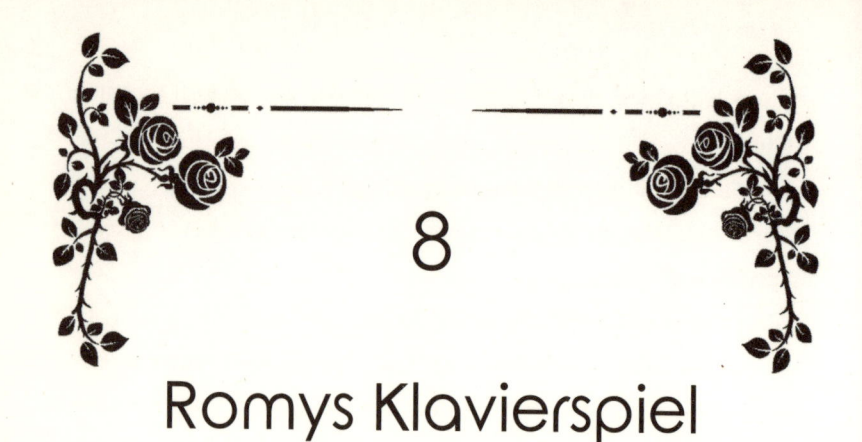

Romys Klavierspiel

Kurz nachdem ich geklingelt hatte, musste ich nicht lange darauf warten, dass Romy mir die Tür öffnete, die sie mir einladend aufhielt.

Sie sah aus, als hätte sie sich für heute ganz besonders in Schale geworfen. Sie trug eine hellblaue High-Waist-Jeans, dazu ein figurumspielendes graues T-Shirt, auf dem in dicken schwarzen Lettern die Worte *Making Magic Happen* gedruckt waren. Die Haare trug sie offen, jedoch wurden die vorderen Strähnen von dem Bügel der Pilotensonnenbrille, die sie auf dem Kopf trug, nach hinten geschoben. Es verpasste ihr einen frechen Look, der mir gut gefiel, auch wenn ich mich fragte, wieso sie eine Sonnenbrille brauchte, wenn sie im Haus war.

»Pünktlich wie Frau Holzmeier«, kommentierte Romy mein Erscheinen, bevor ich etwas sagen konnte.

»Oh Gott, hör mir auf mit der!«, empörte ich mich gespielt. Unsere alte Deutschlehrerin, die große Ähnlichkeit mit Frau Rottenmeier hatte, vermisste ich keine Sekunde lang.

Romy lachte, was ihre Augen so schön zum Funkeln brachte.

»Und du hattest Angst, dass meine Schönheit dich blenden könnte?«, fragte ich in einem neckenden Tonfall.

Sie sah mich verdutzt und gleichzeitig fragend an, ehe ich auf ihren Kopf deutete, sie nach oben griff, die Sonnenbrille zu fassen bekam und sie aus den Haaren zog.

»Ich war vorhin im Garten und die Sonne hat geblendet. Allerdings sind die Gläser zu dunkel, um damit lesen zu können. Ich habe ganz vergessen, dass ich sie noch trage«, erwiderte sie, dann zog sie die Augenbrauen hoch, als würde sie sich fragen, wieso sie mir überhaupt Rechenschaft ablegte.

»Du bist frech geworden.« Sie schnalzte gespielt missbilligend mit der Zunge, doch das Funkeln in ihren Augen verriet mir, dass es sie amüsierte.

»Du färbst eben auf mich ab«, konterte ich, was gleichzeitig der Wahrheit entsprach. Aber wenn man so viel Zeit mit einem Menschen verbrachte, war es nur natürlich, dass man anfing, ein paar Kleinigkeiten von ihm zu übernehmen. Oder war das nur bei mir so?

Romy trat einen Schritt zur Seite und machte eine Kopfbewegung, die mir signalisierte, dass ich reinkommen sollte. Ich betrat das Haus, in dem mich erleichternd kühle Luft empfing.

Heute war unser vorletzter Tag hier in New York. Morgen würden Vanessa und ich in der Früh aufbrechen, um nachmittags mit dem Flieger abzureisen. Mir blieben nur noch wenige Stunden mit Romy und auch wenn ich wusste, dass es nur eine Woche sein würde, kam es mir vor, als würde ich danach eine Ewigkeit von ihr getrennt sein. Wie hätte ich das nur ein halbes oder gar ein ganzes Jahr überstehen sollen? Wie hatte ich es bisher überstanden?

Meine beste Freundin hatte nach unserem gemeinsamen Frühstück in der Stadt beschlossen, heute den Spa-Bereich des Hotels auszuprobieren. Ich wusste, dass sie es nur meinetwegen tat, und auch wenn ich ein schlechtes Gewissen hatte, verbrachte ich nun doch den Nachmittag mit Romy.

Nachdem ich eingetreten war, gab sie der Tür einen Stoß, sodass sie schwungvoll, aber nicht laut ins Schloss fiel.

Wir standen dicht nebeneinander und ehe ich mich versah, zog sie mich mit einem Ruck an sich, sodass ich gegen ihren Körper prallte und von diesem ausgebremst wurde. Mit einem leisen »Uff« entwich mir die Luft aus den Lungen. Ich hatte gerade noch so viel Zeit, einzuatmen, als Romy ihre andere Hand an meiner Taille platzierte, mich fest an sich presste und ihre Lippen auf meine legte.

Meine Augen fielen zu, als hätte jemand einen Schalter in meinem Nacken betätigt. Sofort reagierte mein Körper auf ihre Nähe, wurde so weich, als wäre er formloser Ton und Romy die Töpferin, die ihm eine Gestaltung gab. Ich schmiegte mich so eng an sie, wie es die Physik zuließ, und wenn ich gekonnt hätte, wäre ich mit ihr verschmolzen.

Meine Haut kribbelte und zwischen meinen Beinen begann es warm zu pulsieren, umso leidenschaftlicher unser Kuss wurde. Ich war gerade dabei, ihn zu intensivieren, aber Romy löste sich zu meinem Bedauern von mir, was ich mit einem protestierenden Schnauben quittierte.

»Du kleiner Nimmersatt«, neckte sie mich, ehe sie mir einen Kuss auf die Stirn hauchte, der ein wohlig warmes Gefühl in mir auslöste, wie es heißer Kakao an eisigen Wintertagen tat. Kein Wunder, dass mir schon wieder schwindelig davon wurde.

»Du weißt, dass ich niemals genug von dir bekommen kann«, erwiderte ich mit einem dümmlichen Grinsen.

»Ich weiß, Baby. Deine Wangen glühen ja regelrecht«, sagte Romy gönnerhaft, löste ihre Hand von meiner Taille, um sie an mein Gesicht zu legen, als wollte sie prüfen, ob ich Fieber hatte.

»Du armes Ding.« Sie hauchte mir abermals einen Kuss auf die Lippen, bevor sie mit dem Daumen über die Schulter deutete. »Ich wollte sowieso gerade ein Eis zur Abkühlung essen, willst du auch eins?«

Ich schaffte es gerade so, zu nicken. Eigentlich war mir eher nach dem Gegenteil zumute und ein bisschen wurmte es mich, dass Romy nicht auch so sehr die Kontrolle verlor, wie ich es im Begriff war, zu tun. Hatte sie mich nicht irgendwie genau dazu eingeladen? Oder überspielte sie es mal wieder einfach nur gut?

Ein dummer Teil meiner Gedanken fragte sich nicht leise, ob es vielleicht daran lag, dass meine Kleider enger saßen, als sie eigentlich sollten. Mir entging nicht, dass ich etwas am Bauch und den Brüsten zugelegt hatte – aber Romy und oberflächlich? Das passte gar nicht zu ihr.

»Was liest du denn gerade für ein Buch?«, fragte ich, um mich von meinen Zweifeln und dem Wunsch, Romy an Stellen zu streicheln, die ich viel zu lange nicht mehr berührt hatte, abzulenken.

»*Game of Thrones*«, antwortete sie, als sie mich den Flur entlangzog und rechts in das Wohnzimmer einbog, ohne meine Hand loszulassen.

»Ich liebe die Serie dazu!«, rief ich. »Besonders die Schauspielerin, die Daenerys spielt.«

Ich glaubte, dass ich schon immer ein bisschen in sie verliebt war. Aber selbst da hatte ich noch nicht begriffen, dass mein Fokus sich in Serien und Filmen viel mehr auf die Frauen als auf die Männer richtete.

»Ja, Emilia Clarke ist fantastisch«, bestätigte Romy mit einem Nicken, ehe sie mir einen Seitenblick zuwarf. »Aber gegen dich kommt sie nicht an.«

Ich rollte gespielt mit den Augen, aber innerlich freute ich mich über die Schmeichelei.

Wir durchquerten das Wohnzimmer, das von einem cremefarbenen Sofa dominiert wurde. An der Wand war ein großer Fernseher befestigt, sodass man gemütlich von der Couch aus darauf schauen konnte.

Aber das Schönste in dem Raum – neben Romy – war ein altes Klavier, das an die Wand gestellt war. Die schwarzen und weißen Tasten glänzten einladend und ich wünschte mir in diesem Moment, ich hätte eine musikalische Ader. Aber bei mir hatte es gerade mal dafür gereicht, Blockflöte zu spielen, was ziemlich lange her war und woran ich schnell das Interesse verloren hatte.

»Wer spielt?«, fragte ich, als ich stehen blieb und Romy so dazu brachte, ebenfalls innezuhalten. Sie ließ meine Hand dabei nicht los und schaute selbst zu dem Instrument.

»Savannah und ich.«

Ich erinnerte mich vage daran, dass sie, als wir uns frisch kennengelernt hatten, einmal erwähnt hatte, dass sie Klavier spielen konnte.

»Spiel mir was vor«, bat ich sie leise, aber mit Nachdruck in der Stimme. Ich wollte sie unbedingt einmal hören. In Deutschland hatte sie nicht die Gelegenheit dazu, es mir zu zeigen, denn dort besaß sie kein Klavier und ich wollte diese Chance nicht verstreichen lassen.

Romy schmunzelte über meine Bitte, als hätte sie diese Worte schon mehr als nur einmal gehört.

»Aber gern«, antwortete sie und zog mich zu dem Instrument. Sie ließ meine Hand los, als sie erst mit dem einen, dann mit dem anderen Bein über die kleine Sitzbank stieg, um sich vor den Tasten niederzulassen.

Ich stand zuerst noch etwas gehemmt da, weil ich nicht wusste, was sie von mir erwartete oder wie viel Freiraum sie zum Spielen brauchte.

Romy bemerkte mein Zögern, wie sie es immer tat.

»Nicht so schüchtern«, merkte sie an und klopfte auf den freien Platz neben sich. »Ich beiße nicht.«

»Da wäre ich mir nicht so sicher«, murmelte ich, ließ mich dann aber eilig auf die gepolsterte Bank sinken. So nah neben Romy, dass sich unsere Knie berührten.

»Was willst du hören?«, fragte sie und ihre Finger schwebten über den Tasten, als wäre sie bereit, sofort loszulegen.

Ihre braunen Haare waren nach vorn gerutscht und bedeckten die Hälfte ihres Gesichts, wie ein Vorhang das Fenster. Lediglich ein Teil ihrer rechten Wange, ihre Nase und ihr Kinn konnte ich erkennen. Sanft hob ich meine Hand und strich die Strähnchen hinter ihre Ohren, damit Romy nicht mehr von ihnen verdeckt wurde.

Sie drehte den Kopf und ihr Blick traf meinen, schon wieder mit dieser Intensität, dass mir der Atem stockte und mein Gehirn sich herunterzufahren schien.

»Ähm«, machte ich, weil mir plötzlich kein Song einfallen wollte, obwohl es Tausende Lieder gab, die ich liebte. Aber ihre Frage – mit der ich hätte rechnen müssen – setzte mich plötzlich unter Druck.

Eine Stille entstand, in der ich versuchte, mir etwas zu überlegen, was ich gern hören wollte. Doch egal, wie sehr ich mein Hirn durchforstete, mir wollte einfach nichts einfallen.

Romy legte den Kopf schief, auf diese vertraute Art, wie nur sie es konnte.

»Sag bloß, dir fällt nichts ein?«, fragte sie, ein mildes Lächeln auf den Lippen, als wäre sie auch das gewohnt.

Es war so, als hätte man tagelang für einen Test gelernt, die Antworten im Kopf und dann saß man da, starrte das weiße Blatt Papier an und nichts fiel einem ein. Obwohl ihre Frage ja nicht schwierig war.

»Nicht wirklich.« Ich untermalte meine Worte mit einem Kopfschütteln. »Wie wäre es mit deinem Lieblingslied?«, war alles, was mir dazu einfiel.

Sie nickte, dabei wurde ihr Gesicht ernst und sie begann, nachzudenken. Das erkannte ich daran, wie sie ihre Augenbrauen zusammenzog und sich die kleinen Fältchen auf ihrer Stirn bildeten, bevor sich ihre Züge wieder entspannten und sie abermals nickte, um ihre Entscheidung zu bestärken.

Dann korrigierte sie ihre Haltung, setzte sich aufrechter, spielte ein paar Tasten an, bevor sie beide Hände fast schon darüber tanzen ließ und die Melodie anfing, den Raum zu füllen.

Ich war für einen Moment erstaunt darüber, dass sie scheinbar ohne Noten spielen konnte, bis mir einfiel, dass das Romy war – die Frau, die anscheinend alles konnte.

Es kostete mich ein paar Sekunden, bis ich das Lied nur anhand der Akkorde erkannte, doch als es mir klar wurde, begann meine Kehle enger zu werden. Romy hatte sich für den Song *Treat you better* von Shawn Mendes entschieden.

Die Atmosphäre war allein durch den Klang der Töne schon melancholisch genug, aber dann begann sie auch noch zu singen. Sie nutzte noch nicht ihr gesamtes Volumen, sodass der Anfang sanft und traurig zugleich begann. Ihre Finger schienen nur so über die Klaviatur zu fliegen.

Romy bewegte sich anmutig vor und zurück, als wäre sie eine Blume, die von einer Brise hin und her gewiegt wurde. Ihre Augen waren geschlossen, sie verlor sich voll und ganz in ihrem Element und in den Emotionen, die der Song in ihr auszulösen schien.

Ihre Stimme wurde lauter, ihre Gesichtszüge verzerrten sich, als sie mit vollem Körpereinsatz und mit so viel Gefühl sang, dass sich die Härchen auf meinen Armen aufstellten und ich den bekannten Druck hinter meinen Augen spürte.

Ihr Gesang berührte mich, er nahm mich mit auf eine emotionale Achterbahnfahrt. Den Moment in Worten einzufangen, war eigentlich unmöglich.

Doch Romy setzte noch einen drauf. Beim letzten Refrain drehte sie den Kopf und sah genau mich an. In ihrem Blick lag alles, was sie mir nie in Worten gesagt hatte. Die Emotionen glimmten auf und verschwanden wieder. Es war alles dabei: Liebe und Wut. Schmerz und Freude. Sehnsucht und Hoffnung.

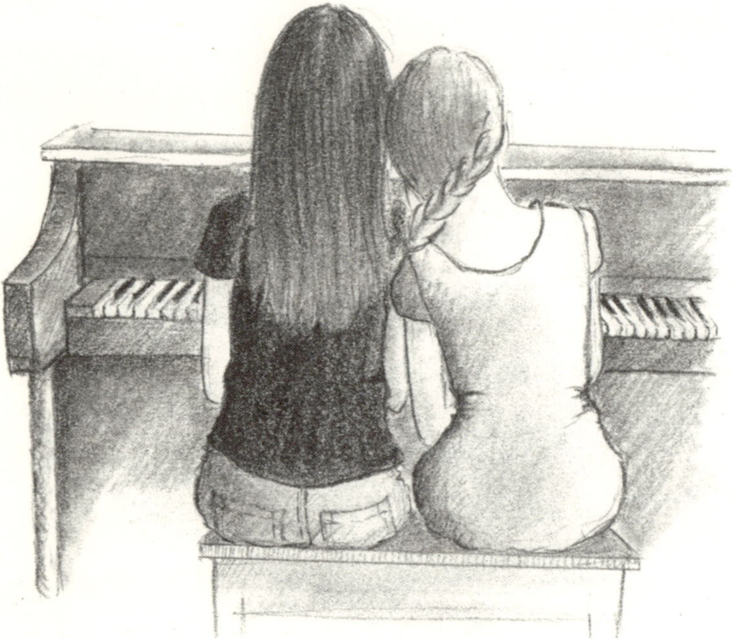

Ich dachte an die Zeit zurück, als ich noch mit Robin zusammen gewesen war, und daran, wie sehr ich mich gleichzeitig nach Romy gesehnt hatte. Wie sie nie aufgegeben hatte, um mich zu kämpfen und darum, mir meine Gefühle einzugestehen. Und ja, sie behandelte mich tausend Mal besser, als Robin es jemals getan hatte.

Ich wollte nie mehr ohne sie sein, das wusste ich bereits jetzt.

Romy war der Takt, zu dem ich mich bewegte.

Sie war die Symphonie meines Herzens.

Sie war wie ein Tanz im warmen Sommerregen.

Sie war die heiße Schokolade im Winter.

Und wenn ich so in Romys Augen sah, glaubte ich, dass sie auch daran zurückdachte.

Sie wandte den Blick nicht von mir ab, nicht einmal dann, als sie aufhörte, zu singen, und die letzten Akkorde ausklingen ließ, bevor es fast seltsam still im Raum wurde.

Der Moment zwischen uns fühlte sich so unglaublich intensiv an, als würde Romy jede Stelle meines Körpers berühren, ohne mich dabei anzufassen. Selbst wenn ich gewollt hätte, hätte ich nichts sagen können, denn meine Stimmbänder fühlten sich an, als wären sie gelähmt.

Ein leises Klatschen riss mich aus meiner Trance und mein Kopf fuhr hoch, um an Romy vorbei zur Tür zu schauen, an deren Rahmen gelehnt Savannah stand, die kräftigen Applaus gab. Die blonden Haare hatte sie zu einem chaotischen Knoten gebunden, als hätte sie wenig Zeit für ihre Frisur übrig gehabt. Die grünen

Augen wurden von ein wenig Wimperntusche und einem Eyeliner-Strich auf jedem Lid hervorgehoben. Ihre Lippen waren zu einem Lächeln geformt.

»Awesome!«, sagte sie mit funkelnden Augen.

Ich lächelte so breit, als hätte sie mir das Kompliment gemacht und nicht Romy, ohne sagen zu können, wieso.

»You've heard me a thousand times«, antwortete Romy ungewohnt bescheiden.

Savannah zuckte mit den Schultern, als würde das für sie keinen Unterschied machen.

»Ich weiß«, wechselte sie auf Deutsch.

Zuerst hatte ich geglaubt, sie würde es nur wegen Vanessa und mir machen. Ich hatte ihr sogar erklärt, dass ich Englisch sehr gut verstand und auch sprechen konnte, immerhin wollte ich es auf Lehramt studieren. Aber Savannah erzählte mir, dass sie nicht wollte, dass ihr Deutsch einrostet. Und da sie sonst selten die Gelegenheit hatte, es zu sprechen, nutzte sie unseren Besuch dafür.

»Aber heute war es besonders schön!«, sagte sie mit einem strahlenden Lächeln, das ihre Zähne zeigte.

»Das lag an Sam«, erwiderte Romy und die beiden redeten so, als wäre ich gar nicht da.

Trotzdem wurden bei den Worten meine Wangen heiß und ich war mir sicher, dass sie eine rötliche Färbung angenommen hatten.

Savannah sah mich an und ihr Grinsen wurde noch breiter. Ihre froschgrünen Augen strahlten so viel Wärme, Akzeptanz und

Freude aus, dass ich sie seit unserer ersten Begegnung direkt ins Herz geschlossen hatte.

»Mit Sicherheit«, bestätigte sie mit einem warmen Lachen in der Stimme. »Ich wollte sagen, dass ich Logan besuchen gehe. Ihr seid allein. Mom und Dad kommen erst später wieder«, erklärte sie und deutete mit dem Daumen in Richtung Tür. Dabei wackelte sie vielsagend mit den Augenbrauen, sodass ich am liebsten vor Scham mit dem Polster verschmolzen wäre.

»Okay«, antwortete Romy total gelassen, als hätte sie die Anspielungen nicht bemerkt. Was sie garantiert getan hatte, aber Romy war einfach nichts unangenehm. Für diese Selbstsicherheit hatte ich sie schon immer bewundert.

»Und ich möchte mich noch von Sam verabschieden.«

Savannah betrat das Wohnzimmer, während Romy und ich von der Sitzbank aufstanden.

»Es war schön, dich kennengelernt zu haben«, machte sie den Anfang. Bei ihr hörte es sich nicht wie eine Floskel an, sondern wie die reine Wahrheit.

Mir wurde ganz warm ums Herz. Es bedeutete mir viel, von den Menschen gemocht zu werden, die Romy wichtig waren.

»Ich fand es auch schön. Wir sehen uns bestimmt irgendwann wieder.«

Seltsamerweise machte es mich traurig, mich von ihr zu verabschieden.

Wir hatten nicht so viel Zeit miteinander verbracht, dass wir dicke Freundinnen wären, aber ihre positive Ausstrahlung würde mir fehlen. Einfach ihre Art, in allem etwas Positives zu sehen, diese Lebensfreude, die sie ausstrahlte, als wären alle schlechten

Momente nur ein kurzer Regenschauer, den man einfach nur abwarten musste, bevor die Sonnenstrahlen zurückkehrten.

»Da bin ich mir sogar sehr sicher!«, bestätigte Savannah mir und ehe ich mich versah, hatte sie einen Schritt nach vorn gemacht und mir die Arme um den Hals geschlungen. Ihre Umarmung war so schwungvoll und herzlich, dass ich kurz taumelte, ehe ich sie erwiderte. Sie roch angenehm frisch nach einer Mischung aus Minze, Sandelholz und Shampoo. Wir drückten uns für ein paar Sekunden, was in keinster Weise unangenehm war, ehe wir uns voneinander lösten und Savannah zwei Schritte nach hinten ging.

»Ich wünsche dir und Vanessa einen guten Flug. Bis zum nächsten Treffen«, sagte sie zuversichtlich.

»Danke. Bis zum nächsten Mal, Savannah«, erwiderte ich.

»Viel Spaß mit Logan«, kommentierte Romy und die Augen ihrer Cousine begannen zu leuchten, als wäre hinter ihnen die Sonne aufgegangen.

Diese Reaktion sagte mehr als tausend Worte. Genauso musste ich aussehen, wenn jemand Romy erwähnte. Oder wenn sie den Raum betrat.

»Werde ich haben. Bis morgen, Romy.«

Sie warf uns beiden noch einen Luftkuss zu, ehe sie herumwirbelte und im Flur verschwand. Kurz darauf hörte ich die Haustür ins Schloss fallen.

»Hach, sie wird mir irgendwie fehlen«, kommentierte ich und drehte mich wieder zu Romy, die ihrer Cousine hinterhersah.

»Ja, mir auch«, erwiderte sie, dann wandte sie den Kopf ab und sah mich an. »Aber du hast mir mehr gefehlt«, hauchte sie, streichelte meinen Unterarm entlang zu meinem Handrücken und schlang ihren Zeigefinger um meinen.

Gänsehaut bildete sich auf meinem Körper und die Anziehung zwischen uns war beinahe mit Händen greifbar. Auch wenn eigentlich gar nicht viel passiert war. Aber die Tatsache, dass wir das Haus nun für uns allein hatten, die lange Zeit, in der wir uns nicht hatten berühren können, obwohl wir uns beide doch so sehr wollten, das Klavierspiel und Romys emotionaler Gesang ... all das sorgte dafür, dass ich mich danach sehnte, ihr nah zu sein.

So richtig nah.

Die Art von nah, bei der sich kein Kleidungsstück mehr zwischen uns befand.

»Ich glaube, ich habe doch keine Lust mehr auf Eis«, antwortete ich.

Romy lachte, als hätte ich einen Witz erzählt, übte Druck auf meine Hand aus und zog mich kommentarlos mit sich, raus aus dem Raum, in den Flur und von da zu der geschlossenen Tür, hinter der sich ihr vorübergehendes Zimmer befand.

Wieso war ich plötzlich so aufgeregt?

9

Küsse auf der Haut

Mein Herz pochte wie das Trommelspiel eines Indianerstamms in einem wilden Rhythmus. Meine Handflächen wurden feucht und mir war unglaublich heiß. Ich war plötzlich so nervös, obwohl es dafür überhaupt keinen Grund gab. Es war ja nicht so, als würde das, was gleich passieren würde – und ich war mir absolut sicher, dass es passieren würde –, zum ersten Mal geschehen. Aber genau so fühlte es sich an.

Romy zog mich in das Zimmer, in dem sich nichts verändert hatte, seitdem ich es zum ersten Mal betreten hatte. Sie ließ meine Hand los und mich mitten im Raum stehen, bewegte sich an mir vorbei. Ich drehte mich um, um zu beobachten, wie sie die Tür fast schon quälend langsam zumachte und den Schlüssel im Schloss drehte, bis ein Klicken zu hören war.

Erst dann drehte sie sich wieder zu mir um, in ihren Augen dieses wilde Funkeln, als wäre sie eine Raubkatze, die sich nicht zähmen ließ. Die rote Farbe in ihren Haarspitzen, die täglich mehr verblasste, ließ sie noch gefährlicher wirken.

»Dir ist also die Lust auf Eis vergangen?«, fragte sie mit einem gönnerhaften Grinsen auf den Lippen, während sie die Distanz zu mir mit jedem weiteren Schritt verringerte.

Ihre Stimme fuhr mir vom Brustkorb durch den Bauch und wieder zurück, als hätte man dort ein Gummi zu straff gezogen und es schnalzen lassen.

Meine Haut kribbelte bereits jetzt, als würde sie sich nach der Berührung von Romy sehnen. Als würden alle meine Sinne sich nach ihr ausrichten, wie eine Zimmerpflanze nach dem Sonnenlicht.

Sie schaute mich wachsam an, als gäbe es nur eine richtige Antwort darauf.

»Ja«, brachte ich hervor, wobei meine Stimme ganz leise klang.

»Worauf hättest du denn dann Lust?«

Ihre Finger fanden meine Schultern und streichelten diese in Richtung meines Nackens.

Alles, wozu ich fähig war, war, Romy in die Augen zu schauen und innerlich zu verglühen, wie ein Meteorit, der in die Erdatmosphäre eindrang und verdampfte.

»Das weißt du doch am besten«, erwiderte ich flüsternd, legte meine Hände auf den Schwung ihrer Hüften und zog sie an mich.

Sie grinste diabolisch.

Die Erkundung ihrer Finger endete in meinem Nacken, wodurch ein leichter Schauder der Linie meiner Wirbelsäule nach unten folgte und mir bis ins Steißbein fuhr. Es war auf eine quälende, süße Art fast schmerzhaft.

Meine Atmung ging schneller, als würde sie dem Takt einer zu schnellen Musik folgen, die ich nicht hören konnte, als Romy mir ganz nah kam. Ich schloss meine Augen in Erwartung eines Kusses. Doch alles, was ich zu spüren bekam, war ein Biss in die Unterlippe. Ich wollte mich beschweren, aber dazu fehlte mir die Luft.

»Also, worauf hast du dann Lust?«, hakte sie abermals nach, verschränkte ihre Hände in meinem Nacken, sodass ich nicht nach hinten ausweichen konnte. Ich war ihr gnadenlos ausgeliefert.

Ich konnte die Leidenschaft in ihrer Stimme hören, was meinen ganzen Körper dazu brachte, zu vibrieren.

Das Blut staute sich in meinen Wangen, die ganz heiß wurden. Die Situation hatte etwas Unangenehmes und Erregendes zugleich, was mich auf seltsame Art und Weise doch irgendwie scharfmachte.

Dazu dieser Romy-Geruch nach Mandel-Vanille-Seife, der mein Gehirn benebelte.

»Dich«, nuschelte ich und war froh darüber, dass meine Augen geschlossen waren. Es so auszusprechen, klang irgendwie total bescheuert, aber irgendwie auch wieder nicht.

Ich spürte, wie Romy mit ihrem Kopf nach hinten auswich, denn ihr warmer Atem, der meinen Mund und mein Kinn gestreift hatte, verschwand. Wenig später spürte ich ihre Lippen an meinem Ohr, was mich leise keuchen ließ, da es so unerwartet kam.

»Geht das auch etwas genauer, Baby?«

Sie biss mich wieder. Diesmal in mein Ohrläppchen und diesmal zuckte ein Blitz durch meinen Körper bis zwischen meine Beine.

Ich wollte, dass es aufhörte.

Aber gleichzeitig wollte ich es auch nicht.

»Ich will, dass du mich überall berührst«, murmelte ich und mein Kopf wurde so heiß wie Metall, das stundenlang in der Sonne gelegen hatte.

Ich wusste nicht einmal, wofür genau ich mich schämte, aber irgendwie war es mir trotzdem unangenehm, es in aller Deutlichkeit auszusprechen.

Anstatt mir eine Antwort zu geben, spürte ich, wie Romy ihre Hände aus meinem Nacken entfernte, nach dem Saum meines pistaziengrünen Kleides griff und es mir in einer flotten Bewegung über den Bauch nach oben zog.

Ich streckte die Arme nach oben aus, sodass der Stoff mit einem letzten Ruck über meinen Kopf glitt und neben mir auf dem Boden landete. In Nullkommanichts war ich halb nackt.

Das war der Moment, in dem ich meine Augen wieder öffnete und direkt in Romys verzücktes Gesicht blickte.

Ehe ich mich versah, hatte sie nach meinen Haaren gegriffen, die ich zu einem Zopf geflochten hatte, der mir à la Katniss Everdeen über die Schulter nach vorn fiel.

Romy löste das Haargummi und die Strähnchen in geschickten Zügen voneinander, sodass mir die braune Pracht in leichten Wellen am Kopf herabhing und wie ein eingefrorener Wasserfall über den Rücken ergoss.

Ihr Finger strich an dem Schwung meiner Brust entlang, dann packte sie mit der Hand zu und knetete die Stelle vorsichtig, bevor sie ihren Finger in das Körbchen schob und sich vortastete, bis sie meine Brustwarze fand, die unter der Berührung hart wurde.

Sie spielte ein wenig damit, was dafür sorgte, dass es zwischen meinen Beinen zu ziehen und zu kribbeln begann, ehe sie ihre Hand doch wieder zurückzog, die Arme um mich schloss und mich auf den Mund küsste.

Eine Geste, die ich sofort begierig erwiderte.

Zuerst sanft, dann drängender, wilder.

Alles in mir gab sich Romy hin. Vergessen war der Schmerz darüber, dass ich sie verloren geglaubt hatte. Vergessen war all der Kummer der letzten Wochen. Vergessen waren all meine Sorgen.

Was zählte, war nur dieser Moment.

Sie öffnete die Häkchen meines BHs und legte meine Brüste frei, was sich fast wie eine Erleichterung anfühlte, als wären sie zu lange in dem Stück Stoff gefangen gewesen.

Romy entfernte sich ein paar Zentimeter von meinem Körper, ohne den Kuss zu lösen, damit der BH, der von uns gehalten wurde, zu Boden fallen konnte, wo er achtlos zwischen unseren Füßen liegen blieb.

Ich musste sie nicht an mich heranziehen, denn schon im nächsten Moment füllte ihre Wärme mich wieder aus.

Der Kuss wurde intensiver, unsere Zungen umkreisten sich, stupsten sich an und das Kribbeln in meinem Intimbereich wurde immer stärker und stärker, bis es zu einem Pochen anschwoll, das nach Erlösung verlangte.

Meine Hände fanden den Weg zu dem Knopf ihrer Jeans, doch gerade als ich diesen öffnen wollte, löste sich Romy gänzlich von mir und hielt meine Finger fest.

Verwirrt schaute ich sie an.

»Ich habe über Nacht meine Periode bekommen«, erklärte sie mit bedauerndem Unterton.

»Oh«, machte ich und biss mir auf die Unterlippe, die sich von Romys Küssen leicht geschwollen anfühlte.

»Das bedeutet aber nicht, dass ich mich nicht um dich kümmern kann.«

Sie zwinkerte, schob ihre Hände über meine Arme abermals zu meinen Brüsten und kniff in meine Brustwarze. Ein stechender Schmerz fuhr mir durch die Nervenbahnen und ich gab einen zischenden Laut von mir und kniff die Augen zusammen.

»Hab ich dir wehgetan?«, fragte Romy bestürzt.

»Schon gut. Die sind nur gerade sehr empfindlich«, erwiderte ich mit einem Schulterzucken. »Vermutlich ist meine Menstruation auch im Anmarsch.«

Eine Falte bildete sich auf Romys Stirn. Ich konnte ihren Gesichtsausdruck absolut nicht deuten.

Doch bevor ich darüber nachdenken konnte, normalisierte sich ihre Mimik. Sie presste mich eng an sich, vergrub ihre Finger in meinen Haaren, zog daran, dass ich gezwungen war, den Kopf zu überdehnen, wodurch meine Kehle frei vor ihr lag. Sie küsste den Bereich rundherum, fuhr mit der anderen Hand an meinem Körper entlang. Sie knetete meinen Hintern über und unter dem Höschen und brachte mich dazu, wollüstig zu erschaudern.

Mit ihrem Körper drückte sie mich nach hinten, bis ich die Kante des Bettes in meinen Kniekehlen spürte und mich nach hinten fallen ließ. Romy blieb zuerst in der gebeugten Haltung, löste sich aber abermals von mir und schaute mich mit funkelnden Augen an.

»Ich hab dich so vermisst«, flüsterte sie, strich mir eine wellige Haarsträhne hinter die Ohren und lächelte mich so verliebt an, dass mir das Herz für ein paar Sekunden stehen blieb und mein Bauch kribbelte, als hätte ich zu viel Sekt getrunken. Für diese Blicke würde ich sterben.

Manchmal fragte ich mich, ob ich das nicht irgendwann tun würde, weil es kaum zu ertragen war, jemanden zu lieben, der einen auf diese Weise zurückliebte.

Bevor ich etwas erwidern konnte, ging sie vor mir in die Hocke, griff nach meinem Höschen und streifte es mir ab. Wobei ich ihr half, indem ich mich auf den Händen abstützte, um den Hintern anheben zu können.

Der Slip glitt mir an den Beinen herunter und zwischen meinen Schenkeln fühlte es sich durch den Luftzug und die entstandene Feuchtigkeit leicht kühl an.

Mit einem Mal war diese nervöse Anspannung wieder da, die ich für kurze Zeit verloren hatte. Es war wieder so, als wäre ich noch nie nackt vor ihr gewesen, als würde ich nicht wissen, wie es sich anfühlte, von ihr berührt zu werden. Wie ein zweites erstes Mal.

Mit großen Augen verfolgte ich jede ihrer Bewegungen, die ich an meinem Körper fühlte. Es war ja nicht so, als würde ich sie nicht wollen. Im Gegenteil, ich wollte sie zu sehr, deshalb fing ich überhaupt an, mir wieder Gedanken zu machen.

Romy schien meine aufkeimende Unruhe zu bemerken.

»Es ist alles gut, Baby«, wisperte sie und drückte meine Knie auseinander, um meine Intimzone freizulegen. »Mach einfach deine Augen zu und genieße es.«

Ich folgte ihrem Befehl und entspannte mich, versuchte, mich nur auf die Lust zu konzentrieren, die mich mit jedem Pulsschlag mehr und mehr erfüllte. Jeden Moment rechnete ich damit, Romy zu spüren, aber sie tat nichts, was mich fast verrückt machte, aber meine Erregung wieder anheizte.

Irgendwann spürte ich ihren warmen Atem, der mich untenherum streifte, und als mich das Verlangen übermannte, weil sie einfach nichts tat, drückte ich das Becken leicht vor.

Als hätte Romy nur auf diese Einladung gewartet, überbrückte sie die Distanz und kurz darauf spürte ich ihre Lippen auf der Stelle, die sich schmerzhaft süß nach Erlösung verzehrte.

Sie küsste mich, leckte über meine Wölbung, was mich dazu brachte, seufzend die Luft auszustoßen.

Es fühlte sich so gut an.

Das Blut rauschte mir in den Ohren, als Romy mit ihren Liebkosungen weitermachte. Zuerst noch sanft, doch dann erhöhte sie den Druck ihrer Zunge und nahm kurz darauf die Finger als Hilfe dazu.

Scheiße!

Verdammt!

Wie hatte ich so lange ohne aushalten können?

In den letzten Wochen hatte ich mich kaum bis gar nicht selbst berührt, weil ich emotional nicht dazu in der Lage gewesen war. Vor lauter Kummer hatte es mir keine Freude bereitet, dafür aber jetzt umso mehr.

Ich wollte mehr, immer mehr davon, und mit jeder Berührung von Romy steigerte sich das Verlangen ins Unermessliche. Ich wollte, dass es aufhörte, weil ich kommen wollte, und gleichzeitig wollte ich, dass es nie endete, weil es so irre gut war.

Ein Keuchen verließ meinen Mund, als meine Beine zu zittern begannen.

Mein Körper war angespannt und gleichzeitig entspannt. Romys Zunge kreiste um meinen empfindlichen Punkt, ihre Lippen saugten daran. Ihre Finger drangen in meine Öffnung ein, die von ihrer Liebkosung ganz feucht war.

Sie stellte die schönsten Dinge mit mir an, und zwar mit einer Leidenschaft, als würde sie es genauso genießen wie ich. Es war pure Lust, es war pures Verlangen, es war das pure Glück.

Zwischen meinen Beinen wurde das Pochen immer unerträglicher. Es schwoll an, bis zu dem Punkt, an dem ich glaubte, explodieren zu müssen. Unbewusst bewegte ich mein Becken auf und ab, auf der Suche nach der rettenden Erlösung.

Wie viel Lust konnte ein Mensch ertragen, bevor sein Körper in Millionen Einzelteile zerbarst?

Ich war eine Benzinpfütze und Romy das brennende Streichholz. Wir zwei explodierten und rissen alles um uns herum nieder.

Und dann … Wie der Knall eines Sektkorkens, der mit zu viel Druck aus der Flasche geschossen wurde, überkam mich der Höhepunkt. Ich konnte die Laute, die aus meinem Mund kamen, nicht kontrollieren. Genauso wenig wie den Griff meiner Finger, die sich in Romys Haare gruben, weil ich mich irgendwo festhalten musste, aus Angst, von dem Orgasmus fortgerissen zu werden.

Die Erlösung war so süß, so befreiend.

Alles in mir wurde ganz leicht, still, fast schläfrig.

Mein ganzer Körper zitterte. Ich hätte lachen und weinen können, beides gleichzeitig, aber ich war nur dazu fähig, nach Luft zu schnappen und kraftlos auf dem Bett liegen zu bleiben.

Romy lachte leise, gab mir noch einen letzten Kuss auf die Stelle, die sich gerade von ihrer Liebkosung erholte, ehe sie sich erhob und auf allen vieren über mich krabbelte.

Ihr Gesicht tauchte über meinem auf und ich versuchte, sie durch meinen verschwommenen Blick zu fokussieren. Ihre Haarsträhnen kitzelten mich am Kinn, aber ich schaffte es nicht, die Hand zu heben und sie zur Seite zu streicheln.

»Ich liebe dich, vergiss das niemals«, wisperte ich und Romys Blick wurde so weich wie Schokolade, die in der Sonne schmolz.

Sie gab mir einen sanften Kuss auf die Nase.

»Ich weiß, Baby. Ich weiß.«

Wir brauchten einander.

Wie die Erde die Sonne brauchte.

Wie das Feuer den Sauerstoff.

Wie die Natur den Regen.

Mit einer fließenden Bewegung ließ sich Romy neben mich in die Matratze fallen. Ich schaffte es, mich auf die rechte Seite zu drehen und ganz nah an sie heranzurücken, mich in ihre offenen, einladenden Arme zu kuscheln.

Mein Kopf lag nah an ihrem Brustkorb, sodass ich das Klopfen ihres Herzens hören konnte.

Nie wieder würde ich diese Frau gehen lassen. Man sollte mich dafür steinigen, dass ich sie erst hatte verlieren müssen, um das zu begreifen.

»Wie soll ich es nur schaffen, ohne dich zurückzufliegen?«, fragte ich und fühlte mich so bescheuert, weil ich es körperlich kaum aushielt, von ihr getrennt zu sein, auch wenn es nur für kurze Zeit war.

»Es ist nur eine Woche«, erwiderte sie und streichelte mir sanft über den Kopf, als wollte sie mich beruhigen.

Ich atmete tief ein, nahm ihren Geruch in mich auf.

»Ich weiß, aber es wird mir wie eine Ewigkeit vorkommen.«

»Ja, mir auch«, antwortete sie, ehe wir beide in einvernehmliches Schweigen verfielen. Ganz dicht aneinander gekuschelt.

Von mir aus hätte die Welt untergehen können, denn ich war genau da, wo ich hingehörte.

10

Großes Wiedersehen

V ersprich mir, dass du dich meldest, wenn du in Deutschland angekommen bist«, bat Romy mich, legte ihre Finger an mein Kinn und hielt es fest, sodass wir uns in die Augen schauten.

»Natürlich werde ich das machen. So schnell wirst du mich nicht los«, erwiderte ich.

Romy lächelte, sodass ihre Zähne, die nur minimal schief waren, sodass es nur bei näherem Betrachten auffiel, entblößt wurden. Der kleine Makel, der mir schon damals an ihr aufgefallen war.

»Verdammt, dabei habe ich es so sehr versucht«, neckte sie zurück.

»Tja, du siehst ja, selbst wenn du das Land verlässt, folge ich dir noch.«

Ich grinste sie an, was sie erwiderte, ehe unsere Blicke von Sekunde zu Sekunde ernster wurden. Die kleinen Lachfältchen um ihre Augen verschwanden und der Griff an meinem Kinn wurde kaum merklich fester.

Der Abschied war gekommen.

Auch wenn er nur von kurzer Dauer war. Aber wir hatten so viel Zeit allein verbracht, dass mir die drei Wochen, die Vanessa und ich insgesamt in New York gewesen waren, nicht ausreichend vorkamen. Vor allem, da ich nicht jeden Tag davon mit Romy hatte nutzen können.

Zeit war wie Sand, der unaufhaltsam zwischen den Fingern zerrann.

»Kurz und schmerzlos?«, fragte Romy.

Ich nickte.

Sie beugte sich vor und meine Lider klappten zu, kurz bevor ich ihre Lippen für einen kurzen Kuss auf meinen spürte. Ich konnte es kaum genießen, so schnell war er vorbei. Aber anstatt gänzlich zurückzuweichen, blieb sie mir noch ganz nah.

Ich ließ meine Augen geschlossen, weil der Moment so viel intensiver wurde. Ich spürte ihren Atem und ich war mir sicher, dass sie meinen genauso fühlte. Eigentlich hätte ich jetzt gehen sollen, aber ich wollte nicht, zögerte den Moment heraus.

Ihr schien es genauso zu gehen, denn ich spürte abermals ihren Mund auf meinem.

Und dann noch mal.

Und noch mal.

Das entlockte mir ein Lächeln und ihr nächster Kuss traf mich direkt auf dem Zahn, was ein komisches Gefühl war. Vielleicht war es auch gut so, sonst hätten wir wohl nie damit aufgehört.

»Ihhh.« Ich wich zurück, öffnete die Augen und begegnete denen von Romy, die leise lachte.

»So schlimm bin ich nun auch nicht«, sagte sie und zog einen Schmollmund, den ich am liebsten schon wieder geküsst hätte, aber ich beherrschte mich.

Ich schnitt eine Grimasse und Romy ließ mein Kinn los, aber nicht, ohne noch mal mit dem Daumen darüber zu streicheln. Gott sei Dank hatte ich mir erst kürzlich dieses bescheuerte Härchen herausgezupft, das dort immer wieder wuchs, egal wie oft ich es entfernte.

»Geh jetzt, bevor ich mir überlege, dich hierzubehalten«, forderte Romy mich auf.

Ich grinste schon wieder, irgendwie war das in ihrer Nähe mein Dauerzustand. »Der Gedanke hätte etwas Verlockendes.«

»Führe mich nicht in Versuchung. Na los jetzt.«

Romy vollführte eine Kopfbewegung nach links, um mir zu zeigen, dass ich gehen sollte. Wir konnten den Abschied nicht länger aufschieben.

Also folgte ich ihrem Befehl und ging die Treppe runter. Dabei spürte ich ihren Blick ganz genau auf mir.

»Guten Flug«, hörte ich sie hinter mir sagen und drehte mich ein letztes Mal um.

»Willst du mir nicht noch sagen, wie sehr du mich liebst, falls das deine letzte Gelegenheit ist?« Ich wackelte mit den Augenbrauen.

»Hör auf, so dummes Zeug zu labern«, erwiderte sie und schaute mich grimmig an.

Ich wusste, dass sie recht hatte, aber es war einfach ein zu gutes Gefühl, auch mal sie zu provozieren.

»Sag es.« Ich machte einen Schritt rückwärts.

Romy zog eine Augenbraue in die Höhe.

»Komm schon.« Ein weiterer Schritt nach hinten.

Sie schüttelte ungläubig den Kopf.

»Ich liebe dich, Baby«, sagte sie halblaut, damit ich es noch hören konnte, und mein Herz machte einen freudigen Hüpfer.

»Nur mit dir«, erwiderte ich, weil es mir gerade in den Kopf kam.

»Immer noch du«, antwortete sie, als wäre es ein Schwur, den wir uns gaben.

Ein letztes Mal streiften sich unsere Blicke, hier mitten in New York, als wäre es eine romantische Buchszene.

Ich drehte mich endgültig um und nahm eines der Taxis zum Hotel.

Es war nur eine Woche, dann würde alles wieder normal sein.

Die Woche verging schneller, als ich erwartet hatte. Es kam mir vor, als hätte ich mich eben erst schweren Herzens von Romy verabschiedet, mit dem Wissen, dass ich sie schon bald wieder in meinen Armen halten konnte.

Ständig war ich beschäftigt gewesen. Ich hatte Oma Maria und Ella besucht, denn beide wollten natürlich wissen, wie es mir in Amerika ergangen war. Beide waren außer sich vor Freude gewesen, als ich ihnen erzählt hatte, dass Romy und ich wieder ein Paar waren und sie schon bald zurückkommen würde. Meine Großmutter hatte darauf bestanden, das Mädchen, für das ich all das auf mich genommen hatte, kennenzulernen. Ich gab ihr das Versprechen, sie ihr bald vorzustellen.

Eigentlich hatte ich gar nicht die Zeit, Romy zu vermissen. Aber ich tat es trotzdem, wenn ich abends allein in meinem Bett lag und ihr über WhatsApp Nachrichten hinterließ, die sie wegen der Zeitverschiebung erst später beantwortete. Doch das war egal, ich freute mich über jede Nachricht, egal mit wie viel Zeitunterschied sie kam.

Und dann war der große Tag gekommen, an dem ich Romy am Flughafen abholen und auf heimischem Boden willkommen heißen konnte. Da das Auto ihrer Eltern in die Werkstatt musste, konnten wir sie nicht gemeinsam abholen, weil in meinem nicht genug Platz für alle war.

Nun parkte ich den Wagen vor dem Mehrfamilienhaus, in dem ihre Eltern und ihre Geschwister schon sehnsüchtig auf Romys Ankunft warteten.

»Da wären wir«, sagte ich an Romy gewandt, die aus dem Beifahrerfenster schaute.

»Home sweet home«, kommentierte sie mit einem strahlenden Lächeln auf den Lippen, das ich selbst in ihrem Seitenprofil erkennen konnte.

Als sie den Kopf drehte, sah ich die Freude in ihren Augen funkeln. Ich fragte mich, ob sie manchmal Heimweh gehabt hatte oder ob sie sich in New York genauso wohlfühlte wie hier in Karlsruhe.

»Ich kann es kaum abwarten, alle wiederzusehen.« Romy schnallte sich ab, was ich ihr gleichtat.

»Und sie freuen sich, dich wiederzusehen.«

Ich zog den Schlüssel aus dem Zündschloss und öffnete die Fahrertür. Warme Luft strömte mir entgegen, aber nicht so heiß, wie sie in New York gewesen war.

Romy und ich stiegen gleichzeitig aus. Wir umrundeten den Wagen, ich öffnete ihr den Kofferraum und sie holte ihr Gepäck heraus, bevor wir gemeinsam zur Haustür liefen, vor der wir stehen blieben.

Romy klingelte bei dem Namen *Keller*.

Wir mussten nicht lange warten, da wurde die Tür auch schon mit einem Summen geöffnet. Romy gab ihr einen Stoß mit der Schulter, sodass sie nach innen aufging, ließ mich zuerst durchgehen, bevor sie mit ihrem Koffer folgte, den sie hinter sich herzog.

»Warte, ich helfe dir«, sagte ich und deutete auf das Monstrum von Gepäck.

Romy nickte dankbar, doch gerade als ich danach greifen wollte, hörte man lautes Stampfen, als jemand die Stufen herunterrannte.

Das gesamte Geländer vibrierte, was man nicht nur hören, sondern auch sehen konnte. Kurz darauf erschien eine kleine, zierliche Person am Treppenabsatz. Sie sah aus wie Romy, nur in Miniaturgestalt.

»ROMY!«, kreischte Liane mit ihrer kindlichen Stimme und ihre Augen strahlten vor Aufregung und Freude darüber, ihre Schwester wiederzusehen. Sie rannte den letzten Treppenabsatz herunter, wobei sie die beiden unteren Stufen übersprang.

Ich konnte gerade noch zur Seite ausweichen, da fiel Liane ihrer älteren Schwester auch schon in die Arme.

Romy zögerte keine Sekunde und fing das fliegende Bündel auf, als wäre das eine lange einstudierte Choreografie.

»Ich hab dich sooooo vermisst«, quiekte Liane, während sie ihre Arme und Beine wie ein Äffchen um Romys Körper schlang und ihr Gesicht in den dunkelbraunen Haaren ihrer Schwester vergrub.

Von meiner Perspektive aus konnte ich sehen, wie sie die Augen schloss, als wäre sie nach einer langen Reise an ihrem Ziel angekommen und würde nun zur Ruhe kommen.

»Ich hab dich auch vermisst, Minnie Mouse«, erwiderte Romy und wiegte ihre Schwester hin und her, als würde sie ihr ein Wiegenlied singen. Sie gab Liane einen Kuss aufs Haar und schaute über den kleinen Kopf in meine Richtung.

Unsere Blicke begegneten sich nur kurz, ehe Romy ihre Aufmerksamkeit wieder Liane widmete, was für mich vollkommen in Ordnung war. Schließlich hatten die beiden sich sehr viel länger nicht gesehen.

War es komisch, wenn ich zugab, dass ich mir in diesem Moment die Tränen aus den Augen blinzeln musste?

»Lässt du mich wieder los oder muss ich dich die Treppe hinauftragen?«, fragte Romy scherzend, als Liane selbst nach einigen Minuten keine Anstalten machte, sich zu lösen.

»Jaaaa, trag mich!« Liane strampelte neben Romys Hüften mit den Beinen.

»Das hättest du wohl gern. Du bist schwer geworden. Ufff.«

Romy ließ ihre Schwester runter, sodass diese wieder auf beiden Füßen stehen konnte. Ihre Haare waren kürzer, seitdem ich sie zuletzt gesehen hatte. Eine Zahnlücke saß dort, wo der linke Schneidezahn normalerweise seinen Platz hatte, sodass ihr Lachen noch kindlicher wirkte.

»Hast du meinen Vorrat an Chips gefunden und geplündert, während ich weg war?« Romy zog gespielt tadelnd eine Augenbraue hoch.

»Die wären doch sonst ganz eklig gewesen«, antwortete Liane.

»Wie selbstlos von dir«, kommentierte Romy amüsiert.

»Was ist selbstlos?« Ihre kleine Schwester runzelte verwirrt die Stirn, doch bevor einer von uns beiden es ihr hätte erklären können, hob sie ihr Knie an. »Schau mal, da bin ich gestern hingefallen, aber Mommy hat gesagt, ich war ganz tapfer.«

Sie deutete auf ein Kinderpflaster, auf dem kleine Krabben abgebildet waren. Ihr dazu passendes Kleid in Korallenrot war durch die Bewegung nach oben gerutscht, sodass wir ihre verarztete Kriegsverletzung sehen konnten.

Ich musste unwillkürlich lächeln. Mir war klar, dass es für Liane vermutlich nichts Schlimmeres als den Schmerz dieser Schürfwunde geben konnte. Ich selbst sehnte mich nach der Zeit zurück, als ich auch noch der Meinung gewesen war. Wie bescheuert waren wir alle, erwachsen werden zu wollen?

»Ich bin mir sicher, dass du tapfer warst. Du bist immerhin eine Keller«, erwiderte Romy und wuschelte ihrer Schwester durch die schulterlangen braunen Haare. »Die kennen keinen Schmerz.«

Das brachte Liane wieder dazu, breit zu grinsen, ehe eine weitere Stimme durchs Treppenhaus schallte.

»Wollt ihr da unten übernachten?«, rief Holly, doch ich konnte das Lächeln hören, ohne es auf ihren Lippen sehen zu müssen.

»Kommen schon«, rief Romy zurück.

Liane rannte die Stufen mit dem gleichen Elan hinauf, wie sie es zuvor nach unten getan hatte, wartete am Treppenabsatz aber immer wieder auf uns.

Ich half Romy dabei, den Koffer hochzutragen, der uns ziemlich ausbremste. Er war so schwer, dass ich mich fragte, ob sie die halbe USA mitgebracht hatte. Würde mich nicht wundern, wenn jetzt ein Stück auf der Landkarte fehlte und man es in ihrem Gepäck fand.

Doch wir schafften es bald nach oben, wo Holly uns mit einem strahlenden Lächeln im Türrahmen erwartete.

»Oh Sweetheart«, sagte sie und breitete die Arme aus.

»Hi, Mom«, begrüßte Romy sie und die beiden umarmten sich stürmisch.

»Du hast mir so gefehlt«, brachte Holly mit brüchiger Stimme hervor, während sie ihre Tochter fest an sich drückte und ihr mit den Händen über den Rücken streichelte.

Ich konnte den feuchten Schimmer in ihren Augen sehen, ehe sie sie schloss und es vor uns verbarg. Mir selbst zog es schmerzhaft ins Herz. Auf der einen Seite, weil ich mir wünschte, eine Mutter wie sie zu haben, und auf der anderen, weil es so rührend war.

Ich musste den Blick von den beiden abwenden, weil ich mir wie ein Eindringling vorkam.

»Ich bin auch froh, wieder zu Hause zu sein«, hörte ich Romy antworten.

»Mommy hat Zitronenkuchen gebacken«, rief Liane dazwischen, die aufgeregt von einem Bein auf das andere hüpfte.

»Komm erst mal rein«, sagte Holly, löste sich von ihrer Tochter und richtete ihre blauen Augen, die denen von Romy so ähnlich waren, auf mich.

»Sam, Darling, komm her.«

Nun war ich an der Reihe, von ihr begrüßt zu werden, und sie nahm mich nicht weniger herzlich in den Arm. Ich fühlte mich so wohl, dass ich mich wieder einmal nur fragen konnte, was ich fast aufgegeben hätte. Mein Herz wurde ganz warm, als ich so überschwänglich willkommen geheißen wurde.

»Hallo, Holly.« Ich drückte sie ebenfalls, auch wenn unsere Umarmung nicht so lang ausfiel wie die zwischen Romy und ihr.

Sie legte ihre Hände an meine Wangen und musterte mich, als wollte sie sich vergewissern, dass es mir gut ging.

»Du siehst besser aus als beim letzten Mal«, stellte sie fürsorglich fest.

»Mir geht es auch besser«, bestätigte ich und mein Blick zuckte zu Romy, die gerade von ihrem Vater in die Arme gezogen wurde.

Ich konnte zwar nur ihre Rückenpartie ausmachen, aber selbst bei diesem Anblick wurde mein Innerstes federleicht. Sie war wieder da, wo sie hingehörte. Sie war nicht mehr einen verdammten Kontinent von mir entfernt, sondern zurück in Deutschland.

»Hat dir New York gefallen?«, hakte Holly nach und ich nickte eifrig.

»Oh ja! Es war noch viel schöner und mächtiger, als ich es mir vorgestellt habe«, schwärmte ich und meinte es auch so. Selbst jetzt noch versuchte ich, die vielen Eindrücke zu verarbeiten.

Holly lächelte so stolz, als hätte ich ihr ein persönliches Kompliment gemacht, und strich sich eine ihrer dunklen Haarsträhnen hinter die Ohren.

»Komm rein, Darling. Philipp, kümmerst du dich um den Koffer?« Sie drehte sich zu ihrem Mann um, der seine Tochter losgelassen hatte.

»Aber natürlich, Schatz.« Er nickte zustimmend, drückte sich an seiner Frau vorbei und lächelte mich warm an.

»Hallo, Sam. Schön, dich zu sehen«, richtete er das Wort an mich.

Er umarmte mich, wenn auch nur kurz, aber nicht minder herzlich, ehe er sich den Koffer schnappte und schnaubte.

Ich wusste nicht, ob ich ihm meine Hilfe anbieten sollte, und stand deswegen noch etwas unschlüssig im Treppenhaus vor der Türschwelle, ehe Romy dort auftauchte.

»Baby, kommst du?« Sie streckte die Hand fordernd nach mir aus, die ich ergriff. Sie verschränkte unsere Finger miteinander und zog mich in die Wohnung.

Mein Herz pochte, als würde ich mich erneut vor ihren Eltern outen. Aber es war nur ein kurzer Moment, bevor ich mich wieder daran erinnerte, dass wir hier in unserer Komfortzone waren, sodass ich mich wieder entspannen konnte.

Romy zog mich in die Küche, wo bereits der Zitronenkuchen mit der Zuckerglasur nur darauf wartete, gegessen zu werden. Am Tisch saß bereits Dylan, die Haare so verstrubbelt, als wäre er gerade erst aufgestanden. Sein Blick war auf den Gameboy in seiner Hand gerichtet, so als wäre seine Schwester nicht monatelang weg gewesen.

»Dylan, leg den Gameboy weg!«, ermahnte Holly ihn streng, wie bei meinem ersten Besuch hier.

Ich musste grinsen, denn in diesem Moment wusste ich, dass sich nichts verändert hatte.

Ich stand in Romys Zimmer, in dem sich ebenfalls absolut nichts verändert hatte, bis auf die Tatsache, dass die Topfpflanze auf der Tischplatte etwas mehr Wasser hätte gebrauchen können. Mein

Blick fiel auf die *WrongTurn*-Poster, die noch an derselben Stelle hingen, wie ich sie in Erinnerung hatte.

Ich wandte den Blick ab und stellte mich vor den Spiegel, in dem ich mich begutachtete. Meine Haare hingen voluminös von meinem Kopf herab. Zwar hatte ich sie heute Morgen geglättet, aber sie hatten bereits ihre alte Struktur angenommen, die mir so missfiel, aber von Romy gemocht wurde. Das Schwarz der Wimperntusche war abgebröckelt, sodass es nun wie Schatten unter meinen Augen lag. Schnell versuchte ich, das Gröbste mit dem Finger wegzuwischen, was mir minder gut gelang. Ich trug bereits mein T-Shirt zum Schlafen, das mir weit am Körper entlangfiel und so den kleinen Bauch verdeckte, den ich zu verstecken beabsichtigte. Dazu hatte ich eine kurze Shorts angezogen, die in Pink und Weiß kariert war.

Ich wackelte mit den Zehen, deren Nägel einen frischen Anstrich hätten vertragen können, da der alte rote Lack bereits abblätterte. An manchen Tagen war mir unbegreiflich, wie Romy mich attraktiv finden konnte. Ich kam mir neben ihr immer noch wie ein Stück Kupfer vor, während sie ein Edelstein war.

Die Zimmertür wurde geöffnet und das leise Knacken riss mich aus meinen Gedanken, sodass ich mich von meinem Spiegel-Ich abwandte und mich in die Richtung des Geräusches drehte.

Natürlich war es Romy, die hereinkam. Ihre Eltern schauten im Wohnzimmer einen Film, allerdings würden diese anklopfen. Dylan war in seinem Zimmer und Liane schlief bereits.

Sie kam herein, nur mit dem Handtuch, das sie sich um den Körper geschlungen hatte, das auf Brusthöhe ineinander festgesteckt war. Ihre Haare hingen feucht herunter, sodass das dunkle

Braun fast schwarz wirkte. Es war zerzaust, so als hätte sie versucht, es trocken zu rubbeln. Auf ihren Schultern und ihrem Hals schimmerten Wassertropfen, wie kleine Kristalle, die man einzeln dort platziert hatte.

Das Make-up hatte sie sich von den Augen gewischt, sodass sie kleiner wirkten als sonst, aber nicht weniger strahlend und schön.

Ich musste hart schlucken, als ich sie so betrachtete, denn selbst in so einer banalen Situation war sie einfach sexy. Auf diese typische Romy-Art.

Wenn Liebe doch angeblich blind machte, wie konnte ich dann trotzdem sehen, wie wunderschön sie war?

»Na du«, sagte sie, nachdem sie der Tür einen Stoß gegeben hatte, sodass diese leise ins Schloss fiel. Ihre Lippen waren zu einem verspielten Grinsen verzogen, als würde etwas in ihrem Kopf vorgehen, das ich noch nicht erahnen konnte.

»Na«, erwiderte ich, blieb aber wie festgefroren an Ort und Stelle stehen.

»Ich hoffe, du hast mich nicht zu sehr vermisst«, neckte sie mich, was mich zum Grinsen brachte, so stark, dass mir die Wangen davon wehtaten.

»Doch, schon. Aber ich habe es gerade noch so ausgehalten«, erwiderte ich scherzend.

»Oh, mein armes Mädchen. Ich glaube, dagegen habe ich etwas.«

Ihre Augen funkelten verschwörerisch, ehe sie das Handtuch löste, das langsam an ihrem Oberkörper entlangrutschte und schließlich mit einem leisen Geräusch zu Boden fiel. Dann stand sie splitternackt vor mir und ich fühlte mich um Monate in der Zeit zurückkatapultiert, als ich sie zum ersten Mal in der Sauna gesehen hatte.

Sie hatte sich seitdem kein bisschen verändert. Nur dass sie in meinen Augen noch attraktiver geworden war.

Meine Fingerspitzen kribbelten, weil sie das berühren wollten, was meine Augen bereits abtasteten.

Und das war wieder nur ein weiterer Moment, in dem ich mich nochmals in Romy verliebte. Und das tat ich viel zu oft. Ich verliebte mich, wenn sie etwas auf ihrem Smartphone tippte und dabei unbewusst lächelte. Ich verliebte mich, wenn sie mir lange in die Augen schaute und ihr Atem mein Gesicht streifte. Ich verliebte mich, wenn sie *Hi* sagte. Ich verliebte mich, wenn sie die Lippen zusammenkniff und wenn sich diese kleine Falte zwischen ihren Brauen bildete. Ich verliebte mich selbst dann, wenn wir uns um die Teigstücke im *Ben & Jerry's*-Eis stritten.

Und ich verliebte mich jetzt in sie, wie sie vor mir stand, versuchte, mich allein durch den Anblick ihres nackten Körpers zu verführen, und es auch noch schaffte.

Ich ging auf sie zu, zuerst einen vorsichtigen, langsamen Schritt, als wollte ich mich an sie herantasten.

Sie funkelte mich herausfordernd an.

Das brachte mich dazu, die letzte Distanz zu überbrücken, meinen Arm zu heben und mit dem Finger dem Schwung ihrer Brust zu folgen, ihre empfindliche Spitze zu umkreisen, der Linie zu ihrer Hüfte zu folgen und dort meine Hand zu platzieren.

Romy reckte das Kinn. Eine Haarsträhne hing vor ihrem rechten Auge, aus der sich kleine Wassertropfen lösten und auf ihrem Dekolleté landeten. Sie machte keine Anstalten, sie wegzustreichen. Ihre Iriden bewegten sich daran vorbei, als sie meinen Blick intensiv erwiderte.

Die Luft zwischen uns schien sich elektrisch aufzuladen, als wir nichts anderes taten, als nah beieinander zu stehen, dieselbe Luft zu atmen und uns anzusehen. Und trotzdem war der Moment intensiver, als wenn wir uns leidenschaftlich berührt hätten.

Es fühlte sich an wie von Gewitter geschwängerte Luft. Man spürte genau, dass etwas im Anmarsch war, das sich gleich entladen würde.

»Versuchst du gerade, mich mit billigen Tricks zu verführen?«, fragte ich halb im Scherz, wobei meine Stimme vor unterdrückter Leidenschaft bebte.

Sie legte den Kopf schief.

»Ich muss mir ja meine Schlafklamotten anziehen. Wenn *du* dich *davon* verführen lässt, ist das nicht mein Problem.«

Verdammt, eins zu null für sie.

»Wer sagt denn, dass es klappt?«, fragte ich herausfordernd, in einem letzten Versuch, das Duell zu gewinnen.

Romy lachte ein helles, aber gleichzeitig wissendes Lachen.

»Deine Körperreaktion«, verriet sie, ehe sie ihre Hände an meinem Gesicht platzierte und unsere Lippen miteinander verband. Heiß wie ein Blitz schoss es mir durch den ganzen Körper, erfüllte jeden Winkel in mir mit Verlangen und Lust.

Ich seufzte an ihrem Mund, zog sie noch enger an mich, sodass ich ihre Brüste, ihren Bauch und ihre Schenkel dicht an meinen spüren konnte. Meine Hand wanderte von ihrer Hüfte zu ihrem knackigen Hintern.

Romy knurrte, biss mir in die Unterlippe und begann, mich noch wilder zu küssen, worauf ich nur allzu gern einging. Unsere Zungenspitzen stießen aneinander und mir schwirrte der Kopf, als wäre ich angetrunken.

Ich wollte sie berühren, einzig und allein zu diesem Gedanken war ich noch fähig. Ich wollte ihr das geben, was ich ihr in New York nicht hatte geben können, weil es die Umstände nicht zugelassen hatten.

Meine Finger kneteten ihre Pobacken, zogen sie etwas auseinander, ehe sie ihre Wanderung in Richtung ihrer Schenkel fortsetzten. Ich streichelte die empfindliche Stelle, an der das Bein in den Po überging, und Romy zuckte in meinen Armen, was mich mehr als zufriedenstellte. Etwas in mir wollte triumphieren, weil meine Berührungen sie dazu brachten, so zu reagieren.

Ich saugte an ihrer Unterlippe, ließ diese aus meinem Mund gleiten und verteilte heiße Küsse an ihrem Kinn, bis runter zum Hals. Mit meiner anderen Hand stabilisierte ich ihren Kopf, den sie keuchend in den Nacken warf. Die nassen Haare gaben ein klatschendes Geräusch von sich, als sie auf ihrem Rücken aufschlugen. Sie rekelte sich an mir, als würde sie bereits vor Lust zergehen, und selbst zwischen meinen Beinen pochte es verlangend.

Ich biss in die Haut an ihrem Hals, was Romy erneut dazu brachte, zu keuchen und sich fest an mich zu drücken. Sie schob ihre vom Duschen kalten Finger unter mein Schlafshirt, was meine Brustwarzen dazu brachte, sich zusammenzuziehen.

Es war gut, viel zu gut.

Heilige ... Scheiße!

Ich selbst schob meine andere Hand von hinten nach vorn zwischen ihre Schenkel, bis ich mit der Fingerspitze ihre Feuchtigkeit erfühlen konnte. Romy stöhnte leise und der Laut sorgte dafür, dass mir erneut Wellen der Lust zwischen die Beine schossen. Gleichzeitig fühlte ich mich unbesiegbar.

Ich drang mit zwei Fingern in sie ein, bewegte sie in einem sanften Rhythmus, wobei ich mit dem Daumen ihre Wölbung umkreiste.

»Ja, Baby«, bestätigte sie mir, änderte den Kurs ihrer Hand, was ein schmerzhaftes Ziehen in meinen Brustwarzen hinterließ, als wären sie beleidigt darüber, dass sie nicht berührt worden waren.

Meine Lippen liebkosten weiterhin ihren Hals, wanderten zu ihren Schultern, die ich nun auch mit Küssen übersäte, während ich mit den Bewegungen zwischen ihren Beinen fortfuhr.

Ihre Finger schoben sich nun unter den Gummibund meiner Schlafhose, unter den Slip, zu meiner pochenden Mitte. Zuerst berührte sie mich ganz sanft, als wollte sie testen, wie sehr ich sie bereits wollte. Doch als sie abermals spürte, wie feucht ich schon war, übte sie selbst mehr Druck aus.

Unsere Münder fanden sich wieder, ohne dass ich hätte sagen können, wie. Ich war so voller Lust, voller Liebe, dass sich meine Gedanken anfühlten, als hätte man sie in Watte gepackt.

Ihre Lippen dämpften meine Geräusche und meine die ihren.

Im Nachhinein konnte ich nicht sagen, wer wann, wie oft und wie lange kam, aber wir taten es. Beide. Vielleicht nicht gleichzeitig, aber das war nicht schlimm.

Am Ende lagen wir beide nackt im Bett, aber nicht ohne dass wir uns nicht noch einmal berührt hätten. Ich sie mit dem Mund, sie mich abermals mit den Fingern.

Das zweite Mal war langsamer gewesen, als hätten wir plötzlich alle Zeit der Welt. Wir hatten uns in die Augen geschaut, uns diese kitschigen Schwüre zugeflüstert, von denen ich nicht einmal wusste, dass Romy sie kannte, und es war wunderschön gewesen.

Nun lag ich mit dem Kopf auf ihrer nackten Brust, lauschte jedem ihrer Atemzüge und dem Klopfen ihres Herzens. Draußen rauschte der Regen, der irgendwann eingesetzt haben musste, und trommelte gegen das Fenster.

Romy wärmte mich und so kuschelte ich mich noch enger an sie, während sie mir sanft durch die Haare kraulte.

Ich fühlte mich befriedigt, müde und glücklich.

»Du weißt, dass ich dich liebe«, flüsterte ich und küsste ihre weiche Haut.

»Ich weiß, Baby. Aber du kannst es mir gern immer wieder sagen.«

11

(K)ein guter Morgen

Am nächsten Morgen wurde ich unsanft aus dem Schlaf gerissen. Meine Lider öffneten sich flatternd und ich musste darum kämpfen, sie oben zu halten. Sie waren so schwer, als hätte man sie aus Blei gegossen, und meine Augen brannten, als stünden sie in Flammen. Ich war müde und es war noch viel zu früh, um aufzustehen.

Aber ich hatte keine Zeit, richtig wach zu werden, denn da spürte ich auch, was mich geweckt hatte. Ein unangenehmer Druck lag auf meinem Magen, der bis in meine Speiseröhre hinaufstrahlte und wie ein dicker Stein in meiner Kehle saß.

Mir war schlecht. Und zwar so heftig, dass ich mich am liebsten auf der Stelle übergeben hätte.

Verdammt.

Was war denn jetzt los?

Ich versuchte, die Übelkeit wegzuatmen, aber mit jedem Heben und Senken meiner Brust schien es nur noch schlimmer zu werden. Es ließ sich nicht ignorieren.

Okay, Sam, du musst es schaffen, aufzustehen und ins Bad zu gehen. Du kannst dich nicht mitten in Romys Zimmer übergeben. Das wäre der absolute Albtraum!, sagte ich mir selbst in Gedanken.

Eilig schlug ich die Bettdecke zur Seite und versuchte, mich nach oben zu bewegen, aber es gelang mir nicht. Es war, als würde irgendetwas meinen Körper zurückhalten, und es kostete mich ein paar Sekunden, bis ich begriff, dass Romy ihren Arm um mich geschlungen hatte und sich an meinen Rücken schmiegte, als wollte sie mich selbst im Schlaf nicht loslassen.

Scheiße.

So behutsam es ging, hob ich ihren Arm an, als wäre er eine Falle, aus der es galt, mich zu befreien, schlüpfte darunter hindurch und setzte mich auf. Was keine so gute Idee war, denn durch die ruckartige Bewegung wurde mir noch schlechter, sodass ich schon das Gefühl hatte, jeden Augenblick würgen zu müssen.

Schweiß stand mir auf der Stirn, als ich gegen den ersten Schub atmete, damit ich nicht wirklich vor mir auf den Boden kotzte, ehe ich mich auf die Beine hievte.

Mein Blick glitt zu den vielen Klamotten, die verteilt im Zimmer lagen. Ich konnte nicht sagen, was mir und was Romy gehörte, denn ich schaffte es nicht, mich darauf zu konzentrieren. Also schnappte ich mir das erste Oberteil, das in Reichweite lag, und zog es mir an. Denn auch wenn ich gerade nichts dringender wollte als ins Badezimmer, war ich nicht besonders scharf darauf, splitterfasernackt durch den Flur zu laufen und vielleicht jemandem zu begegnen.

Mein Magen krampfte und es fühlte sich an, als hätte man mir direkt in den Bauch geschlagen. Hastig stand ich auf, lief zur

Zimmertür, öffnete sie, durchquerte den Flur und stürzte auf den gegenüberliegenden Raum zu.

Ich schaffte es wirklich in allerletzter Sekunde hinein, ehe ich auf die Knie fiel, den Klodeckel öffnete und mich in die Toilettenschüssel erbrach. Ein Zittern ging durch meinen Körper und meine Augen füllten sich mit Tränen, während sich der säuerliche Geschmack in meinem Mund ausbreitete.

Gott, gab es etwas Schlimmeres, als sich übergeben zu müssen?

Mein Magen fühlte sich leerer, aber nicht unbedingt besser an. Ich war plötzlich so schwach, als hätte mich jede Kraft verlassen. Ich traute mich noch nicht, aufzustehen, für den Fall, dass ich mich noch mal übergeben musste.

Eine Träne rann mir aus dem Augenwinkel, folgte dem Schwung meiner Wange und tropfte von meinem Kinn herab.

Ich hasste das.

Wirklich, ich hasse es so sehr. Aber von Sekunde zu Sekunde wurde es etwas besser. Das Gefühl der Flauheit hatte ich noch im Magen, aber ich glaubte nicht, dass ich mich noch mal erbrechen musste.

Ich nahm einen tiefen Atemzug durch den Mund, richtete mich auf und tastete blind mit der Hand nach der Spülung. Das Wasser rauschte und ich ließ mich zurücksinken.

Bis auf das T-Shirt trug ich nichts, nicht einmal ein Höschen. Das hatte Romy gestern auch irgendwo hingeworfen. Die Fliesen des Badezimmerbodens fühlten sich kalt unter meinem Hintern an, auch wenn meine Stirn und mein Nacken von Schweiß bedeckt waren.

Auf der einen Seite sehnte ich mich plötzlich danach, zu duschen, und zwar so kalt, dass mein Kopf abkühlte. Auf der anderen Seite wollte ich nichts lieber, als mich in das warme Bett zu kuscheln. Und ganz besonders in Romys Arme, die immer für mich da waren.

Definitiv Romy!

Aber nicht so. Erst den Mund ausspülen und am besten die Zähne putzen. Mehrfach!

So langsam begann ich wieder, mit der Welt klarzukommen. Also rappelte ich mich auf, stellte mich vors Waschbecken, ohne einen Blick in den Spiegel zu werfen, und putzte mir mit meiner Zahnbürste, die ich mitgebracht hatte, die Zähne. Der frische Geschmack von Minze überdeckte diesen ekligen, säuerlichen nach Erbrochenem. Also wiederholte ich die Prozedur ein zweites und drittes Mal, bis ich wirklich nichts anderes als die Zahnpasta schmeckte, die sich scharf auf meiner Zunge anfühlte.

Besser.

Viel besser.

Dann erst hob ich den Kopf und schaute mir im Spiegel selbst entgegen. Meine blaugrauen Augen wirkten nicht mehr verschlafen und müde, sondern wach und fast eine Spur gehetzt. Meine Haare waren zerzaust vom Schlaf und auf meiner rechten Wange war noch ein dezenter Abdruck des Kissens zu sehen.

Oh Mann. Genau so wollte man morgens aussehen.

Ich wollte jetzt wirklich nur noch zurück ins Bett, mich an Romy schmiegen und noch ein bisschen Schlaf nachholen, bevor Liane an Romys Tür trommeln würde, wie sie es früher schon oft getan hatte.

Ich wandte mich vom Spiegel ab, verließ das Bad und schlüpfte zurück in Romys Zimmer. Sie lag noch immer im Bett, allerdings nicht mehr wie zuvor auf der Seite. Mittlerweile hatte sie sich auf den Bauch gedreht.

Ihre Haare verdeckten den Großteil des Gesichts, das in meine Richtung gewandt war. Die Decke war bis zu der Mitte ihres Rückens hinuntergerutscht, sodass ich den Schwung ihrer Wirbelsäule und ihre Schulterblätter erkennen konnte.

Sehnsucht überkam mich, so heftig wie ein starker Windstoß, der einen von den Beinen reißen konnte. Und das, obwohl sie in meiner unmittelbaren Nähe war.

Würde das denn nie aufhören?

Wollte ich überhaupt, dass es aufhörte?

Denn das Gefühl war berauschend. Immer wieder war ich fassungslos darüber, wie ich es geschafft hatte, dieses schöne Mädchen dazu zu bringen, mich zu lieben. Es war das größte Rätsel auf der Welt.

Ich tapste zum Bett, ließ mich diesmal langsamer darauf nieder, als ich aufgestanden war, um Romy nicht zu wecken. Dann zog ich mir das Shirt wieder aus, weil ich es liebte, Romy Haut an Haut zu spüren.

Als ich unter die Decke schlüpfte, gab Romy ein Geräusch von sich, das ich nicht definieren konnte, und drehte sich zur Seite, sodass sie jetzt wieder mit der Bauchseite in meine Richtung lag. Ihre Brüste waren unbedeckt, bis auf ein paar wirre Haarsträhnen, die auf ihnen lagen.

Braune Brustwarzen ...

Das Muttermal direkt neben ihrem Bauchnabel ...

Diese schmale Taille ...

All diese Dinge ließen mich fast verrückt werden.

Unwillkürlich musste ich an meinen Ex-Freund Robin denken und an die Tatsache, dass ich mich bei ihm nie so gefühlt hatte. Ich hatte mich nie gefragt, womit ich es verdient hatte, dass er mich liebte. Ich hatte nie stundenlang dasitzen und ihn betrachten können. Ich hatte ihn nie vermisst, obwohl er mit mir in einem Raum war. Ich hatte nie dieses brennende Verlangen gehabt, ihn berühren zu wollen. Und ich hatte niemals seinen Körper so betrachtet, wie ich es jetzt bei Romy tat, und ihn attraktiv gefunden.

Ich konnte mir auch gar nicht mehr vorstellen, einen Mann zu lieben.

Mir würden die weiblichen Kurven, die langen Haare, die schwungvollen Wimpern, der süßliche Duft und ganz besonders die Brüste einer Frau fehlen.

Ich neigte den Kopf, betrachtete Romys Gesichtszüge, die im Schlaf so weich wirkten, als wäre ihre selbstbewusste Art nur eine Fassade, hinter die allein ich blicken durfte. Aber das war sie nicht, es war eben ... Romy. Sie versteckte sich nicht. Nie. Nicht einmal vor den Menschen, die uns angewidert betrachteten. Im Gegenteil: Genau diese Leute starrte sie an, bis sie diejenigen waren, die die Blicke senkten.

Während ich sie betrachtete, fragte ich mich, wie man so jemanden Wundervolles wie sie nur hassen konnte, ohne sie zu kennen, nur weil sie die Hand einer Frau hielt. Wäre ich ein Mann, würden mich mit Sicherheit einige darum beneiden, Romy ergattert zu haben.

Ich wusste, dass ihr das alles nichts ausmachte, weil ihr Selbstbewusstsein sie wie eine harte Schale umgab. Aber mir versetzte es einen Stich in die Brust, der mich kaum atmen ließ. Und das Schlimmste an allem war immer noch der Gedanke, dass ausgerechnet ich sie so sehr verletzt hatte, dass sie geflohen war.

Sie.

Romy.

Die stärkste Persönlichkeit, die mir je begegnet war.

Ich wollte schon wieder heulen und verstand meine eigene Gefühlswelt gerade gar nicht mehr. Innerhalb eines Wimpernschlags hatte sich meine Stimmung verändert, als wäre ich ein Teenager in der Pubertät.

Ich schüttelte den Kopf, verdrängte die Gedanken und schmiegte mich an Romys warmen Körper. Ihr Haar roch noch ganz leicht nach dem Shampoo, das sie gestern benutzt hatte, und verjagte die schlechten Gefühle in mir.

»Ich dachte, du hättest schon wieder versucht, dich hinauszuschleichen wie bei einem billigen One-Night-Stand«, murmelte sie plötzlich, ihre Stimme noch belegt vom Schlaf, und ich erschrak, weil ich nicht damit gerechnet hatte, dass sie bereits wach war.

Aber dann musste ich grinsen, als sie genau denselben Spruch zu mir sagte wie damals, als ich zum ersten Mal hier geschlafen hatte.

Ich wollte ihr wirklich nicht erzählen, dass ich mich gerade übergeben hatte, zumal ich mir immer noch nicht erklären konnte, warum.

»Nein, keine Sorge. Ich lasse mir das kostenlose Frühstück doch nicht entgehen«, erwiderte ich also stattdessen, was Romy dazu brachte, die Augen zu öffnen und mich direkt anzuschauen.

»Das hast du nicht gesagt«, warnte sie mich mit einem gespielt knurrenden Unterton.

Ich musste breit grinsen.

»Das habe ich gesagt«, bestätigte ich.

Ehe ich mich versah, hatte Romy sich auf mich gerollt, meine Hände gepackt und neben mich in die Matratze gedrückt. Sie richtete sich auf mir auf, sodass sie in einer sitzenden Position war, eine Augenbraue in die Höhe gezogen. Sie musterte mich und ihr schien aufzugehen, dass wir beide immer noch nackt waren, denn ihr Blick wurde ganz feurig.

Seltsamerweise erregte mich diese banale Situation schon wieder und ich hätte nur zu gern meinen Unterleib gehoben, um deutlich zu machen, dass ich von ihr berührt werden wollte.

Doch Romy ließ meine Hände los, kniff mir in die rosa Brustwarze, die protestierend zu ziepen begann, ging von mir runter und stieg aus dem Bett.

Perplex schaute ich sie an, weil ich nicht wusste, was ich davon halten sollte. Ich hatte fest damit gerechnet, dass sie gleich mehr machen würde.

»Ich bekomme also keinen Kuss?«, beschwerte ich mich gespielt entsetzt, auch wenn ein kleines bisschen Ehrlichkeit dahintersteckte.

Romy packte seelenruhig ihr Shirt von gestern, zog es sich über den Kopf, ehe sie sich ein frisches Höschen aus der Kommode fischte und zu mir rübersah.

»Du bist ja nur wegen des Frühstücks noch da«, neckte sie mich, ging in Richtung Tür und öffnete sie. »Außerdem will ich erst meine Zähne putzen«, sagte sie mit einem Lachen, schaute aber noch mal in meine Richtung.

»Und dann kümmere ich mich um dich. Keine Sorge, Baby.«
Sie zwinkerte, ehe sie den Raum verließ.

12

Freundschaft auf den ersten Blick

Seit Romys Rückkehr waren vier Wochen vergangen. Es war Mitte September, der Sommer schien dem Herbst aber noch nicht die Zügel überlassen zu wollen, denn es war immer noch ungewöhnlich warm.

Der Start des Wintersemesters an der Universität in Heidelberg rückte immer näher und in den letzten Wochen war ich voll und ganz damit beschäftigt gewesen, in meine eigene Wohnung zu ziehen, die ich im Studentenwohnheim nahe der Uni bekommen hatte.

Zwischen Romy und mir lief es so gut wie nie zuvor. Sie hatte mittlerweile auch endlich meinen Vater kennengelernt und es war so viel besser gelaufen, als ich gedacht hatte. Er hatte sie spätestens dann zu mögen begonnen, als sie angefangen hatten, über Football zu reden. Wir waren nach langer Zeit sogar mal wieder zu einem der Spiele gegangen, die sonntags ausgetragen wurden. Auch das war ein schöner Tag gewesen.

Mein Vater konnte die Ablenkung genauso gut gebrauchen. Meine Mutter war endgültig ausgezogen, nicht ohne mit viel Tamtam ihre Sachen mitzunehmen und damit zu drohen, dass die Scheidung für ihn nicht billig werden würde.

Ich wollte nicht, dass es mich verletzte, aber das tat es trotzdem immer noch. Auch wenn sie keine besonders gute Mutter war, sie war zumindest meine und es kränkte mich, dass sie mich nicht bedingungslos lieben konnte. Dass sie uns nach so vielen Jahren einfach verlassen konnte. Aber ich war nicht mehr das kleine Mädchen, das um ihre Aufmerksamkeit bettelte. Seitdem sie weg war, ging es uns besser. Außerdem war Romy an meiner Seite und mit ihr war alles viel leichter.

Auch mit Ella und Vanessa hatte ich intensiven Kontakt, wir trafen uns regelmäßig.

»Verdammt«, fluchte ich leise, als ich auf Zehenspitzen und mit ausgestrecktem Arm versuchte, den Teller auf den vorhandenen Stapel in den obersten Hängeschrank zu räumen. Mein Körper fühlte sich an, als würde er in zwei Hälften gerissen. Ich bekam den Hauch einer Ahnung davon, wie es sich angefühlt haben musste, im Mittelalter auf der Streckbank zu liegen.

Anschließend wischte ich ein letztes Mal über den Edelstahl der Spüle, ehe ich mich davon abwandte und zu dem Sofa trottete, das zu einem Bett umfunktioniert werden konnte.

Klar, die Wohnung war für manche vielleicht eher ein Zimmer mit angrenzendem Bad und einer kleinen Nische, in der eine winzige Einbauküche stand, aber für mich reichte es. Es hatte alles, was ich brauchte, und vor allem gab es mir das Gefühl, ein wenig auf eigenen Beinen zu stehen, auch wenn mein Vater die Kosten dafür übernahm.

Aber da war niemand mehr, der versuchte, über mein Leben zu bestimmen. Der kontrollierte, welche Kleider ich trug und ob sie auch von den entsprechenden Marken stammten.

Und der größte und wichtigste Punkt war, dass es ein kleines Reich für Romy und mich war. Ein Rückzugsort, in dem weder Liane an die Tür klopfen, Holly im Flur mit Dylan schimpfen oder, wie bei mir zu Hause, mein Vater im Erdgeschoss husten würde.

Den Großteil meiner Sachen hatte ich hergebracht, nachdem ich mich von dem Jetlag erholt hatte. Einige Dinge waren noch bei meinem Vater in Karlsruhe, aber die würde ich mir peu à peu nach Heidelberg holen.

Der Vormieter war so gütig gewesen, sein Regal, ein Wohnzimmertisch und zwei wie neu aussehende Ledersessel hierzulassen, sodass ich eigentlich nur das hellgraue Sofabett, Lampen, Geschirr und Dekoration gebraucht hatte.

Aus einer der Wände wollte ich eine Fotowand machen, bis jetzt hingen jedoch nur kümmerliche zwei Bilder dort. Eines, das Vanessa, Ella und mich zu dritt zeigte, und eines mit Romy und mir. In New York hatten wir unzählige gemacht, ich würde mir die schönsten davon aussuchen und drucken lassen.

Ich war zufrieden.

Auch mit der Entscheidung, Deutsch und Englisch auf Lehramt zu studieren. Das erste Semester begann zwar erst im Oktober, aber ich wollte mich hier schon vorher einleben. Vorkurse besuchen, den Campus erkunden, Menschen kennenlernen.

Ein gutes Gefühl war, zu wissen, dass mich hier niemand kannte. Vielleicht ein paar Schüler aus meiner ehemaligen Klasse, aber niemand, der mir gefährlich werden konnte, so wie Linda oder Elias. Soweit man der Gerüchteküche (Facebook) Glauben schenken konnte, waren die beiden kein Paar mehr. Irgendwann im Sommer musste es vorbei gewesen sein und Linda war wohl von der Universität in Mannheim angenommen worden. Genau dieselbe, auf die Robin ging und auch bald Vanessa.

Während wir uns auf das Studentenleben vorbereiteten, hatte Ella sich für eine Ausbildung zur Kauffrau für Büromanagement entschieden und Romy sich dafür, einen Minijob anzunehmen, damit sie für das Studium sparen konnte. Sie wollte erst im nächsten Wintersemester damit anfangen und blieb solange in Karlsruhe.

Das war sie also, die Zukunft, die wir uns alle vorgestellt hatten. Oder besser gesagt fing diese gerade erst an.

Ich war gerade dabei, es mir auf dem Sofa gemütlich zu machen, den Laptop aufzubauen, um auf Netflix *Gilmore Girls* weiter zu schauen, als es an meiner Wohnungstür klopfte. Zuerst ganz leise, sodass ich schon dachte, ich hätte es mir eingebildet, dann aber lauter.

Wer war denn das?

Es war noch nicht zu spät für Besuch, gerade mal sechs Uhr am Abend, aber ich kannte doch niemanden hier und war auch nicht verabredet.

Für einen kurzen, dummen Moment hoffte ich darauf, dass es Romy war. Dass sie sich in den Zug gesetzt hatte und hier war, um mich zu überraschen. Schließlich würde das zu ihr passen.

Ich stand auf, ging zur Tür und warf zuerst einen flüchtigen Blick durch den Spion, der mir verriet, dass es definitiv niemand war, den ich kannte. Ein Junge in meinem Alter stand auf der anderen Seite und schien zu warten, dass ich reagierte. Gerade als er wieder anklopfen wollte, öffnete ich die Tür.

Mir fiel sofort sein asiatisches Aussehen auf. Ob er nun aber aus Vietnam, Japan, China oder Korea stammte, konnte ich nicht sagen.

Sein dichtes schwarzes Haar fiel ihm leicht in die Stirn und wirkte generell etwas zerzaust. Auf die lässige Art und Weise, als wäre der Look absichtlich. Seine Nase wirkte ein bisschen zu groß für sein Gesicht, als hätte man keine kleinere gefunden und ihm deshalb diese verpasst. Auf seinem Kinn, um seine Oberlippe und auf seinen Wangen bildeten sich kaum erkennbare Bartstoppeln, als hätte er sich die letzten drei oder vier Tage nicht rasiert. Seine Ohren verschwanden unter den schwarzen Strähnen und seine mandelförmigen dunkelbraunen Augen richteten sich direkt auf mich. In ihnen lag unglaublich viel Energie, Offenheit und Neugier, sodass ich mich vom ersten Moment an in seiner Gegenwart wohlfühlte.

Je länger ich ihn betrachtete, desto mehr wurde mir bewusst, dass er große Ähnlichkeit mit dem Schauspieler Osric Chau hatte, der in der Serie *Supernatural* die Rolle des Kevin verkörperte.

»Hi auch«, begrüßte er mich freundlich und streckte mir die Hand hin, die ich ergriff, um sie zu schütteln. In der anderen hielt er einen Schlüssel, was darauf schließen ließ, dass er hier auch eine Wohnung haben musste.

»Äh … Hi zurück?«, brachte ich hervor, wobei meine Stimme eher so klang, als würde ich eine Frage stellen.

»Sorry, wenn ich dich so überfalle, aber ich habe mitbekommen, dass du neu eingezogen bist. Ich habe schon öfter geklopft, aber bisher hat niemand aufgemacht. Ich bin sozusagen dein direkter Nachbar.« Er deutete mit dem Daumen auf eine Tür, die gegenüber von meiner lag und wie alle anderen hier aussah.

»Freut mich, dich kennenzulernen«, sagte ich.

Und das tat es wirklich. Wer war denn bitte schön heutzutage noch so nett, sich vorzustellen? Vor allem in einem Studentenwohnheim, in dem die Mieter nur so wechselten.

Ich mochte ihn auf Anhieb. Er hatte diese sympathische Ausstrahlung, die es ihm vermutlich leicht machte, schnell Freundschaften zu schließen. Er war so selbstbewusst wie Romy, nur auf eine andere Art. Weniger rebellisch.

»Ich bin übrigens Toshiro«, schob er hinterher.

»Ich bin Sam.«

»Hi, Sam.«

»Hi, Tos…« Ich stockte, weil ich bemerkte, dass ich Schwierigkeiten hatte, seinen Namen korrekt auszusprechen. Meine Wangen begannen zu glühen, wie immer, wenn mir etwas unangenehm war.

»Toshiro«, half er mir lachend aus der Patsche. »Du lernst das schon noch. Am besten übst du ab sofort jeden Tag vor dem Spiegel.« Er grinste breit, sodass seine weißen Zähne sichtbar wurden.

Die Geste war so ansteckend, dass ich selbst grinsen musste.

»Vor dem Spiegel? Hört sich eher an, als würde ich jemanden beschwören wollen. So wie diese Legende … *Bloody Mary* oder so«, witzelte ich.

»Ich kenne nur den Cocktail.« Toshiro legte den Kopf schief. »Schmeckt aber scheußlich«, schob er hinterher, ohne mich anzuschauen, als würde er Selbstgespräche führen. Dabei verzog er das Gesicht, als würde er sich gerade ganz genau an den Geschmack erinnern.

»Aber wirklich«, stimmte ich ihm zu. Vanessa und ich hatten uns nach einem Rezept aus dem Internet selbst einen gemischt und das war Erfahrung genug.

Eine kurze Stille entstand, die nicht sehr lange währte, da wechselte er abrupt das Thema.

»Was machst du am Freitagabend?«, fragte Toshiro vollkommen aus dem Kontext gerissen, was mich total verwirrte.

Bis eben war das Gespräch so normal verlaufen und jetzt das? Was sollte ich denn darauf erwidern? Wir kannten uns gerade mal zwei Minuten, mit so einer Frage hatte ich nicht gerechnet. Das wirkte irgendwie seltsam befremdlich. Wollte … er nach einem Date fragen, oder was?

»Äh …« Ich war mal wieder so sprachbegabt wie zu der Zeit, als ich Romy ganz frisch kennengelernt hatte. Immer wenn ich es brauchte, ließ mein Gehirn mich im Stich.

»Keine Angst, das soll keine Anmache sein oder so. Ich weiß, dass ich dich vielleicht ein wenig damit überrumpelt habe. Aber ich kann mich noch an meine erste Zeit hier erinnern und wie schwierig es war, Anschluss zu finden. Und die Grillparty war schon länger geplant, also dachte ich mir gerade ganz spontan, wieso ich dich nicht auch dazu einladen sollte?«, quasselte er drauflos, ohne meine Antwort abzuwarten.

Okay.

Erstens: Wie konnte ein Mensch so viel an einem Stück reden? Da würde nicht mal mehr Linda zu Wort kommen.

Zweitens: Wie konnte ER es bitte schwer haben, Anschluss zu finden? Aber vielleicht war er früher nicht so gewesen, sondern es erst mit der Zeit geworden.

»Also, was sagst du?«

»Zu … was?« Ich musste peinlicherweise zugeben, dass ich nicht zugehört hatte.

Linda wäre jetzt sicher Rauch aus den Nasenhöhlen gestiegen und sie hätte mich angeblafft, dass ich doch bitte beim ersten Mal zuhören sollte.

Toshiro hingegen lächelte nur gütig, als würde es ihn nicht stören, sich wiederholen zu müssen.

»Meine Freunde und ich haben vor, am Freitagabend eine kleine Grillparty zu schmeißen. Oben auf dem Dach des Wohnheims. Wenn du Bock hast, neue Leute kennenzulernen, bist du herzlich eingeladen. Es kommen auch zwei weitere Erstis, du bist also nicht das einzige Küken. Uuuund wenn du dich nicht allein traust, darfst du auch gern Freunde mitbringen.«

Ich fühlte mich im ersten Moment etwas erschlagen.

Er wartete geduldig, ohne den Blick seiner dunkelbraunen Augen von mir zu lösen.

»Äh …«, brachte ich wieder nur hervor und vor meinem inneren Auge sah ich nicht mehr Toshiro vor mir stehen, sondern meine Romy, die mich lässig fragte: »*Hat meine Anwesenheit dir die Sprache verschlagen, oder was ist los?*«

Ich schüttelte den Tagtraum ab und dachte ernsthaft über das Angebot nach. Eine Grillparty auf dem Dach klang spaßig. Vielleicht würde ich dort die ersten Kontakte knüpfen? Es war meine Chance, die Vergangenheit in der Schule hinter mir zu lassen und hier neu anzufangen. Vielleicht würde Romy mitgehen wollen? Oder Vanessa? Oder Ella? Oder alle drei?

»Ja, ich komme gern«, sagte ich schließlich und bestärkte meine Worte mit einem Nicken.

»Klasse! Um 18:00 Uhr geht's los. Den Gang runter, durch die Tür da, die Treppe rauf, durch den Saal und direkt zur Dachterrasse.«

Er deutete mit dem Finger den Flur entlang und ich lehnte mich hinaus, um zu schauen, wo er hindeutete. Dabei kam ich ihm so nah, dass ich den süßlichen Geruch seines Parfüms wahrnehmen konnte.

Angenehm.

Sehr angenehm.

»Für Fleisch und Getränke ist gesorgt. Es wäre lieb, wenn du einen Salat mitbringen könntest«, quasselte er schon weiter, als ich mich wieder zurückbewegte.

»Ich werde da sein«, versprach ich. »Zusammen mit Mister Tomatensalat und ein paar Freundinnen.«

Toshiro lachte.

»Gut, ich freue mich auf Mister Tomatensalat. Ich bin mir sicher, er wird zum Anbeißen gut aussehen«, witzelte er, sodass ich selbst kichern musste. Er machte es einem so einfach, ihn zu mögen!

Wir grinsten beide, als wir uns verabschiedeten, und als ich die Tür hinter mir schloss, fühlte sich mein Herz seltsam warm an.

Es war so schwierig zu beschreiben, ohne dass ich verrückt klang, denn immerhin hatten wir gerade nur ein paar Worte miteinander gewechselt.

Aber es war so, als wäre ich einem Menschen begegnet, der mir mein Leben lang gefehlt hatte. Es gab diese Art von Personen, die man traf und wusste, dass sie für immer bleiben würden. Bei denen man das Gefühl hatte, sie schon ewig zu kennen, obwohl man ihnen erst begegnet war.

Toshiro war einer davon.

Es war, als wäre er schon immer da gewesen. Als wären wir schon immer befreundet gewesen, und nicht so, als hätte ich gerade erst seinen Namen erfahren.

Gab es so etwas wie Freundschaft auf den ersten Blick?

13

Die Grillparty

Wieder und wieder drehte ich mich vor dem Ganzkörperspiegel, den ich in eine Ecke des Raumes gequetscht hatte. Fingerabdrücke und winzige Staubflocken bedeckten die Oberfläche, aber ich konnte mich noch deutlich in ihm erkennen.

Ich trug ein buttergelbes Sommerkleid, das an der Taille enger lag und sich nach unten hin zu einem flatternden Rock ausbreitete, der mir bis an die Knie reichte. Die Ärmel begannen auf Höhe der Oberarme, sodass meine Schultern frei lagen. Bunte Blumen zierten den Stoff, der aus Chiffon bestand, ohne dass die Motive kitschig wirkten. Das Ganze wurde durch die hellbraunen Römersandalen, die mir über die Waden reichten, abgerundet.

Heute war es für einen späten Septembertag unerwartet warm. Ich persönlich wäre schon bereit für Jeanshosen, Sweatshirts und Seidenschals, aber der Herbst war anscheinend nicht bereit für mich.

Alles in allem gefiel mir mein Outfit. Es war nun das vierte, das ich anprobierte, denn die ersten drei hatten die Erhebung meines Bauches nicht verdeckt, sondern im Gegenteil betont.

Ich hatte in den letzten Wochen eindeutig zugenommen und bekam die Kilos einfach nicht mehr runter. Mir war klar, dass es nur mich störte. Romy verlor kein Wort darüber, behandelte mich aber auch nicht anders deswegen. Sie zeigte mir immer wieder, wie attraktiv sie mich fand, aber ich fühlte mich einfach irgendwie ... unwohl. Ich hatte neben ihr sowieso schon immer leichte Selbstzweifel gehegt ... aber jetzt?

Also würde ich auf meine Ernährung achten und bald damit beginnen, Sport zu machen. Dementsprechend gab es heute für mich keine fettigen Grillsoßen, kein Baguette oder sonstiges Brot. Nur Salat und Fleisch, ganz ohne Kohlenhydrate.

Zwei Arme schlangen sich von hinten um meinen Körper. Romys Gesicht tauchte im Spiegel neben dem meinen auf, als sie ihr Kinn auf meiner Schulter platzierte.

»Du siehst toll aus. Und jeder, der das anders sieht, ist ein Dummkopf.«

Sie gab mir einen kleinen Kuss aufs Ohr, das von den Haaren bedeckt wurde, sodass ihre Lippen nur gedämpft zu spüren waren. Dann drehte sie den Kopf wieder, damit ich dem Blick ihrer schwarz geschminkten Augen über dem Spiegel hinweg begegnete.

»Ich habe zugenommen«, murmelte ich und schaute an meinem Körper hinunter.

»Also ich sehe davon nichts«, entgegnete sie und drückte mich noch fester an ihren Körper, sodass ich ihre weichen Brüste an meinem Rücken spürte.

»Dann bist du vielleicht blind. Ich bin richtig dick geworden!«, rief ich aus.

»Hey!« Romy löste sich von mir, wirbelte mich zu sich herum, packte mich an den Schultern und hielt mich eine Armeslänge von sich weg, damit sie mir direkt ins Gesicht schauen konnte.

»Du bist alles andere, aber nicht dick, okay? Mein Gott, Baby, du hast eine super Figur und selbst wenn du ein paar Kilo zu viel haben würdest, würde ich dich immer noch scharf finden. Du wärst immer noch meine Sam. Nur eben die bequemere Variante mit mehr Polster.«

Romys Stimme klang fest und eindringlich, auch wenn sie gegen Ende hin grinste.

Das war ihr Versuch, mich aufzumuntern, und es funktionierte auch noch. Ein Kichern schlüpfte aus meinem Mund und meine Angst war erst mal vergessen. Letztendlich wollte ich am meisten ihr gefallen.

»Ja, du hast recht«, bestätigte ich.

»Habe ich das nicht immer?« Ein selbstgefälliges Grinsen huschte über ihre Lippen, bevor sie mich losließ.

Romy war heute Abend meine Begleitung für die Grillparty. Vanessa und Ella hatten beide keine Zeit, weil sie bereits andere Pläne hatten. Was zwar schade, aber okay war.

Romy trug eine hellblaue Skinny Jeans, die ihr bis über die Hüften ging. Zwei handgroße Löcher waren auf Höhe der Knie in den Stoff verarbeitet, sodass viel von ihrer Haut zu sehen war. Das schwarze Top mit Spaghettiträgern betonte ihre weibliche Figur. Aber Romy wäre nicht Romy, wenn sie dazu nicht ihre abgetretenen Chucks tragen würde.

Ich kam mir neben ihr fast zu luftig gekleidet vor, obwohl ich mir einen grauen Cardigan bereitgelegt hatte, den man super zu dem Kleid kombinieren konnte.

»Bist du so weit?«, fragte sie und ich nickte.

»Nur noch den Salat.«

Ich schnappte mir die Schüssel von der Küchentheke, ließ den Blick noch mal durch die kleine, überschaubare Wohnung schweifen, ehe wir zusammen zur Tür gingen.

Wir befolgten die Anweisungen, die Toshiro mir genannt hatte, und schon wenig später standen wir auf der Dachterrasse des Studentenwohnheims. Die Strahlen der Sonne, die bereits tief am Himmel stand und diesen um sich herum rot-orange färbte, schienen mir mitten ins Gesicht, sodass ich die Augen zusammenkneifen musste.

Ich drehte mich etwas, blinzelte gegen die schwarzen Flecken an und erkannte eine Gruppe von Studenten, die lachten und sich angeregt unterhielten. Nur einer von ihnen stand etwas abseits und tippte auf seinem Smartphone herum.

Seltsamerweise fühlte ich mich ganz aufgeregt unter so vielen Fremden. Dass Romy bei mir war, nahm mir wenigstens einen Teil meiner Schüchternheit.

Es dauerte nicht lange, bis Toshiro uns entdeckte und eiligen Schrittes auf uns zukam.

»Hey, Sam«, begrüßte er mich, als würden wir uns schon ewig kennen.

Wenn ich die Schüssel nicht schützend vor mich gehalten hätte, hätte er mich vielleicht sogar umarmt. Wer wusste das bei ihm schon?

»Hallo«, erwiderte ich nur, weil ich seinen Namen nicht wieder falsch aussprechen wollte.

»Du hast jemanden mitgebracht, und damit meine ich nicht Mister Tomatensalat. Obwohl der mindestens genauso gut aussieht wie deine Begleitung. Hey, ich bin Toshiro, Sams Nachbar.«

Er streckte Romy die Hand hin und es war so dumm von mir, aber einen Moment lang war ich eifersüchtig, obwohl ich mich doch freuen sollte, dass er Romy ein Kompliment gemacht hatte, oder? Das Dümmste daran war außerdem, dass es vollkommen unbegründet war. Denn er hatte absolut keine Chance bei ihr, allein schon, weil er nicht das Geschlecht hatte, das ihrem Beuteschema entsprach.

Beruhige dich, Sam.

Mach nicht wieder ein Drama wie damals bei Benny.

Benny – besser gesagt Benjamin, mein Cousin –, den Romy und ich letzten Winter auf dem Weihnachtsmarkt getroffen hatten. Schon da hatte sie deutlich gezeigt, dass sie an keiner anderen Person außer mir Interesse hatte. Dieser kleine Eifersuchtsschub war also völlig unbegründet und daneben.

Ich verstand mich gerade selbst nicht.

»Hi, ich bin Romy.« Sie ergriff seine Hand und schüttelte sie schwungvoll. »Ihre Begleitung.«

Ich wusste, dass sie nur zu gern *ihre Freundin* gesagt hätte, und ich hätte es auch zu gern aus ihrem Mund gehört. Aber wir hatten uns darauf geeinigt, erst einmal nichts zu sagen. Nicht, weil ich Romy leugnen wollte, doch die Erfahrung, die ich in der Schule gemacht hatte, hatte mich vorsichtig werden lassen. Hier kannte mich niemand, hier konnte ich neu anfangen. Wenn ich das Gefühl hatte, die Leute besser kennengelernt zu haben, wollte ich mich aus freien Stücken für ein Outing entscheiden.

Für Romy war es okay und solange sie kein Problem damit hatte, mir die Zeit zu lassen, hatte ich keines damit, sie mir zu nehmen.

Nur weil ich für mich akzeptiert hatte, dass ich auf Frauen stand, hieß es nicht automatisch, dass die Menschen um mich herum es auch taten.

Aber natürlich hätte ich nur zu gern ihre Hand gehalten, wie es das Pärchen ein paar Meter entfernt von uns auch tat.

»Cool, freut mich, dich kennenzulernen.« Er sah zuerst Romy an, dann mich. »Deinen Salat kannst du da drüben zu den anderen stellen. Salate sind Rudeltiere!« Toshiro nickte, machte eine Faust und hielt sie sich ans Herz, fast so, als wollte er gleich die Nationalhymne singen. Aber er tat es nicht. »Mit dem Grillen fangen wir gleich an. Mischt euch einfach unter die Leute. Wollt ihr etwas trinken?«

»Für mich Spezi, wenn ihr das dahabt, und für sie Eistee Pfirsich.« Sie sah mich an und legte den Kopf schief. »Hab ich recht?«

Ich musste schmunzeln, weil sie mich so gut kannte, dass sie sogar die Wahl meines Getränkes wusste, bevor ich es tat.

»Hast du«, erwiderte ich.

»Wie immer«, kommentierte sie so leise, dass nur ich es hören konnte, was mich dazu brachte, belustigt mit den Augen zu rollen.

Toshiro grinste uns an, als wäre die Unterhaltung zwischen mir und Romy eine Art Witz, die nur er verstand.

»Kommt sofort«, flötete er und war auch schon verschwunden.

»Wow, er ist wirklich sehr …« Romy schien nach dem richtigen Wort zu suchen.

»Lebhaft?«, vollendete ich ihren Satz.

»Ja, lebhaft«, bestätigte sie.

»Ich glaube, er würde sich gut mit deiner Cousine verstehen«, kommentierte ich und beobachtete, wie er nach zwei Plastikbechern angelte, in die er unsere Getränke füllte.

»Vermutlich.« Romy grinste mich an. »Sollen wir uns den anderen vorstellen?«

»Ja«, bestätigte ich. »Ich bring den nur schnell rüber an den Tisch.«

Der Geruch von verbrannter Holzkohle und Fleisch lag in der Luft. Mein Bauch fühlte sich so voll an, als hätte ich das ganze Grillfleisch allein gegessen. Aber es hatte auch wirklich lecker geschmeckt.

»Hast du dann auch in New York gelebt?«, fragte Sarah, die wir im Laufe des Abends besser kennengelernt hatten. Sie hatte fuchsrote Haare und unzählige Sommersprossen im Gesicht. Die Farbe ihrer Iriden schwankte zwischen Braun und Grün, als könnten sich ihre Augen nicht entscheiden. Und sie lächelte stets mit geschlossenen Lippen. Sie studierte Lehramt für Chemie und Mathe, war allerdings schon im dritten Semester.

»Ja, bis ich elf war, dann bin ich mit meiner Familie nach Deutschland umgezogen«, antwortete Romy.

Während des Essens hatten sich kleine Grüppchen gebildet, die sich nun angeregt miteinander unterhielten. Sarah, Toshiro, Romy und ich waren eine davon.

»Dann hast du also das Beste überhaupt verpasst: die Highschool«, behauptete Sarah.

»Nein«, erwiderte Romy. »Nein, ich habe überhaupt nichts verpasst.« Für einen winzigen Moment zuckte ihr Blick zu mir und sagte mir damit alles, was ich wissen musste.

Mir wurde unglaublich warm ums Herz und ich fühlte mich so leicht, dass ich hätte abheben können. Gleichzeitig schnürte sich mein Brustkorb vor Rührung zusammen.

»Was ist denn mit dir? Wurdest du in Deutschland geboren?«, wandte ich mich nun an Toshiro, der mir schräg gegenüber und somit neben Romy saß, deren Haare vom Sonnenlicht fast hellbraun glänzten.

»Ja. Meine Eltern stammen aber aus Japan und sind, zwei Jahre bevor meine Mutter schwanger wurde, nach Deutschland gekommen. Und dann war ich da. Für mein Studium bin ich allerdings hierhergezogen, meine Eltern leben in der Nähe von Ulm.«

»Hast du Geschwister?«, fragte ich weiter.

»Ich habe meinen Zwillingsbruder im Bauch unserer Mutter gefressen. Ich dulde nämlich keine Konkurrenz«, antwortete er so trocken und ohne die Andeutung eines Grinsens, dass ich ihn für einen Moment total perplex anschaute.

Für den Bruchteil einer Sekunde war ich sogar im Begriff, ihm zu glauben, bis mir bewusst wurde, was er da gerade gesagt hatte. Da fing Romy schon an, zu lachen. Sarah und ich stimmten mit ein.

Ich mochte seinen Humor, wirklich!

Es tat so gut, mit anderen Menschen zusammen Spaß zu haben. Über banale Dinge zu reden und Kontakte zu schließen. So einfach hätte ich mir das in meiner Anfangszeit des Studiums nicht vorgestellt. Der Himmel musste Toshiro geschickt haben.

»Was ist mit dir?«, fragte er in meine Richtung.

»Einzelkind.« Mein Blick glitt zu Sarah.

»Ich habe einen jüngeren Bruder, kann manchmal nervig sein.« Sie rollte mit den Augen.

»Und bei dir?«, fragte Toshiro an Romy gewandt.

Sie erwiderte zuerst seinen Blick, bevor sie mich und Sarah anschaute.

»Zwei Schwestern, eine älter, eine jünger, und ein Bruder, auch jünger.«

Toshiro stieß einen anerkennenden Pfiff aus.

»Dann wird euch wenigstens nie langweilig«, kam es von Sarah.

Romy grinste. »Nein, nicht wirklich.«

»Hallo, Leute«, rief eine männliche Stimme, als ein weiterer Student mit strubbeligen strohblonden Haaren die Terrasse betrat und die Gespräche unterbrach.

»Lars!«, kreischte eines der Mädchen, mit denen ich nur flüchtig gesprochen und deren Namen ich wieder vergessen hatte. Sie erhob sich vom Tisch und warf sich dem Neuankömmling stürmisch in die Arme.

Ich war mir sicher, dass die beiden ein weiteres Paar waren, und verspürte schon wieder dieses Gefühl von … Neid?

Sie mussten sich keine Gedanken darüber machen, ob es in Ordnung war, sich im Bus einen Kuss auf die Lippen zu hauchen. Lange Zeit hatte ich diese Probleme mit Robin an meiner Seite auch nicht gehabt.

Ich hatte gar nicht gewusst, wie gut ich es eigentlich hatte. Ich hatte es nicht wertgeschätzt, weil es für mich so natürlich und normal war. Aber sobald ich mich zu Romy bekannt hatte, hatte ich feststellen müssen, dass es für viele anscheinend nicht normal war. Es war traurigerweise ein Privileg, das nicht alle genießen durften, obwohl es das nicht sein sollte.

Lars ließ das Mädchen los und zerzauste ihm liebevoll die Haare. Ich dachte schon, dass die beiden sich küssen würden, aber da wandte er sich ab, begrüßte ein paar der Jungs am Tisch per Handschlag, ehe er in unsere Richtung kam.

Ich glaubte, dass er sich uns vorstellen wollte, da stand auch schon Toshiro von seinem Stuhl auf, mit einem Lächeln so breit wie das der Grinsekatze aus *Alice im Wunderland*.

»Schön, dass du es noch einrichten konntest, auch wenn wir jetzt das ganze Fleisch schon weggefuttert haben«, sagte er, als Lars dicht vor ihm stehen blieb, sich runterbeugte und Toshiro einen Kuss auf den Mund gab.

In meinem Kopf begann sich alles zu drehen. Für einen Moment glaubte ich, nicht richtig gesehen zu haben. Ich wünschte, ich hätte zurückspulen können, um mich zu vergewissern, dass die beiden sich gerade wirklich geküsst hatten. Hieß das …?

Ich schaute automatisch zu Romy, die sich auf dem Stuhl gedreht hatte, um den Neuankömmling zu begutachten. Sie drehte sich zu mir um, als hätte sie meinen Blick gespürt. Vielleicht hatte sie das auch oder ihr ging einfach der gleiche Gedanke durch den Kopf. Ihre Augenbraue war nach oben gezogen, aber nicht auf eine abwertende Art, sondern fast fragend, so als ob ich das schon vorher gewusst, aber ihr die Information vorenthalten hätte.

Ich schüttelte den Kopf und sie zuckte mit den Schultern.

Der Schock lähmte jedes meiner Glieder und ich wartete nur auf die Explosion. Dass irgendjemand »*Schwuchtel*« zischen oder angewidert schauen würde. Aber nichts passierte. Jeder machte da weiter, wo er aufgehört hatte. Für sie schien das alles so normal zu sein, wie es das auch sein sollte.

Also bemühte ich mich um einen entspannten Gesichtsausdruck, weil ich nicht wollte, dass Toshiro dachte, ich wäre negativ geschockt von der Situation.

Er und Lars drehten sich im selben Moment wieder zu uns.

»Darf ich dir meine neuen Freunde vorstellen: Romy und Sam«, sagte er.

Lars reichte zuerst Romy, dann mir die Hand.

»Freut mich, euch kennenzulernen. Ich bin gespannt, wie lange ihr es mit ihm aushaltet.« Er lachte warm und kehlig.

Mit seinem ganzen Look sah er aus, als gehörte er mit einem Surfbrett an den Strand. Funkelnde braune Augen, blonde Haare, die an den Seiten kürzer und in der Mitte nach oben gestylt waren. Trainierte Oberarme, die durch das Muskelshirt hervorgehoben wurden.

»Hey! Du hast es immerhin schon drei Jahre mit mir ausgehalten, also werde mal nicht frech«, beschwerte sich Toshiro.

Sarah grinste nur, während sie zwischen den beiden hin und her schaute, als wäre sie das bereits gewohnt.

»Also noch mal für euch beide: Das ist Lars. Mein Freund«, sagte Toshiro.

Das war es also. Deswegen hatte ich mich anscheinend von Anfang an so wohl bei Toshiro gefühlt. Mein Unterbewusstsein musste es gespürt haben, bevor ich es offiziell wusste. Toshiro war schwul und hatte den Mumm, vor allen dazu zu stehen.

Mein Blick fand abermals den von Romy, wir schauten uns über den Tisch hinweg intensiv an. Vielleicht wäre jetzt der richtige

Zeitpunkt gewesen, die Karten auf den Tisch zu legen und sich ebenfalls zu outen, aber ich zögerte zu lange und ließ ihn somit verstreichen.

Romy sagte nichts.

Sie überließ die Entscheidung mir.

Lars setzte sich neben Toshiro und klinkte sich in unser Gespräch ein, das durch ihn nicht gestört wurde. Er war ruhiger und ernster als sein Freund, quasi das genaue Gegenteil, aber deswegen nicht weniger sympathisch. Schon nach kurzer Zeit war auch das Eis zwischen ihm und uns gebrochen.

Der Abend schien wie im Flug zu vergehen und irgendwann löste sich die Gruppe auf. Romy und ich boten an, beim Aufräumen zu helfen, aber Toshiro winkte lässig ab. Ich war froh, die Einladung angenommen zu haben, denn es hatte mir geholfen, erste Kontakte zu knüpfen. Auch wenn ich noch verarbeiten musste, dass Romy und ich nicht das einzige homosexuelle Paar in der Gruppe waren. Es war ein merkwürdiges Gefühl, auf positive Weise, so als würde man einen Verbündeten treffen.

Vielleicht war es wirklich eine Fügung des Schicksals, dass dieser lebensfrohe Kerl vor meiner Tür gestanden hatte. Wäre er nur ein halbes Jahr eher gekommen, hätte mir das sicherlich viel Leid erspart. Aber Toshiro war nicht schuld an den Entscheidungen, die ich getroffen oder nicht getroffen hatte. Dafür war ganz allein ich verantwortlich.

Allerdings hatte mir der heutige Abend gezeigt, wie anders es sein konnte und dass es noch Menschen da draußen gab, die nicht so waren wie Linda oder wie meine Mutter. Dass es Menschen da draußen gab, für die wir genauso einen Platz in der Welt hatten wie jeder andere auch.

Das gab mir Kraft, positiver in die Zukunft zu blicken.

Diese Erkenntnis und natürlich meine Liebe zu Romy.

14

Wie ein gelber Wellensittich

Ich wusste von Toshiro nun, dass er neunzehn Jahre alt war, Biowissenschaften studierte und fließend Deutsch, Englisch und Japanisch sprach. Ich wusste, dass er gern einmal Backpacking machen und um die Welt reisen würde, dass er Sahne hasste, dass ihm in der Achterbahn grundsätzlich schlecht wurde. Und ich wusste, dass er seinen Freund Lars hier kennengelernt hatte und das für ihn ein Grund gewesen war, in Heidelberg zu studieren, um näher bei ihm sein zu können.

All das und noch mehr hatte er mir an diesem Nachmittag erzählt, während ich weniger von mir preisgegeben hatte. Die Scheidung meiner Eltern, das Mobbing in der Schule und meine Beziehung zu Romy hatte ich ihm verschwiegen.

Wieso Letzteres, wusste ich selbst nicht so genau. Eigentlich hatte ich nichts vor ihm zu befürchten. Das Problem war vielmehr, dass ich nicht wusste, wie ich es ansprechen sollte.

Hey, übrigens, ich bin lesbisch. Dachte, das interessiert dich vielleicht, da du selbst schwul bist.

Allein bei der Vorstellung musste ich den Kopf schütteln. Irgendwie ergab sich auch keine passende Gelegenheit, es ihm zu sagen, obwohl ich es gern getan hätte. Weil ich mich bei ihm sicher fühlte. Nicht weil er selbst eine Person seines Geschlechts liebte, sondern weil er aussah und sich präsentierte wie ein Mensch, dem man alles anvertrauen konnte, ohne dafür verurteilt zu werden.

Irgendwie war das absurd und total albern, da ich ihn nicht länger als eine Woche kannte ... aber dennoch.

Ich streckte meine Hand aus, zupfte an den langen grünen Grashalmen, die neben unserer Decke aus der Erde sprossen, spielte damit und ließ sie wieder auf die Erde rieseln. Die Sonne stand hoch am Zenit, erreichte uns aber unter dem dichten Blattwerk des Lindenbaums kaum, in dessen Schatten wir uns verkrochen hatten.

Toshiro und ich hatten schon den ganzen Tag zusammen verbracht. Wir waren durch die Altstadt geschlendert, hatten den Schlossgarten besucht und verbrachten nun den Nachmittag auf der Neckarwiese, um ein bisschen Energie zu tanken. Heidelberg war eine so wunderschöne Stadt und ich konnte es kaum erwarten, jede Ecke und Seitengasse Romy zu zeigen und sie mit gemeinsamen Erinnerungen zu füllen.

Ich war mir sicher, sie würde es genauso lieben, wie ich es tat. Es war die richtige Entscheidung gewesen, hier zu studieren und zu wohnen, weg aus Karlsruhe und weg von all den negativen Dingen, die ich damit verband. Die Schule, mein ungewolltes Outing, Robin und vor allem: meine Mutter.

Bis jetzt hatte ich keinerlei Kontakt zu ihr aufgenommen, aber auch von ihrer Seite kam nichts mehr. In ihren Augen war ich wohl gestorben, weil ich mich dazu entschlossen hatte, endlich meinem Herzen und nicht ihren Vorstellungen und Regeln zu folgen.

»Und wie sieht es bei dir aus?«, fragte Toshiro und stieß mit seiner Schulter meine an.

Ich hatte die Beine wie ein V angezogen und die Arme darum geschlungen, sodass ich von seinem sanften Stoß fast umgefallen wäre.

»Bei was?«, hakte ich nach und überlegte, ob ich mich wieder in meinen Tagträumen verloren hatte, sodass ich nicht bemerkt hatte, dass er auf eine Antwort wartete. Wie auch immer die Frage war.

»Beziehungstechnisch. Bist du in festen Händen?«, wiederholte er seine Worte, die mir entgangen waren.

Vermutlich wäre ich mir jetzt komisch vorgekommen, wüsste ich nicht zu hundert Prozent, dass er kein romantisches Interesse hatte. Nicht nur, weil er schwul war, sondern generell, weil er in einer Partnerschaft steckte.

Es war beinahe komisch, dass er mich das gerade jetzt fragte, wo ich eben noch darüber nachgedacht hatte. Manchmal hatte ich das Gefühl, dass er mich in der kurzen Zeit besser kennengelernt hatte als ich mich selbst mein ganzes Leben lang.

Er war entfernt wie Romy. Von ihr hätte so etwas auch kommen können. Als wäre ich ein offenes Buch, aus dem sie jederzeit lesen konnte. Vielleicht mochte ich Toshiro deswegen noch mehr. Weil er in manchen Momenten nicht nur mich selbst, sondern auch Romy spiegelte.

»Ich bin vergeben«, klärte ich ihn auf.

Jetzt war wieder der passende Zeitpunkt gekommen, ihm die Wahrheit zu sagen. Ich wollte den Augenblick nicht wieder verstreichen lassen, also drehte ich den Kopf und sah ihn an.

»Und du hast sie schon kennengelernt.«

Mein Herz pochte, fast so, als hätte ich Toshiro eine Liebeserklärung gemacht. Es war so albern, denn was hatte ich von ihm zu befürchten? Dennoch war es ein in mir verwurzelter Instinkt, mich zu schützen, meine Beziehung zu Romy geheim zu halten, weil ich nicht wieder abgelehnt oder verletzt werden wollte.

Es war, als wüsste man genau, dass das Wasser warm war, und beim Sprung hinein fürchtete man sich eine Millisekunde lang davor, dass es doch eiskalt sein könnte. Allerdings fand man das nur heraus, wenn man auch wirklich eintauchte. Und das tat ich.

Toshiro wirkte nicht sonderlich überrascht, sondern eher so, als hätte ich ihm etwas gesagt, was er bereits wusste. Wie die Tatsache, dass das Gras, auf dem wir saßen, grün war.

»Romy?«, fragte er, legte den Kopf schief und grinste mich an.

»Du wirkst so gefasst. Als hättest du damit gerechnet«, gab ich zurück.

»Um ehrlich zu sein, habe ich das auch«, erwiderte er. »Ich erkenne Pärchen schon aus hundert Kilometer Entfernung. Und ihr beiden habt es mir so leicht gemacht. Die Art, wie ihr euch heimlich Blicke zugeworfen habt, wie du verkrampft versucht hast, nicht aufzufallen, und es genau dadurch bist. Ich hatte den Eindruck, deine Freundin hatte sich mehr im Griff, vielleicht weil sie auch nicht so gewirkt hat, als hätte sie etwas zu verbergen. Ich wollte es nur nicht ansprechen, weil ich wollte, dass du es mir von dir aus sagst.«

Ich fühlte mich seltsam ertappt und irgendwie auch bloßgestellt. Mein Gesicht glühte, was nichts mit der Wärme der Sonne zu tun hatte, und ein heißer Schub der Panik breitete sich in meinem Körper aus und lähmte mich wie das Gift einer Schlange.

Wenn er etwas bemerkt hatte, war es den anderen bestimmt auch aufgefallen, oder?

»Ist es den anderen auch aufgefallen? Sarah oder so?«, hakte ich nach. Meine Haut fühlte sich plötzlich zu eng an, als hätte ich in ihr keinen Platz mehr zum Atmen.

»Nein«, antwortete er und der Druck in mir verschwand etwas, als hätte man ein kleines Ventil geöffnet.

»Aber selbst wenn, was wäre daran so schlimm?«, hakte er nach.

Ich konnte ihn einige Sekunden lang nur perplex anschauen. Allmählich fragte ich mich, ob er nicht mit denselben Vorurteilen zu kämpfen hatte wie ich.

»Ich habe bisher überwiegend schlechte Erfahrungen gemacht, was mein Outing betrifft«, erklärte ich und begann wieder damit, das Gras aus der Erde zu rupfen.

»Willst du davon erzählen?« Seine Stimme klang plötzlich ganz sanft und einfühlsam, was mir wieder dieses Gefühl gab, dass ich ihm vertrauen konnte.

Ich nahm einen tiefen Atemzug, ehe ich meine Hände sauber klopfte.

»In der Schule wurde ich deswegen ziemlich fies fertiggemacht. Nicht nur ich, auch Romy, nur schien sie ein dickeres Fell zu haben als ich. Meine Mutter verachtet mich, vermutlich bin ich für sie gestorben. Manchmal fühle ich mich mutig, wenn ich die Hand meiner Freundin in der Öffentlichkeit halte oder wenn ich sie küsse. Die Leute hören dann nicht auf, zu gucken, als hätten sie noch nie jemanden gesehen, der auf das gleiche Geschlecht steht. Ich hasse das. Es lässt mich fühlen, als wären wir exotische Wesen, die man sich im Zoo angucken geht.« Meine Stimme zitterte und mir war nach heulen zumute, auch wenn ich nur die Kurzfassung erzählt hatte. Als würde ich jedes Mal wieder in einer Wunde bohren, die dabei war, zu heilen.

»Und jetzt hast du Angst, das Ganze könnte dir hier wieder passieren«, schlussfolgerte er, was mich dazu brachte, zu nicken.

»Das ist dumm«, kam es von ihm.

Mein Kopf fuhr in die Höhe und ich schaute ihm direkt in seine braunen Augen.

Hatte er das gerade wirklich gesagt? Besonders von ihm hätte ich mehr Verständnis erwartet.

»Bevor du wütend wirst, lass es mich erklären«, bat er, woraufhin ich nur lautlos meine Lippen zu einem Strich formte.

Ja, ich fühlte mich von seiner Aussage verletzt, zurückgestoßen und nicht verstanden. Eigentlich war mir auch nicht mehr danach, mir seine Erklärung anzuhören, aber ich blieb trotzdem sitzen, um mich nicht hinterher zu fragen, weshalb ich ihm nicht zugehört hatte.

»Weißt du, wie ich herausgefunden habe, dass ich schwul bin? Als ich meinen besten Freund geküsst habe. Davor wusste ich es nicht. Vielleicht habe ich es geahnt, denn Mädchen fand ich nie interessant. Bis auf diesen einen Tag, als wir zusammen auf seinem Bett saßen, Chips gegessen und PlayStation gezockt haben.

Irgendwann an diesem Tag habe ich mich zu ihm vorgebeugt und ihn geküsst. Du denkst vielleicht, dass er mich dann zurückgestoßen hat, aber das hat er nicht. Er hat es geschehen lassen, sogar mitgemacht. Ich war so glücklich, ich hätte die ganze Welt umarmen können.«

Sein Blick schweifte ab, als er sich seiner Erinnerung hingab, und ich konnte in diesem Moment nur zu gut nachvollziehen, wie er sich gefühlt haben musste. Ich kannte dieses brennende Verlangen, jemandem nah sein und ihn berühren zu wollen. Der Moment, in dem es dann wirklich passierte, war mit nichts zu vergleichen.

»Dann, am nächsten Morgen in der Schule, war er so komisch zu mir. Er war so distanziert, schaute mir kaum in die Augen und wich mir regelrecht aus. Drei Tage nach unserem Kuss wusste es die ganze Schule. Von ihm. Nur dass er herumerzählt hatte, ich hätte ihn geküsst, obwohl er das gar nicht wollte. Du kannst dir vorstellen, was los war. Die anderen Jungs haben ihren Hintern verdeckt, sobald ich in die Dusche gekommen bin. Das Wort *Schwuchtel* wurde mir neben *Reisfresser* und *Schlitzauge* nun auch noch an den Kopf geworfen.«

Er sah mich mit seinen braunen Augen direkt an, aber ich erblickte darin keinen Schmerz. So als würde er gar nicht über sich sprechen, sondern über jemand anderen. Ich fragte mich, ob er schon immer so ein dickes Fell gehabt hatte oder ob erst seine Vergangenheit dafür gesorgt hatte. Menschen konnten so widerlich zueinander sein und das machte mich krank.

»Ich konnte meiner Mutter nicht mehr in die Augen sehen, weil ich glaubte, dass sie enttäuscht von mir sein würde«, setzte er fort.

»Also befand ich mich in einer Dauerschleife aus Angst, Hass, Liebeskummer und Einsamkeit, bis ich gemerkt habe, dass ich so nicht mehr weitermachen wollte. Ich habe mich vor meinen Eltern und engsten Freunden geoutet und keiner von ihnen hatte ein Problem damit. Keiner. Irgendwann taten die Kommentare der anderen Schüler auch nicht mehr weh. Es ging an mir vorbei. Weißt du auch, warum? Weil es mir egal geworden ist, was andere über mich denken. Wieso sollte ich mir von solchen Personen mein Leben kaputt machen lassen?«

Er schien keine Antwort darauf zu erwarten, deshalb schwieg ich und ließ ihn weiter seine Geschichte erzählen, die mich bereits jetzt vergessen ließ, weshalb ich wütend gewesen war.

»Dann habe ich Lars kennengelernt und mit ihm wollte ich es von Anfang an richtig machen. Wir sind ein ganz normales Pärchen, wie alle anderen auch. Deshalb lasse ich es mir nicht verbieten, seine Hand zu halten, ihn zu umarmen und, wenn mir danach ist, ihn zu küssen. Ich lache über Schwulen-Witze, wenn sie Niveau haben, und manchmal bediene ich mich gern an Klischees, um die Leute damit zu ärgern. Diese Menschen werden immer etwas finden, womit sie dir wehtun können, womit sie dich ausgrenzen können. Nur weil du nicht ihren Vorstellungen entsprichst. Es gibt immer jemanden, der entweder mit deiner sexuellen Orientierung, deiner Herkunft oder deinem Lebensstil ein Problem hat. Aber du entscheidest, ob diese Menschen dich verletzen können oder eben nicht. Es lebt sich einfacher, wenn es dir egal wird, was andere über dich denken. Es macht dich freier und glücklicher. Jeder Einzelne da draußen, der über dich redet, hat bestimmt selbst Dreck am Haken. Das sagt man doch so, oder?«

Es brauchte einen Moment, bis ich verarbeiten konnte, dass er mir eine Frage gestellt hatte.

»Es heißt Dreck am Stecken«, half ich ihm aus.

Er nickte. »Genau. In Japan gibt es ein Sprichwort. Auf Deutsch übersetzt heißt es ungefähr so viel wie: *Erst betrachte dich im Spiegel, dann rede.*«

Er sah mich intensiv an, als wollte er, dass ich mir jedes seiner Worte genau merkte.

»Ich bin nicht auf diese Welt gekommen, um anderen zu gefallen. Es ist mein Leben und ich habe auch nur dieses eine. Ich beabsichtige, es so glücklich zu leben, wie ich nur kann. Denke immer daran: Die Welt ist so bunt wie ein Vogelkäfig. Dem gelben Wellensittich ist es egal, ob der neben ihm ebenfalls gelb oder grün ist, er teilt sich trotzdem mit ihm einen Futternapf. Und solange die Menschen nicht wie der gelbe Wellensittich werden, wird es immer Vorurteile und Gewalt geben.«

Das Schweigen, das danach herrschte, war nicht unangenehm, sondern ließ das, was er gesagt hatte, nur noch gewichtiger werden. Immer und immer wieder ließ ich es mir durch den Kopf gehen. Seine Worte trafen tief. Schienen das, was in mir kaputt gemacht worden war, zu finden und Stück für Stück wieder aufzubauen. Es war, als hätte ich alles zuvor aus einem falschen Blickwinkel betrachtet. Als hätte ich an einer falschen Stelle gestanden und Toshiros Worte hätten mich neu platziert.

Es berührte mich so sehr, dass ich Mühe hatte, die Tränen aus meinen Augen zu blinzeln. Und plötzlich war mir schleierhaft, wieso ich zuvor wütend auf ihn gewesen war, denn er hatte recht.

Es war dumm, Angst zu haben, und letztendlich schadete ich damit nur mir selbst. Ich ließ mich verbiegen, nur um mich in eine Schublade stecken zu lassen, in die ich nicht gehörte.

Was er gesagt hatte, brachte mich dazu, alles zu hinterfragen und mich auf eine bescheuerte Weise gut und schlecht gleichzeitig zu fühlen. Als wäre ich von einem schweren Gewicht befreit worden.

Es war weder das Leben meiner Mutter noch das von Linda oder Robin. Es war verdammt noch mal *meins*.

Ich wollte in zwanzig Jahren nichts bereuen. Und vor allem nicht, nicht zu Romy gestanden zu haben. Mit ihr all die tollen Pärchen-Sachen nicht gemacht zu haben. Ich wollte keine Angst mehr vor den Reaktionen anderer Menschen haben, denn es war, wie er es sagte: Sie fanden trotzdem etwas an mir, was ihnen nicht passte.

Ich wollte aufhören, anderen zu gefallen.

Ich wollte, dass es mir nicht mehr wichtig war, was sie über mich dachten und worüber sie sprachen, wenn sie tuschelten und in meine Richtung schauten.

Ich wollte, dass das Wort *Lesbe* mich nicht einmal mehr mit der Wimper zucken ließ, weil es an dem Schild meines Selbstbewusstseins abprallte.

Ich wollte wie Romy sein.

Toshiro hatte recht.

Es war dumm, Angst zu haben.

»Danke. Du hast mir mehr geholfen, als du vielleicht ahnst«, sagte ich, nachdem wir beide lange Zeit geschwiegen hatten. Ich hatte nicht gewusst, dass er es schaffte, so lange ruhig zu sein.

»Nicht dafür«, entgegnete er und lächelte mich an.

Ich erwiderte es und hatte das Gefühl, dass gerade ein wichtiger Grundstein für unsere Freundschaft gelegt worden war.

»Dein ehemaliger bester Freund ist echt ein Arsch«, kommentierte ich reichlich verspätet und Toshiro zuckte bloß lässig mit den Schultern, als wäre er längst darüber hinweg.

»Und weißt du was? Besonders gut küssen konnte er auch nicht«, sagte er, was zuerst mich und dann auch ihn zum Lachen brachte.

In dem Moment fühlte ich mich wieder seltsam leicht, fast schwerelos.

Es dauerte einige Sekunden, bis wir beide uns wieder gefasst hatten. Stille machte sich breit, ohne dass die Leichtigkeit zwischen uns davon getrübt wurde.

»Lars und ich gehen am Wochenende in einen Club. Wenn du Bock hast, kannst du gern mitkommen. Du kannst auch deine Freundin fragen, dann gehen wir zu viert.« Er lehnte sich lässig nach hinten, um sich auf seinen ausgestreckten Armen abstützen zu können.

Ich war noch zu sehr mit seinen vorherigen Worten beschäftigt, sodass ich zuerst den Kopf schüttelte, um den Nebel der Gedanken loszuwerden. Erst dann verarbeitete ich, was er gesagt hatte, und hatte bereits eine Ahnung, was gemeint sein könnte.

»Von was für einer Art von Club reden wir?«, fragte ich nach.

»Einem Schwulen-und-Lesben-Club«, antwortete er gelassen.

Ich war noch nie in einem feiern gewesen. Ich war zuvor noch nicht einmal auf die Idee gekommen. Aber der Vorschlag gefiel mir irgendwie. Es würde sicher nicht nur mir, sondern auch Romy

Spaß machen. Und es wäre schön, unter Leuten zu sein, die einen verstanden. Für die wir so normal waren, wie wir es für den Rest der Welt sein sollten.

Unter lauter gelben Wellensittichen.

»Ja, gern«, stimmte ich also zu. »Ich frage Romy.«

»Perfekt.« Toshiro grinste mich an, was ich erwiderte. »Von dem vielen Reden habe ich einen ganz trockenen Mund und einen leeren Bauch. Hast du Bock, im *HiG* etwas essen zu gehen? Ist zwar ein Stück entfernt in der Altstadt, aber mit dem Bus kommen wir dort bequem hin.«

Ich stutzte.

»Was ist denn *HiG*?«, fragte ich nach.

»Na, das *Hans im Glück,* du Hinterwäldler.«

Das brachte mich abermals zum Lachen und die letzte Anspannung, die noch auf mir gelegen hatte, löste sich nun auch von meinen Muskeln.

Toshiro verstand überhaupt nicht, was ich daran so lustig fand, also erzählte ich ihm von meiner ersten richtigen Begegnung mit Romy und wie sie mich seitdem immer wieder *Hans-guck-in-die-Luft* genannt hatte.

»Na dann solltest du mal dort mit ihr essen gehen. Ich bin mir sicher, der Laden würde ihr gefallen«, sagte er ebenfalls lachend, bevor wir uns aufrappelten, um uns auf den Weg zu machen.

15

Eine wilde Partynacht

Das Großraumtaxi hielt vor dem *Sag's* – dem Schwulen- und-Lesben-Club. Wir kletterten zu siebt aus dem Wagen und in meinem Kopf entstand das Bild von einer Horde Clowns, die aus einem Smart stiegen.

Vor der Disco herrschte bereits wildes Treiben. Security in schwarzer Kleidung und einem Knopf im Ohr, dessen Kabel unter ihren Kragen verschwand, standen vor der Tür, die einladend weit offen stand. Leute kamen heraus und gingen hinein. Eine Gruppe Mädchen in lässigen oder knappen Outfits hatte sich vor dem Eingang versammelt, sie pusteten Zigarettenrauch in die Luft.

»Wuhhh, die frische Luft knallt ganz schön«, sagte Lars, der als Letzter aus dem Taxi stieg und den Arm locker um Toshiros Schultern legte.

Wir hatten uns bei Lars zu Hause getroffen, um vorzuglühen. Bei ihm war am meisten Platz, da er der Einzige in der Gruppe war, der nicht in einer kleinen Studentenwohnung oder in Karlsruhe lebte.

»Du hast ja von uns auch am meisten getrunken. Ich dachte schon, ich müsste eifersüchtig auf eine Flasche Jägermeister werden, so oft, wie du deine Lippen daran kleben hattest«, neckte Toshiro seinen Freund.

Die beiden sahen aus wie Tag und Nacht. Lars mit seinen blonden Haaren, dem grauen Oversize-Shirt, der dunkelblauen Jeanshose und den abgetretenen Chucks. Toshiro neben ihm mit seinen schwarzen Haaren, dem schlichten weißen, eng anliegenden T-Shirt, den kanariengelben Röhrenhosen (und das sah gut an ihm aus!) und den weißen Vans.

Sie erinnerten mich ein bisschen an Romy und mich. Vorzugsweise trug sie auch lieber dunkle Farben, während ich die hellen bevorzugte. Es war, als wären Lars und Toshiro unsere männlichen Gegenstücke.

Der Gedanke brachte mich zum Schmunzeln.

Sarah, die ich auf dem Grillfest kennengelernt hatte, lief an mir vorbei, als hätte sie es eilig, den Club zu betreten. Erst kurz vor den Security blieb sie stehen und drehte sich zu uns um. Sie schien gute Laune zu haben, was nicht nur am Alkohol lag, denn sie bewegte sich ungeduldig zum Takt der Musik. Auf ihren Lippen lag ein strahlendes Lächeln.

Sie sah gut aus mit ihren fuchsroten Haaren, die sie glatt und offen trug. Ihr minzgrünes Kleid ließ sie fast wie Arielle, die Meerjungfrau, aussehen.

Ich freute mich, dass sie dabei war. An dem Grillabend hatte ich mich gut mit ihr verstanden und Freunde konnte man nie genug haben. Sie wusste über mich und Romy nun auch Bescheid. Ihre Reaktion war so positiv ausgefallen, dass ich es zuerst kaum hatte glauben können. Sie war so offen und tolerant, wie ich es bisher von den wenigsten Menschen erfahren hatte.

Als der Alkohol irgendwann begonnen hatte, zu knallen, hatte sie mir gesagt, dass sie zwar auf Männer stand, aber auch Interesse hätte, es mal mit einer Frau auszuprobieren.

Mehr als ein schüchternes Lächeln war mir aber nicht über die Lippen gekommen, dafür hatte ich zu wenig getrunken. Tatsächlich belief sich mein Pegel auf ein Glas Sekt, mehr traute ich mich nicht, zu mir zu nehmen, da mir schon die ganze Woche so flau im Magen war.

Neben Sarah war ein weiterer Kumpel von Lars und Toshiro dabei, der, soweit ich wusste, weder schwul noch bisexuell war.

Sein Name war Marcel und seine Haare so schwarz wie die Nacht. An den Seiten kurz rasiert und in der Mitte so lang, dass er sie nach rechts legen konnte. An seiner Unterlippe hatte er ein Piercing, das er ständig mit der Zunge berührte. Seine Arme waren über und über mit Tattoos übersät. Wie weit sie reichten, konnte ich nicht erkennen. Seine Beine steckten in Blue Jeans, die an den Knöcheln absichtlich zerrissen waren.

Er hatte dieses typische Bad-Boy-Image – zumindest vom Aussehen her –, obwohl er ein echt netter Kerl war. Mir entging auch nicht, wie auffällig oft Ella in seine Richtung schielte, dabei war ich mir sicher, dass er gar nicht ihr Typ war. So konnte man sich täuschen.

Ella sah großartig aus. Sie trug ein enges weißes Kleid, an dem in Form einer Sanduhr goldene Nähte angebracht waren. Dadurch sah ihre Figur noch geschwungener und schmaler aus. Ihre schwarzen Haare, die sie frisch gefärbt hatte, trug sie zu wilden Locken frisiert. Ihre Lippen waren blassrosa geschminkt und die Augen nur wenig getuscht.

Sie hatte dieses Schneewittchen-Aussehen, das andere Mädchen vor Neid erblassen ließ.

Unsere Blicke kreuzten sich und sie lächelte mich an. Dabei färbten sich ihre Wangen rot, was zu ihrem Look nicht schlecht aussah.

Aber eine Person stellte alle anderen komplett in den Schatten, und das war: Romy.

Bis jetzt hatte ich sie nur ein einziges Mal in einem Kleid gesehen – auf dem Abiball, auf den sie nicht einmal mit mir gegangen war. Jetzt hatte sie mir den Gefallen getan, wieder eines anzuziehen. Es war dunkelblau, schlicht, ohne Muster, Rüschen, Gürtel oder sonstigen Schnickschnack. Aber es war rückenfrei.

Extrem rückenfrei.

In den Stoff des Kleides war eine ovale Form geschnitten, sodass man sehr viel nackte Haut sehen konnte – und dass sie keinen BH trug. Ich konnte dem Schwung ihrer Wirbelsäule folgen, bis knapp über ihrem Steißbein, erst da war sie wieder *bedeckt*.

Ihre langen Haare, die sie sonst so gern offen trug, hatte sie zu einem eng sitzenden Dutt frisiert. Als Schmuck trug sie lediglich silberne Ohrstecker.

Doch das alles war noch nicht einmal das Beste an ihrem Outfit. Obwohl das an sich schon ziemlich heiß aussah. Nein, die Krönung waren ihre High Heels. Ganz in Schwarz. Sie betonten ihre Beine, die ich sowieso schon vergötterte, noch mehr.

Sie sah so unglaublich gut aus, dass ich mir neben ihr schon wieder unförmig und mit meinem Bauch zu dick vorkam. Genau aus diesem Grund hatte ich mir eine etwas weiter fallende Bluse und eine Leggings angezogen. Damit alles bequem saß.

Und obwohl Romy der wandelnde Sex auf zwei Beinen war und genau das trug, was ich mir immer gewünscht hatte, fand ich sie in ihren abgewetzten Springerstiefeln und ihrer Skinny Jeans viel attraktiver. Denn *das* war Romy, wie ich sie kannte.

Sie war scharf, ohne jede Frage, und ich hätte sie am liebsten geküsst und nie mehr damit aufgehört. Aber es war nicht *meine* Romy. Es klang so bescheuert und schien auch keinen Sinn zu ergeben, aber es war so.

»Die Ausweise, bitte«, sagte der Security, als wir ihn gerade passieren wollten.

Die Tür stand immer noch weit offen, sodass wir einen ersten Blick in den Eingangsbereich werfen konnten, in dem bis auf die Deckenbeleuchtung und den roten Teppichläufer noch nicht viel zu sehen war.

Nachdem wir alle brav unser Alter nachgewiesen hatten, wurden wir durchgewunken, begleitet von einem »Viel Spaß«, ehe die zwei Kerle hinter uns kontrolliert wurden.

Wir bezahlten den Eintrittspreis und versammelten uns vor der Garderobe, die relativ leer war. Lediglich drei Mädels und ein Typ standen davor, ehe wir unsere Sachen abgeben konnten.

Romy gab ihre schwarze Lederjacke ab, die sie zu ihrem gewagten Kleid kombiniert hatte, was das Outfit aber nicht zerstörte, sondern noch peppiger machte.

Und schon wieder schwärmst du von ihr. Hört das denn nie auf?

»So, dann würde ich vorschlagen: Erst mal an die Bar«, rief Lars in die Menge und gestikulierte dabei mit den Armen. Es wirkte fast so, als wäre er ein Grundschullehrer, der seine Klasse vor sich versammeln wollte.

Bei dem Gedanken musste ich schmunzeln.

»Ich muss auf die Toilette«, entgegnete Ella und erntete von mir Zuspruch. Meine Blase fühlte sich auch schon wieder an, als würde sie jeden Moment platzen.

»Gut, wir warten an der Bar auf euch«, bestimmte Lars.

»Ich glaube, du hast noch nicht erwähnt, dass wir an die Bar gehen«, entgegnete Toshiro mit einem frechen Lachen, ehe er von seinem Freund die Haare zerzaust bekam.

Ella und ich wandten uns ab. Suchend schauten wir uns um, bis ich das eindeutige Zeichen für die Toiletten entdeckte, auf die wir zusteuerten.

Alle möglichen Leute kamen uns entgegen. Männer mit stylishen Frisuren, hautengen Klamotten, trainierten Oberarmen, geschminkten Augen, bunten Strähnchen. Frauen mit Röcken, kurz geschorenen oder voluminösen Haaren, Piercings. Ein kunterbunter Haufen!

Ein Pärchen stand in einer dunkleren Ecke, eng umschlungen, sich küssend und fummelnd. Das Licht war zu schlecht, um zu erkennen, ob es sich um Mädchen oder Jungen oder beides handelte.

»Wie findest du Marcel?«, fragte Ella, als wir die Toiletten betraten.

»Ich kenne ihn zu wenig, um mir ein Urteil bilden zu können. Vom ersten Eindruck her wirkt er so, als wäre er in Ordnung.

Aber hattest du nicht mal gesagt, dass Namen mit dem Anfangsbuchstaben M dir nur Pech bringen?«

Sie schnaubte.

»Ja, genauso wie der Typ von dem Festival«, entgegnete sie, aber es wirkte eher so, als würde sie mit sich selbst sprechen.

»Von wem redest du?«, fragte ich, weil ich noch nie etwas von dem Kerl gehört hatte.

Ella schüttelte bloß den Kopf.

»Lange Geschichte. Ich erzähle sie dir mal in Ruhe und nicht hier mitten auf der Damentoilette. Aber zurück zu Marcel ... Ich finde ihn echt heiß. Aber ich weiß nicht, ob ich sein Typ bin«, merkte sie an und biss sich zweifelnd auf die Unterlippe.

Ich fragte mich, wie Ella nicht jemandes Typ sein konnte. Sie war hübsch, allerdings sehr introvertiert, also noch mehr, als ich es war, und geplagt von Selbstzweifeln, ebenfalls noch mehr, als ich es war.

Vor den Kabinen blieben wir stehen und unterhielten uns weiter.

»Probier's aus. Flirte mit ihm, lächle ihn an, tanze mit ihm. Ich meine, hier wirst du kaum Konkurrenz haben. Soweit ich weiß, ist er hetero«, versuchte ich sie zu ermutigen.

»Bei dir klingt das so einfach«, kam es in einem bedrückten Tonfall von ihr, dabei gestikulierte sie mit den Händen, als würde sie auf Hilfe von oben offen.

»Es ist nie einfach. Aber du kannst nicht gewinnen, wenn du es nicht versuchst.«

Wenn ich daran dachte, dass ich jetzt noch mit Robin zusammen wäre und mich weiterhin fragen würde, warum es sich bei ihm so falsch anfühlte, wenn Romy es nicht versucht hätte, wurde mir schon wieder übel.

Ella lächelte gequält, sodass ich meine Hand auf ihre Schulter legte und sie drückte. Sie tat mir leid, gerade weil sie immer so viel Pech bei Männern hatte. Wenn es möglich wäre, hätte ich ihr einen gebacken. Ich hätte alles getan, um ihr zu helfen.

»Was glaubst du, wie unglücklich ich jetzt noch wäre, hätte Romy nie den ersten Schritt gemacht. Ich bereue nichts, außer der Tatsache, dass ich nicht schon viel früher zu ihr gestanden habe, so wie ich es jetzt tue. Mach es einfach, Ella. Sei mutig«, äußerte ich nun den Gedanken, der mir eben durch den Kopf gegangen war.

Unwillkürlich musste ich an Toshiros Worte denken und daran, dass ich mich selbst mehr daran halten sollte. Es war immer einfach, als Außenstehender Tipps zu geben, aber wenn man sich plötzlich selbst in der Situation wiederfand, war da plötzlich diese Mauer, vor der man Angst hatte, sie zu überwinden. Dahinter konnte eine Schlangengrube lauern, aber auch eine paradiesische Oase.

»Ich werde es versuchen«, erwiderte Ella. »Aber vorher muss ich dringend pinkeln, sonst platzt mir die Blase.«

»Dann solltest du es *definitiv* vorher machen«, sagte ich mit einem Lachen, ehe ich selbst in einer der Kabinen verschwand, um mich zu erleichtern.

Die Musik dröhnte in meinen Ohren, vibrierte in jedem Muskel meines Körpers, als würde sie mich ausfüllen. Sie wurde eins mit mir und ich eins mit ihr. Lichter in den verschiedenen Farben des Regenbogens leuchteten auf, schienen sich im Kreis zu drehen und unwillkürlich eine Person zu beleuchten, die kurz darauf wieder von der Dunkelheit des Raumes verschluckt wurde.

Wir tanzten schon eine Ewigkeit, so fühlte es sich für mich zumindest an. Meine Füße wurden müde, meine Kehle war so ausgetrocknet, dass mir schon das Schlucken Schmerzen bereitete, aber ich wollte nicht aufhören, mich zu bewegen. Die Hüften zu kreisen, die Arme zu heben und den Kopf hin und her zu werfen.

Es machte einfach so unglaublich viel Spaß und für einen Moment musste ich an nichts denken. Ich konnte einfach den Augenblick genießen.

Um mich herum waren so viele Menschen, die mitfeierten. Sie bewegten sich zum Beat der Musik, sie lachten, sie hatten Spaß oder sie küssten einander. Männer und Männer, Frauen und Frauen, aber auch Männer und Frauen. Und keinen störte es. Hier gab es keine Tabus, keine angewiderten Blicke oder anzügliche Kommentare. Es war so erfrischend, dass ich mir wünschte, diese Nacht würde nie enden.

Toshiro und Lars tanzten zusammen, aber nicht wie für Pärchen typisch Körper an Körper, sondern eher so, als hätten sie zusammen eine Choreografie einstudiert. Der Stil sah verdächtig nach Hardstyle aus. Aber mit Gewissheit konnte ich es nicht sagen, nur, dass es mich beeindruckte. Sie harmonierten so gut zusammen, als täten sie das hier schon ihr ganzes Leben lang.

Auch Ella schien nicht so befangen, wie sie sonst immer wirkte. Sie bewegte sich, warf ihre Haare durch die Luft, streckte die Hände aus und hatte die Augen geschlossen, als hätte sie alles um sich herum vergessen. Ein Lächeln lag auf ihrem Gesicht, das so ansteckend war, dass ich bald selbst grinsen musste. Es tat gut, sie so befreit zu sehen. Vielleicht hatte auch der Alkohol dafür gesorgt, dass sie ihre Hemmungen verloren hatte, aber das war egal. Hauptsache, sie hatte nun Spaß.

Und den hatte sie!

Marcel tanzte sie hin und wieder scherzhaft an, was aber dafür sorgte, dass sie sich wieder in die alte Ella verwandelte. Die schüchterne, die sich nicht mehr ganz so euphorisch bewegte.

Ich kannte das, kannte diese Art von Unsicherheit nur zu gut. Letztendlich hatte nur Ella es in der Hand, das zu ändern.

Marcel schien sich davon jedenfalls nicht so schnell abschrecken zu lassen, was mich an Romy erinnerte.

Die mir gegenüberstand und sich wie eine Göttin bewegte. Allein die Art, wie sie ihre Hüften schwang, sollte verboten werden! Ihr Körper bewegte sich, als wäre sie dazu geboren worden. Als würde ihr das alles so leichtfallen. Sie strahlte so viel Sex-Appeal aus und schien sich dessen auch bewusst zu sein, wenn man bedachte, wie sie mich anschaute.

Ihre blauen Augen schienen zu glühen. Immer wieder, wenn einer der Scheinwerfer kurz auf ihr Gesicht fiel, konnte ich diesen Ausdruck in ihren Iriden sehen. Ich spürte die Anziehungskraft zwischen uns über die Tanzfläche hinweg, doch wollte keine von uns beiden nachgeben. Als würden wir einen unausgesprochenen Kampf ausfechten.

Ich wollte, dass sie zu mir kam, und sie wollte, dass ich zu ihr kam. Das Spiel gefiel mir und es schien die Stimmung zwischen uns aufzuheizen, ohne dass die anderen es mitbekamen.

Aber Romy war nahe daran, dass ich mich ihrem Willen beugte.

Es war so krass, dass sie dafür nicht mehr machen musste, als mir ein paar intensive Blicke zuzuwerfen, sodass ich mich schon wieder nach ihr verzehrte. Dazu kam die Tatsache, dass es hier keine Hemmungen gab. Hier würde uns keiner böse anschauen, hier fielen wir nicht weiter auf. Hier waren alle gelbe Wellensittiche.

Also machte ich das Einzige, was mir in diesem Moment hilfreich erschien. Ich drehte mich in der Bewegung um, sodass ich mit dem Rücken zu ihr stand und ihren Blicken nicht mehr schutzlos ausgeliefert war. Ich konnte sie aber noch deutlich in meinem Nacken spüren. Er kribbelte auf diese Weise, wie wenn Romy mir dort zarte Küsse auf die Haut hauchte – es machte mich schier verrückt!

Zwei Hände legten sich an meine Hüften und ich wollte schon triumphieren. Es kostete mich nur einen Wimpernschlag, bis ich spürte, dass es nicht Romys waren. Sie fühlten sich für ihre viel zu kräftig und zu groß an.

Ich drehte den Kopf ein wenig und konnte aus dem Augenwinkel ausmachen, dass es Toshiro war, der nun hinter mir stand, während Lars mit Sarah tanzte, die lachend den Kopf in den Nacken warf.

»Hast du Spaß?«, brüllte Toshiro nahe an meinem Ohr und dennoch hatte ich Mühe, ihn zu verstehen.

Ich nickte, weil er meine Antwort vermutlich sowieso nicht gehört hätte, dabei hob ich den Daumen über meinem Kopf in die Luft.

Er bewegte sich hinter mir, sodass unsere Körper immer wieder aneinanderstießen. Aber es hatte überhaupt nichts Unangenehmes. Es war lustig – auch ohne Alkohol!

»Ich bin froh, dass wir uns kennengelernt haben«, schrie er wieder, aber die Worte waren nur für mich zu hören.

Mein Herz zog sich vor Rührung zusammen. Ich mochte Toshiro schon jetzt sehr und war unheimlich froh, dass es ihm mit mir genauso zu gehen schien.

Ich wollte ihm sagen, dass ich genauso empfand, aber die Musik war so laut, dass sie jedes meiner Worte verschluckt hätte, bevor sie bei ihm ankommen würden.

Also drehte ich mich in seinen Armen um, sodass ich in sein Gesicht schauen konnte, das von der Anstrengung mit einem leichten Schweißfilm bedeckt war. Seine braunen Augen verrieten mir deutlich, dass er schon einiges getrunken hatte, aber das machte seine Worte nicht weniger wertvoll.

Ich schlang meine Arme um seinen Hals, so wie es normalerweise nur Pärchen machten, aber ich wusste, dass keiner von uns beiden mehr in diese Geste hineininterpretierte.

»Ich bin auch froh, Tosh. Und noch mehr bin ich froh, dass du mich hierhergeschleppt hast«, schrie ich in sein Ohr, musste es aber noch mal wiederholen, da er es beim ersten Mal nicht verstanden hatte.

Er grinste mich an und ich erwiderte diese Geste, ehe das Lied wechselte und *Despacito* gespielt wurde, was Toshiro dazu brachte, laut zu jubeln, mich loszulassen und zu Lars zu stürmen. Anscheinend war das *ihr* Lied, denn sie bewegten sich noch harmonischer und enthusiastischer zusammen als zuvor.

Dadurch, dass ich mich in seinen Armen umgedreht hatte, fiel mein Blick nun wieder auf Romy. Eine ihrer braunen Haarsträhnen, die sich aus ihrem Zopf gelöst hatte, klebte an ihrer Wange und ich hatte das Bedürfnis, sie wegzuwischen. Gleichzeitig hatte es aber auch etwas Verruchtes, sodass es schon wieder sexy war.

Romy befeuchtete sich die Lippen, weil sie vermutlich genauso viel Durst hatte wie ich, und schaute mich wieder an, als hätte sie ihren Blick nie von mir gelöst.

Zusammen mit der Musik sorgte diese Geste dafür, dass mein ganzer Körper kribbelte, als wäre er ein Hochspannungszaun, jederzeit bereit, sich bei einer Berührung zu entladen.

Ich wollte sie ganz nah an mich heranziehen, ihren Atem auf meinem Gesicht spüren, ihre Lippen küssen.

Bis zum Refrain hielt ich eisern durch, doch dann machte Romy mit ihrem Finger eine Geste, die bedeutete: *Komm her.*

Dann war es vorbei und ich gab dem Schrei meiner Seele nach. Ich bewegte mich tanzend auf sie zu, bis ich ganz dicht vor ihr stand. Sie streckte die Hände aus, legte sie an meine Taille und zog mich so dicht an sich, dass sie ihre Stirn an meine legen konnte.

Ich schloss meine Augen, übergab meinen anderen Sinnen das Kommando.

Meine Arme schlangen sich wie von selbst um Romy, meine Finger streichelten die freie Haut ihres Rückens, die vom Tanzen ganz erhitzt war.

Selbst in dieser Menschenmenge, in der es nach Alkohol, Schweiß, Haarspray und Parfüm roch, konnte ich Romys Geruch ausmachen. Ganz schwach, aber er war da und gab mir dieses Gefühl von Geborgenheit.

Unsere Nasen berührten sich wie bei einem Eskimokuss, was mich zum Lächeln brachte, und ich wusste, auch ohne dass ich meine Augen öffnen musste, dass sie es auch tat.

Eng umschlungen und eins wie das Yin-und-Yang-Zeichen standen wir da, in der Disco, in der Mitte von Menschen, die ich schaffte, auszublenden.

Es war das erste Mal, dass ich in der Öffentlichkeit frei von Sorgen und Gedanken war. Von der Angst, doch von jemandem angestarrt zu werden. Und es fühlte sich so unglaublich gut an, dass ich glaubte, ich könnte fliegen. Mein Herz schlug zum Beat der Musik, meine Sinne waren erfüllt von Romy und ich trunken vor Glück. Was um alles in der Welt konnte sich besser anfühlen als Liebe?

Ich erwartete, dass sie mich gleich küssen würde, aber Romy tat selten das, was man von ihr erwartete. Sie liebte es einfach zu sehr, mich bis aufs Blut zu reizen, was sie jetzt wieder tat, indem sie ihren Mund so nah an meinen brachte, dass ich schon eine Ahnung davon hatte, wie es sein würde, sie gleich zu schmecken, nur um sich dann wieder zurückzuziehen und ihren Körper lässig an meinem zu bewegen.

Eigentlich wollte ich ihr nicht zeigen, dass es funktionierte, wenn sie das tat, aber meine Augen öffneten sich und funkelten sie gereizt und erhitzt zugleich an, ohne dass ich es kontrollieren konnte.

Sie grinste genau in dem Moment, als der rote Lichtkegel sie wieder streifte und sie fast schon gefährlich aussehen ließ. Nicht mehr wie eine Göttin, sondern wie einen gefallenen Engel.

Und dann zwinkerte sie auf diese Romy-Art, wie nur sie es schaffte. Als wüsste sie genau, was in meinem Kopf vorging, war aber noch nicht bereit, mir zu geben, was ich wollte. Stattdessen bewegte sie ihre Hüften geschmeidig in meinen Händen, als wollte sie ihre weiblichen Kurven noch mehr hervorheben.

Ich war gerade bereit, meine Hand über ihren freizügigen Rücken in den Nacken zu schieben, sie zu mir zu ziehen und mir zu holen, was ich wollte, als mein Blick unwillkürlich über ihre Schulter fiel.

Genau auf die Augen eines fremden Mädchens, das dort in der Ecke stand und immer wieder vom Licht beleuchtet wurde, sodass ich es deutlich erkennen konnte.

Und ihr Blick war einzig und allein auf Romy gerichtet.

Ich erkannte, dass sie pink gefärbte, kinnlange Haare hatte. Und ich meinte, zu erkennen, dass ein Nasenring ihr Gesicht schmückte. Er glänzte auf, wenn das Licht sie streifte. Und das Lächeln auf ihren Lippen war so schmutzig wie der Boden der Tanzfläche. Es schien, als würde sie Romy mit Blicken ausziehen, und das war wirklich mehr, als ich zu ertragen bereit war.

Ich konnte mich nicht gegen das Gefühl in meiner Brust wehren, obwohl ich wusste, dass es absolut ungerechtfertigt war, denn immerhin nahm Romy keinerlei Notiz von *Pinky*. Und trotzdem war da diese Enge in meiner Brust, dieses säuerliche Gefühl in meinem Mund und das Brodeln in meinem Magen.

Das Gefühl von Eifersucht.

Auf der einen Seite konnte ich es ihr nicht einmal verdenken, es war immerhin Romy. Und noch dazu sah sie heute unglaublich gut aus! Aber *Pinky* schien noch nicht einmal zu interessieren, dass Romy mit mir tanzte. Nein, sie starrte weiter ungeniert herüber und musterte meine Freundin von oben bis unten.

Vermutlich war das der springende Punkt, der mich störte. Nicht, dass sie nicht mich abcheckte, sondern dass *Pinky* mich neben Romy so gar nicht wahrnahm. Als wäre ich keine Konkurrenz für sie.

Tief durchatmen, Sam.

Ich versuchte, mir selbst gut zuzureden, aber es begann mich immer mehr zu nerven und meine Laune auf den Tiefpunkt zu treiben.

»Ich glaube, du wirst gerade abgecheckt.«

Was?

Es dauerte einen Moment, bis ich begriff, dass es Romys Stimme war, die das zu mir sagte, und nicht andersherum.

Ich war noch zu sehr mit *Pinky* beschäftigt, sodass ich erst wenige Sekunden später ihren Satz in meinem Kopf zusammenbekam.

»Was?«, sprach ich meinen Gedanken laut aus.

»Die Blonde in deinem Rücken starrt dich immer wieder an«, erklärte Romy mir.

Wir drehten uns während des Tanzes um hundertachtzig Grad und tatsächlich nahm ich nun Blickkontakt mit einem Mädchen auf, das deutlich in meine Richtung schaute. Ihre blonden Haare hatte sie zu einem Bob geschnitten, der ihren feinen Gesichtszügen etwas Hartes verpasste. Als unsere Blicke sich nun kreuzten, schaute sie weg, als würde sie sich ertappt fühlen.

Ich verwettete meinen Arsch darauf, dass *Pinky* immer noch starren würde, selbst wenn Romy ebenfalls zu ihr schauen würde.

»Und du wirst von der Schrulle mit den rosa Haaren angegafft«, gab ich zurück. »Da drüben an der Säule«, fügte ich noch hinzu. Durch unseren Positionstausch würde Romy sie nun auch sehen können.

Zuerst herrschte Schweigen, ohne dass ich wusste, warum, dann lachte sie plötzlich auf, sodass ihr Brustkorb an meinem vibrierte und ich das Geräusch eher spürte, als es zu hören.

»Bist du eifersüchtig?«, fragte Romy nah an meinem Ohr, sodass ihre Lippen es beim Sprechen streiften.

Mein Innerstes glühte vor Wut und Scham gleichzeitig, weil sie mich ertappt hatte. Sie hingegen hatte tatsächlich kein bisschen eifersüchtig geklungen.

Romy wich mit dem Kopf ein wenig zurück, damit wir uns in die Augen sehen konnten, und die Belustigung auf ihren Gesichtszügen ärgerte mich fast noch mehr als *Pinky* und ihr ›*Bitte fick mich*‹-Blick.

»Du nicht?«, fragte ich und versuchte so, um eine direkte Antwort herumzukommen, denn es war ja sowieso offensichtlich.

Romy schmunzelte.

Ich wollte auch gern über den Witz lachen, aber er hatte sich mir nicht vorgestellt.

»Nein«, sagte sie so laut, dass ich sie einigermaßen verstehen konnte.

Natürlich nicht.

»Nein, das bin ich nicht. Das muss ich auch gar nicht. Immerhin bin ich diejenige, die dich gerade im Arm halten darf.« Romy schaute mir intensiv in die Augen, ohne dass wir aufhörten, uns zu dem Rhythmus der Musik zu bewegen. »Und es beweist nur meinen guten Geschmack.«

Sie lächelte mich liebevoll an. Jede Belustigung war aus ihren Gesichtszügen verschwunden und ich kam mir wieder einmal wie eine vollkommene Idiotin vor. Aber jemanden auf die Weise zu lieben, wie ich Romy liebte, bedeutete nun mal Verlustangst.

»Du hast recht«, gab ich mich schließlich geschlagen.

»Habe ich das nicht immer?«, antwortete sie so typisch für sie und legte den Kopf schräg.

»Aber *Pinky* hat dich nicht nur abgecheckt, sondern regelrecht vergewaltigt«, erwiderte ich schnaubend, um meine Eifersuchtsattacke zu rechtfertigen.

»*Pinky*?« Romy hob eine Augenbraue und schon wieder fühlte ich mich seltsam ertappt.

»So habe ich sie genannt. Wegen ihrer Haare«, gab ich mit glühenden Wangen als Erklärung von mir.

Sie lachte, dabei legte sie den Kopf in den Nacken, doch als sie ihn wieder nach vorn bewegte, legte sie ihre Stirn abermals an meine.

»Ich will nur dich, Baby.«

»Nur mit dir«, schwor ich mit einem Lächeln, wie wir es in New York getan hatten.

»Immer noch du«, antwortete sie und dieses Mal küsste sie meine Lippen, wie ich es mir zuvor von ihr gewünscht hatte. Ich schloss die Augen und fast wünschte ich mir, dieser Moment würde wieder von dem Knallen der Feuerwerkskörper untermalt werden, wie bei unserem ersten Kuss. An meinem Geburtstag. Das würde ich niemals vergessen.

Meine Eifersucht wurde immer kleiner, bis sie schließlich gänzlich verpuffte und für nichts anderes außer meinen Gefühlen Romy gegenüber Platz war. Ihre Lippen bewegten sich an meinen und es war ein unglaublich tolles Gefühl, sie in aller Öffentlichkeit zu küssen. Umringt von Menschen, die unsere Liebe so akzeptierten, wie sie war.

Natürlich.

Echt.

Und schön.

Könnte bitte jemand *Stopp* drücken und die Welt pausieren?

16

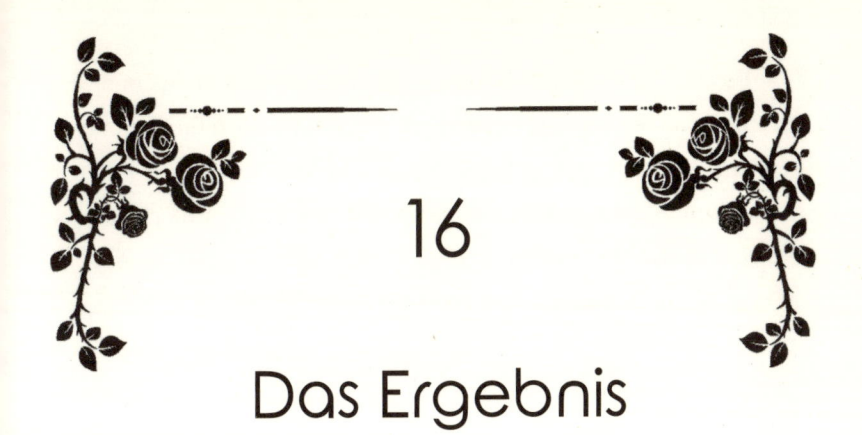

Das Ergebnis

Am nächsten Morgen schoss ich in die Höhe, als hätte jemand ein Katapult in der Matratze installiert. Meine Haut war schweißnass, was dazu führte, dass mir die Haare unangenehm im Nacken klebten. Mein Mund fühlte sich an, als wäre er voller Spucke, und erst jetzt wurde mir bewusst, wieso ich aufgewacht war. Mein Magen fühlte sich an, als wollte er sich jeden Moment umstülpen.

Die Übelkeit war wieder da, und zwar so heftig, wie ich sie noch nie zuvor gespürt hatte.

So schnell ich konnte, schlug ich die Wolldecke zur Seite, damit ich fast schon aus dem Bett springen konnte.

Die ersten Sonnenstrahlen des Morgens drangen bereits durch die Ritzen meiner Jalousien und durchfluteten den Raum mit Licht, sodass ich mich nicht blind zum Bad vorkämpfen musste.

Ich umrundete die Luftmatratze, auf der Ella lag, die Decke bis über den Kopf nach oben gezogen, sodass nur der Schopf ihrer Haare wie ein schwarzes Nest hervorlugte.

Mit großen und eiligen Schritten ging ich auf das Badezimmer zu, stieß die Tür auf, trat ein und gab ihr erneut einen Stoß, damit sie ins Schloss fiel.

Ich konnte nicht einmal mehr daran denken, wie schlecht mir war, als ich würgen musste und den ersten Schwall von Erbrochenem in meinem Mund spürte, den ich direkt über dem Waschbecken ausspuckte.

Eilig beugte ich mich runter, stellte das Wasser an und nahm den ersten Strahl in den Mund, um ihn mir ausspülen zu können. Ich hasse diesen säuerlichen Geschmack von Kotze und könnte mich am liebsten erneut übergeben, wenn ich nur daran dachte.

»Sam? Ist alles okay?«, hörte ich Romy fragen, die gerade ins Badezimmer kam und hinter sich die Tür schloss.

Ich hatte nicht einmal bemerkt, dass sie sie aufgemacht hatte.

Romys Gesicht wirkte verschlafen, aber dennoch zeichnete sich Besorgnis in ihren Zügen ab.

Ich spuckte das Wasser aus, als ich das Gefühl hatte, dass der Geschmack einigermaßen verschwunden war, hob die Finger und wischte mir die Tränenspuren unter den Augen weg. Das passierte immer! Immer, wenn ich mich übergab.

»Hey, Baby.« Romy stand nun dicht neben mir, hob ihre Hand und legte sie auf mein rechtes Schulterblatt, streichelte meinen Rücken so behutsam, als wäre ich zerbrechliches Porzellan.

Erst da fiel mir auf, dass ich am ganzen Körper angefangen hatte, zu zittern, als wäre mir kalt. Dabei war es genauso wie meine Tränen vermutlich einfach eine Reaktion auf das Übergeben.

»Es geht schon. Ich musste nur kotzen«, erwiderte ich leise, weil es mir trotzdem irgendwie peinlich war, es ihr zu erzählen.

Auch wenn sie wieder sagen würde, dass es das überhaupt nicht sein müsste und dass es doch nur etwas Menschliches war. Trotzdem, es war fast etwas ... Intimes. Und ich meinte das nicht auf eine positive Weise.

Romy zog die Augenbrauen hoch.

»So viel hast du doch gar nicht getrunken«, stellte sie fest.

»Genau genommen nur ein Glas Sekt«, erwiderte ich und hob den Blick, schaute in ihre ungeschminkten blauen Augen, die fest auf mich gerichtet waren, als wollte Romy in mir lesen. Sich vergewissern, dass mit mir alles in Ordnung war. Das war wie Balsam auf meinem Herzen.

Die braunen Haare hatten sich über Nacht aus ihrem Zopf gelöst, den sie zum Schlafen nicht geöffnet hatte. Jetzt hingen ihr die Strähnchen teilweise ins Gesicht, teilweise wurden sie von dem Haargummi gehalten, das ein gutes Stück nach unten gerutscht war und deshalb nicht mehr alle Haare hielt.

Mich nur auf sie zu konzentrieren, sorgte dafür, dass sich mein Körper langsam beruhigte und zumindest das Zittern nachließ, wenn es auch nicht ganz aufhörte.

Romy war einfach mein sicherer Hafen.

Ich drehte mich, sodass wir parallel zueinander standen, ließ mich nach vorn sinken, sodass ich von ihrem Körper aufgefangen wurde. Mir war so elend, dass ich mich nach ihrer tröstenden Nähe sehnte.

Sie keuchte überrascht auf, schlang dann aber ihre Arme um mich, als wären sie zwei Flügel, die mich von der Welt abschirmten. Ich spürte ihre Lippen an meinem Kopf, als sie mir sanfte Küsse darauf hauchte. Ihre Finger streichelten meinen Rücken, meinen Nacken oder kraulten durch meine Haare, was mich mehr und mehr beruhigte, so wie es das Wiegenlied mit einem Baby tat.

»Ich hatte das in letzter Zeit öfter«, murmelte ich irgendwann, wobei meine Worte von ihrem schwarzen T-Shirt gedämpft wurden, das sie neben dem Slip als Einziges trug.

»Was?«, fragte Romy, umfasste mich sanft an den Schultern und schob mich ein Stück nach hinten, sodass wir uns anschauen konnten.

Ich tankte Kraft durch ihre Nähe, sodass es mir körperlich schon ein wenig besser ging.

»Mir war in letzter Zeit öfter übel. Vielleicht sollte ich am Montag bei einem Arzt anrufen«, sprach ich meine Überlegung aus.

»Das hättest du schon längst tun sollen!«, rügte sie mich und ihre Augen bewegten sich hin und her. Eine kleine Falte bildete sich zwischen ihren Brauen, was mir nur wieder deutlich zeigte, wie besorgt sie war.

»Ja, das mache ich auch, versprochen«, erwiderte ich, drehte meine Hände, sodass ich sie auf ihre Unterarme legen konnte, um mich gleichermaßen an ihr festzuhalten, auch wenn sie meine Schultern stabilisierte.

Sie schwieg ein paar Sekunden, ohne den Blick von mir abzuwenden, was dafür sorgte, dass ich mich unwohl fühlte. Aber nicht wegen Romy, sondern, weil ich nicht wusste, was ich sagen sollte. Oder ob sie vielleicht sauer auf mich war, weil ich ihr nichts gesagt hatte.

Aber es sah viel eher so aus, als würde sie über etwas nachdenken.

»Hattest du Sex mit Robin, nachdem wir uns getrennt haben?«

Die Frage kam so unerwartet, dass sie mich zusammenzucken ließ. Ich blinzelte drei, vier, fünf Mal, bis ich in der Lage war, meine Stimme zu benutzen.

»Ja«, antwortete ich.

»Wann war das letzte Mal?«

Holla, sie stellte aber auf einmal Fragen.

Vor allem auf gefährlichem Terrain.

Wenn es etwas gab, woran ich auf keinen Fall denken wollte, war es die Zeit, als Romy und ich getrennt gewesen waren. Und als Robin mich zu allem Möglichen genötigt hatte, das seelische Wunden hinterlassen hatte.

Ich fühlte mich ein wenig wie eine Raubkatze, die man in die Ecke gedrängt hatte und die nun warnend fauchte.

»Keine Ahnung, Romy. Vielleicht am Tag des Abschlussballs? Ich weiß es nicht mehr genau und ich will auch nicht darüber nachdenken, okay?«, sagte ich ausweichend.

Der Geschlechtsverkehr mit meinem Ex-Freund war das Letzte, woran ich denken wollte. Ich hatte niemandem davon erzählt, dass er mich regelrecht dazu gezwungen hatte. Es war mir … seltsam peinlich. Und dann müsste ich zugeben, dass er mich in gewisser Weise … missbraucht hatte? Nein. Alles, was ich wollte, war, diese Zeit zu vergessen, bis sie nur noch ein schwarzes Loch in meiner Erinnerung war.

Ich wollte mich von Romy losmachen, aber sie ließ es nicht zu. Ihre Finger bohrten sich noch fester in meine Schultern. Nicht so, dass es wehgetan hätte, solange ich mich nicht zu heftig gegen den Griff wehren würde.

»Hast du deine Periode bekommen? Regelmäßig?«, drängte sie weiter auf mich ein.

Und jetzt dämmerte mir, worauf sie hinauswollte. Mein Magen schien in die Tiefe zu fallen, aber nur für ein paar Sekunden, bis ich mich gefasst hatte. Nein, das war ausgeschlossen.

»Ja, habe ich«, antwortete ich ehrlich und erleichtert zugleich. »Ich bin nicht schwanger, keine Sorge.«

»Hast du einen Test gemacht?«, ging das Verhör weiter.

Langsam hatte ich keine Geduld mehr.

Ich war nicht schwanger.

Und ganz bestimmt nicht von Robin.

Diesen Gedanken wollte ich nicht einmal annähernd an mich heranlassen.

»Nein«, gab ich zu, wobei sich meine Stimme deutlich genervter anhörte. Merkte sie denn gar nichts?

»Dann solltest du zuerst einen machen«, sagte sie und das war der Moment, in dem es mir endgültig reichte.

»Nein«, erwiderte ich lauter, auch wenn es fast schon bockig klang.

Dieses Mal schaffte ich es, mich von Romy loszureißen und, soweit es in dem engen Badezimmer ging, einen Schritt vor ihr zurückzuweichen.

Alles in mir zog sich zusammen, allein bei der bloßen Vorstellung, schwanger sein zu können.

Von Robin.

Das wäre der blanke Horror.

Ich hatte meine Periode bekommen und daran musste ich mich klammern. Das mit der Übelkeit hatte nichts zu bedeuten. Vielleicht hatte ich mir einen Virus eingefangen, als ich in den USA gewesen war.

»Sam.«

Romys Tonfall klang sanft, aber bestimmend zugleich, als wüssten wir beide, dass sie die Vernünftige war und ich das trotzige Kind.

Am liebsten hätte ich mir auch wie eines die Hände über die Ohren gelegt. Ich wollte nicht hören, was sie als Nächstes sagte. Die Angst hatte schon einen Riss in meinen Brustkorb geschlagen, ich wollte nicht, dass daraus ein riesiges Loch wurde.

»Es gibt Frauen, die trotz ihrer Schwangerschaft ihre Periode bekommen. Du solltest wirklich einen Test machen oder zu einem Frauenarzt gehen. Nur zur Sicherheit.« Ihre Stimme klang eindringlich und bittend zugleich.

»Nein«, erwiderte ich.

Die Panik kribbelte in meinem Nacken, der erneut nass vor Schweiß wurde.

Ich konnte das nicht.

Ich hatte nicht die Kraft ...

Wenn ich einen Test machen würde und er positiv wäre ...

Nein.

Das würde alles zerstören.

Schon wieder.

Nein.

Ich brauchte frische Luft. Hier im Badezimmer wurde es mir zu heiß, zu eng und zu stickig. Also machte ich einen Schritt auf Romy zu und quetschte mich an ihr vorbei. Sie drehte sich mit mir, sodass sie nach meinem Unterarm greifen konnte.

»Sam ...«, begann sie wieder, aber dieses Mal ließ ich sie nicht ausreden.

»Nein!« Ich löste mich aus ihrem Griff, ignorierte den zornigen und verletzten Blick, den sie mir schenkte und der ihre Gesichtszüge seltsam hart wirken ließen. »Nein, ich bin *nicht* schwanger. Und ich werde garantiert keinen Test machen, okay? Also lass es sein. Lass es einfach sein, Romy.« Meine Stimme klang lauter, als ich es beabsichtigt hatte.

Ich war voller Angst, Sorge und Wut, sodass ich mich abwandte, die Tür öffnete und in den Wohnraum stürmte, in dem Ella mich erwartete.

Sie hatte sich auf der Luftmatratze aufgerichtet, unter ihren Augen hatte sie Ränder ihrer Schminke. Ihre Haare waren zerzaust und standen in alle Richtungen ab. Ihre braunen Augen waren besorgt und interessiert auf mich gerichtet.

»Ist alles okay?«, fragte sie, ihre Stimme noch vom Schlaf belegt.

Ich zwang mich, zu lächeln, als auch Romy hinter mir aus dem Badezimmer kam.

»Ja«, antwortete ich.

Kurzes Schweigen herrschte zwischen uns dreien, was deutlich zeigte, wie angespannt die Stimmung war.

»Willst du noch schlafen?«, fragte ich in Ellas Richtung und sie schüttelte den Kopf.

Mir war ehrlich gesagt auch nicht mehr danach und ich bezweifelte, dass Romy sich noch mal hinlegen wollte.

»Dann gehe ich zum Bäcker und hole Brötchen«, bot ich an.

»Ich gehe«, hörte ich Romy hinter mir sagen.

Mit einer schnellen Bewegung wirbelte ich zu ihr herum.

Was meinte sie mit *gehen*? Wenn ich an unseren letzten Streit zurückdachte und daran, was danach passiert war, als ich *gegangen* war, wurde mir wieder übel.

Sie musste den Schreck in meinem Gesicht gesehen haben, denn ihre Züge wurden wieder so sanft, wie ich sie sonst kannte. »Zum Bäcker. Ich brauche sowieso frische Luft. Danach komme ich wieder«, versprach sie und meine Muskeln entspannten sich. Ich hatte nicht einmal gemerkt, dass ich so viele von ihnen angespannt hatte. Romy sah mich durchdringend an.

Vielleicht wollte sie mir auch die Chance geben, mit Ella zu reden, während es eine gute Möglichkeit für sie war, den Kopf frei zu kriegen. Sie war schon immer ein Mensch gewesen, der viel mit sich selbst ausmachte.

Im Nachhinein tat es mir leid, dass ich sie so angefaucht hatte. Es war nicht fair. Ich wusste, dass sie es nur gut mit mir meinte, aber ich hatte Angst.

Eine Heidenangst.

»Ist gut«, erwiderte ich deshalb nur, aber mein Blick sagte: *Es tut mir leid.*

Romy schien zu verstehen, denn sie nickte und streichelte mit dem Daumen über meine Handfläche.

»Ich mache mich nur frisch und ziehe mir eine Hose an«, antwortete sie, ehe sie erneut im Badezimmer verschwand.

Ella klopfte neben sich auf die Luftmatratze und ich ließ mich auf sie fallen. Sie sank unter meinem Gewicht leicht nach unten und ich spürte Ellas vom Schlaf erhitzten Körper dicht an meinem.

»Gewitter im Paradies?«, fragte sie vorsichtig.

»Eher ein kleiner Schauer«, antwortete ich seufzend.

Nur drei Tage nach diesem Gespräch saß ich allein in meiner Wohnung, die Ellbogen auf den Knien abgestützt und die Hände zu Fäusten geballt, auf denen ich mein Kinn abstützte.

Im Badezimmer lag der Schwangerschaftstest auf dem Waschbecken, mit dem Ergebnisfeld nach unten gerichtet. Dort lag er schon seit zehn Minuten und eigentlich war die Zeit vorbei, aber ich konnte nicht aufstehen und nachgucken gehen. Meine Beine fühlten sich an wie Pudding, als hätten sie jegliche Stabilität verloren.

Mein Magen krampfte sich wieder und wieder vor Angst zusammen, wenn ich auch nur daran dachte, dass der Test positiv sein könnte. Mein Herz pochte so hart, dass ich es in meinem Brustkorb schmerzhaft spüren konnte.

Romy hatte recht damit gehabt, dass ich einen Test machen musste, um Gewissheit zu haben. Natürlich hatte sie das.

Egal, wie sehr ich mich querstellte, im Endeffekt musste ich einsehen, dass sie wieder einmal die Vernünftigere von uns beiden war.

Es war so wie damals, als ich mich mit Händen und Füßen gegen die Vorstellung gewehrt hatte, lesbisch sein zu können. Nun wehrte ich mich gegen den Gedanken, schwanger zu sein. Und wieder einmal war es Romy, die durch meine Schale der Verleugnung brach, um den sensiblen Punkt in mir zu treffen.

So wie sie es damals getan hatte, als sie mich einfach geküsst hatte. Ab diesem Moment war es unvermeidbar gewesen, noch zu behaupten, es hätte mir nicht gefallen.

Jetzt tat sie das Gleiche wieder und ich hasste sie dafür, wie ich sie gleichzeitig auch dafür liebte.

Das änderte jedoch nichts daran, dass ich immer noch wie versteinert hier saß und über die Frage *Was, wenn?* nachdachte.

Ich hatte mit meinem Studium noch nicht einmal richtig begonnen und dann sollte ich es schon wieder abbrechen oder verschieben? Ich hatte gerade erst die Wohnung ergattert. Ich war zu jung. Ich war endlich frei. Ich hatte alles, was ich wollte. Ich konnte keine Mutter sein. Noch nicht. Und vor allem konnte ich mir ein Leben, in dem Robin ständig eine Rolle spielte, einfach nicht vorstellen.

Es gab immerhin Anzeichen, die ich bewusst ignoriert hatte.

Die Tatsache, dass sich eine Wölbung an meinem Bauch gebildet hatte. Die morgendliche Übelkeit. Und auch meine Stimmungsschwankungen, oder besser gesagt meine extreme Sensibilität, ergaben einen Sinn: Hormonüberschuss.

Aber auf der anderen Seite hatte ich meine Periode regelmäßig bekommen. Zwar nicht mehr so stark, wie ich es gewohnt war, aber das hatte ich auf den Stress geschoben.

Es war der letzte Strohhalm, an den ich mich klammerte.

Oh Gott, diese Gedanken machten mich verrückt!

Ich löste mich mit einem Seufzen aus meiner Haltung, griff nach meinem iPhone, das neben mir auf der Matratze der Bettcouch lag. Schnell tippte ich eine Nachricht an den einzigen Menschen, den ich jetzt bei mir haben wollte.

Sam:
Romy?

Ich ließ den Chat offen, bis sich meine automatische Tastensperre aktivierte. Es dauerte weitere zehn Minuten, bis ich eine Antwort erhielt.

Romy <3:
Ja, Baby?

Sam:

Ich könnte deine Unterstützung gebrauchen …

Romy <3:

Klar. Worum geht es?

Ich nahm einen tiefen Atemzug, bevor ich ihr antwortete.

Sam:

Ich habe noch mal über deine Worte nachgedacht und mich dazu entschlossen, nun doch den Schwangerschaftstest zu machen.

Romy <3:

Verstehe. Willst du, dass ich dabei bin, wenn du ihn machst?

Sam:

Ist schon passiert …
Er liegt im Badezimmer, aber ich habe Schiss, Romy. Ich habe solche Angst davor, drauf zu schauen und festzustellen, dass er positiv ist. Ich drehe noch durch!

Die Haken wurden sofort blau und das blieben sie auch für lange dreißig Sekunden (oder auch mehr). Doch dann sah ich das für WhatsApp typische *schreibt ...* und mein Magen fuhr Achterbahn. Nur wenige Herzschläge später hatte ich die Antwort.

Romy <3:
Gib mir eine Stunde, dann bin ich bei dir! Ich leihe mir das Auto meiner Eltern. Bleib tapfer, bis ich da bin, okay? Wir machen das **gemeinsam**.

Sam:
Okay.

Das war meine letzte Antwort, bevor ich den Chat verließ und wartete. Ich hätte längst Gewissheit haben können, aber dieses Mal wollte ich, dass Romy bei mir war, wenn meine Welt wieder einmal im Chaos versank.

Es dauerte etwas mehr als eine Stunde, aber dann klingelte es. Wie mechanisch stand ich auf, ging zur Tür und öffnete diese, nachdem ich den Summer aktiviert hatte.

Romys Schritte waren zuerst leise, dann immer lauter im Treppenhaus zu hören. Nur wenige Augenblicke später stand sie vor mir. Sie trug ihre schwarze Lederjacke sowie die Springerstiefel, die mir beide so vertraut waren, und seltsamerweise gaben mir diese banalen Kleidungsstücke ein Gefühl von Trost.

In ihren Augen, die wie Diamanten funkelten, lag eine tiefe Sorge. Ohne etwas zu sagen, streckte sie die Arme aus und zog mich in eine feste Umarmung, hauchte mir einen Kuss auf die Stirn, die meine Haut kribbeln ließ.

Allein durch ihre Anwesenheit entspannte ich mich ein wenig und der Klumpen der Sorge, der sich in meinem Bauch gebildet hatte, lockerte sich ein wenig.

Ich war froh, dass sie da war, wenn mich auch das schlechte Gewissen zwickte, dass sie immer alles ausbaden musste. Dass sie die Stärkere in unserer Beziehung war. Manchmal verstand ich nicht, wie sie mit mir zusammen sein konnte, weil sie so viel Zeit und Kraft in mich investierte. Es fühlte sich an, als würde ich ihr nicht ausreichend viel zurückgeben.

Und trotzdem wollte sie mich.

Trotzdem beschwerte sie sich nie.

Trotzdem war sie immer da.

Trotzdem liebte sie mich.

Ich löste mich aus ihrem starken Halt, trat einen Schritt zurück, damit sie in die Wohnung kommen konnte.

»Hast du schon nachgeschaut?«, fragte sie beim Eintreten und ich schüttelte den Kopf, während ich die Tür hinter ihr schloss.

»Was ist, wenn er positiv ist?«, äußerte ich meine Bedenken und die Sorge nagte an mir, fraß ein Loch in meine Seele.

Romy schwieg. Wahrscheinlich war sie mit dieser Situation genauso überfordert wie ich.

»Dann überlegen wir uns, was wir tun werden. Letztendlich ist es aber *deine* Entscheidung, Sam.«

Mein Blick glitt gen Boden. Ich betrachtete meine rot-weiß gepunkteten Strümpfe und dachte über ihre Worte nach.

Ich wünschte mir nichts sehnlicher, als dass der Test negativ war, auch wenn etwas tief in mir nicht damit rechnete.

»Falls ...«, begann ich, schluckte, hob den Kopf wieder und blickte Romy direkt ins Gesicht.

»Falls ich schwanger bin ...«, setzte ich erneut an und nahm einen tiefen Atemzug. »Ich will nur, dass du weißt, dass es für mich okay ist, wenn du das alles nicht mehr willst. Also ich meine, es ist natürlich nicht *okay*, weil ich dich nicht verlieren will. Ich will damit sagen, dass ich es verstehen würde, wenn es dir zu viel wäre.«

Nachdem ich die Worte ausgesprochen hatte, bereute ich sie direkt wieder. Es war wichtig, ihr das zu sagen, aber allein der Gedanke sorgte dafür, dass alles in mir zu Eis wurde.

Romy sah mich mit einem Gesichtsausdruck an, als hätte ich ihr verkündet, dass ich vorhatte, mir eine neue Existenz auf dem Mars aufzubauen.

»Und du glaubst wirklich, dass ich DAS tun würde? Dass es das ist, was ich will?« Sie zog eine Augenbraue hoch, aber ihr Tonfall war im Gegensatz zu ihrer Mimik erstaunlich behutsam.

Ich zuckte mit den Schultern.

»Falls es wirklich so ist, wird alles um einiges schwieriger werden«, fügte ich hinzu.

Mein Herz pochte und das Blut rauschte in meinen Ohren. Ich wollte nicht, dass sie ging. Auf gar keinen Fall. Mir war noch allzu deutlich in Erinnerung, wie es sich anfühlte, ohne sie zu sein. Aber das war eine Entscheidung, die *sie* treffen musste, so wie ich meine treffen musste.

Romy ging einen Schritt auf mich zu, hob ihre Hand und strich mir die Haare hinter die Ohren. Ihr Daumen streichelte den

Schwung meiner Wangenknochen. Unsere Blicke verschmolzen miteinander, als wären sie einzig und allein füreinander geschaffen.

»Sag mir, wann war es je einfach zwischen uns?« Sie legte den Kopf schief, führte ihre Liebkosung weiter und fuhr mir nun sanft über die Unterlippe, ehe ihr Finger an meinem Kinn stoppte.

Romy brachte mich zum Lächeln, obwohl mir alles andere als danach zumute war. In ihrer Gegenwart vergaß ich das Gewicht meiner Sorgen und fühlte mich so frei, als könnte ich jeden Moment die Flügel ausbreiten und davonfliegen.

»Nie?«, antwortete ich, wobei ich es eher wie eine Frage formulierte.

Sie nickte zustimmend.

Ich stieß die angestaute Luft aus. Romys Haarsträhnen bewegten sich leicht, als mein Atem sie streifte.

»Tut mir leid, ich habe die Nerven verloren.«

»Dafür bin ich ja da.«

Ihre Stimme klang so liebevoll, dass ich mich wirklich fragte, wie ich auf den abwegigen Gedanken gekommen war, sie könnte *uns* nicht mehr wollen.

Sie liebte mich und das bewies sie mir jedes Mal aufs Neue. Und ich war so dumm, immer noch Zweifel zu haben.

Unsere Liebe war nicht immer einfach. Aber sie war stark genug, um in schlechten Zeiten nicht noch einmal auseinanderzubrechen.

»Also, bist du bereit, nachzuschauen?«, fragte Romy, ließ mein Kinn los und griff nach meiner Hand. Wir verschränkten unsere Finger ineinander.

»Nein. Aber das werde ich nie sein, also …«

Ich ließ den Satz unbeendet, doch Romy verstand mich auch so.

Sie ging voraus, zog mich mit in das Badezimmer. Auf dem Waschbecken lag der Test noch ungerührt genau an der Stelle, auf der ich ihn abgelegt hatte.

Mein Puls schoss automatisch in die Höhe, mein Magen kribbelte vor Nervosität und meine Atmung geriet aus dem Rhythmus. Ich war so aufgeregt, dass meine Handflächen feucht vor Schweiß wurden.

Ich streckte meine freie Hand aus, griff nach dem Test.

Er muss negativ sein. Bitte, Gott, lass ihn negativ sein.

Ein Gefühl, als würde ich jeden Moment in die Tiefe fallen, überkam mich, als ich den Schwangerschaftstest langsam umdrehte und vermutlich zeitgleich mit Romy auf das Ergebnisfeld schaute.

Die Kachelwände um mich herum begannen sich zu drehen.

Zwei rosa Striche.

Das Ergebnis war *positiv*.

17

Von Tochter zu Vater

Es fühlte sich an, als würde ich in die Tiefe fallen. Mein Körper war zu Eis erstarrt, nur um im nächsten Moment in tausend Teile zu explodieren.

Der Test fiel mir aus den Händen, als hätte ich das Gefühl über meine Finger verloren. Alles um mich herum begann sich zu drehen und mein Gehirn versuchte, eine Erklärung für das zu finden, was gerade passierte. Dass das alles nicht wahr war.

Um mich herum begann sich die Welt zu drehen und ich glaubte, keine Kraft mehr in den Beinen zu haben, um noch aufrecht stehen zu können. Wie in Zeitlupe drehte ich meinen Kopf, um dem Blick von Romy zu begegnen, deren Gesichtsausdruck eine Spiegelung meines zu sein schien. Ich sah den Schock in ihren dunkelblauen Augen. Sie hatte das Ergebnis also auch gesehen, es war nicht nur ein Trugbild meines Verstandes.

Es war kein Witz.

Es war die Realität.

Ich war schwanger.

Von Robin.

Ungewollt.

Dazu genötigt.

Tränen sammelten sich in meinen Augen und alles um mich herum verschwamm zu farblosen Klecksen. Kurz darauf spürte ich, wie meine Wangen feucht wurden, ohne zu begreifen, dass ich weinte.

Ich wollte aus diesem Albtraum aufwachen, der einfach nicht enden wollte. Wieso passierte das gerade dann, wenn endlich alles gut zu sein schien? Wieso war das Leben eine ständige Achterbahnfahrt und die Momente des Glücks nur eine kurze Momentaufnahme, ehe man wieder in die Tiefe raste?

»Sam ...«, setzte Romy an. Offenbar fehlten selbst ihr die Worte und das kam so selten vor, dass es mir zeigte, dass die Situation wirklich ernst war.

Ich konnte nicht reagieren, sondern sie nur mit meinen tränenverschleierten Augen anstarren. Angst sorgte dafür, dass sich mein Brustkorb und mein Magen heftig zusammenkrümmten, als hätte man mir dort einen Schlag verpasst.

Was, wenn sie nun doch entschied, mich wieder zu verlassen? Wie sollte ich die Situation durchstehen und sie abermals verlieren?

Von einem auf den anderen Moment, als wäre ein Vulkan ausgebrochen, fing ich an, Robin zu hassen. So sehr, wie ich ihn noch nicht einmal gehasst hatte, als ich herausgefunden hatte, dass er mit meiner Mutter unter einer Decke gesteckt hatte.

Ich hasste ihn dafür, dass er mich in diese Situation gebracht hatte, und in der nächsten Sekunde schlug mein Hass auf ihn auf mich selbst um. Ich war diejenige, die das alles zugelassen hatte. Die das mit sich hatte machen lassen. Ich hatte ihn um eine weitere Chance gebeten.

Meine Haut wurde mir zu eng und ich wollte aus meinem eigenen Körper schlüpfen. Mich weit, weit von hier wegbeamen, weil mir alles über den Kopf zu wachsen schien.

»Ich bin schwanger«, stellte ich fassungslos und mit monotoner Stimme fest.

»Sam«, sagte Romy wieder, dieses Mal aber mit festerer Stimme, als hätte sie sich wieder gefasst. Ich spürte ihre Finger, die sich mit sanftem Druck um meinen Oberarm legten.

»Ich bin schwanger!«, rief ich nun vollkommen geschockt und riss meine Hände nach oben, befreite mich somit unbewusst aus Romys Griff, um mir in die Haare greifen zu können.

Das war ein Albtraum!

Wie sollte ich das alles nur stemmen?

Mein Studium?

Unsere Beziehung?

Ich wollte kein Baby!

Was würde mein Vater sagen?

Meine Freunde?

Robin?!

Nein, nein, nein ... ich wollte das nicht. Nicht *so*. Nicht auf diese Weise.

»Sam!«, wiederholte Romy, packte dieses Mal meine Handgelenke und drückte sie nach unten, schob sich dabei dicht vor mich, sodass ich ihr direkt ins Gesicht schauen musste.

Im Gegensatz zu mir schien sie ihre Fassung schneller wiedererlangt zu haben, aber dennoch sah ich diesen Funken in ihren Augen, der mir zeigte, dass diese Situation sie genauso schockierte wie mich.

»Der Test hat nichts zu heißen«, sagte sie eindringlich und sah mich dabei fest an, als wollte sie in jedem Fall zu mir durchdringen.

»Aber meine Symptome? Du warst doch selbst diejenige, die mich darauf hingewiesen hat«, kam es von mir und die Tränen liefen in einem erneuten Schwall über meine Wangen.

Romy machte eine betroffene Miene.

»Ich weiß. Aber es besteht immer noch die Chance, dass der Test falsch ist.«

Sie klang nicht sehr hoffnungsvoll und das versetzte mir einen erneuten panischen Stich.

»Und was, wenn er doch richtig ist?«, schluchzte ich.

»Du musst zum Frauenarzt gehen«, redete sie einfach weiter, als würde sie mich gar nicht hören.

»UND WAS, WENN ER DOCH RICHTIG IST?«, brüllte ich sie nun an, als würde irgendetwas in mir platzen, und im nächsten Moment tat es mir schon wieder leid, als ich sah, wie sie leicht mit dem Kopf zurückzuckte und heftig blinzelte.

»Es tut mir leid«, wimmerte ich. »Es tut mir so leid, ich wollte dich nicht anschreien. Ich wollte …«

Mir blieben die Worte im Hals stecken, so sehr erstickten mich die Tränen und die ganze Situation.

»Ich weiß, Baby.«

Mit diesen Worten zog sie mich in ihre Arme und ich klammerte mich weinend an sie. Sie hielt mich ganz fest, bettete ihr Kinn auf meinem Kopf, während ich mich an sie schmiegte.

Ich wünschte mir so sehr, der Test wäre negativ gewesen, aber er war es nicht und sich irgendetwas zu wünschen änderte nichts an der Situation.

Wir waren so jung, wie sollte das alles funktionieren? Wieso wurden wir immer und immer wieder auf die Probe gestellt? Wieso war das Leben so verdammt kompliziert?

Eine ganze Weile standen wir schweigend da, hielten uns nur aneinander fest, als würde es nichts geben außer uns beide.

Als meine Tränen trockneten, wurde mir bewusst, wie dankbar ich wieder einmal war, Romy an meiner Seite zu haben. Sie war so geduldig, sie ertrug so viel mehr, als einige Menschen in unserem Alter vielleicht hätten ertragen können, und trotzdem blieb sie an meiner Seite.

»Hör zu, Sam.« Sie nahm mein Gesicht in ihre Hände, sodass ihre Fingerspitzen meinen Nacken stabilisierten, ihr Blick ruhig auf mich gerichtet. »Ich weiß, im Moment sieht alles so ausweglos aus, aber ich verspreche dir, wir schaffen das zusammen, wie wir alles geschafft haben. Geh zum Frauenarzt, lass dich untersuchen, und wenn du wirklich von Robin schwanger bist …« An dieser Stelle machte sie eine Pause, schloss die Augen, nur um sie kurz danach wieder zu öffnen. »Und wenn du es behalten willst … Wir schaffen das. Ich weiß zwar noch nicht, wie, aber ich weiß, dass ich dich niemals allein lassen werde, okay?«

Ich nickte, weil ich nicht in der Lage war, zu sprechen, auch wenn ich ihr gern gesagt hätte, wie dankbar ich war, wie viel mir ihre Unterstützung bedeutete, wie viel Halt und Kraft sie mir gab. Ich ließ meine Augen sprechen und hoffte, dass Romy wie immer in mir lesen konnte.

Und das schien sie auch, denn sie nickte ebenfalls, beugte sich zu mir vor und legte ihre Lippen für einen langen Kuss auf meine Stirn.

Eineinhalb Wochen, einen Frauenarztbesuch (der mir bestätigt hatte, dass ich tatsächlich schwanger war) und viele Tränen später war ich über das Wochenende bei meinem Vater in Karlsruhe. Ich konnte ihm kaum in die Augen schauen, mit dem Wissen, dass ich schwanger war.

Die Scheidung laugte ihn schon genug aus, so wie die Tatsache, dass meine Mutter sich nicht bei ihm meldete, außer es gab etwas Rechtliches zu klären. Nach mir fragte sie kein einziges Mal. Gerade in diesem Moment hätte ich eine Mutter brauchen können. Eine, die Verständnis hatte und mir zur Seite stand.

Natürlich unterstützte Romy mich, wo sie nur konnte. Doch ich wusste, dass auch sie mit der Situation überfordert war. Sie sagte mir das zwar nicht, aber ich sah es in ihren Blicken und an der Art, wie sie die Stirn leicht runzelte, wenn sie ihren Gedanken nachhing. Jeden Tag rechnete ich damit, dass sie aufstehen und mir sagen würde, dass sie das nicht mehr konnte. Aber das tat sie nicht. Gott sei Dank!

Allein der Gedanke, sie wieder zu verlieren ...

»Hattest du keinen Hunger?«, fragte mein Vater, der zu meiner Rechten saß. Sein Stammplatz, den er schon gehabt hatte, als wir noch eine *Familie* gewesen waren. Oder zumindest das Idealbild, zu dem meine Mutter uns gern gemacht hatte.

Es war heute wirklich schön mit ihm gewesen, fast wie früher, wenn wir einen Vater-Tochter-Tag gemacht hatten. Ich konnte sogar für einige Sekunden die Tatsache vergessen, dass ich bald selbst ein Baby bekommen würde.

Der Gedanke war so surreal. Als wäre das etwas, was man sich für die Zukunft vorstellte. Irgendwann. Nur noch nicht jetzt.

Ich blickte auf meinen Teller hinunter, auf dem noch die Hälfte des Abendessens lag, das wir gemeinsam gekocht hatten.

Mein Vater hatte, während wir das Gemüse geschnippelt hatten, fallen lassen, dass wir das auch einmal mit Romy zusammen machen könnten. Oder was ich davon hielt, wenn wir zu dritt ein Eis essen gehen würden.

Ich wusste, dass er Romy an meiner Seite akzeptiert hatte. Dass er ein guter Vater sein wollte und dass er sich alle Mühe gab, Romy kennenzulernen, jetzt, wo er sich mit dem Gedanken angefreundet hatte, dass sie ein fester Bestandteil meines Lebens geworden war.

Und nun war ich im Begriff, die nächste Bombe platzen zu lassen.

Ich wollte es nicht mehr lange vor mir herschieben, denn irgendwann würde aus der kleinen Wölbung ein großer Bauch werden und spätestens dann würde er von allein bemerken, dass ich schwanger war. Ich wollte wenigstens so fair sein und ihm das vorwegnehmen. Noch mal würde ich nicht den Fehler machen, etwas zu verheimlichen, wie damals meine Beziehung mit Romy.

Mit einem Kopfschütteln signalisierte ich, dass ich satt war. Als ich nach dem Teller greifen wollte, kam er mir zuvor und gab mir mit einer Geste zu verstehen, dass er das für mich übernahm.

»Lass nur, ich räume das weg und hole uns ein Eis aus dem Gefrierschrank. Oder möchtest du keins?«, fragte er liebevoll.

Ein Stich durchfuhr meinen Bauch.

Ich hob den Kopf, schaute meinem Vater in die blaugrauen Augen, die mich intensiv musterten. Nachtisch war schon immer etwas gewesen, womit er versucht hatte, mich aufzuheitern. Er bemerkte, dass etwas nicht stimmte. So wie es Eltern eben immer bemerkten. Als hätten sie einen eingebauten Sensor.

Ich nahm einen tiefen Atemzug und stieß die Luft geräuschvoll aus meinen Lungen.

»Nein, ich will nicht, aber danke, Papa.«

»Okay, was ist los? Du machst schon den ganzen Tag so einen betrübten Eindruck. Hast du dich mit Romy gestritten?«, hakte er nach.

Er beugte sich über den Tisch nach vorn, damit er sich auf den Ellbogen abstützen konnte. Die Hände hatte er ausgestreckt und geschäftsmäßig verschränkt, als wäre er auf einem Meeting und nicht beim Abendessen mit seiner Tochter. Aber das war okay, so kannte ich meinen Vater eben. Das gab mir ein vertrautes Gefühl, das mich rührte und bekümmerte zugleich.

Ich versuchte tapfer, ihn anzulächeln, aber da verschwamm die Sicht vor meinen Augen auch schon, sodass ich sein Gesicht nur noch als wilden Farbklecks erkannte, bevor die Tränen über meine Wangen liefen. Schnell hob ich die Hand, wischte sie mit den Fingerspitzen eilig weg und zog die Nase hoch.

»So schlimm?«, fragte er behutsam, aber dennoch eindringlich.

»Schlimmer«, brachte ich hervor und begann nun, mit dem Nagel an der Tischplatte herumzukratzen. Meine Mutter hätte mir dafür einen Anschiss verpasst, aber mein Vater blieb ruhig.

Mehrere Sekunden vergingen, in denen ich nichts sagte. Zwar versuchte ich immer wieder, den Mund zu öffnen, aber es war, als hätte mir jemand die Stimmbänder durchtrennt.

»Hör mal, mein Schatz. Egal, was es ist, du kannst mir alles sagen. Ich weiß, ich habe in der Vergangenheit nicht besonders toll reagiert, und das tut mir leid. Aber du brauchst dich vor nichts zu fürchten. Nicht mehr. Diesen Fehler mache ich nicht noch einmal.«

Nun streckte er seine Hand behutsam aus, als hätte er Angst, von mir zurückgewiesen zu werden. Seine Finger fanden meinen Arm, den er tröstlich streichelte.

Sag es einfach, Sam. Sag es einfach, wie es ist. Dann ist es raus.

In mir begann ein innerlicher Kampf zu toben. Die Worte wollten aus meinem Mund schlüpfen, so dringend, dass es fast schon wehtat, aber trotzdem stießen sie gegen eine unsichtbare Barriere.

»Sag mir, was es ist, Samantha.« Mittlerweile klang er ernsthaft besorgt. »Ist es wegen Romy?«

Ich schüttelte den Kopf.

»Was ist es dann? Hm?« Er drückte meinen Arm.

»Ich bin schwanger«, explodierte es aus mir heraus und ich schrie die Worte fast, hob meine freie Hand und schlug sie schützend vors Gesicht. Mein ganzer Körper bebte und ich schaffte es kaum, genügend Luft zu holen.

Es war das eine, zu wissen, dass man schwanger war, aber es laut jemand anderem zu erzählen, machte es so real. So wie damals, als ich mir eingestehen musste, dass ich auf Frauen stand. Nur war das ein befreiendes Gefühl gewesen, als würde man sich einen Splitter aus dem Fuß ziehen. Das hier war anders … ohne dass ich hätte beschreiben können, wie anders.

Mein Vater sagte plötzlich nichts mehr, doch ich spürte seine Hand noch auf meinem Arm ruhen.

Zwischen den Tränen und meinen zusammengekniffenen Augen versuchte ich, sein Gesicht zu erkennen. Aber meine Sicht verschwamm immer wieder, sodass es mir in dem Moment nicht möglich war.

»Ich nehme mal stark an, dass es von Robin ist?«, fragte er mich überraschend ruhig.

Ein Nicken war alles, was ich zustande brachte, während ich noch immer von meinen Schluchzern geschüttelt wurde.

»Hast du es ihm schon gesagt?«, fragte er.

»Nein«, brachte ich irgendwie hervor.

»Und was gedenkst du, zu tun?«

Er war immer noch die Ruhe in Person.

Die Tatsache, dass er so gefestigt blieb, gab mir die Kraft, mich langsam zu beruhigen. Meine Mutter wäre vermutlich ausgeflippt. Sie hätte die Hände über dem Kopf zusammengeschlagen und gesagt, dass das eine Katastrophe wäre, weil das Kind nicht ehelich geboren werden würde. Oder aber sie würde darin eine Chance wittern, mich doch wieder mit Robin zusammenzubringen.

So bitter es sich anhörte, aber ich war froh, dass sie nicht da war.

Ich wischte mir abermals die Tränen aus dem Gesicht und schaute meinen Vater aus meinen verquollenen und schmerzenden Augen an. Meine Nase lief, aber ich hatte nichts zur Hand, um sie zu putzen. Ich musste schrecklich aussehen.

In dem Blick meines Vaters spiegelte sich der Schock und auch sein Körper schien angespannt, aber dennoch blieb er erstaunlich ruhig und gefasst, was mir dabei half, innerlich selbst wieder etwas herunterzukommen.

»Der Frauenarzt hat gesagt, dass ich in der vierzehnten Woche bin, also ist es bereits zu spät, abzutreiben«, sagte ich.

Ich war mir nicht einmal sicher, ob ich das gewollt hätte. Ob ich das übers Herz gebracht hätte, ganz gleich, wie schlimm die Situation auch war. Tatsächlich störte mich viel mehr, dass ich die Wahl nicht hatte. Ich konnte mich nicht dagegen und für das Kind entscheiden. Das hatte bereits das Schicksal für mich übernommen. Natürlich gab es noch die Möglichkeit, es zur Adoption freizugeben. Ich wägte das Für und Wider fast jeden Tag in meinem Kopf ab, seitdem ich wusste, dass ich schwanger war.

Am meisten hatte ich davor Angst, zu versagen und so wie meine Mutter zu werden. Es gab keine Anleitung dafür, wie man eine gute Mami war, woher sollte ich also wissen, was das Beste für mein Ungeborenes war?

Eine Familie, die bereits mit beiden Beinen im Leben stand und sich sehnlichst ein Kind wünschte? Die es mit allem versorgen würde, was es brauchte?

Nicht, dass es mir an Geld mangelte, solange mein Vater mich unterstützte. Aber ich war gerade einmal achtzehn. Mein Leben sollte doch gerade erst so richtig beginnen. Ich wollte mein Studium machen, meine Freiheit genießen, mit Romy all die Pärchen-Sachen erleben, die man nun mal so machte. Mich mit meinen Freunden treffen, bis spät in die Nacht. Oder feiern gehen.

Jetzt sollte ich das plötzlich alles aufgeben, um Windeln zu wechseln, ein schreiendes Baby zu beruhigen, es zu füttern, zu waschen und großzuziehen? Und von Romy verlangen, das Gleiche zu tun? Noch dazu die verzwickte Sache, dass Robin der Vater war?

Ich hatte gerade erst gelernt, zu meiner sexuellen Orientierung und zu meiner Beziehung zu stehen, und da wurde ich schon vor die nächste Herausforderung gestellt.

Romy und ich wurden als lesbisches Pärchen schon genug angestarrt. Und ja, dank Toshiro und dem Erlebnis in der Disco nahm ich mir das alles nicht mehr so zu Herzen. Ich versuchte, darüber hinwegzusehen, weil es stimmte, was er gesagt hatte. Das war mein Leben und ich sollte es so glücklich wie möglich leben. Aber mit einem Kind zwischen uns würde alles noch härter werden. Neben unserer Sexualität würden viele unser Alter ankreiden.

Die Gedanken fühlten sich an, als wären sie überdimensional groß. Als wäre in meinem Kopf gar nicht genug Platz für sie.

»Ich weiß, dass das für dich nicht einfach ist, Sam. Aber ich versichere dir, dass ich zu hundert Prozent hinter dir, deiner Entscheidung, auch zu dem Kind, stehen werde. Du kannst dich darauf verlassen, dass ich dich unterstützen werde, auch wenn du das Baby behalten und großziehen willst. Auch um alles Finanzielle musst du dir keine Sorgen machen. Du bist meine Tochter und ich liebe dich. Nie wieder werde ich mich gegen dich wenden.«

Er war immer noch so gefasst, als wäre das nur ein Stein, über den er gestolpert war, während es für mich wie eine riesige, unüberwindbare Mauer schien.

»Aber mein Studium …« Meine Stimme hörte sich ganz belegt von meinen Tränen an.

»Das kannst du immer noch nachholen, wenn das Kind alt genug ist, um in den Kindergarten zu gehen. Oder ich verlege meine

Arbeit auf nachmittags und passe in der Zeit darauf auf. Ich weiß, dass es schwierig ist, mein Schatz. Aber wir schaffen das.« Er griff diesmal nach meiner Hand und drückte sie bekräftigend.

Der Zuspruch meines Vaters half mir, mich nicht mehr so vollkommen allein zu fühlen. Gleichzeitig berührte es mich so sehr, dass die Tränen stumm über meine Wangen liefen, die längst noch nicht trocken waren. Ich brauchte diese elterliche Unterstützung und mein Vater reagierte genau richtig. Egal, wie geschockt er vielleicht war, er gab mir Mut, Kraft und Zuversicht, dass es irgendwie eine Lösung gab. Dass ich nicht damit allein war. Und das half mir ungemein.

»Hast du es deiner Romy schon erzählt?«, fragte er nach kurzem Schweigen.

Mir gefiel irgendwie, wie er *deiner Romy* sagte. Allein, ihren Namen zu hören, war, als würde man ein Teelicht in der Dunkelheit anzünden. Plötzlich wirkte alles nicht mehr so finster.

»Ja.«

»Und was sagt sie dazu?«

»Sie … ist genauso geschockt und überfordert wie ich«, erzählte ich und zog die Nase hoch. »Aber sie sagt, sie wird mich nicht im Stich lassen und dass wir das gemeinsam hinbekommen werden.«

Mein Vater nickte. Etwas flackerte in seinen Augen auf, was mir zeigte, dass Romy sich gerade seinen Respekt verdient hatte. Vielleicht würde er endlich verstehen, wieso ich sie so sehr liebte.

»Du scheinst ihr sehr wichtig zu sein«, meinte er behutsam, als er sah, dass sich meine Mundwinkel schon wieder etwas hoben.

»Ja, und sie ist mir genauso wichtig«, erwiderte ich.

Er ließ meine Hand los, nur um im nächsten Moment ohne Erklärung aufzustehen. Verblüfft drehte ich den Kopf, als er an den

Stuhl herantrat, sich zu mir runterbeugte und mich, so gut es ging, in die Arme schloss und mir einen Kuss aufs Haar hauchte.

Sein Geruch umfing mich und hüllte mich ein, wie eine warme Decke, die man sich an kalten Wintertagen um die Schultern legte. Es war mir so vertraut und ließ mich an meine Kindheit zurückdenken, an das Gefühl von Schutz und Sicherheit.

»Ich bin froh, dass du damit zu mir gekommen bist, Samantha. Nimm dir Zeit, über alles nachzudenken. Du weißt, dass ich da bin, wenn du mich brauchst«, wisperte er, was dafür sorgte, dass sich meine Kehle vor Rührung zuzog.

Am liebsten hätte ich wieder geweint, unterdrückte den Schub Tränen dieses Mal aber. Es tat gut, zu wissen, dass ich so viele Menschen auf meiner Seite hatte, auf die ich mich verlassen konnte.

»Kann ich jetzt doch ein Eis haben?«, fragte ich, nachdem ich mich in den Armen meines Vaters beruhigt hatte.

Er streichelte mir sanft über den Kopf. »Aber natürlich.«

Ich hatte zwar keine Mutter, die mir ein gutes Vorbild gewesen war, dafür aber einen noch besseren Vater.

Lauter Donner grollte durch die Nacht und der Himmel wurde von hellen Blitzen erleuchtet. Es stürmte so heftig, dass die Jalousien klapperten und der Regen gegen die Hauswand gepeitscht wurde. Der Herbst kündigte sich an und mit ihm veränderte sich das Wetter.

Ich saß in meinem alten Kinderzimmer auf dem Bett, das ich nicht mit nach Heidelberg genommen hatte, weil ich wusste, dass ich meinen Vater oft besuchen kommen würde. In dem Raum war es so still. Weder der Fernseher lief noch mein Laptop, auf dem ich ab und an Spotify laufen ließ.

Lediglich das gedimmte Licht meiner Nachttischlampe erhellte den Raum in einem kreisförmigen Radius.

Meine Augen waren auf das schwarz-weiße Ultraschallbild gerichtet, das die Frauenärztin mir samt Mutterpass überreicht hatte. Es war erschreckend, wie viel von dem Baby bereits zu erkennen war. Mehr, als ich mir vorgestellt hatte. Der Kopf und auch der Umriss des Körpers zeichneten sich deutlich ab und bewiesen mir, dass in meinem Bauch ein kleiner Mensch heranwuchs. Es war immer noch so irrational, als würde das einer anderen Person passieren und nicht mir.

Mein Handy vibrierte und gleichzeitig ertönte ein leises *PING*, was mir den Eingang einer WhatsApp-Nachricht signalisierte.

Ich legte das Ultraschallbild zur Seite, das ich seit geschlagenen zehn Minuten anschaute, und angelte nach meinem iPhone, das am Kopfende des Bettes auf dem Kissen lag.

Das Display leuchtete noch und Romys Name wurde angezeigt, so wie ihre Nachricht in der Vorschau.

Romy <3:
Wie lief das Gespräch mit
deinem Dad?

Schnell öffnete ich den Chat und schrieb direkt zurück.

Sam:
Es lief gut. Er wirkte zwar
geschockt, war aber ziemlich

> gefasst. Außerdem hat er mir seine Unterstützung angeboten, was ich wirklich total lieb finde. Ich glaube, dass wir es schaffen werden, unser Verhältnis wieder zu vertiefen.

Es dauerte nur zwei Minuten, dann schrieb sie auch schon zurück.

Romy <3:
Freut mich, zu hören, dass dein Dad es so gut aufgenommen hat. Du musst da nicht allein durch. Ich hoffe, das hast du nicht vergessen?

Sam:
Nein, das weiß ich mittlerweile. Manchmal brauche ich einfach nur länger, um einige Dinge zu verstehen.

Romy <3:
Das hast du jetzt gesagt. :p

Sam:
Und du hast nicht widersprochen. :D

Romy <3:
Ach komm, es hat doch wirklich lange gedauert, bis du gemerkt hast, dass du mich willst.

Ich musste grinsen. Und zwar so dämlich, als wären wir zwei Frischverliebte. Eilig flogen meine Finger über das Display, um eine Antwort abzuschicken. Die Nachricht bekam sofort blaue Haken.

Sam:
Ich hasse es, wenn du so selbstverliebt bist!

Romy <3:
Das hat damit überhaupt nichts zu tun. Ich zähle nur die Fakten auf. ;)

Sam:
Und ich hasse es noch mehr, wenn du recht hast.

Romy <3:
Also immer? :D

Anhand des Smileys konnte ich erkennen, dass sie das Ganze mit einem scherzenden Unterton meinte, so wie ich Romy eben kannte.

Sam:
Natürlich. <3
Wie geht es DIR eigentlich?

Romy <3:
Es geht mir gut, Baby. Keine Sorge. Ich liege im Bett und kuschel mit Liane. Sie hat Angst vor Gewittern und kann dann nicht einschlafen, deswegen habe ich sie zu mir geholt.

Seltsamerweise war ich so berührt davon, dass mir ganz warm ums Herz wurde und meine Augen verräterisch brannten. Ich brauchte ein paar Sekunden, um das Gefühl wegzuatmen, ehe ich fähig war, eine weitere Nachricht zu formulieren.

Sam:
Du wärst eine gute Mutter.

Dieses Mal dauerte es etwas länger, bis Romy mir zurückschrieb.

Romy <3:
Und du wirst eine gute Mutter sein, Sam! Ich weiß, wir beide sind noch sehr jung, und ich habe

keine Ahnung von Babys.
Aber wir bekommen das
hin, wie wir alles hinbe-
kommen haben, auch
wenn es im Moment nicht
danach aussieht. Vertrau
mir. Ich liebe dich, okay?

Sam:
Ich weiß … Aber ich werde jetzt
schlafen gehen und das erst mal
alles sacken lassen. Wir sehen uns
morgen. Ich liebe dich auch! <3

Romy <3:
Okay. Bis morgen. Gute
Nacht, schlaf trotzdem
schön.

Sam:
Gute Nacht. :)

Romy ging offline und ich tat es ihr gleich. Ich stand auf, um das iPhone an die Steckdose zu hängen, wobei mein Blick noch mal auf das Ultraschallbild fiel.

  War ich wirklich dazu in der Lage, eine gute Mutter zu werden?

18

Ein Tag zu dritt

Hoffentlich kommt das Essen bald, ich sterbe vor Hunger.«

Ella rieb sich den Bauch, um ihre Worte zu untermauern. Vanessa stimmte mit einem Nicken zu. Auch mir knurrte der Magen bereits und überall um uns herum roch es nach allen möglichen Gerichten.

Wir hatten uns dieses Mal in Mannheim verabredet und saßen nun im *L'Osteria* – ein italienisches Restaurant, oder besser gesagt eine Kette, die in Deutschland mehrere Filialen hatte.

Vanessa hatte Ella und mir ihre neue Wohnung gezeigt, bevor wir zusammen in die Stadt gegangen waren. Romy konnte leider nicht dabei sein, da sie diesen Minijob an der Kinokasse in Karlsruhe hatte und spontan für eine Kollegin einspringen musste. Aber ich wollte mir nicht nehmen lassen, mich mit den Mädels zu treffen. Wir hatten uns in letzter Zeit viel zu selten gesehen. Außerdem war ich froh, mich ein wenig von der gegenwärtigen Situation ablenken zu können.

Es ging mir besser, mit jedem Tag gewöhnte ich mich mehr an den Gedanken, ein kleines Wesen in mir zu tragen. Der Schock vom Anfang war nicht mehr so groß und das Gespräch mit meinem Vater hatte mir einen großen Teil meiner Angst genommen. So wie die Tatsache, dass Romy mir mit jedem Tag zeigte, dass ich mit der Situation nicht allein war.

Natürlich war das alles noch merkwürdig und absolut verrückt, aber ich begann mir auch die Frage zu stellen, ob es nicht möglich war, es doch zu schaffen. Ich fühlte mich nicht bereit, Mutter zu werden, und ich hätte mich niemals freiwillig dafür entschieden, zumindest noch nicht jetzt. Aber es war nun mal, wie es war, und ich wusste, dass ich das Beste aus der Situation machen musste.

Was auch die Frage aufwarf, wo ich wohnen sollte. In der Studentenwohnung wohl eher nicht. Wieder zu Hause in Karlsruhe, in meinem alten Kinderzimmer? In einer Wohnung in Heidelberg oder in Karlsruhe? Allein oder mit Romy zusammen? Und würde das nicht alles zu schnell gehen?

Ich hatte das Gefühl, dass mit jedem Tag und mit jeder Entscheidung, die ich traf, immer mehr Fragen hinzukamen. Manchmal lag ich im Bett und konnte nicht schlafen, weil ich glaubte, dass mir der Kopf explodierte, wenn ich länger darüber nachdachte.

Und dann gab es diese Tage wie heute, an denen alles gar nicht mehr so schlimm erschien. An denen die Zukunft nicht mehr schwarz zu sein schien, sondern bunter als je zuvor.

»Und wie läuft es mit deiner Ausbildung, Ella?«, fragte Vanessa, da sich die beiden schon viel länger nicht mehr gesehen hatten.

»Bis jetzt ganz gut. Mein Chef ist voll in Ordnung und selten im Haus. Mit der anderen Auszubildenden, die mit mir angefangen hat, verstehe ich mich noch nicht so gut, aber vielleicht kommt das noch. Dafür quatsche ich viel mit Anna. Sie lernt mich ein, ist aber selbst gerade erst mit der Ausbildung fertig geworden, die sie nach dem Realschulabschluss gemacht hat«, erzählte Ella bereitwillig und ich hörte ihr nur zu gern zu. Zum einen, um auf andere Gedanken zu kommen, und zum anderen, weil es mich interessierte.

»Das heißt, sie ist ungefähr in deinem Alter?«, hakte Vanessa nach und Ella nickte. Eine ihrer schwarzen Strähnen rutschte über das Ohr nach vorn und baumelte neben ihrer rechten Wange in der Luft. Eilig strich sie sich wieder hinter die Ohren.

»Ja, sie ist im August neunzehn geworden, also quasi perfekt.« Sie schaute zuerst Vanessa, dann mich an und ich nickte lächelnd.

Es freute mich, zu hören, dass es bei Ella so gut lief und dass sie neuen Anschluss gefunden hatte. Aber wie konnte man sie auch nicht mögen? Solange sie nicht wieder an jemanden wie Linda geriet, war alles gut.

»Und was ist aus Marcel und dir geworden?«, lenkte ich das Gespräch auf ein anderes Thema. Die beiden hatten sich an dem Abend im Klub so gut verstanden.

Ellas Wangen färbten sich rosa und sie zupfte schüchtern an der Tischdecke herum.

»Moment! Wer ist Marcel?!«, warf Vanessa dazwischen, die in der Disco nicht dabei gewesen war. Anscheinend hatte Ella ihr noch nichts erzählt.

»Ach, das ist nur so ein Typ, den ich über Sams Kommilitone kennengelernt habe«, versuchte Ella, die Sache abzuwiegeln, aber

Vanessa gab sich nicht so schnell geschlagen. Sie stützte sich mit einer Hand auf dem Tisch ab und lehnte sich lässig in Ellas Richtung.

»Ja?«, sagte sie, um mehr Informationen zu erhalten, und ich ließ dem Gespräch erst mal seinen Lauf.

Innerlich war ich ein wenig nervös. Ich fragte mich, wie die beiden reagieren würden. Hätten sie Verständnis dafür? Würden sie mir raten, das Kind zu behalten oder es abzugeben? Im Grunde wusste ich, dass ich mich auf meine Freunde immer verlassen konnte. Sie waren immer da, selbst als das mit mir und Romy auseinandergebrochen war. Vanessa war sogar mit mir in die USA geflogen. Aber das hier war noch einmal was ganz anderes.

»Es ist wirklich nichts Besonderes. Wir waren zusammen feiern, haben ein bisschen getanzt und jetzt schreiben wir hin und wieder. Aber es ist nichts passiert. Wirklich nicht«, sagte sie noch mal mit Nachdruck und schaute auch mir dabei tief in die Augen.

Ich glaubte ihr. Und wenn sie etwas geheim hielt, weil sie noch nicht darüber reden wollte oder konnte, war das auch in Ordnung. Sie sollte sich bereit dazu fühlen und nicht gezwungen werden. Ich wusste aus eigener Erfahrung, wie es sich anfühlte, wenn jemand einem anderen diese Entscheidung abnahm.

»Es muss ja auch nicht immer gleich etwas laufen. Aber siehst du, er scheint dich nett zu finden. Lass es einfach auf dich zukommen«, riet ich ihr und griff nach meinem bestellten Wasser, um einen Schluck zu trinken.

Mein Mund fühlte sich so trocken an und ich fürchtete mich ein wenig vor dem Moment, der unmittelbar bevorstand. Ich wartete auf den passenden Augenblick, den ich noch vor mir herschob.

Meine Hand bewegte sich automatisch auf meinen Bauch, der sich wölbte. Die kühler werdenden Temperaturen erlaubten es mir aber, kaschierende Kleidung zu tragen, weswegen es vermutlich niemandem aufzufallen schien. Aber wer rechnete denn auch damit?

»Ich weiß. Ich will mir auch nicht wieder zu viele Hoffnungen machen, obwohl es echt schwierig ist«, erwiderte Ella auf meine Aussage zuvor. »Manchmal habe ich das Gefühl, dass die Liebe wie eine Lotterie ist. Man muss wirklich Glück haben, um den Menschen zu finden, der zu einem passt.«

Schon wieder musste ich an Romy denken. Vielleicht hatte Ella nicht ganz unrecht. Es hatte definitiv eine Menge Glück dazugehört, um jemandem wie ihr zu begegnen.

Wir schwiegen alle drei, was Ellas Worten noch mehr Gewicht gab. Gleichzeitig sorgte es aber auch dafür, dass ich wieder dieses nervöse Kribbeln in mir spürte.

»Wie läuft es denn mit dir und Alex?«, fragte ich an Vanessa gewandt, um das Gesprächsthema zuerst auf sie zu lenken, auch wenn mir klar war, dass ich es nicht ewig würde aufschieben können. Und geheim halten wollte ich es vor ihnen auch nicht. Früher oder später mussten sie es erfahren.

Vanessas Augen leuchteten, wie sie es bei verliebten Mädchen taten, als der Name ihres Freundes fiel.

»Es läuft super! Alex ist so aufmerksam, fürsorglich und … Hach, es ist einfach wunderschön mit ihm.« Sie warf einen schuldbewussten Blick in Ellas Richtung, die nur lächelnd abwinkte.

»Auf mich musst du keine Rücksicht nehmen«, sagte sie.

Ich war mir nicht sicher, aber ich meinte dennoch, einen kurzen Funken von Neid in ihren Augen aufblitzen zu sehen. Wenn dem so war, hatte sie sich schnell wieder unter Kontrolle.

Ich verurteilte dieses Gefühl nicht, denn ich kannte es nur zu gut. Wie oft hatte schon jemand irgendetwas gehabt, worauf ich neidisch war? Was nichts damit zu tun hatte, dass ich es meinen Freunden nicht gönnte. Es war menschlich, auch wenn ich darauf hätte verzichten können.

»Ich will trotzdem nicht übertreiben«, sagte meine beste Freundin, die seit drei Wochen frisch mit Alex zusammen war. Er war nicht ihr erster Freund, sie hatte mit fünfzehn schon mal einen festen Freund gehabt und war damit die erste unserer Clique gewesen. Aber ihre damalige Beziehung war nach vier Monaten auseinandergebrochen und seitdem hatte sie niemanden mehr gehabt. Deshalb gönnte ich es ihr umso mehr.

»Und bei dir und Romy?«, fragte Ella nun an mich gewandt und mein Herz stürzte in meinen Magen ab.

»Es läuft gut«, sagte ich vage und Vanessa zog sofort die Augenbrauen hoch.

»Du weißt, dass das der unausgesprochene Code dafür ist, dass etwas nicht stimmt«, kam es von meiner besten Freundin, die sich über den Tisch nach vorn lehnte.

Ich wich ihrem Blick aus, weil ich plötzlich nicht wusste, wie ich es sagen sollte.

»Nein, wir haben keinen Streit oder so. Zwischen ihr und mir läuft es eigentlich super, noch besser als zuvor«, begann ich zögerlich, ohne aufzuschauen.

»Aber?«, hakte Ella nach.

Mein Herz wurde schwer und ich nahm mehrere Atemzüge, ohne es zu schaffen, etwas zu sagen.

Kurz und schmerzlos?, hörte ich Romys Stimme in meinem Kopf, so wie damals in New York, als wir uns verabschiedet hatten.

»Ich weiß nicht, wie ich es sagen soll«, druckste ich herum. »Also, es ist so ... Ich bin schwanger, Mädels«, schaffte ich es endlich, zu sagen, und schaute nun auf. Beide Augenpaare waren aufmerksam auf mich gerichtet. Eines blau, das andere braun.

Ein Kellner in schwarzem Oberteil und einer beigefarbenen Schürze trat zu uns an den Tisch. Die vollen Teller balancierte er auf seinen Händen und dem Unterarm, ehe er sie vor uns auf den Tisch stellte. Doch keiner von uns rührte seine Bestellung an. Es herrschte Grabesstille, weil keine der beiden fähig war, etwas zu sagen.

Der Schock stand Ella ins Gesicht geschrieben. Vanessa grinste ungläubig, als würde sie darauf warten, dass ich in Lachen ausbrechen würde.

»Ach du Scheiße«, brachte Ella nach langem Schweigen hervor.

»Du verarschst uns doch, oder?«, kam es von Vanessa.

Leider nicht, dachte ich mir, drehte mich zu meiner Tasche und kramte den Mutterpass samt Ultraschallbild hervor und legte es kommentarlos auf den Tisch.

Nun schien auch meine beste Freundin zu verstehen, dass das absolut kein Scherz war. Ihre Augen wurden riesig und ihr Kopf zuckte in die Höhe, damit sie mich direkt anschauen konnte.

»Ich fasse es nicht«, sagte sie. Verwirrung spiegelte sich in ihrem Gesicht wider. »Ich schätze mal, dir zu gratulieren wäre unangebracht?«

Keiner der beiden fragte, wer der Vater war, und dafür war ich ihnen mehr als dankbar. Ich war ihnen dankbar, weil sie wussten, dass es außer Robin keinen mehr gegeben hatte. Dass ich weder Romy noch mich selbst betrogen hatte.

Ich lächelte gequält. Das war Antwort genug.

»Oh Sam«, sagte Vanessa, streckte ihre Hand aus, um meine zu greifen und zu drücken. »Oh Sam, was machst du denn jetzt? Wie weit bist du? Weiß Romy schon Bescheid? Und Robin?«

»Ach du Scheiße«, wiederholte Ella, die komplett fassungslos war.

»Festgestellt wurde es in der vierzehnten Schwangerschaftswoche. Bis zur zwölften kann man abtreiben«, sagte ich, darauf bedacht, leise zu sprechen.

Ella zuckte bei dem Wort leicht zusammen, legte das Ultraschallbild wieder zwischen den Mutterpass und schob ihn in meine Richtung.

»Hättest du das denn gemacht?«, fragte sie ohne Vorwurf in der Stimme.

»Wahrscheinlich nicht.« Ich dachte daran, was wäre, wenn ich *jetzt* noch die Wahl hatte. »Nein, ich hätte nicht abgetrieben«, unterstrich ich meine vorherige Aussage. Es war etwas anderes, darüber nachzudenken, ein Baby in die Hände einer liebevollen Familie abzugeben, als es direkt umzubringen. Wobei das alles ein sehr heikles Thema war, das man nicht zu tief anschneiden sollte. Jeder hatte seine Gründe, wieso er was entschied. Ich war der letzte Mensch, der Vorurteile haben sollte.

Ja, es war kein geplantes Kind gewesen. Ja, es hatte mich nicht unbedingt mit Freude erfüllt. Aber ich hatte die Konsequenzen für meine Handlungen der Vergangenheit und das Baby zu tragen.

»Was ist mit Romy? Weiß sie es?«, wiederholte Vanessa ihre Frage.

Ich nickte.

»Wie hat sie reagiert?«, kam es nun von Ella, die mich mit ihrer typischen Art so mitfühlend anschaute.

»Sie war genauso schockiert wie ich, was ja auch verständlich ist. Ihr Leben wurde damit genauso auf den Kopf gestellt wie meins. Aber sie steht hinter meiner Entscheidung, egal welche ich treffe.«

»Das ist süß von ihr.« Ella lächelte zaghaft, als wüsste sie nicht, ob es angebracht war.

»Ja, ich bin wirklich froh, sie zu haben. Mal wieder.« Ich schnitt eine Grimasse.

»Und Robin?«, kam es abermals von Vanessa.

»Mit ihm habe ich noch nicht darüber gesprochen. Die Einzigen, die es jetzt wissen, seid ihr, Romy und mein Vater. Er war auch ziemlich geschockt, aber doch sehr gefasst und hat mir auch seine Unterstützung angeboten.« Ich nahm damit die Antwort auf die Frage, wie er reagiert hatte, schon vorweg, denn ich war mir sicher, dass sie gekommen wäre.

»Und wie kam es, dass du das so lange nicht bemerkt hast?«, warf Ella ein, immer noch ganz schockiert von der Botschaft.

»Da das mit Robin schon eine Weile her ist, habe ich nicht daran gedacht, dass da etwas passiert sein könnte, und außerdem habe ich meine Tage trotzdem bekommen. Der Rest der Anzeichen … tja, die wollte ich vermutlich nicht einsehen, bis Romy mich damit konfrontiert hat«, erzählte ich und lächelte nervös.

»Habt ihr euch deswegen letztens gestritten?«, fragte Ella.

Ich nickte. Wobei es kein wirklicher Streit gewesen war, eher eine Meinungsverschiedenheit.

Nach der Fragerunde herrschte wieder kurzes Schweigen.

»Weiß man denn schon, was es wird?«, kam es abermals vorsichtig von Ella, als wüsste sie nicht, wie sie mit mir umgehen sollte.

»Nein, noch nicht«, antwortete ich ruhig.

Wieder war es still zwischen uns, während jeder seinen Gedanken nachhing.

»Oh Sam«, seufzte meine beste Freundin, streckte wieder die Hand aus und legte sie abermals auf meine. »Egal, was passiert, ich stehe ebenfalls hinter dir. Hinter dir und Romy.« Vanessa sah mich intensiv und durchdringend zugleich an.

Ella nahm meine andere Hand. »Und ich auch.«

Ich lächelte die beiden an, verkniff mir die Tränen, die in meinen Augen aufsteigen wollten.

Nicht. Schon. Wieder.

Ich wollte nicht schon wieder hier sitzen und weinen, wie ich es in den letzten Wochen, gar Monaten viel zu oft getan hatte.

»Danke, das bedeutet mir viel. Ich hab euch lieb, Mädels.«

»Ich dich auch«, antworteten Vanessa und Ella unisono.

»Und falls du mal einen Babysitter brauchst, kannst du dich gern bei mir melden«, fügte Vanessa hinzu, was mich zum Lachen brachte.

19

Ein Wiedersehen nach langer Zeit

Eigentlich hatte ich vorgehabt, nach dem Treffen mit den Mädels zurück in meine Wohnung zu fahren.
Eigentlich.
Im Nachhinein konnte ich nicht mehr sagen, was mich dazu bewogen hatte, nicht auf die Autobahn zu fahren, sondern zu dem Studentenwohnheim, vor dem ich meinen Wagen nun abgestellt hatte. Durch das Seitenfenster betrachtete ich das Gebäude, das so groß wie eine Schule war. Die orangefarbene Fassade, die einen neuen Anstrich hätte gebrauchen können, erinnerte mich an die Tage, als alles anders gewesen war. Als ich ihn an den seltenen Wochenenden gesehen hatte.

Noch saß ich bewegungslos hinter dem Steuer und fragte mich, ob es die richtige Entscheidung war, auszusteigen. Vermutlich nicht, aber dennoch öffnete ich die Tür und trat hinaus in die frische Herbstluft. Der Wind wehte mir entgegen, als wollte er mich dazu bringen, wieder einzusteigen und wegzufahren.

Mit einem Knopfdruck aktivierte ich die Zentralverriegelung, die mein Auto verschloss, ehe ich die Straße überquerte und dem Studentenwohnheim immer näher kam. Mein Herz pochte und meine Kehle fühlte sich so trocken an, dass ich mir wünschte, ich hätte mir etwas zu trinken eingepackt.

Mit jedem Schritt, den ich machte, wurde mir immer flauer im Magen und diesmal hatte es nichts mit der Übelkeit zu tun, die mich sonst quälte.

Bist du dir sicher, dass du das machen willst?, fragte mich die Stimme der Vernunft.

Tu es jetzt, dann hast du es hinter dir, wisperte eine andere, der ich mehr Gehör schenkte.

Ich überquerte den Innenhof, der zum großen Teil aus einer Grünfläche bestand. Meine Gedanken kreisten wie ein Adler umher.

Wie wird er darauf reagieren, mich nach all den Monaten wiederzusehen? Wie werde ich darauf reagieren? Wird es sich seltsam anfühlen? Wird er mir überhaupt zuhören?

Ein Teil von mir wünschte sich fast, dass er nicht zu Hause war. Dass ich mich wieder in mein Auto würde setzen und nach Heidelberg fahren können. Dass ich mir selbst würde sagen können, dass ich es versucht hatte.

Der feige Teil in mir riet mir, ihm eine SMS zu schreiben (auf WhatsApp hatte er mich blockiert). Aber das war kindisch, unpersönlich und dumm. Vielleicht würde er so tun, als hätte er sie nie bekommen, nur um sich mit dem *Problem* nicht auseinandersetzen zu müssen. Oder er hatte seine Nummer geändert.

Es gab keine andere Möglichkeit, außer es ihm persönlich zu sagen.

So kam es also, dass ich nur wenige Minuten später vor seiner Tür zum Stehen kam. Auf dem Klingelschild stand in feiner Schrift sein Name geschrieben. *R. Veit.*

Ein ekliges Gefühl bildete sich in meinem Bauch. Es war, als würde mein Magen gegen den Rest meines Körpers rebellieren.

Eigentlich hatte ich geglaubt, dass ich ihn nie wieder würde sehen müssen. Außer, wenn man sich zufällig begegnete.

Da wären wir schon wieder bei dem Wort *eigentlich.*

Ich fürchtete mich vor der Begegnung, die unwiderruflich bevorstand. Nur noch die Tür trennte uns beide, wenn er denn wirklich zu Hause war. Am liebsten würde ich umdrehen, wegrennen und ihm nie von dem Baby erzählen. Aber das wäre für keinen von uns fair. Ich wollte, wenn ich schon Mutter wurde, besser sein als meine eigene. Es war nicht meine Entscheidung, ob das Kleine seinen Vater kennen wollte oder nicht.

Also klingelte ich.

Das Geräusch war so laut, dass ich es selbst hier draußen hören konnte.

Mir war plötzlich so heiß, dass ich am liebsten meine Jacke geöffnet hätte. Gleichzeitig hätte ich mir am liebsten die Kapuze über den Kopf gezogen, um mich vor dem zu verstecken, was auf mich zukam.

Während ich wartete, schien nicht nur die Zeit, sondern auch mein Herzschlag stillzustehen.

Gerade als ich glaubte, dass er doch nicht da sein könnte, wurde die Tür mit einem leisen Klicken geöffnet. Zuerst langsam, nur einen Spalt, dann ruckartiger, als hätte sie zuvor geklemmt.

Das Pochen meines Herzens setzte wieder ein, nur dreimal so schnell. Wie im schnellen Rhythmus einer Buschtrommel sprang es in meinem Brustkorb auf und ab, als ich meinem Ex gegenüberstand.

Ich wusste nicht, was ich geglaubt hatte, zu fühlen. Vielleicht eine Spur von Wehmut, weil wir gute Zeiten gehabt hatten? Wut, weil er bis zum Ende ein Arschloch gewesen war? Trauer, weil ich irgendwie auch meinen besten Freund verloren hatte? Den Jungen, den ich einmal gekannt hatte, bevor Romy in mein Leben getreten war? Hatte ich ihn überhaupt gekannt?

Aber ganz sicher hatte ich nicht mit diesem überwältigenden Gefühl der Scham gerechnet.

Als ich in seine braunen Augen sah, die selbst dann immer noch einen warmen Ton hatten, wenn sein Besitzer kalt schaute, glühten meine Wangen, nein, mein ganzer Körper!

Ich erinnerte mich an all die schlechten Momente. Wie er mich nach der Trennung von Romy ausgenutzt hatte, in dem Glauben, dass ich von ihm abhängig war. Wie er mir verboten hatte, mit Romy zu sprechen oder sie auch nur zu lange anzusehen. Er hatte gewusst, was ich verloren hatte, und er hatte genüsslich dabei zugesehen, wie ich litt. Als wäre es seine ganz persönliche Art von Rache gewesen.

Ich erinnerte mich aber auch daran, wie ich ihn geschlagen hatte und wie viel schlechter es mir danach gegangen war. Es hatte nichts Befreiendes gehabt. Es hatte mir nur gezeigt, wie schwach ich war, dass ich überhaupt hatte handgreiflich werden müssen.

Und ich erinnerte mich daran, wie er mich berührt hatte. Überall. Wie er darauf bestanden hatte, es zu tun. Jede Faser meines Körpers wollte fliehen.

Robin sah überrascht und schockiert gleichzeitig aus, als wäre ich der letzte Mensch, den er anzutreffen geglaubt hatte. Vermutlich war dem auch so.

Seine Augen, unter denen sich dunkle Schatten abzeichneten, bewegten sich hektisch, als hätte er Angst, etwas zu verpassen. Oder als könnte er nicht glauben, dass ich wirklich vor ihm stand.

Auch ich war geschockt über die Tatsache, wie blass und müde er aussah. Bartstoppeln zierten sein Gesicht. Es war ein ungewohnter Anblick, weil ich ihn nur selten unrasiert gesehen hatte. Was auch an mir gelegen hatte, da ich es gewesen war, die darauf bestanden hatte, dass er es tat. Ich konnte noch nicht einmal sagen, ob es gut oder schlecht an ihm aussah.

Durch all das, was zwischen uns passiert war, empfand ich fast schon eine Antipathie gegen ihn, die es mir unmöglich machte, ihn in irgendeiner Art und Weise attraktiv oder gut aussehend zu finden. Für mich würde er immer das Arschloch sein, das er zum Schluss gewesen war. Das alles wurde mir klar, als wir uns gegenüberstanden und gegenseitig anschauten. Als wären wir zwei Fremde, die sich nie zuvor begegnet waren. Als wäre da nicht diese jahrelange Freundschaft gewesen.

Wie konnte man einen Menschen, den man mehr oder weniger geliebt hatte, hassen?

»Sam?«

Komischerweise war es Robin, der seine Stimme als Erster wiederfand. Sein Tonfall klang aber eher fragend.

Die Art, wie er meinen Namen aussprach, war mir so vertraut, dass es mir wie tausend Stromschläge durch die Haut schoss. Allerdings nicht im positiven Sinne. Es steigerte das Gefühl der Scham noch mehr. Ich bekam beinahe keine Luft mehr.

»Hallo, Robin«, erwiderte ich.

Obwohl ich darum bemüht gewesen war, kühl und selbstbewusst zu klingen, kam es eher als ein Piepsen über meine Lippen. Ich verschränkte automatisch die Arme vor der Brust, um mich vor seinen Blicken zu schützen. Die Wölbung meines Bauches konnte er durch den weit fallenden Stoff meiner Jacke sehr wahrscheinlich nicht erkennen.

»Was machst du hier?«, fragte er, noch immer sichtlich verwirrt und überrascht von meinem Auftauchen.

»Wir müssen reden«, erwiderte ich.

Mit meinen Worten veränderte sich sein Gesichtsausdruck, wurde fast überheblich und selbstgefällig. Er verlagerte sein Gewicht so, dass er seine Beine im Stehen überschlagen konnte, und lehnte sich mit der rechten Schulter an den Türrahmen.

»Kommst du jetzt wieder angekrochen, weil du gemerkt hast, was du an mir hattest?«, fragte er.

»Bitte?«, kam es von mir, obwohl ich ihn genau verstanden hatte.

Ich blinzelte schockiert.

Einmal.

Zweimal.

Dreimal.

»Wenn du glaubst, wir hätten noch eine Chance, nach dem, was passiert ist …«, setzte er an, doch dieses Mal unterbrach ich ihn.

»Deshalb bin ich nicht hier«, gab ich zurück. Meine Scham verwandelte sich allmählich in Wut.

Vielleicht bildete ich es mir nur ein, aber ich meinte, kurz Enttäuschung und Verärgerung in Robins Augen aufblitzen zu sehen. Jedoch war sein Gesichtsausdruck schnell wieder neutral, fast kühl.

»Ach, und weshalb dann?«

»Das sollten wir besser drinnen besprechen«, entgegnete ich.

Robin zögerte einen Moment und ich dachte schon, er würde das Thema tatsächlich zwischen Tür und Angel ausdiskutieren wollen. Doch dann stieß er sich ab, trat einen Schritt in die Wohnung hinein und machte eine Geste, die bedeutete, dass ich ihm folgen sollte, was ich nach kurzem Zögern tat.

Hoffentlich war das hier nicht ein großer Fehler.

Es sah alles noch so aus, wie ich es in Erinnerung hatte. An der linken Wand stand das schwarze Ledersofa, auf dem zwei Personen (wenn man sich richtig zusammenquetschte, sogar drei) sitzen konnten. Ich erinnerte mich daran, wie ich dort manchmal mit Robin gesessen hatte. Mit einem Pizzakarton auf dem Schoß und einem Film, den wir uns gemeinsam auf dem Fernseher, der parallel zu der Couch aufgestellt war, angeschaut hatten. Die Wände waren noch immer in demselben Minzgrün gestrichen wie bei seinem Einzug in die Studentenwohnung.

Auf dem Wohnzimmertisch lagen eine TV-Zeitschrift und eine offene Chipstüte und auf dem Boden stand eine Colaflasche, in der sich noch ein kleiner Rest tummelte, der sicher schon keine Kohlensäure mehr besaß. Auf dem schwarzen Stoff des Sofas lagen ein paar Kleidungsstücke.

Die Unordnung sah Robin so gar nicht ähnlich. Normalerweise war er sehr bedacht darauf, alles sauber zu halten.

Das Regal mit seinen DVDs, Konsolenspielen und Lehrbüchern stand immer noch neben dem Fernseher und sah als Einziges in dem Zimmer aufgeräumt aus. Selbst der Fußboden hätte es mal wieder nötig, gesaugt oder gefegt zu werden.

Die Tür zu dem separaten und kleinen Schlafzimmer stand halb offen, war jedoch zu weit weg, als dass ich einen Blick hätte hineinwerfen können. Ich war mir aber sicher, dass er noch immer das Holzbett hatte, auf das wir beide uns immer hatten quetschen müssen, weil es für zwei Personen doch etwas zu eng war.

Der Fernseher lief, aber ich erkannte den Film nicht auf die Schnelle, bevor das Bild schwarz und es seltsam still um uns herum wurde, nachdem Robin ihn ausgemacht hatte.

Unbeholfen stand ich in der Mitte des Raumes, die Hände vor meinem Bauch verschränkt, weil ich nicht wusste, wohin mit ihnen. Ich spürte Robins Blick auf mir, weigerte mich aber, ihn ebenfalls anzusehen. Stattdessen ließ ich meinen überall hinschweifen, nur nicht zu ihm.

Ich fühlte mich unglaublich unwohl. So als hätte man ein frei lebendes Tier in einen engen Käfig gesperrt.

Trotzdem bereute ich die Entscheidung, hierhergefahren zu sein, nicht.

Robin musste es wissen.

Er musste wissen, dass ich schwanger war.

Von ihm.

»Also? Worum geht es denn nun?«, fragte er direkt und lenkte meine Aufmerksamkeit doch auf ihn. Unsere Blicke streiften sich und seiner hielt den meinen gefangen.

Unsicher löste ich meine Hände, griff nach dem Reißverschluss meiner Jackentasche und zog diesen nervös auf und zu, um Beschäftigung für meine Finger zu haben.

Auf dem Weg hierher hatte ich mir alle möglichen Worte zurechtgelegt, war das Gespräch wieder und wieder in meinem Kopf durchgegangen, aber jetzt fühlte es sich an, als wäre alles gelöscht. Als hätte jemand auf *Reset* geklickt.

»Vielleicht solltest du dich besser setzen«, schlug ich unbeholfen vor.

Doch Robin verschränkte nur wortlos die Arme vor der Brust und reckte das Kinn nach vorn. Keiner von uns beiden wollte dem anderen unterlegen sein. Undenkbar, dass wir bald ein *Team* werden sollten.

Ich schwieg.

Die Worte lagen mir auf der Zunge, aber sie wollten nicht über meine Lippen kommen, als hätte sie mir jemand zugenäht. Mein Herz pochte schon wieder schneller, meine Handflächen wurden schweißig, sodass ich sie mir am Stoff der Jacke abwischte und aufhörte, mit dem Reißverschluss zu spielen. Das Geräusch war sowieso nervtötend gewesen.

»Also, Sam, entweder sagst du, was du zu sagen hast, oder du gehst wieder. Ich habe nicht den ganzen Tag Zeit«, kam es von ihm, nachdem ich minutenlang geschwiegen hatte.

Der Puls rauschte mir in den Ohren, so laut, als würde ich direkt neben einem Presslufthammer stehen. Ich fühlte mich wie ohnmächtig, nur dass ich bei vollem Bewusstsein war.

Ich hatte doch mittlerweile Übung darin, den Leuten zu sagen, dass ich schwanger war. Bei ihm fiel es mir so unendlich schwer.

Nicht nur einmal hatte ich mich gefragt, wie er wohl reagieren würde, mir in meinem Kopf alle möglichen Szenarien und Reaktionen ausgemalt.

Er sah mich immer noch erwartungsvoll an, die Augenbrauen nach oben gezogen. Es machte keinen Sinn, Small Talk führen zu wollen, schließlich war ich nur aus einem Grund hier. Früher hatte ich diesem Kerl alles erzählen können, zumindest hatte ich das geglaubt, bis ich Romy kennengelernt hatte.

Meine Augenlider flatterten und mein Mund öffnete sich, aber kein Ton kam heraus. Mein Herz pochte mit jedem Schlag schneller und härter.

»Sam?«, kam es fast schon genervt von Robin.

Ich sah ihn direkt an, in das Gesicht, das mir so vertraut und fremd zugleich war. Vielleicht war das Ganze hier doch eine viel zu überstürzte Entscheidung gewesen. Ich hätte vorher mit Romy darüber sprechen sollen, aber jetzt war ich hier und jetzt musste ich es durchziehen.

Ich nahm einen tiefen Atemzug, den ich in meinen Lungen hielt.

Herzschlag.

Ich ließ die Luft wieder entweichen.

Herzschlag.

Also gut.

Du schaffst das, Sam.

Herzschlag.

Und dann platzten die Worte endlich aus mir heraus.

»Ich bin schwanger.«

Danach war es so ohrenbetäubend still, als wäre eine Bombe explodiert. Und irgendwie war es das auch.

20

Einfach nur Menschen

»Was?«, brachte Robin nach langen Minuten des Schweigens keuchend hervor und seine Gesichtszüge entgleisten sichtlich. Er sah aus, als hätte man ihm einen heftigen Schlag in den Magen verpasst. Der Schock spiegelte sich in seinen Augen wider. Er fixierte mich regelrecht mit seinen Blicken, als suchte er nach einem Anzeichen, das ihm beweisen würde, dass ich log.

Unwillkürlich kam mir der Tag in den Sinn, als ich mich zum ersten Mal von ihm getrennt hatte. An der Brücke, als er mich panisch gefragt hatte, ob ich schwanger war. Es kam mir fast wie eine Ironie des Schicksals vor, dass es nun der Fall war.

Ich schwieg.

Was hätte ich auch sagen sollen? Nichts davon hätte es besser für ihn gemacht. Das Schlimmste an der ganzen Situation war, dass ich genau wusste, wie er sich fühlte. Ich hatte genau das Gleiche durchgemacht, als ich das Ergebnis des Schwangerschaftstests gesehen hatte. Mein ganzer Körper war wie zu einer Eisskulptur gefroren. Selbst Romy war zum ersten Mal vollkommen schockiert gewesen.

»Scheiße, Mann! Wie konnte das passieren?«, fragte er mich immer noch perplex, beinahe verzweifelt. »Wir haben doch verhütet!«

»Das ist die Frage, die ich mir auch immer wieder stelle. Vielleicht hatte das Kondom einen Riss und wir haben es nicht bemerkt? Oder du hast vergessen, zu verhüten, oder … keine Ahnung!«

Die Scham war wieder zurück und sie pulsierte in meinen Wangen.

Ich fühlte mich wie ein Viertklässler, der das Wort *Kondom* nicht sagen konnte, ohne zu kichern oder vor Verlegenheit zu explodieren. Gleichzeitig war es noch viel mehr als das. Wenn ich nur daran dachte, wie grob seine Hände mich angepackt hatten. Wie er mir gesagt hatte, dass er es jetzt wollte, und ich hatte *gehorchen* müssen.

Tatsächlich hatte ich in der Zeit keinen Gedanken daran verschwendet, zu schauen, ob er wirklich verhütete. Ich hatte ihn einfach machen lassen und mich der Leere hingegeben, die mich erfüllt hatte.

Die Erinnerungen ließen meinen Brustkorb eng werden, sodass ich glaubte, ich würde von meinem eigenen Körper erdrückt werden und ersticken. Ich wollte daran nicht mehr denken. Und vor allem wollte ich ihm dabei nicht ins Gesicht gucken. Eigentlich war mir danach, jetzt einfach zu gehen.

»Was? Denkst du, ich hätte dir absichtlich ein Kind gemacht, oder was?«, fragte er fast schon aggressiv.

»Das habe ich nie behauptet«, entgegnete ich ruhig, um ihn nicht noch mehr anzustacheln.

Mein Hinterkopf pochte und mein Fluchtinstinkt riet mir, zu gehen. Was, wenn das Gespräch nun vollkommen aus dem Ruder lief? Das hatte ich nicht bedacht. Ich kam mir seltsam bescheuert vor.

»Scheiße!«, fluchte er, machte eine Drehung um hundertachtzig Grad und gab der Colaflasche so einen heftigen Tritt, dass sie mit einem lauten Aufprall gegen das Regal donnerte.

Ich zuckte zusammen, unterdrückte den Impuls, aufzuschreien, und hielt instinktiv meine Hände um den Bauch geschlungen. Meine Beine wollten sich nicht mehr bewegen, als wären sie am Boden festgenagelt, während sie gleichzeitig zitterten, als hätte ich sie überanstrengt. Schweiß lief mir den Nacken hinab und alle meine Instinkte rieten mir abermals, zu gehen. Jeder Muskel in meinem Körper spannte sich an und Hitzeschübe durchfluteten mich. So unkontrolliert hatte ich Robin noch nie gesehen und es jagte mir einen Heidenschreck ein.

»Kannst du noch abtreiben?«, fragte er, als er wieder zu mir herumwirbelte und mich fast schon gehetzt anschaute.

Meine Kehle war wie zugeschnürt, deshalb schüttelte ich bloß den Kopf. Auch wenn mir der Gedanke ebenfalls gekommen war, verletzte mich seine Frage. Es war nicht fair, mir das Recht herauszunehmen, darüber nachzudenken, während es mir bei ihm etwas ausmachte. Aber ich konnte mich nicht gegen das wehren, was ich fühlte.

Und es verwirrte mich mehr denn je.

Er fuhr sich energisch durch die Haare, dann, als hätte ihn die Kraft verlassen, taumelte er zu dem schwarzen Ledersofa und ließ sich darauf fallen. Den Kopf ließ er hängen, sodass ich von seinen Blicken erlöst wurde. Die Hände hatte er ineinander verschränkt und die Ellbogen auf den Oberschenkeln abgestützt. Er sah aus, als würde er ins Gebet gehen wollen.

Ich spürte das Klopfen meines Herzens bis in die Fingerspitzen. Jeder Muskel in meinem Körper war immer noch angespannt, lockerte sich aber mit jedem meiner Atemzüge langsam wieder, da Robin nicht mehr aggressiv zu sein schien.

Das Schweigen breitete sich abermals zwischen uns aus und trotzdem war mir noch nie im Leben etwas so laut vorgekommen. Ich wusste nicht, was ich tun sollte. Gehen oder bleiben?

Während ich mir meine Gedanken machte, schien Robin sich auch welche gemacht zu haben.

»Ich will einen Vaterschaftstest«, sagte er schließlich, sein Gesicht gen Boden gerichtet, sodass ich den Ausdruck in seinen Augen nicht sehen konnte.

Autsch.

Nach allem, was war, hatte ich geglaubt, er könnte mir nicht mehr wehtun. Nicht er. Aber er tat es trotzdem und das machte mich schon wieder so unendlich wütend, dass ich hätte schreien können.

»Den kannst du haben«, erwiderte ich schlicht. Es hatte keinen Sinn, mit ihm darüber zu diskutieren, dass außer ihm niemand infrage kam. Ich hatte auch nicht die emotionale Kraft es ihm zu erklären.

Er nickte.

Vermutlich hatte er nicht damit gerechnet, dass ich dem so leicht zustimmen würde. Aber ich hatte nichts zu verbergen. Er war nun mal der Erzeuger.

»Ich bin noch viel zu jung für ein Kind. Ich habe Pläne für meine Zukunft. Ich bin nicht bereit, Vater zu werden!«

Er hob den Kopf, als erhoffte er sich Verständnis von mir. Oder irgendeine Lösung. Für den Bruchteil einer Sekunde sah er wie ein kleiner Junge aus, der Hilfe brauchte.

Die Wut gewann immer mehr an Saat. Er war verdammt noch mal derjenige gewesen, der die Regel aufgestellt hatte, Sex zu haben, wann immer er wollte. Er war derjenige, der sich wie ein Sklaventreiber aufgeführt hatte und mich jetzt anschaute, als wollte er meine Hilfe. Aber mein Mitleid für ihn war längst aufgebraucht.

»Denkst du, wir wären dazu bereit? Ist es das, was du denkst, ja? Du bist nicht der Einzige, dessen Leben vollkommen auf den Kopf gestellt wird, okay? Wir müssen damit auch zurechtkommen!«

Den letzten Satz schrie ich fast und es hatte etwas unglaublich Befreiendes. Mein Schädel pochte, als wollte er jeden Moment platzen wie ein zu praller Luftballon.

»Wer ist *wir*?« Er sah mich durchdringend an.

Mir war gar nicht aufgefallen, dass ich in der Mehrzahl gesprochen hatte, das musste ich unterbewusst getan haben. Erst als er mich darauf hinwies, spürte ich die Wärme meinen Hals hinaufsteigen und sich im Gesicht ausbreiten.

»Romy und ich«, antwortete ich wahrheitsgemäß.

Vermutlich hätte ich das nicht tun sollen.

Er schnaubte. Und zwar so *Robin-like*, wie ich es noch von früher kannte.

»Du hast also vor, mit dieser Schlampe unser Kind großzuziehen?«, brachte er knirschend hervor und seine Augenbrauen zogen sich wütend zusammen.

»Nenn sie nicht so! Nie wieder!« Ich funkelte ihn an. Wüsste ich nicht bereits, wie es sich anfühlte, Robin zu schlagen, hätte ich spätestens jetzt das Bedürfnis danach gehabt. Meine Hände ballten sich automatisch zu Fäusten und ich funkelte ihn zornig an.

Soeben hatte er doch noch beteuert, dass er nicht bereit war, Vater zu werden, hatte einen Vaterschaftstest verlangt, und kaum kam Romy zur Sprache, war es plötzlich auch *sein* Kind. Als wäre Romy ein schlechterer Mensch, nur weil sie eine Frau war.

Ich kam nicht dazu, ihm zu bestätigen, dass es genau so sein würde. Dass das Kleine von zwei Müttern großgezogen werden würde und außerdem – wenn Robin das so wollte – seinen Vater besuchen konnte. Ich wäre der letzte Mensch, der ihm das Sorgerecht entziehen würde. Das dachte ich zumindest, bis ich seine nächsten Worte hörte.

»Das werde ich garantiert nicht zulassen. *Mein* Kind wird unter keinen Umständen von zwei Lesben großgezogen! So weit wird es niemals kommen, nur über meine Leiche! Sobald die Vaterschaft zweifellos erwiesen ist, werde ich das alleinige Sorgerecht beantragen und darum kämpfen! Du und deine Lesbenschlampe habt schon viel zu viel kaputt gemacht«, knurrte er und in mir schien ein Knoten zu platzen, der schon zu lange zum Zerreißen gespannt gewesen war.

»HÖR AUF DAMIT!«, schrie ich so laut, dass nicht nur Robin davon überrascht war.

Er sprang vom Sofa auf, den Blick nicht von mir abgewandt, als wäre nun er derjenige, der sich vor mir fürchtete, und nicht mehr andersherum.

»Ich habe dir schon mal gesagt, nenn sie nicht so!«

Heiße Wut floss wie Lava durch meine Venen. Alles in mir braute sich zusammen. Die Tatsache, dass er Romy immer und immer wieder beleidigte und dass er mir damit gedroht hatte, mir das Baby wegzunehmen. Bisher hatte ich immer gedacht, ich würde die Entscheidung, ob ich es zur Adoption freigab oder nicht, erst zum Ende fällen. Robins Segen hätte ich vermutlich sogar, so wie er sich dagegen sträubte. Aber jetzt, nach dieser Drohung ... Das schien etwas in mir freigesetzt zu haben, von dem ich nicht einmal gewusst hatte, dass es da war.

Zum ersten Mal *wollte* ich mein Baby, ohne Wenn und Aber. Auch wenn es schwierig wurde, auch wenn es bedeutete, dass meine ganze Zukunft umgekrempelt wurde. Ich wollte dieses Kind.

Vielleicht hatte ich diese Drohung gebraucht, um das zu erkennen, aber jetzt würde ich mir das Kleine nicht mehr wegnehmen lassen. Von niemandem.

Möglicherweise hatte ich es nicht von dem ersten Moment an geliebt, vielleicht tat ich das jetzt auch noch nicht so, wie es andere Mütter taten. Aber ich fing an, es zu akzeptieren, es zu wollen, und vielleicht begann etwas in mir, das kleine Wesen zu lieben.

»Du hast recht ...«, begann ich und Robin sah mich verdattert an, als hätte ich sie nicht mehr alle.

»Du hast recht, wenn du sagst, dass dein Kind nicht von Lesben großgezogen wird, denn das wird es nicht. Es wird von Menschen großgezogen, denn das sind Romy und ich. Wir haben genauso ein Recht darauf, ein Baby zu haben, wie jedes andere Pärchen auch. Schade, dass du mich nur noch so siehst und nicht mehr als die Sam, die du kennst. Oder zumindest kanntest.«

Meine Stimme zitterte, aber nicht, weil ich mich innerlich schwach fühlte, sondern weil ich so geladen war. Ich wollte in den Augen anderer nicht mehr nur eine Lesbe sein. Deswegen war ich trotzdem noch ein Mensch und so wollte ich auch gesehen und behandelt werden. Was war das für eine Welt, in der man aufgrund seiner Nationalität, Religion oder sexuellen Orientierung benannt wurde?

Der Türke.

Die Deutsche.

Der Afghane.

Die Lesbe.

Die Schwuchtel.

Der Hetero.

Nein!

Romy.

Sam.

Du.

Ich.

Menschen!

»Ich wollte das Ganze hier friedlich regeln, indem wir uns das Sorgerecht teilen. Aber wenn du mir so kommst, kannst du dich darauf gefasst machen, dass ich um mein Baby kämpfen werde«, sagte ich mit Nachdruck.

Ich fühlte mich befreit. Als wäre auch hier eine Blockade von mir gelöst worden oder als hätte jemand die Tür zu meinem Käfig geöffnet, in dem die Gesellschaft mich gefangen hielt.

Unwillkürlich musste ich wieder an Toshiro und seine Worte denken, die mir so viel Kraft gegeben hatten. Er hatte recht. Wieso sollte ich mich vor der Welt verstecken? Wieso nur im Schatten gehen, wenn das Licht auch für mich gemacht war?

Robin begann, in seine Hände zu klatschen. Zuerst langsam, dann immer heftiger und lauter, sodass es nun an mir war, verwirrt zu schauen.

»Wow, ich bin wirklich beeindruckt. Wirst du das so auch dem Jugendamt erzählen?«

An dem Grinsen auf seinem Gesicht erkannte ich, dass meine Worte gar nichts bei ihm bewirkt hatten. Komischerweise ließ es mich nicht mehr wütend zurück, so wie ich es eben noch gewesen war, sondern fast gleichgültig. Als hätte ich nun die Stärke, jedes Hindernis zu überwinden.

Ich war frei.

Frei von meiner Selbstgeißelung.

Ich hob den Kopf und wandte mich ab, ohne ihm eine Antwort zu geben. Mit erhobenem Haupt, als wäre ich eine Königin, die eine lange Schleppe hinter sich herzog, ging ich auf die Eingangstür zu und öffnete diese.

Ich war fertig mit ihm.

Endgültig.

Seine Worte waren nichts als eine leere Drohung, zumindest hoffte ich das.

»Ich hätte mir einen besseren Vater für mein Kind gewünscht und nicht einen, für den es sich schämen muss«, sagte ich, ohne mich zu ihm umzudrehen, und dann verließ ich die Wohnung.

»... *und nicht einen, für den es sich schämen muss.* Und dann bin ich gegangen, ohne dass er noch etwas sagen konnte.«

Ich beendete meine Erzählung für Romy, mit der ich seit einer Viertelstunde telefonierte. Mit den Fingern zupfte ich an der Decke, die ich mir bis zur Brust nach oben gezogen hatte.

»Ich fasse es nicht«, sagte Romy und ihre Stimme strotzte vor unterdrückter Wut. Was dafür sorgte, dass mir ein Stich durch den Bauch fuhr, weil ich nicht wusste, gegen wen sie sich richtete.

»Bist du jetzt böse auf mich?«, hakte ich nach.

»Nein, wieso sollte ich auf DICH böse sein?«, fragte sie hörbar entsetzt. »Du bist ein freier Mensch, Sam, und ich habe dir bereits gesagt, dass ich hinter deinen Entscheidungen stehe. Wenn du es für das Richtige gehalten hast, es Robin zu sagen, ist das für mich okay. Du musst mich nicht um Erlaubnis bitten.«

Ob es das Richtige war oder nicht, wusste ich nun auch nicht mehr. Ich hatte fair sein wollen, aber letztendlich hatte es mir nur wieder bewiesen, was für ein Mensch Robin wirklich war. Aber seine Drohung hatte etwas in mir freigesetzt – etwas, von dem ich nicht einmal gewusst hatte, dass es da war. Meinen Mutterinstinkt. Es hatte dafür gesorgt, dass ich das Kleine wollte. Es hatte nicht verdient, von seinen Eltern verstoßen zu werden, nur aufgrund der Tatsache, wie es entstanden war.

Mittlerweile schämte ich mich fast für den Gedanken, dass ich wirklich darüber nachgedacht hatte, es zur Adoption freizugeben.

Wie hatte ich das auch nur für einen Moment in Erwägung ziehen können?

»Ich bin sauer auf ihn, weil er so ein verdammtes Arschloch ist. Wie hast du es nur mit ihm ausgehalten?«, schimpfte Romy.

Ein leises Seufzen verließ meine Lippen. »Glaub mir, die Frage stelle ich mir auch immer wieder.«

Kurz herrschte Schweigen zwischen uns.

»Was hast du jetzt vor?«, hörte ich sie fragen.

Ich drehte mich vom Rücken auf die Seite, legte das iPhone nah neben mein Gesicht, damit Romy, die auf Lautsprecher war, mich hören konnte.

»Ich habe vorhin schon mit meinem Vater gesprochen. Er meinte, er hätte Kontakte zu einem angesehenen Anwalt, der auf Familienrecht spezialisiert ist. Er wird ihn für mich fragen, was unsere Möglichkeiten sind und wie wir am besten vorgehen sollen. Aber eigentlich wird einem das Sorgerecht nur bei Kindesgefährdung entzogen. Das Einzige, was er versuchen kann, ist, das Aufenthaltsrecht einzuklagen«, erklärte ich, nicht ohne mir Sorgen zu machen, dass Robin es wirklich schaffen könnte.

»Das soll er mal versuchen«, kam es von Romy, begleitet von einem wütenden Schnauben.

Langsam, fast vorsichtig, schob ich die Hand auf meinen Bauch und begann, ihn sanft zu streicheln. Kaum zu glauben, dass ich mir jetzt meinen Körper mit einem anderen Menschen teilte.

Am anderen Ende war ein leises Rascheln zu hören. Vermutlich lag Romy auch bereits im Bett. Die Vorstellung, dass sie das Handy ebenfalls neben sich liegen hatte, brachte mich zum Lächeln.

Für eine kurze Zeit waren wir beide still, hingen unseren Gedanken nach, was aber nicht unangenehm war. Wenn ich meine

Augen schließen und ihren Atemzügen lauschen würde, würde ich es vermutlich schaffen, ruhig einzuschlafen.

»Romy?«, flüsterte ich.

»Ja, Baby?«, kam es prompt zurück.

»Danke«, hauchte ich.

»Wofür?« Sie klang irritiert.

»Dafür, dass du da bist und mich nicht allein lässt«, erwiderte ich und kniff mir in den Nasenrücken, weil meine Augen verräterisch zu brennen begannen.

»Sam, ich *liebe* dich und nichts wird das ändern. Natürlich hatte ich nicht geplant, so schnell ein Kind mit dir großzuziehen, aber jetzt ist das Würmchen nun mal da und wir werden auch diese Situation meistern«, erwiderte sie und eine innere Wärme strahlte kreisförmig von meinem Brustkorb aus, schien jeden Winkel meines Körpers zu erfüllen.

»Mhm«, machte ich mit geschlossenen Lippen. »Da wäre noch was.«

»Oh, oh«, sagte sie, wobei es sich aber eher so anhörte, als würde sie dabei lächeln.

»Ich wollte dich fragen, ob du beim nächsten Frauenarztbesuch mitkommen möchtest?«, fragte ich leise, aus Angst sie könnte Nein sagen.

»Aber natürlich«, lautete ihre Antwort.

»Und …«, begann ich abermals, wurde aber von ihr unterbrochen.

»Du hast heute wirklich viel zu offenbaren, was?«, neckte sie mich und ich schnitt eine Grimasse, die sie natürlich nicht sehen konnte.

»Wenn du es deinen Eltern erzählen willst, wäre das für mich okay. Immerhin betrifft es sie jetzt irgendwie auch, oder nicht?«, erwähnte ich.

Bisher hatten wir Philipp und Holly noch nicht eingeweiht. Die ganze Sache war schon kompliziert genug. Aber jetzt, nachdem ich eine endgültige Entscheidung getroffen hatte, war alles anders. Natürlich machte mir mein Entschluss auch eine Menge Angst und ich fragte mich immer noch, ob ich das Richtige tat. Nicht, weil ich mich vor Romys oder meiner Zukunft fürchtete. Ich fragte mich, ob ich eine gute Mutter würde sein können. Ich hatte überhaupt keine Ahnung von Babys!

Vielleicht würde es auch einfacher werden, wenn ich mit Romys Mutter darüber reden konnte, wenn ich das schon nicht mit meiner eigenen konnte. Holly hatte schließlich vier Kinder zur Welt gebracht und großgezogen. Wobei sie bei Dylan und Liane noch mittendrin steckte.

»Das werde ich. Willst du dabei sein?«, fragte Romy.

»Vielleicht ist es besser, wenn du es ihnen selbst sagst. Ich weiß nicht, ob sie offen reden würden, wenn ich dabei wäre«, merkte ich an und malte mir ihre Reaktionen bereits aus.

Ihre Eltern waren sonst so tolerant und verständnisvoll, aber wie würden sie *darauf* reagieren? Würden sie glauben, dass ich Romys Leben zerstörte? Immer und immer wieder? Würden sie vielleicht irgendwann anfangen, mich zu hassen?

»Dann werde ich mich morgen mit ihnen zusammensetzen und mit ihnen reden«, erwiderte sie.

Ich schluckte, weil ich nicht damit gerechnet hatte, dass sie es so schnell tun würde. Aber wieso länger aufschieben?

»Hast du Angst, es ihnen zu sagen?«, hakte ich nach und Romy schwieg für einen Moment.

»Nein, Angst würde ich es nicht nennen. Ich weiß, dass ich mit ihnen über alles reden kann. Aber ich mache mir trotzdem ein wenig Sorgen darüber, wie sie reagieren werden. Immerhin ist es keine einfache Situation«, hörte ich sie sagen.

»Nein, das ist es nicht.« Ich atmete geräuschvoll aus und begann, an der Bettdecke herumzuzupfen. In diesem Moment fragte ich mich, wie unser beider Leben verlaufen wären, wäre Romy niemals in mein Klassenzimmer gekommen.

»Romy?«

»Ja, Baby?«

»Bleibst du mit mir am Telefon, bis ich eingeschlafen bin?«, fragte ich und musste mir in diesem Moment tatsächlich das Gähnen verkneifen.

Romy lachte leise, und zwar so süß, dass ich sie am liebsten hier gehabt und dafür geküsst hätte.

»Aber sicher doch«, antwortete sie.

»Gute Nacht«, wisperte ich.

»Gute Nacht«, echote sie.

Ich schloss meine Augen, lauschte Romys Atemzügen so lange, bis ich ganz ruhig wurde und schließlich einschlief.

21

Zwei unterschiedliche Welten

Hier, mein Kind, stell das noch auf den Tisch«, sagte Oma Maria, die mir eine Schüssel voll Kopfsalat reichte. Ich trug sie durch die Küche ins Esszimmer und stellte sie inmitten der anderen Gerichte ab, deren Dampf in die Luft stieg.

Heute war ein wichtiger Tag für Romy und mich. Unsere Familien würden sich zum ersten Mal kennenlernen, nachdem Romy ihren Eltern von meiner Schwangerschaft erzählt hatte. Holly war neben Oma Maria die einzige Person, die sich wirklich gefreut hatte, immerhin würde sie sozusagen *Schwiegergroßmutter* werden.

Philipp hingegen war skeptisch. Er hatte angemerkt, dass wir noch zu jung für ein Kind waren und unsere Beziehung noch zu frisch. Außerdem hatte Romy vorgehabt, nächstes Jahr mit dem Studium zu beginnen.

An und für sich sollte es kein Problem darstellen, wenn Romy die Uni besuchte und ich noch ein Jahr länger zu Hause blieb und mich um das Baby kümmerte. Letztendlich überließ er die Entscheidung aber seiner Tochter. Weder Romy noch ich waren deshalb wütend auf ihn. Wir wussten beide, dass er nur das Beste für sie wollte, so wie die meisten Väter.

Das Klingeln an der Tür riss mich aus meinen Gedanken.

Sie waren da!

Eine seltsame Aufregung erfasste mich. Hoffentlich würden sich unsere Familien gut miteinander verstehen. Eigentlich machte ich mir bei Oma Maria und Holly keine Sorgen, aber wie würde mein Vater reagieren? Zum ersten Mal war ich wirklich froh, dass meine Mutter nicht hier war. Mit Sicherheit hätte sie Romys Familie naserümpfend und mit akribischen Blicken gemustert. Und mit Garantie hätte sie sich später über die billige Kleidung beschwert und mich gefragt, wie ich es denn bei solchen Leuten nur aushielt. Mein Vater war viel offener und zwangloser, aber dennoch machte ich mir Sorgen, dass während des Essens unangenehmes Schweigen herrschen würde.

»Ich gehe schon«, rief ich meinem Vater und meiner Großmutter zu, ehe ich das Esszimmer verließ und wenig später die Tür öffnete.

Mein Blick fiel zuerst auf Holly und Philipp. Es war ein merkwürdiges Gefühl, zu sehen, dass sie sich schick gemacht hatten. Während ich nur eine Leggings, kombiniert mit einem marineblauen Longshirt trug, hatte Holly sich ein türkisfarbenes Sweatshirt mit U-Ausschnitt angezogen. Dazu eine silberne Kette ohne Anhänger, die sich um ihren Hals schmiegte und das Outfit edler aussehen ließ. Kombiniert hatte sie das mit einer schwarzen Jeanshose sowie Halbschuhen in der gleichen Farbe, die einen kleinen Absatz hatten. Ihre Haare trug sie in sanften Wellen, die ihr Gesicht betonten.

Philipp schien sich kürzlich die Haare geschnitten zu haben. Sein Gesicht war frisch rasiert, sodass keine Bartstoppeln zu sehen waren. Sein langärmliges kariertes Hemd hatte er ordentlich in seine dunkelblaue Jeanshose gestopft, die von einem schwarzen Ledergürtel gehalten wurde. Die Krönung waren aber die Lackschuhe, die er trug.

Beide sahen gut aus, ohne jeden Zweifel, doch ihre Kleidung machte das Ganze viel formeller, als ich es mir vorgestellt hatte. Als wollten sie auf jeden Fall einen guten Eindruck machen.

»Darling!«, rief Holly aus und zog mich auch schon in ihre Arme. Immer noch genauso herzlich und fest, wie sie es bisher immer getan hatte. Ein intensiver, aber angenehmer Geruch von Waschmittel und Parfüm stieg mir in die Nase.

»Es ist so schön, dich wiederzusehen. Lass dich angucken.«

Sie wich ein wenig mit dem Oberkörper zurück, hielt mein Gesicht fest und strahlte mich an, als wäre ich ihre verschollene Tochter, die zurückgekehrt war. Hollys Überschwänglichkeit und Akzeptanz hatten schon immer dafür gesorgt, dass ich mich geborgen fühlte, egal in welcher Situation ich mich befand, so auch jetzt.

Im Hintergrund hörte ich, wie Philipp meinen Vater und meine Oma begrüßte, die mir aus dem Esszimmer gefolgt waren, um den Besuch ebenfalls zu empfangen.

»Du siehst müde aus! Schläfst du nicht genug?« Hollys Stirn runzelte sich besorgt und ihre blauen Augen waren aufmerksam auf mich gerichtet.

»Doch, doch«, beschwichtigte ich sie schnell. »Aber es war alles sehr stressig in letzter Zeit.«

Ich fühlte mich seltsam schuldig, obwohl ich so viel schlief wie noch nie zuvor in meinem Leben. Ich war einfach ständig müde. Einer der eher unschönen Nebeneffekte einer Schwangerschaft, neben den Sachen wie ständiges Sodbrennen oder das schmerzhafte Ziehen der Mutterbänder.

»Ja, das kann einen ganz schön auslaugen, nicht wahr?«, hakte sie nach und als ich nickte, zog sie mich noch einmal in eine kurze Umarmung, dieses Mal viel behutsamer.

Als sie mich losließ, um nun ebenfalls meinen Vater und meine Oma zu begrüßen, umarmte ich Philipp flüchtig.

»Hallo, Sam. Danke für die Einladung zum Essen«, sagte er nicht unfreundlich. Ein Lächeln lag auf seinen Lippen, das mir zeigte, dass zwischen uns alles in Ordnung war.

»Sehr gern«, antwortete ich, auch wenn das Essen die Idee meines Vaters gewesen war. Zuerst hatten wir überlegt, in ein Restaurant zu gehen, bis ich angemerkt hatte, dass es dort immer so laut war und so viele fremde Menschen um einen herumsaßen, die die entspannte Atmosphäre störten. Außerdem hatte sich so die Möglichkeit ergeben, zusammen mit meinem Vater zu kochen. Etwas, was ich unbedingt öfter mit ihm machen wollte.

»Hi, Baby«, hörte ich Romys Stimme und wandte den Kopf automatisch in ihre Richtung. Sie sah aus wie … na ja, wie sie eben immer aussah. Allerdings fiel mir auf, dass sie einmal nicht komplett in Schwarz gekleidet war. Sie trug eine langärmlige Seidenbluse in Dunkelblau, kombiniert mit einer schwarzen Jeggings, die ihre Beine zur Geltung brachte, und ihre bekannten Springerstiefel. Die Haare trug sie wie gewohnt offen und mittlerweile war auch das Rot aus ihren Spitzen gänzlich verschwunden. Im Grunde sah sie wieder so aus wie damals, als sie neu in unsere Klasse gekommen war.

»Hey, du«, antwortete ich und sie machte einen Schritt auf mich zu.

Ich sah die unausgesprochene Frage in ihren Augen und mit einem Nicken erlaubte ich ihr, mich zu küssen. Sie drückte ihre Lippen nur für einen kurzen Moment auf meine, um mich zu begrüßen, aber es war das erste Mal, dass sie das vor meinem Vater tat.

Ihr Mund fühlte sich so weich wie immer an. Für meinen Geschmack konnte ich ihn nur zu kurz kosten, ehe sie mich wieder freigab. Ich ergriff ihre Hand und drehte mich zu meiner Großmutter um.

»Oma, das ist Romy. Romy, das ist Oma Maria«, stellte ich die beiden einander vor.

»Es freut mich, Sie kennenzulernen«, sagte Romy höflich und streckte ihr die Hand entgegen.

Meine Großmutter schmunzelte, was die Falten in ihrem Gesicht verdoppelte.

»Die Freude ist ganz meinerseits. Endlich lerne ich das unbekannte Mädchen kennen, für das meine Enkeltochter den Ozean überquert hat. Und bitte hör auf, mich zu siezen. Sehe ich so alt aus?«

Sie zwinkerte am Ende, was irgendwie ... merkwürdig aussah. Auf eine amüsante Art und Weise.

Und dann tat sie das, was Omas eben taten: Sie ergriff Romys Hand, aber anstatt sie zu schütteln, zog sie meine Freundin näher an sich heran, um ihr einen Kuss auf beide Wangen zu drücken und diese anschließend zu tätscheln.

»Was für eine hübsche junge Frau«, sagte sie schließlich mit einem Lächeln auf den Lippen und einem gutmütigen Blick.

»Oma!«, sagte ich entrüstet, doch Romy lachte nur. Ihre Wangen waren nicht einmal rosa, während meine bestimmt knallrot waren.

»Was denn? Man wird doch wohl noch ein Kompliment machen dürfen«, gab meine Großmutter von sich und schnaubte gespielt verärgert.

»Guck mal, Sam!«, rief Liane mit ihrer kindlichen Stimme dazwischen und ich drehte mich zu ihr um.

Sie sah zuckersüß aus! Ihre Haare waren zu zwei Zöpfen geflochten, die ihr links und rechts am Hinterkopf hinunterhingen. Sie trug ein hellrosa Kleid mit der Disneyprinzessin Dornröschen als Aufdruck. Dazu eine weiße Strickjacke und dunkle Strumpfhosen.

»Wir haben Nachtisch gemacht. Und ich durfte ihn sogar tragen«, präsentierte sie stolz die Auflaufform in ihren Händen.

»Ohhhh«, machte ich begeistert. »Was gibt es denn Leckeres?«

Sie runzelte die Stirn, als hätte sie vergessen, was sich in der Auflaufform befand.

»Das heißt Teramsu«, erklärte sie.

Es dauerte einen Moment, bis ich begriff, dass sie Tiramisu meinte.

»Ohne Alkohol«, warf Romy ein und ich lächelte sie an, was sie erwiderte. Und zwar auf diese niedliche Art, die mich dazu brachte, sie sofort küssen zu wollen.

»Mensch, das ist ja toll! Sollen wir das zusammen in den Kühlschrank stellen?«, fragte ich an Romys kleine Schwester gewandt.

Liane nickte eifrig.

Zusammen gingen wir in die Küche, wobei ihre Blicke überall haften zu bleiben schienen.

»Dein Haus ist soooo riesig«, sagte sie staunend, während sie neben mir lief. »Wenn ich groß bin, will ich auch ein Haus haben«, entschied sie. »Oder ein Schloss. Und dann werde ich den ganzen Tag wie eine Prinzessin in schönen Kleidern herumlaufen.«

»Ich bin mir sicher, du wirst die schönste Prinzessin von allen«, antwortete ich mit einem Lächeln, während wir die Küche betraten.

Wir verstauten das Tiramisu im Kühlschrank und gingen dann zusammen ins Esszimmer, in dem sich bereits alle versammelt hatten und begannen, Platz zu nehmen.

Ich entdeckte nun auch Dylan, der mir gerade eben noch gar nicht aufgefallen war. Er sah anders aus. Wahrscheinlich lag es an dem Gel, das er in den Haaren trug. Außerdem sah ich ihn zum ersten Mal ohne seinen heiß geliebten Gameboy. Er wirkte schüchtern, denn sein Blick schweifte immer wieder zu seinen Eltern oder seinen beiden Schwestern. Kaum sah er in die Richtung meines Vaters. Selbst mich schaute er nur hin und wieder kurz an, als wäre ich ebenfalls eine Fremde für ihn.

Es war ein merkwürdiger Anblick, unsere beiden Familien zusammen in einem Raum zu sehen, aber auf die positive Art. Lange hatte ich mir diesen Moment herbeigesehnt und nun war er endlich wahr geworden. Ich hoffte nur, dass sich alle gut miteinander verstehen würden.

Ich zog den Stuhl zurück, den Romy links von sich freigehalten hatte, während Liane zu ihrer Rechten saß.

Als ich mich hinsetzte, begegneten sich unsere Blicke kurz und sie schenkte mir ein verliebtes Lächeln, das dafür sorgte, dass mir ganz warm im Bauch wurde.

Unsere Familien mochten zwar aus unterschiedlichen Welten kommen, aber unsere Herzen schlugen den gleichen Takt. Im Endeffekt konnte ich nicht einmal mehr sagen, ob ihres meines oder meines ihres gefunden hatte.

Der süße Geschmack des Tiramisu haftete noch auf meiner Zunge. Die leeren Teller standen vor uns, doch keiner schien sie zu beachten. In den Schüsseln und Töpfen tummelten sich nur noch ein paar wenige Reste, aber man sah deutlich, dass es allen geschmeckt hatte.

Das Abendessen war wirklich gut gelaufen. Zuerst hatten wir einen holprigen Start gehabt, denn niemand wusste, was er erzählen sollte, was zu einer Art Small-Talk-Konversation geführt hatte. Doch als Oma Maria ein paar Anekdoten aus ihrer Jugendzeit wiedergegeben hatte und wir herzlich zusammen gelacht hatten, schien das Eis gebrochen.

So kam es, dass wir satt und zufrieden zusammen am Esstisch saßen. Philipp unterhielt sich angeregt mit meinem Vater. Zuerst über das Leben in Amerika und Deutschland und deren Politik. Irgendwann schweiften sie jedoch ab und schwelgten in Gedanken an die Vergangenheit und darüber, wie anders früher alles gewesen war.

»… ich habe noch eine ältere Tochter, genau. Sie studiert und lebt mit ihrem Partner allerdings in Dortmund«, hörte ich Holly gerade zu Oma Maria sagen. Die beiden tauschten sich über ihre

Kinder aus, nachdem sie zuvor über meinen Opa gesprochen hatten.

Liane und Dylan hatten sich ins Wohnzimmer verzogen, um einen Film zu schauen, weil es ihnen am Tisch mit den Erwachsenen zu langweilig geworden war.

Romy griff nach meiner Hand, erregte so meine Aufmerksamkeit, sodass ich den Kopf drehte und direkt dem Blick ihrer Augen begegnete. Zufriedenheit und Erleichterung spiegelte sich in ihrem Gesichtsausdruck wider. Ich konnte nur zu gut verstehen, was in ihr vorging. Wir hatten beide gehofft, dass unsere Familien sich miteinander verstehen würden und unsere Erwartungen waren sogar noch übertroffen worden.

»Deine Hände sind so kalt«, sagte sie leise und wärmte meine Finger zwischen ihren.

»Ich friere aber nicht«, antwortete ich, ohne mich ihrer Berührung zu entziehen.

»Tja, das ist aber schade«, erwiderte sie und malte kleine Kreise auf meinen Handrücken.

»Weil?«, hakte ich nach, als von Romy nichts mehr kam, und ein Lächeln stahl sich auf ihre Lippen. Eines von der Sorte, das mir sagte, dass ihr etwas Bestimmtes durch den Kopf ging. Etwas, das meinen Magen dazu brachte, sich freudig zusammenzuziehen.

»Dann hätte ich dich wärmen können.« Sie legte den Kopf schief, auf die für sie typische Art, und sofort zuckten meine Augen zu unseren Familien, die aber weiterhin in ihre Gespräche vertieft zu sein schienen.

Als ich wieder zu Romy blickte, konnte ich sehen, dass sich ihr Grinsen vergrößert hatte. Es war fast so provozierend wie damals, als wir uns ganz frisch kennengelernt hatten.

Ein leises Glucksen löste sich aus ihrer Kehle.

»Ist diese Vorstellung so schlimm für dich, dass du nichts mehr dazu sagen kannst?«, fragte sie frech und ihre Augen funkelten amüsiert.

Meine Wangen begannen zu glühen.

»Nein!«, beeilte ich mich, zu sagen. »Aber es muss ja nicht jeder mitbekommen.«

Dieses Mal lachte Romy und zog für den Bruchteil einer Sekunde alle Blicke auf sich, aber eher so, als würde man sie nur am Rande wahrnehmen, ehe man sich wieder dem Gespräch widmete.

»Entspann dich, Baby«, erwiderte sie, ließ meine Hand los und griff stattdessen nach der anderen, um sie ebenfalls zu wärmen.

Ich verfolgte die Bewegung ihrer Finger mit den Augen. Bei ihren Worten konnte ich gar nicht anders, als mir vorzustellen, wie sie diese Art von Bewegungen auch woanders ausführte.

War das denn zu fassen, dass sie mich mit einer so banalen Berührung schon um den Verstand brachte?

Aber wenn ich darüber nachdachte, hatte sie diese Wirkung schon immer auf mich gehabt. Dazu musste ich mich nur daran erinnern, wie sie damals in der Schulkantine ihren Apfel gegessen hatte.

Ich wäre dann bereit für ein bisschen Zweisamkeit …

»Oder hat die Ärztin schon etwas gesagt, Kind?«, fragte Oma Maria. Ich nahm ihre Stimme und die Worte zwar am Rande wahr, aber mein Gehirn, das von Romy benebelt war, konnte das Gesagte nicht richtig verarbeiten.

»Hm?«, machte ich und wandte mich von meiner Freundin ab, um meine Großmutter fragend anzuschauen. Erst jetzt bemerkte ich, dass alle am Tisch ruhig geworden waren und selbst Philipp und mein Vater in unsere Richtung schauten.

Ich war so auf Romy fokussiert gewesen, dass es mir nicht einmal aufgefallen war.

»Wir fragten uns gerade, ob du ein Mädchen oder einen Jungen bekommen wirst. Und ob du dir schon Namen überlegt hast«, antwortete Holly anstelle meiner Oma.

Jeder schaute mich gespannt an, besonders Romys Eltern. Philipp immer noch ein wenig skeptisch, fast schon verhalten, aber nicht unfreundlich. Es war das erste Mal an diesem Abend, dass meine Schwangerschaft angesprochen wurde. Und das nicht, weil es nicht wichtig wäre, aber es sollte auch nicht das Hauptthema des Abends werden. Zumindest sah ich das so. Im Grunde war der wichtigste Anlass, dass unsere Familien sich kennenlernten, unabhängig von dem Baby.

Natürlich war es der Auslöser dafür gewesen, sonst hätten wir uns vermutlich alle mehr Zeit gelassen, aber es war gut so, wie es war.

»Nein, das Geschlecht weiß ich noch nicht.« Die Hand, die von Romy gewärmt worden war, wanderte wie automatisch zu der Wölbung meines Bauches und streichelte ihn. Etwas, dass ich tat, ohne mir dessen wirklich bewusst zu sein. »Ein paar Namen habe ich schon im Kopf, aber die müssen natürlich auch Romy gefallen.«

Ich sah sie an. Das Leuchten in ihren Augen hätte nicht glücklicher sein können. Vielleicht hatte sie erwartet, ich würde sie gar nicht danach fragen? Für mich war dieses Kind aber nicht mehr nur mein, sondern *unser* Baby.

»Also ist das noch ein Geheimnis?«, fragte Oma Maria.

»Ja.« Ich grinste. »Ich werde ihn erst nach der Geburt preisgeben.«

»Eine schöne Idee«, merkte Holly an.

»Wer garantiert mir denn, dass ich bis dahin noch lebe?«, empörte sich Großmutter, was fast schon etwas makaber wirkte.

»Unkraut vergeht nicht«, antwortete mein Vater auf den Kommentar meiner Großmutter, jedoch in einem liebevollen Unterton.

Jeder am Tisch lachte, selbst Oma Maria.

»Das Treffen lief super, oder?«, fragte ich an Romy gewandt, während ich mein Zimmer betrat. Ihre Familie hatte sich bereits verabschiedet und mein Vater brachte meine Oma nach Hause. Wir hatten quasi kurzzeitig sturmfrei.

Am meisten hatte mich berührt, als Holly sich von mir verabschiedet und mir versprochen hatte, mich zu unterstützen, wenn ich Hilfe brauchte. Dass ich mich jederzeit bei ihr würde melden können. Ob ich nun einen Rat brauchte, eine Umarmung, jemanden zum Zuhören oder einfach nur eine heiße Schokolade, sie würde da sein.

Irgendwie war sie eine Art Ersatzmutter für mich geworden, und zwar die beste, die man sich wünschen konnte. Wenn ich an meine eigene dachte, wurde ich manchmal traurig, aber oft einfach nur rasend wütend.

In meinem Zimmer roch es muffig, sodass ich als Erstes zu den Fenstern ging und beide öffnete. Es war eine klare Nacht, der Mond stand leuchtend hell am Himmel, umgeben von funkelnden Sternen. Einer schien strahlender als der andere zu sein. Die frische, aber auch kalte Luft, die in den Raum strömte, ließ mich frösteln.

»Das finde ich auch«, bestätigte Romy, deren Stimme ich nun dicht hinter mir hören konnte.

Meine Gänsehaut verstärkte sich dadurch nur noch. Jede Faser meines Körpers schien sich nach ihr auszurichten. Eine kribbelige Vorfreude überzog meine Haut, als ich Romys Hände auch schon an meinen Hüften spüren konnte, die sich langsam zum Bauch vortasteten und dort liegen blieben.

Mit dem Daumen streichelte sie über die Wölbung und vor Rührung zog es mir schon wieder die Kehle ganz eng zu, sodass ich mehrmals tief Luft holen musste.

Sie vergrub ihr Gesicht in meiner wilden Haarmähne und kurz darauf spürte ich, wie sie mir einen liebevollen Kuss auf den Hals hauchte, der mich heftig erschaudern ließ, als würde ein eisiger Blitz durch meinen Körper zucken. Meine Brustwarzen wurden von der einen auf die andere Sekunde hart. Sie hatte gerade eine ganz empfindliche Stelle gefunden.

»Willst du mir jetzt verraten, welche Namen dir durch den Kopf gehen?«, fragte sie nah an meinem Ohr, sodass ich die Wärme ihres Atems spüren konnte.

Ich lehnte mich gegen sie, spürte, wie sich ihre Brüste an meinen Rücken schmiegten, die ich jetzt nur zu gern berührt hätte. Mittlerweile waren meine sogar größer als ihre. Wie sehr sich der Körper veränderte, wenn man schwanger war ...

»Hmmm, ja, wenn du sie hören willst«, antwortete ich, abgelenkt durch ihre Nähe und meine aufkeimende Lust auf mehr.

»Würde ich sonst fragen?«, kam es von ihr, begleitet von einem leisen Lachen.

»Für einen Jungen habe ich mir den Namen Ben oder Drew überlegt, wegen *WrongTurn*«, gestand ich und wartete auf ihre Reaktion.

»Das klingt sehr schön. Wenn du ihn Ben Drew nennst, führst du die eingeführte Tradition meiner Eltern fort. Dylan Jonas und Liane Nele.«

»Romina Alexandra.« Ich betonte ihren Zweitnamen allerdings auf die amerikanische Weise, sodass es sich eher wie *Älexändra* anhörte.

»Ich bevorzuge die deutsche Aussprache.« Sie biss mir sanft in den Nacken, als würde sie mich bestrafen wollen. Nur mit Mühe konnte ich ein Keuchen unterdrücken, indem ich mir auf die Unterlippe biss.

»Und deine ältere Schwester? Wie heißt sie mit Zweitnamen?«, hakte ich nach. Wir sprachen selten über Mayleen, weil ich wusste, dass sie und Romy kein besonders enges Verhältnis hatten. Ich hatte einmal danach gefragt, warum, aber ihre Antworten hatten sich danach angehört, als wollte sie nicht darüber sprechen. Also wartete ich, bis sie bereit war, es mir von sich aus zu erzählen. Es war ja nicht so, als würde sie ihre Schwester hassen. Sie hatten einfach eine schwierige Beziehung.

»Mayleen Elisabeth«, vollendete Romy die Aufzählung.

»Und welchen Namen hast du dir überlegt, wenn es ein Mädchen wird?«, fragte sie.

»Ich dachte an Louisa?«

Es klang eher wie eine Frage als eine Aussage. Immerhin konnte es gut sein, dass Romy der Name nicht gefiel. Wobei ich mich auch noch nicht wirklich festgelegt hatte. Es war nur das Erste, was mir in den Sinn gekommen und seitdem nicht mehr verschwunden war.

»Das klingt sehr schön. So weich und melodisch«, antwortete Romy nachdenklich. »Louisa wäre eine gute Wahl für eine *sie*.«

Ich lächelte. War es bescheuert, dass es mir gefiel, dass ihr die Namen gefielen?

Eine starke Böe wehte durch das geöffnete Fenster ins Zimmer. Der Vorhang bauschte sich auf, schien mit der Luft zu tanzen. Irgendwo war das Geräusch von Blättern zu hören, die vom Wind von den Bäumen geweht wurden und auf dem Boden landeten.

Der Himmel, der eben noch so klar gewesen war, war nun wolkenverhangen, sodass selbst der Mond zum Teil bedeckt war. In der Ferne hörte ich das laute Grollen von Donner und nur wenige Sekunden darauf durchzuckte ein Blitz die Nacht.

Alles leuchtete für einen winzigen Moment hell auf, sodass das Firmament nicht mehr schwarz, sondern fast weiß wirkte. Der Wind wurde stärker und die Luft war geschwängert von dem Geruch nach Regen. Typisch für die kommende Jahreszeit, die sich lautstark ankündigte.

Romy war ebenfalls wie der Herbst, den ich schon immer geliebt hatte. Wunderschön. Impulsiv. Stürmisch.

Während ich viel eher dem Frühling glich. Sanft. Schüchtern. Zurückhaltend.

»Willst du die Fenster nicht zumachen?«, riss Romy mich aus meinen Gedanken.

»Nein, lass nur. Ich will das genießen«, erwiderte ich, den Blick immer noch auf das aufziehende Gewitter gerichtet. Die Härchen an meinem Körper reagierten auf den Temperatursturz, indem sie sich aufstellten, als wollten sie dagegen protestieren. Eine Gänsehaut bildete sich auf meinen Armen und schien bis in den Nacken hinaufzuwandern, der von Romys warmen Küssen liebkost wurde.

Wie das Wetter schlug meine Stimmung abermals um. Ich wollte mich nicht mehr über Namen unterhalten. Ich wollte *ihren* keuchen.

»Jetzt ist mir doch ziemlich kalt …«, deutete ich an und spielte auf Romys Kommentar von vorhin an.

»Hmmmm«, kam es überlegend von ihr zurück. »Ich bin sicher, mir fällt da etwas ein.«

Ihre Hände wanderten von meinem Bauch nach unten zu dem Saum meines Longshirts, das sie begann, mir nach oben auszuziehen. Und zwar quälend langsam, was gleichzeitig total schön war. Sie hatte ihre Fingerspitzen so platziert, dass sie jeden freien Zentimeter Haut berührten, der sich dadurch bildete, dass sie das Oberteil nach oben bewegte.

Es fühlte sich an, als würden ihre Berührungen eine brennende Spur auf meiner Haut hinterlassen. Meine Brustwarzen zogen sich zusammen, was nicht nur an der heruntergekühlten Temperatur lag.

Mich ihrem Tempo anpassend, streckte ich die Arme nach oben aus, damit sie mir das Shirt endgültig ausziehen konnte. Sie hielt meine Hände in der Luft gefangen, auch wenn das Oberteil längst neben uns auf dem Boden landete. Mit der anderen Hand umfasste sie meinen Körper, streichelte die Stellen, von denen sie glaubte, sie vergessen zu haben.

Sie stand dabei so dicht hinter mir, dass ich mich gegen sie lehnen konnte. Ich legte den Kopf zur Seite, als wäre Romy ein Vampir, dem ich gewähren wollte, von mir zu trinken. Kurz darauf spürte ich ihren warmen Atem, der meine Haut streichelte, so wie es ihre Finger am Rest meines Körpers taten.

Ihre Lippen fühlten sich weich an, als sie meinen Hals mit langsamen Küssen bedeckte. Ich fühlte Romy dieses Mal auf eine ganz andere Art und Weise. Bisher hatte ich immer nur ihre feurige Leidenschaft zu spüren bekommen. Jetzt schien sie das genaue Gegenteil davon zu sein. Und es war nicht weniger erregend.

Im Gegenteil, in meiner Intimzone begann es zu kribbeln, mit jeder Sekunde mehr, und ich stellte mir bereits vor, wie sich ihre Finger unter den Bund meines Höschens schoben. Aber noch schien ich mich gedulden zu müssen.

Romy ließ meine Hände los, streichelte meine Arme genauso wieder hinab, wie sie es hinauf getan hatte. Ein wenig erinnerte mich die Szenerie an die berühmte Stelle aus *Dirty Dancing* und ich musste unwillkürlich grinsen.

Ihre Finger fanden den Verschluss meines BHs, den sie allerdings noch nicht öffnete.

»Wenn du schon nicht die Fenster schließen willst, dann mach wenigstens die Vorhänge zu«, wisperte Romy, die sich wieder zu meinem Ohr nach oben geküsst hatte. Sie biss in dessen Spitze, sodass mir ein heißer Blitz die Wirbelsäule hinunterschoss, zeitgleich zu dem am Himmel, der die Nacht erhellte.

»Okay, mache ich«, brachte ich hervor. Ich war im Moment so willenlos, vermutlich hätte sie sogar von mir verlangen können, nackt auf der Straße zu spazieren, und ich hätte es getan.

Für den Augenblick schien ich nicht mehr mir, sondern ihr zu gehören. Aber das war in Ordnung, ich würde Romy mein Leben anvertrauen.

Ich löste mich widerstrebend von ihr, doch in diesem Moment öffnete sie die Haken meines BHs, den ich mit einer Hand an meine Brüste gedrückt halten musste, während ich mit der anderen die Vorhänge zuzog. Der Wind streifte meine nackte Haut und meine Brustwarzen wurden noch härter.

Langsam drehte ich mich zu Romy um, nachdem ich die Welt ausgeschlossen und uns in dem Raum eingeschlossen hatte.

Unsere Blicke begegneten sich wie zwei Magnete, die sich gegenseitig anzogen. Die Luft um uns herum schien zu schwirren, sich aufzuladen. Wenn ich mit Romy intim wurde, schien ich alles um mich herum zu vergessen.

Ich ließ die Arme herabhängen, damit die Träger meines BHs nach unten rutschten und dieser gänzlich auf den Boden fiel. Ich stieg über ihn hinweg, überbrückte die Distanz zwischen mir und Romy, die sich gebildet hatte, als ich die Vorhänge geschlossen hatte.

Ein Lächeln glitt über meine Gesichtszüge, als ich die Hände hob und Romys Haare schwungvoll nach hinten warf, sodass sie hinter ihren Schultern lagen und an ihrem Rücken hinabflossen.

Ihre schwarz geschminkten Augen funkelten mich an. Sie schenkten mir diesen einen Blick, der nur für mich bestimmt zu sein schien. Er war so tief wie ein Abgrund, so stürmisch wie die See. Voller Liebe, gepaart mit Begehren. Und ich rede nicht von diesem oberflächlichen *jemanden heiß finden*. Nein, es war echtes, tiefes, pures Verlangen.

Noch während ich ihrem intensiven Blick standhielt, hob ich meine Hände und begann, Romy die Seidenbluse aufzuknöpfen, die sie trug.

Knopf für Knopf für Knopf.

Immer wieder legte ich ein neues Stück Haut frei, die mich verführerisch anblitzte. Ich konnte den Schwung ihrer Brüste schon erahnen, spürte ihren flachen Bauch unter meinen Fingerspitzen, bis ich den letzten Knopf geöffnet hatte und den Stoff wie ein Vorhang teilte.

Ihr Oberteil war so glatt, dass ich es an den Schultern nur ein Stück herunterstreichen musste, bis es an ihren Armen nach unten rutschte. Es fiel zu Boden und nun stand sie ebenfalls nur in BH und Hose vor mir.

Ich führte meine Hände an ihre Taille, streichelte den weiblichen Schwung ihres Körpers, den ich jedes Mal aufs Neue so unglaublich sexy fand, bis ich bei ihren Brüsten ankam. Ich knetete sie über dem Stoff, was sich nicht richtig anfühlte, aber ich wusste, dass Romy es nur so mochte. Die direkte Berührung war ihr – im Gegensatz zu mir – eher unangenehm. Aber ich begehrte ihren Busen viel zu sehr, um ihn nicht anzufassen.

Romy legte ihre Hände an meine Wangen und ich ging auf die Zehenspitzen. Unsere Lippen fanden sich. Der Kuss war so sanft wie das Schlagen eines Schmetterlingsflügels. Er war langsam und schien sich doch zu steigern. Und mit jeder Sekunde wusste ich mehr, dass ich verloren war.

Verloren in Romy.

Zeit und Raum spielten keine Rolle mehr. Alles schien sich in einem unendlichen Strudel voller Farben und Geräusche zu verlieren. Ich konnte mir nicht einmal mehr annähernd vorstellen, wieso ich diese Frau hatte gehen lassen, für ein Leben, das ich nie gewollt hatte.

Der Gedanke trieb mir heiße Tränen in die Augen, die meine Wangen und gleichzeitig unseren Kuss benetzten. Aber es waren keine Tränen der Trauer, sondern eher als würde mein Herz zu viel Liebe empfinden, um damit allein fertigzuwerden.

Romy löste sich von mir, streichelte mit dem Daumen die nassen Spuren fort, folgte dem Schwung meiner Unterlippe, sodass ich noch das Salz meiner Tränen auf ihr schmecken konnte.

»Was ist los, Baby?«, fragte sie atemlos.

»Nichts. Es ist nichts, küss mich einfach weiter«, flehte ich und beugte mich ihr abermals entgegen.

Vermutlich war es die Art, wie ich es gesagt hatte, oder weil Romy schon immer in mir lesen konnte wie in einem offenen Buch, denn sie fragte nicht weiter nach, sondern leistete meiner Bitte Folge.

Wir küssten uns wieder, dieses Mal fanden sich unsere Zungen und das Verlangen in mir wurde immer intensiver.

Ich öffnete den Verschluss ihres BHs und zog ihn ihr nun auch aus. Er fiel zwischen unseren Füßen zu Boden und blieb dort achtlos liegen.

Abermals grollte ein Donner durch die Nacht, der das Ganze noch stimmungsvoller machte. Mir war mittlerweile wirklich zu heiß, als dass ich die kühlen Temperaturen noch gespürt hätte.

Romy packte meine Hüften, zog mich so dicht an sich heran, wie es mein Bauch zuließ. Immerhin konnte ich ihn nicht einfach einziehen, was ein merkwürdiges Gefühl war. Als hätte jemand meine Muskeln deaktiviert.

Unser Kuss wurde nun doch leidenschaftlicher, härter und verlangender. Sie wollte mich, wie ich sie wollte, und das war ein gutes Gefühl. Es zeigte mir, dass meine Schwangerschaft sie nicht störte.

Mit der Kraft meines Körpers stemmte ich mich gegen sie und drückte sie vom Fenster fort in Richtung Bett. Romy griff in meine Haare, hielt meinen Kopf an sich gedrückt, sodass ich keine Chance hatte, zurückzuweichen.

Sie sank in einer sitzenden Position auf die Matratze und ich folgte ihr. Zuerst saß ich noch auf ihrem Schoß. Doch als sie begann, meinen Rücken hinabzustreicheln und an dem Bund meiner Leggings zu ziehen, änderten wir die Position, um uns beide unserer Hosen zu entledigen.

So kam es, dass Romy unter mir lag und ich auf allen vieren über ihr kniete.

Ich küsste sie, wich aber immer wieder mit dem Kopf neckend zurück, sodass sie mir folgen musste, was für sie deutlich anstrengender war als für mich. Hin und wieder machte sie schnappende Bewegungen, als wollte sie mich beißen, wenn ich mich zu weit von ihr entfernte, und ich musste breit grinsen.

Einmal schaffte sie es sogar, ihre Zähne über meine Unterlippe kratzen zu lassen, was mich nur noch mehr anmachte.

Mittlerweile war ich so feucht zwischen den Beinen, dass sogar der Stoff meines Slips ganz nass war. Ich konnte nicht mehr klar denken und als ich Romys Schenkel unter mir spürte, begann ich mich unwillkürlich an diesem zu reiben.

Meine Lust wurde noch mehr angefacht, als würde man in die Glut eines Feuers pusten.

Romy packte meine Hüften, drückte mich nach unten, sodass ich mit meinem Intimbereich ihren streifte. Ein Keuchen entwich meinen Lippen, das von ihren gedämpft wurde.

Sie schob ihre Hand zwischen unsere Körper, folgte dem Weg nach unten zwischen ihren und meinen Bauch bis hin zu dem Spitzenstoff meines weißen Höschens. Meine Beine zitterten bereits vor Verlangen und Anstrengung, als ihre Finger mich berührten.

Zuerst zweimal kurz über dem Stoff und dann endlich darunter. Meine Augenlider flatterten heftig und mir entschlüpfte ein Keuchen.

Romy bewegte sich unter mir, selbst nach Erlösung suchend. Und egal wie schwer es mir fiel, weil alles in mir vor Lust brannte, krabbelte ich an ihrem Körper hinab, um zuerst sie zu befriedigen.

Ich warf den Kopf in den Nacken, damit meine Haare schwungvoll nach hinten geworfen wurden, die mir nur störend im Gesicht hingen. Dann schaute ich zu ihr nach oben, begegnete dem Blick ihrer blauen Augen, die mir ganz klar sagten, wie sehr sie es wollte.

Ein Grinsen huschte über meine Lippen. Es sollte lasziv und dreckig zugleich aussehen. Ich hoffte, dass mir das gelang. Ansonsten wäre das ein ganz schöner Abturner.

Langsam zog ich den Stoff ihres Höschens nach unten, zuerst ein Stück, sodass ich ihren Venushügel freilegen und diesen mit Küssen überdecken konnte. Es kratzte leicht an den Lippen, da sie sich frisch rasiert hatte.

Stück für Stück legte ich ihren Intimbereich frei, was Romy dazu brachte, sich ungeduldig unter mir zu bewegen. Sie drückte das Becken durch, was meine eigene Lust unerträglich steigerte.

Wie konnte ein Mensch das nur aushalten, ohne zu explodieren?

Ich grinste sie noch einmal frech an, ehe ich mit der Zunge durch ihre Mitte fuhr und sie dazu brachte, die Augen zu schließen und den Kopf in die Matratze fallen zu lassen. Abermals drückte sie sich mir entgegen. Aber ich ließ mir erst noch Zeit, ihr das Höschen gänzlich von den Beinen zu streifen, ehe ich begann, sie mit dem Mund zu liebkosen. Sie war so feucht, wie ich mich selbst zwischen den Beinen anfühlte.

Immer wieder umkreiste ich mit der Zunge ihren Lustpunkt, bewegte mich davon aber wieder weg, drang mit der Spitze in sie ein, ehe ich mich wieder hocharbeitete. Immer und immer wieder, bis ihre Atmung schneller wurde. Ihre Hand wanderte nach unten, fand meine Haare, an denen sie sich festhielt.

Ich beschränkte mich darauf, es nur mit dem Mund zu machen. Aus Erfahrung wusste ich, dass sie es so lieber hatte. Es war in den wenigsten Fällen so, dass sie wollte, dass ich die Finger mit dazu nahm. Und wenn es so war, sagte sie es. Ich wiederum hatte es lieber, wenn sie beides benutzte.

Romy bewegte ihr Becken und ich behielt das Tempo meiner Berührungen bei, sodass sie eine Chance hatte, zu kommen.

Und das tat sie auch. Mit einem leisen Seufzen und einem kurzen Zupacken meiner Haare.

Ich hauchte ihr noch einen Kuss auf ihren empfindlichen Punkt, ehe ich mich aufrichtete, die Haare abermals aus dem Gesicht strich und Romy betrachtete. Ihre Augen waren noch geschlossen, ihre Wangen ungewohnt gerötet und ihr Gesicht vollkommen entspannt.

Also nutzte ich den Moment, über sie zu krabbeln, solange sie noch wehrlos war, und begann, ihre Brüste zu küssen. Das ließ sie häufiger zu, weil sie das nicht so unangenehm fand. Ich liebte es, an ihren Brustwarzen zu saugen, die zwischen meinen Lippen ganz hart wurden.

Doch bevor ich den Moment richtig auskosten konnte, schien sie sich erholt zu haben. Sie packte meine Hüften und deutete an, dass sie mich gern auf den Rücken drehen würde.

Ich nickte.

Aber anstatt sich auf mich zu legen, blieb sie auf meinen Schenkeln liegen, streichelte mit beiden Händen meinen mit jedem Tag wachsenden Bauch.

Ihre blauen Augen waren auf mein Gesicht gerichtet und in ihnen lag die unausgesprochene Frage: *Wie willst du es heute?*

Es störte mich nicht, wenn sie mich danach fragte, was genau ich wollte, denn meine Antwort war immer unterschiedlich. Ich wusste genau, was ich heute brauchte, also deutete ich auf die Nachttischschublade.

Romy grinste und ich biss mir auf die Unterlippe.

Ich war zu erregt, um verlegen zu sein, als Romy das kleine Hilfsmittel aus der Schublade angelte, das ich regelmäßig sauber machte, falls es zum Einsatz gebracht werden sollte.

Mit einer einzigen Fingerbewegung brachte sie es surrend zum Laufen, führte es zwischen meine Beine und beförderte mich bald selbst darauf in das Universum, wo ich nach den Sternen greifen konnte.

Danach lagen wir eng umschlungen beieinander, die Bettdecke bis zu unseren Schultern nach oben gezogen, Romy in meinen Armen. Während sie meinem Herzschlag lauschte, kraulte ich ihr durch die Haare.

Beide hingen wir unseren Gedanken nach, sodass es still zwischen uns war. Bis auf das Rauschen des Regens, der laut zu hören war. Für den Augenblick fühlte ich mich sorglos. Frei von all der erdrückenden Schwere, die ich sonst auf mir lasten spürte. Aber für diesen Moment war einfach alles gut.

Es war perfekt.

Es war so, wie es sein sollte.

Und für diesen Bruchteil der Sekunde glaubte ich sogar daran, dass die Zukunft nicht schwarz-weiß, sondern voller Farbe sein würde.

22

Ein Abend in der Karaokebar

»Ich finde, sie harmonieren gut zusammen, oder nicht?«, fragte Toshiro, der neben mir saß.

»Absolut!«, bestätigte ich.

Wir beide hatten unsere Blicke auf Romy und Lars gerichtet, die auf der provisorischen Bühne der Karaokebar standen und im Duett *Shape of you* von Ed Sheeran sangen.

Ihre Stimmen hörten sich so unterschiedlich an, wie die beiden aussahen. Romys war hell und klar, Lars' dröhnend und rauchig, fast schon zu extrem für einen Song von Ed Sheeran. Dennoch ließen Toshiro und ich es uns nicht nehmen, die beiden kräftig mit Pfeifen, Jubeln und Klatschen anzufeuern.

Es war ein gemütlicher Abend mit alkoholfreien Cocktails, kleinen Snacks und guter (oder weniger guter) Musik. Ich genoss die

Stimmung, das Zusammensein mit meinen Freunden und die Ausgelassenheit.

Es war die Idee von Lars gewesen, hierherzukommen, nachdem er festgestellt hatte, dass Romy musikalisch ebenso begabt war wie er. Ich schaffte es nicht, mit meiner Freundin zusammen zu singen. Neben ihr hörte ich mich an wie ein Hund, dem man versehentlich auf die Pfote getreten war.

Wir waren nicht die einzigen Gäste. Ein paar Tische weiter feierten fünf Mädchen einen Junggesellenabschied, was ich persönlich für eine coole Idee hielt. So richtig hatte ich über das Heiraten noch nicht nachgedacht. Ganz besonders nicht, als ich noch mit Robin zusammen gewesen war. Ich fühlte mich ehrlich gesagt auch noch zu jung dafür. Okay, für ein Kind eigentlich auch, aber es war nun mal so, wie es war. Auch wenn ich mich am Anfang gegen die Schwangerschaft gesträubt hatte, hatte ich nun doch genug Zeit gehabt, mich mit dem Gedanken anzufreunden. Es war immer noch auf eine Art und Weise beängstigend, aber mittlerweile begann ich, das kleine Wesen, das in mir heranwuchs, zu lieben.

Bei meinem letzten Besuch beim Frauenarzt hatte ich ein neues Ultraschallbild bekommen. Es war ein übermächtiges Gefühl, zu sehen, dass das Kleine gewachsen war. Auch Romy war sichtlich ergriffen gewesen. Sie war so still gewesen, wie ich es nur selten von ihr kannte, als sie auf den kleinen Monitor geschaut und danach den Herztönen gelauscht hatte. Ihre Augen hatten dieses Funkeln bekommen, das deren Farbe noch intensiver wirken ließ. Das Geschlecht hatte meine Gynäkologin noch nicht genau bestimmen können, aber eine Tendenz abgegeben. So wie es im Moment aussah, würden Romy und ich uns auf einen kleinen Ben oder Drew freuen können.

Ich lehnte mich in das Polster der roten Ledercouch und lächelte in Romys Richtung, was sie trotz des schummrigen Lichts zu sehen schien, denn sie erwiderte meine Geste. Ihre blauen Augen funkelten vor Vergnügen, als sie und Lars den Song beendeten und Applaus die schnucklige Bar erfüllte.

Jemand erhob sich, als hätte er nur darauf gewartet, dass Romy und Lars die Bühne verließen. Ein Kerl Mitte zwanzig lief unter den Anfeuerungsrufen seiner Freunde nach vorn. Er winkte jemanden zu sich, aber dieser Jemand schien ihn nicht begleiten zu wollen.

Romy ließ sich neben mich auf das Sofa fallen, griff nach ihrem Cocktail, um einen kräftigen Schluck zu trinken. Lars setzte sich zwischen mich und Toshiro und schlang seinen Arm um die Schulter seines Freundes.

»Ich würde sagen, wir sind ein gutes Team, oder etwa nicht?«, fragte Lars und Romy nickte bestätigend. Er streckte ihr die Faust entgegen und sie schlug mit ihrer ein, ehe sie dicht an mich heranrückte.

Früher hätte ich mich jetzt vermutlich panisch umgesehen, ob uns jemand beobachtete. Aber die letzten Wochen hatten mir die Gelassenheit gegeben, die ich jetzt brauchte. Ich liebte Romy und das sollte jeder sehen. Natürlich gab es immer noch Menschen, die offen zeigten, wie wenig sie davon hielten. Aber es gab auch genauso viele, die ihren Blick über uns schweifen ließen, als wären wir ein heterosexuelles Paar.

Der Kerl, der die Bühne betreten hatte, begann laut und schief *Purple Rain* von Prince zu singen, wobei er seine Performance selbst zerstörte, indem er immer wieder lachen musste. Einer seiner Kumpel pfiff mehrmals laut hintereinander, um die Stimmung anzuheizen.

»Siehst du, Baby, der traut sich auch, vor den anderen zu singen«, sagte Romy und deutete in Richtung Bühne.

Früher hätte ich vermutlich Alkohol getrunken, um mich aufzulockern, und dann hätte ich mich mit Sicherheit überreden lassen, das auch zu tun.

Ich wollte gerade etwas erwidern, als ein ziehender Schmerz durch meinen Bauch bis in den Rücken zuckte, was mich das Gesicht verziehen ließ. Wie ich es hasste! Das war eine der vielen negativen Begleiterscheinungen der Schwangerschaft. Ich war gerade froh gewesen, die Morgenübelkeit losgeworden zu sein, als das Nächste anfing. Am nervigsten war aber immer noch das ständige Sodbrennen.

»Ist alles okay?«, fragte Lars, seinen Blick auf mein Gesicht gerichtet, das ich zu einer Grimasse verzogen hatte.

»Ja, ist schon in Ordnung«, erwiderte ich und atmete aus.

Meine Frauenärztin hatte mir gesagt, dass es normal war, dass das passierte. Der Körper veränderte sich, was sich natürlich auch sehr unangenehm anfühlen konnte. Laut ihren Worten brauchte ich mir aber keine Sorgen zu machen, solange ich keine starken Schmerzen im Bauch oder Unterleib hatte.

»Ist so ein Schwangerschaftsding«, murmelte ich und die beiden Jungs nickten, auch wenn ihnen das Unverständnis ins Gesicht geschrieben stand.

Romys Hand legte sich auf die Wölbung, die ich nun immer schwerer unter meiner Kleidung verbergen konnte, und streichelte diese, als könnte sie mir damit helfen. Tat sie nicht wirklich, aber es war trotzdem ein schönes Gefühl, das auch dazu führte, dass ich mich etwas entspannen konnte.

Lars und Toshiro wussten erst seit Kurzem über die Schwangerschaft Bescheid. Und somit auch über das weniger schöne Thema Robin, auch wenn ich das nicht sonderlich vertieft hatte. Toshiro hatte mir im Gegenzug anvertraut, dass er erst vor einem Jahr erfahren hatte, dass er keine oder, wenn überhaupt, nur schwierig Kinder würde zeugen können, da er zu wenig Spermien produzierte. Auch über dieses Thema hatte ich nie wirklich nachgedacht. Wie gesagt, ich war jung und hatte mir über alles andere mehr Gedanken gemacht als über Familienplanung, bis ich damit konfrontiert worden war.

Der Schmerz ließ nach und ich atmete wieder aus. Ich wollte mir nicht vorstellen, wie die Wehen sein würden.

»Geht's wieder?«, fragte Romy, die mit ihrem Daumen immer noch meinen Bauch liebkoste, und ich nickte als Antwort.

»Gott sei Dank bin ich keine Frau«, kommentierte Toshiro und bekreuzigte sich scherzhaft, was mich zum Lachen brachte.

»Ja! Gott sei Dank!«, bestätigte Lars, der seinen Freund näher an sich heranzog und ihm einen Kuss auf die Wange hauchte. »Nichts für ungut, Mädels«, beeilte er sich, in unsere Richtung zu sagen.

»Glaub mir, ich würde auch nicht mit einem von euch tauschen wollen«, erwiderte Romy mit einem neckenden Zwinkern. »Sonst müsste ich jemand anderem dabei zuschauen, wie er mein Mädchen festhält.« Sie schaute mir dabei in die Augen. Ich sah eine Mischung aus Belustigung, aber auch Wahrheit in ihnen aufblitzen.

»Ich würde dich selbst dann noch lieben, wenn du ein Mann wärst«, erwiderte ich. Eigentlich wollte ich am Ende grinsen, um dem Ganzen diesen kitschigen Touch zu nehmen, aber ich schaffte es nicht. Egal, wer von uns in welchem Körper geboren wäre, ich war mir sicher, dass wir uns immer wieder finden würden.

»Ich würde sagen, darauf trinken wir, oder?«, sagte Toshiro, der nach seiner Cola griff und sie in die Luft hielt. Wir nahmen ebenfalls unsere Getränke, um gemeinsam anzustoßen, denn es ging auch ganz ohne Alkohol.

»Auf uns«, sagte ich und die anderen stimmten mit ein. Die Gläser klirrten und jeder nahm einen kräftigen Schluck.

Der Kerl, der *Purple Rain* gesungen hatte, verließ die kleine Bühne und nur wenig später betraten die angehende Braut des Junggesellenabschieds und eine ihrer Freundinnen die Bühne. Hörbar angetrunken grölten sie den Song *Ich wünsch dir noch ein geiles Leben* von Glasperlenspiel. Man sah ihnen an, dass sie Spaß hatten, was irgendwie ansteckend war. Obwohl sie nicht so gut wie Romy und Lars sangen, wippte ich mit dem Fuß mit.

Am Ende applaudierten wieder alle, ihre gemeinsamen Freunde allerdings am meisten.

Dann stand Romy auf.

Verdutzt folgte ich ihr mit meinem Blick, der über ihren Körper glitt und an ihren Augen, die frech funkelten, hängen blieb.

Oh, oh! Die Art, wie sie mich anschaute, kam mir verdächtig bekannt vor. Sie hatte etwas vor und ich war mir sicher, dass es mir nicht gefallen würde.

Sie bestätigte meinen Gedanken, als sie mir die Hand einladend entgegenstreckte.

Ohhhhhh nein, mich würden keine zehn Pferde auf die Bühne bekommen!

Ich drückte mich noch fester in das knarzende Polster der roten Couch, als könnte sie mich verschlingen und mich unsichtbar werden lassen.

»Vergiss es!«, beeilte ich mich, zu sagen, als sie auffordernd mit den Fingern wackelte.

»Los, Sam, trau dich«, warf Toshiro nicht gerade hilfreich ein.

Ich drehte den Kopf und funkelte ihn gespielt böse an.

Er hatte gefälligst auf meiner Seite zu sein! Immerhin hatte er direkt klargemacht, dass er nicht singen würde, unter keinen Umständen. Und im Gegensatz zu meiner Freundin schien sein Freund das zu akzeptieren. Was vermutlich daran lag, dass Lars neckend geäußert hatte, dass das sowieso niemand hören wollte.

»Und was ist mit dir?«, fragte ich provokant, nachdem er mir zuerst in den Rücken gefallen war. Dabei ignorierte ich Romys ausgestreckte Hand immer noch. Sie mochte mich zwar dazu bringen, in ein Flugzeug zu steigen und ihr ans andere Ende der Welt zu folgen, aber nicht dazu, auf einer Bühne zu singen!

Toshiro kratzte sich am Hinterkopf.

»Ich will von den anderen Leuten hier nicht auf Schmerzensgeld verklagt werden«, redete er sich heraus.

»Ich doch auch nicht«, protestierte ich.

Romy griff nach meiner Hand und versuchte, mich in die Höhe zu ziehen, aber ich machte mich extra schwer, damit sie es nicht schaffte.

»Komm schon, Baby. Du musst dich auch mal was trauen«, sagte sie auffordernd.

»Weißt du noch, was das letzte Mal passiert ist, als ich mich was trauen sollte?«

Ich spielte auf unsere Schulzeit an, als Romy mich dazu überredet hatte, Sex auf der Toilette zu haben. Okay, am Ende hatte ich freiwillig mitgemacht, aber das Resultat war gewesen, dass die ganze Schule über uns Bescheid gewusst hatte.

»Das hier ist doch etwas vollkommen anderes«, entgegnete sie ernst. »Du vergleichst Äpfel mit Birnen, weil du nicht singen willst.«

»Wow, wie hast du das nur herausgefunden?«, fragte ich mit vor Sarkasmus triefender Stimme und Romy zog eine Augenbraue hoch, ehe ihr Blick sich veränderte und ihre Gesichtszüge flehend wurden.

Nein!

Sie wusste genau, wie sie mich manipulieren konnte.

Dieses Biest.

»Tu's für mich«, fügte sie hinzu.

Sie wusste, dass ich ihr kaum einen Wunsch abschlagen konnte, wenn ihre Augen diesen flehenden Glanz bekamen und sich ihre Lippen zu einem Schmollmund formten. Ich hasste es, wenn Romy auf *süßes Mädchen* machte, denn es wirkte so gut wie immer. Und das Schlimmste daran war, dass ich ihr diesen Trick beigebracht hatte. Alles, was sie tat, war, mich zu imitieren.

Verdammt.

»Genau, tu's für deine Freundin«, stichelte Toshiro abermals mit einem Grinsen auf dem Gesicht, das nicht spitzbübischer hätte sein können.

»Ich hasse euch. Alle beide«, sagte ich, als ich mich meinem Schicksal ergab und mir von Romy auf die Beine helfen ließ. Ich strich mein Oberteil glatt, das über die Rundung meines Bauches ein Stück nach oben gerutscht war.

»Tust du nicht. Du liebst uns«, kommentierte Toshiro, der sich nun in das Polster zurücklehnte und genüsslich an seiner Cola schlürfte.

Ich konnte den Impuls nicht unterdrücken, ihm den Mittelfinger zu zeigen, während Romy mich an der Hand in Richtung der kleinen Bühne zog.

Lieber Gott, steh mir bei.

Ich fand die Vorstellung, vor anderen zu singen, schrecklich.

Mein Gesicht wurde glühend heiß, als ich neben Romy auf der Bühne stand und sie mir ein Mikrofon reichte. Ich ließ den Blick über die Bar schweifen und entdeckte trotz der mäßigen Lichtverhältnisse mindestens zehn Augenpaare, die auf mich gerichtet waren.

»Du darfst den Song wählen«, sagte Romy gönnerhaft und grinste mich frech an.

Ich bekam vor Lampenfieber kein Wort heraus, wie sollte ich dann nur singen? Das, was sie mit mir machte, war gemein! Ich sollte darauf plädieren, dass ich schwanger war und sie gefälligst nett zu mir sein sollte.

»Sieh mich an«, hörte ich Romy neben mir sagen und ihre Stimme löste mich aus meiner Starre. Ich drehte den Kopf und schaute in ihre Augen. Ich kam mir vor wie in *High School Musical*, nur noch schlimmer, denn Gabriella konnte immerhin singen!

»Ähm ...«, brachte ich äußerst geistreich hervor, wie immer, wenn ich nervös war. »Such du etwas aus, mir fällt nichts ein.«

Mein Kopf war wie leer gefegt. Es fehlte nur noch ein Steppenläufer, der durchs Bild wehte.

Romy schaute mich einen Moment an, dann nickte sie, scrollte die verschiedenen Songs durch und wählte einen aus, den wir beide kannten und liebten. Ich erkannte sofort die Melodie von *I'm yours* von Jason Mraz.

Sie wollte definitiv, dass ich mich blamierte.

Ich hob das Mikrofon, an dem ich mich festklammerte, als würde ich ertrinken, näher an meinen Mund und wartete auf den Einsatz. Meine Kopfhaut kribbelte, mein Magen fuhr Karussell und Hitzeschübe dominierten meinen Körper. Ich machte den Fehler, den Blick von Romy abzuwenden und doch noch mal in die Menge zu schauen. Ich sah Toshiro, der den Daumen aufmunternd in die Höhe reckte.

Dann ging es los. Beinahe hätte ich meinen Einsatz verpasst, aber ich öffnete meine Lippen und begann, leise zu singen, während Romy klar und deutlich neben mir zu hören war. Gut so, vielleicht übertönte sie meinen *Gesang*.

Bei der ersten Strophe hatte ich noch eine Menge Schwierigkeiten und ich wünschte mir nichts sehnlicher, als dass das Lied endete. Ich verhaspelte mich sogar einmal und sang den falschen Text. Mein Gesicht schien die Farbe eines Krebses anzunehmen.

Ich spürte die Blicke aller Anwesenden förmlich auf mir, aber auch den von Romy. Ihre Worte von eben kamen mir wieder in den Sinn und so schaute ich in ihre Richtung anstatt in die Menge vor mir.

Ihre Augen glänzten im Licht der Scheinwerfer, die über uns angebracht waren. Das Blau ihrer Iriden schimmerte, als wäre es flüssiger Saphir. Auf ihren Lippen lag ein Lächeln, als unsere Blicke sich begegneten, ohne dass sie in ihrer Performance stoppte. Sie schaute mich so intensiv an, als gäbe es für sie nur mich in diesem Raum und sonst niemanden. Sie sang das Lied, als hätte sie es einzig für mich geschrieben, und ich verlor mich wie so häufig in ihr.

Alles andere wurde bedeutungslos, nur noch wir beide zählten. Ich dachte nicht mehr über den Text nach, über meine Stimme oder über das, was die anderen Leute denken könnten. Der Moment war so intensiv, fast schon magisch, dass mir bewusst war, dass er etwas Einmaliges war.

Wir beide sangen die Worte, die langsam auch zu meinem Verstand durchdrangen.

Es stimmte. Ich gehörte ihr, nur ihr allein.

Es war ein steiniger Weg, der uns bis hierher gebracht hatte, und mehr als einmal war ich gestolpert, sogar hingefallen. Aber Romy war immer wieder da gewesen, um mir aufzuhelfen. Auch wenn wir beide für eine kurze Zeitspanne in verschiedene Richtungen gegangen waren, liefen wir nun doch wieder gemeinsam.

Romy würde mich nicht verlassen. Nein, sie würde mich *und* das Baby nicht verlassen! Und ich würde meinen Fehler von damals garantiert nicht wiederholen.

Die Liebe in mir war wie eine Quelle, die niemals versiegte, die niemals austrocknete. Nicht einmal in einer Million Jahre.

Glücksgefühle breiteten sich in mir aus, so kribbelnd wie Brause. Alles in mir schien überzuschäumen und ich hätte die ganze Welt umarmen können, so gut ging es mir. So befreiend und prägend war dieser Moment.

Das Lied ging mir plötzlich viel leichter von den Lippen und ich sang lauthals mit. Es kümmerte mich nicht mehr, ob ich schräg sang oder ob Romy besser war als ich.

Manchmal musste man im Leben nach den kleinen Momenten greifen und sie zu etwas Großem machen. Zu etwas ganz Besonderem.

Der Song endete und jetzt war ich beinahe enttäuscht, dass es schon vorbei war. Ich fühlte mich richtig euphorisch, voller Adrenalin.

Immer noch gefangen von Romys Blick, griff ich nach ihrer Hand, zog sie zu mir herüber, schloss die Augen und gab ihr einen langen Kuss auf die Lippen, was sie dazu brachte, überrascht zu keuchen.

Sollte es doch jeder sehen.

Sollten sie sich doch die Hände vor die Münder halten und tuscheln.

Sollten sie doch wissen, dass ich lesbisch war.

Sollten sie doch wissen, dass ich schwanger war.

Sollten sie doch wissen, dass ich wusste, wie es war, jemanden zu lieben und geliebt zu werden.

Diese armen Seelen, die nicht einmal wussten, was Liebe war.

Denn die Liebe gewann jeden Kampf, jede Schlacht, jeden Krieg, wenn sie nur stark genug war.

Und unsere war es.

Ein Klatschen riss mich aus der Trance, in der ich mich befunden zu haben schien. Ich löste mein Gesicht von Romy, ohne ihre

Hand loszulassen, und schaute auf. Toshiro und Lars waren aufgestanden, jubelten am lautesten, sie pfiffen und machten fast so viel Krach wie ein ganzes Fußballstadion. Aber auch die angehende Braut und ihre Freundinnen spendeten Beifall.

Ich grinste so heftig, dass mir die Wangen wehtaten, und ich glaubte, ich würde jeden Augenblick eine Gesichtslähmung bekommen.

Das hier war mein Moment.

Ich würde mich nie wieder dafür schämen, eine Frau zu lieben.

23

Nur zehn Sekunden

Und wir sollen euch sicher nicht mitnehmen?«, fragte ich noch mal.

Toshiro und Lars schüttelten unisono den Kopf.

»Nein, wirklich nicht, mein Vater ist schon auf dem Weg«, erwiderte Lars. »Aber danke für das Angebot.«

Ich tauschte einen Blick mit Romy und sie zuckte nur mit den Schultern, als wollte sie sagen, dass es die Entscheidung der beiden war.

Irgendwann im Laufe des Abends hatte es angefangen zu regnen. Wobei man fast schon sagen konnte, dass eine Flutwelle vom Himmel herabstürzte.

Wir quetschten uns zu viert unter das schmale Dach der Karaokebar. Romy und ich waren mit meinem Opel Adam gekommen und die Jungs sollten von Lars' Vater abgeholt werden. Ich kam mir dennoch irgendwie egoistisch vor, die beiden einfach hier stehen zu lassen, deswegen hatte ich ihnen mehrfach angeboten, sie mitzunehmen.

Wir warteten bereits seit zehn Minuten, doch der Regen wollte einfach nicht nachlassen. Langsam wurde es ziemlich frisch und ich rieb mir über die Arme. Trotz meiner Allwetterjacke spürte ich die Gänsehaut auf meinem Körper.

»Ihr könnt ruhig schon mal fahren, ihr braucht wirklich nicht mit uns zu warten«, sagte Toshiro, der beobachtete, wie ich versuchte, mich zu wärmen. Seine braunen Augen schauten mich gutmütig und bestätigend zugleich an.

Ich tauschte einen Blick mit Romy. Es war eigentlich nicht meine Art, meine Freunde einfach stehen zu lassen, aber ich freute mich wirklich auf mein kuscheliges Bettsofa. Doch erst würden wir uns noch durch den Monsun kämpfen müssen.

Unwillkürlich musste ich an das Lied von Tokio Hotel denken. Aufgeheizt von dem Karaokeabend, trällerte ich den Song still in meinem Kopf vor mich hin.

Romy drehte sich ebenfalls zu dem strömenden Regen um und runzelte die Stirn. Das Auto stand zwar nicht weit weg, aber bei dem Schauer würden wir sicher klatschnass dort ankommen. Einen Schirm hatte keiner von uns dabei.

»Also gut, wir sehen uns am Montag in der Mensa«, meinte ich zu Toshiro, ehe ich ihn in eine feste Umarmung zog und an mich drückte.

»War schön mit euch«, sagte ich nun an beide gewandt, bevor ich mich auch von Lars verabschiedete, was Romy mir gleichtat.

»Bis dann, Mutti«, scherzte Toshiro und zerzauste mir zärtlich die Haare.

»He!«, beschwerte ich mich und tauchte unter seiner Hand ab.

Mutti war der neue Kosename, den er mir verpasst hatte, seitdem er von meiner Schwangerschaft wusste. Es störte mich nicht, es gab mir eher ein warmes Gefühl.

Automatisch strich ich mir mit der Hand über den Bauch. Manchmal regte sich das Kleine, sodass ich es spüren konnte. Das war eines der schönsten Gefühle und ich konnte mir gar nicht mehr vorstellen, wie ich das Baby am Anfang nicht hatte haben wollen. Egal, wie schwierig es werden würde, auch wenn ich den härtesten Kampf gegen Robin würde kämpfen müssen, ich würde für mein Kind da sein.

»Bist du bereit?«, fragte Romy und nickte mit dem Kopf in Richtung des strömenden Regens.

Zum Glück würden wir nicht lange zu meiner Wohnung fahren müssen. Dort würde ich zuerst warm duschen, mich dann in Romys Armen schlafen legen und den Abend Revue passieren lassen, von dem ich mich immer noch völlig berauscht und elektrisiert fühlte.

»Ja, bereit! Auf drei?«, fragte ich und sie nickte.

»Eins …«, begann Romy.

»Zwei …«, zählte ich weiter.

»Drei!«, sagten wir zusammen und dann rannten wir los in Richtung des angrenzenden Parkplatzes, auf dem mein Auto stand.

Das Wasser prasselte auf uns herab und schlug mir ins Gesicht, als wäre es eine Peitsche. Schon nach den ersten Metern spürte ich die Feuchtigkeit auf meiner Haut, in meinen Haaren, sie drang sogar durch den Stoff meiner Kleidung.

Unwillkürlich stieß ich ein Lachen aus, weil ich so aufgedreht von dem Abend war, dass mir nicht einmal der strömende Regen etwas anhaben konnte. Ich fühlte mich unbesiegbar.

Romy erwiderte mein Lachen, als wäre es das Echo meines eigenen.

Unsere Füße klatschten laut auf den Boden, als wir über den Asphalt sprinteten. Noch während des Laufens aktivierte Romy die Zentralverriegelung, sodass die Lichter des Autos kurz aufblinkten und verkündeten, dass es nicht mehr abgeschlossen war.

»Schnell!«, rief ich, als Romy den Wagen umrundete, um auf der Fahrerseite einsteigen zu können.

Ich tat es ihr auf der Beifahrerseite gleich. Mit einer schnellen Bewegung öffnete ich die Tür. Der kurze Moment reichte, dass der Innenraum meines Opels ebenfalls nass wurde, ehe ich den Regen aussperrte, der protestierend gegen die Karosserie und die Fenster trommelte, als wäre er ein wütendes Raubtier und wir seine Beute, die ihm knapp entkommen war.

Romy ließ sich in den Sitz fallen und zog die Tür zu. Beide saßen wir für einen Moment bewegungslos da, als wären wir kilometerweit gerannt. Mein Herz pochte, die Nässe ließ mich frösteln.

Abermals stieß ich ein Lachen aus, drehte meinen Kopf zu Romy, auf deren Lippen ein breites Grinsen lag. Ihre Augen funkelten. Ihre Haare klebten klitschnass an ihren Wangen, ihrer Stirn und ihrem Hals. Erstaunlicherweise hatte ihre schwarze Schminke den Sprint tadellos überstanden. Wassertropfen glitzerten auf ihrem Gesicht, als wären es kleine Diamanten, die man mühevoll dort aufgetragen hatte.

Sie war so unglaublich schön.

Mein Herz platzte fast vor Liebe, die ich für diese Frau empfand, sodass mein Lachen verstummte.

Romys Grinsen verschwand Stück für Stück, bis wir beide uns schweigend anschauten. Nur das Geräusch unserer Atmung war zu hören, dann beugten wir uns beide zeitgleich über die Mittelkonsole. Ich vergrub meine Finger in dem Stoff ihrer Lederjacke, sie ihre in meinen ebenso nassen Haaren. Unsere Lippen trafen sich, berührten sich ausgehungert und leidenschaftlich. Ich küsste sie, als wäre das unser letzter Tag auf Erden. All meine Gefühle, die sich über den Abend angestaut hatten, brachen aus mir heraus. Ihr Mund schmeckte nach ihrem Kirschlabello, Regentropfen und einfach nach ihr selbst.

Wir lösten uns erst voneinander, als wir beide nach Luft schnappen mussten. Mit meiner Nasenspitze berührte ich ihre. Konnte bitte jemand die Welt anhalten? Konnte jemand machen, dass dieser Moment ewig währte?

Mein Bauch kribbelte, als tausend Schmetterlinge auf einmal ihre Flügel ausbreiteten und begannen, wild durcheinander zu flattern. Es war unmöglich, zu beschreiben, wie es sich anfühlte, von jemandem geliebt zu werden, den man auch liebte. Zu wissen, dass es da diesen einen Menschen gab, der einen niemals im Stich lassen würde. Der an deiner Seite blieb, egal wie schwierig es wurde. Ich war bereit, meine Zukunft mit ihr zu teilen. Ich war bereit, das Kind in mir mit ihr großzuziehen.

Schon verrückt, wenn ich daran dachte, dass Romy für mich einmal eine Fremde gewesen war und jetzt die Person, ohne die ich mir ein Leben nicht mehr vorstellen konnte.

Obwohl mir so warm war, dass meine Wangen glühten, fröstelte ich so heftig, dass mein ganzer Körper geschüttelt wurde. Das schien Romy aufzuwecken, denn sie wandte sich ab und schob den Schlüssel ins Zündschloss.

»Lass uns fahren, bevor du dir eine Unterkühlung zuziehst«, sagte sie fürsorglich, schaltete die Scheibenwischer an und setzte mit dem Wagen zurück.

Das Wasser spritzte an meiner Seite hoch, als sie durch eine Pfütze fuhr. Das Radio erwachte langsam zum Leben und spielte leise einen Song.

Ein Lächeln zierte meine Lippen und ich lehnte den Kopf gegen die Stütze am Sitz, ließ den Blick aus der Windschutzscheibe schweifen. Der Regen prasselte so heftig dagegen, dass die Wischer kaum hinterherkamen, was die Sicht ungemein erschwerte.

Romy fuhr langsam, obwohl die Straßen wie ausgestorben waren. Aber ich würde es an ihrer Stelle genauso tun.

Wir schwiegen, jedoch nicht, weil es nichts zu sagen gab, sondern weil jeder für sich seine Eindrücke verarbeitete. Ich hoffte, dass Toshiro und Lars der Abend genauso viel Spaß gemacht hatte wie mir. Ich fühlte mich unglaublich stark, vor allem wenn ich daran zurückdachte, dass ich Romy einfach geküsst hatte, ohne mir irgendwelche Gedanken zu machen, was die anderen über mich dachten. Ich hatte es getan, weil es sich in diesem Moment einfach richtig angefühlt hatte, und das war auch gut so.

Mein iPhone gab ein *PING* von sich und riss mich aus meinen Gedanken. Ich griff in meine Jackentasche und holte es heraus. Mein Magen zog sich zusammen, als hätte man mir einen Schlag in den Bauch verpasst. Ich kannte die Nummer noch, auch wenn ich sie nicht mehr gespeichert hatte. Er schien die Blockierung aufgehoben zu haben, sonst hätte er mir nicht schreiben können.

»Robin hat mir geschrieben«, informierte ich Romy sofort.

»Was will er?«, fragte sie sichtlich gereizt.

Ich wusste, dass er ihre Achillesferse war und ihr eine Kerbe in ihr sonst so stählernes Selbstbewusstsein schlug.

»Ich weiß es nicht. Ich traue mich nicht, die Nachricht zu öffnen«, gestand ich.

Mein Hochgefühl wurde jäh von Sorge getrübt. Robin war nicht nur Romys wunder Punkt, sondern auch meiner. Ich dachte oft an seine Worte, dass er das alleinige Sorgerecht für das Baby beantragen würde, obwohl er doch zuvor noch gesagt hatte, er wäre gar nicht bereit, Vater zu sein. Ich wusste, dass, sollte es so kommen, das Kind eher von seinen Eltern als von ihm großgezogen werden würde. Ich verabscheute den Gedanken, dass sie dieses kleine, unverdorbene Wesen zu so etwas Intolerantem erziehen würden wie ihren Sohn. Robin war das Damoklesschwert, das über unserem Glück schwebte, auch wenn ich ihm mein Kind nicht kampflos überlassen würde.

»Dann lass ihn warten«, kommentierte sie. »Lass dir den Abend nicht von diesem Depp verderben.«

Die Scheibenwischer kratzten über die Scheibe, versuchten immer noch, gegen den heftigen Regen anzukämpfen. Verschwommen konnte ich erkennen, dass wir uns der großen Kreuzung näherten. Es würde nicht mehr lange dauern, bis wir zu Hause waren. Der Gedanke, was Robin jetzt wieder wollte, plagte mich, wie eine unangenehme Entscheidung, die man treffen musste und nicht länger aufschieben konnte.

Ich schob das Handy zurück in die Jackentasche und warf einen Blick zu Romy.

Und dann geschah alles innerhalb eines Wimpernschlags.

Im Nachhinein wünschte ich mir, wir hätten mit Toshiro und Lars gewartet. Oder wir hätten nur zehn Sekunden länger gewartet, die über alles entscheiden konnten. Vielleicht hätte es für Romy gereicht, um noch rechtzeitig zu bremsen.

Wir fuhren auf die Kreuzung, Licht blendete mich und ich sah den zweiten Wagen, der viel zu schnell angeschossen kam, als hätte der Fahrer die Kontrolle verloren.

Scheinwerfer streiften mich.

Ich war kurzzeitig wie erstarrt, nur um danach auf Hochtouren zu arbeiten. Ein Schrei löste sich aus meiner Kehle, aber er hörte sich so fremd an, als wäre es nicht mein eigener.

Alles in mir wurde taub, obwohl mein Herz raste und das Adrenalin durch meinen Körper gepumpt wurde. Gleichzeitig fühlte ich mich wie gelähmt, als hätte ich die Kontrolle über jeden meiner Muskeln verloren.

Ich war zu keinem einzigen Gedanken fähig, obwohl mein Verstand alles auf einmal zu verarbeiten schien. Es war so irrational, nicht zu beschreiben.

Unser Auto machte einen Schlenker und dann war da dieser grässliche Knall zu hören, als die Wagen kollidierten.

Mein Kopf wurde hin und her geworfen, als hätte ich die Kontrolle über meine Nackenmuskulatur verloren.

Die Welt um mich herum schien zu verschwimmen. Mein Körper wurde nach vorn gerissen, von dem Gurt gehalten, der mir so heftig in den Bauch schnitt, dass es sich anfühlte, als wollte er mich entzweiteilen.

Wieder war ein Knall zu hören, dieses Mal aus einer anderen Richtung, die ich nicht orten konnte, als wäre alles in mir durcheinandergeraten.

Das Einzige, was ich noch sah, war die Farbe Weiß, ehe ich mit einem heftigen Schwung zurück in den Sitz geworfen wurde.

Um mich herum begann sich alles zu drehen, bevor die Welt ganz still wurde und trotzdem ohrenbetäubend laut war.

An das, was danach passierte, konnte ich mich nur noch bruchstückhaft erinnern. Als wäre mein Gedächtnis ein Buch und jemand hätte fast alle Seiten herausgerissen, sodass nur noch ein Teil der ganzen Geschichte übrig war.

Schock, der mich von innen und außen lähmte, nicht fähig, mich zu bewegen.

Jemand, der meinen Namen schrie, oder vielleicht bildete ich mir auch nur ein, dass das jemand tat.

Panik, die sich wie winzige Nadelstiche durch meinen Körper bohrte, als würde ich in Eiswasser eintauchen. Immer noch gefangen in der seltsamen Starre, als wäre alles paralysiert.

Zeit und Raum spielten keine Rolle mehr.

Das Blaulicht, das die Nacht rhythmisch erhellte und immer greller wurde, je näher es kam.

Das laute Plärren der Sirene, ohne dass ich dessen Bedeutung verstand.

Die Welt, die sich um mich herum drehte und immer wieder in Schwärze versank, wenn meine Augen sich schlossen.

Immer noch das Gefühl, sich nicht bewegen zu können, und der Wunsch, es doch zu tun.

Ein Klopfen gegen die Fensterscheibe.

Fremde Stimmen, die sich etwas zuriefen. Oder redeten sie mit mir?!

Hände, die mich berührten.

Der Nachthimmel über mir.

Regen, der auf mich niederprasselte.

Meine Augenlider, die schwer wie Blei waren.

Ich bin schwanger, schrie ich in meinen Gedanken.

»Ich bin schwanger«, flüsterte ich.

Ein fremdes Gesicht.

Ein Rütteln und Schaukeln.

Das Gefühl von Latex auf meiner Haut.

Ein heller Lichtstrahl direkt über meinen Augen, die ich kaum mehr offen halten konnte.

Nässe und Kälte, überall spürbar.

Das Zuschlagen von Türen.

Das Ruckeln eines Fahrzeugs.

Das beruhigende Geflüster von Worten.

Die Frage nach meinem Namen.

»Sam«. Die Antwort, die träge meine Lippen verließ, bevor die Schwere sich wieder über meine Lider senkte.

Die Schwärze, die sich über mich legte und die Welt zum Schweigen brachte.

Die Schwerelosigkeit, auf die ein tiefer Sturz folgte.

Das Gefühl, etwas Wichtiges verloren zu haben.

Der Schmerz, der sich tief in mein Bewusstsein grub.

Das Wissen, etwas verloren zu haben.

24

Louisa

Vier Tage nach dem Unfall

Sie hielt meine Hand fest in ihrer, als wollte sie sie nie wieder loslassen. Und vielleicht wollte sie das auch nicht. Ich spürte den Druck ihrer Finger kaum. Dafür den Schmerz meiner Narbe, die sich waagerecht über meinen Bauch zog. Mein Kopf pochte, meine Nackenmuskulatur war so hart wie ein Ziegelstein und mein Körper fühlte sich ausgelaugt an. Doch all das war nichts im Vergleich zu der Pein meiner Seele.

Eigentlich hatte ich genau das, was ich von Anfang an gewollt hatte, aber ich war noch nie so unglücklich gewesen. Natürlich hatte ich die Chance, zu studieren, mir die Zukunft aufzubauen, die ich mir vor einigen Monaten noch ausgemalt hatte. Wäre da nicht die Tatsache, dass etwas fehlte, von dem ich noch nicht einmal gewusst hatte, dass ich es jemals vermissen würde. Alles hatte irgendwie an Bedeutung verloren.

Die Zeit zog einfach so an mir vorbei. Es wurde hell, dann wieder dunkel und wieder hell, und alles, woran ich denken konnte, war: *Ist es meine Schuld? Ist es meine Schuld, dass sie gestorben ist?*

Mein kleines Mädchen.

Meine Louisa.

Die Ärzte hatten mir das tatsächliche Geschlecht genannt und seitdem hatte ich ihr den Namen in meinem Kopf und in meinem Herz gegeben. Sie war nicht mehr da und nie hatte ich mich körperlich und seelisch so leer gefühlt. Es spielte noch nicht einmal eine Rolle, dass vor vier Tagen mein eigenes Leben auf dem Spiel gestanden hatte.

Durch den Unfall hatte sich die Plazenta, die an der Vorderwand ihre Position eingenommen hatte, abgelöst und mein kleines, unschuldiges Baby war noch in meinem Bauch gestorben, was dazu geführt hatte, dass sich Blutungen in meiner Gebärmutterhöhle gebildet hatten. Dadurch hatte auch ich mich in akuter Gefahr befunden, sodass ein Kaiserschnitt die Folge gewesen war. Um das tote Kind zu holen und die inneren Blutungen zu stillen.

Und das alles nur wegen eines fremden Mannes, der sich dazu entschlossen hatte, sich betrunken in seinen Wagen zu setzen und heimzufahren. Doch durch den Regen und seinen Alkoholkonsum hatte er die Kontrolle über sein Auto verloren und war mit meinem Opel kollidiert.

Wir hatten keine Möglichkeit gehabt, auszuweichen, und Louisa hatte nun keine Chance, zu leben.

Ich konnte mir nicht vorstellen, wie sehr Romy durch die Hölle hatte gehen müssen. Die getrockneten Tränenspuren auf ihren Wangen sprachen Bände. Wie durch ein Wunder fehlte ihr bis auf ein paar Hämatome und einem Schleudertrauma nichts.

Das war nun vier Tage her und seitdem war so viel passiert, woran ich mich nur noch dumpf erinnern konnte. So viele Menschen waren hier gewesen. Mein Vater, Oma Maria, Romy, Holly, Ärzte, die Polizei, die mich mit ihren Fragen bombardiert hatte, für die ich weder einen Nerv noch die passenden Antworten hatte.

Jeder, nur meine Mutter nicht, obwohl mein Vater sie darüber informiert hatte, was geschehen war. Gleichermaßen war ich enttäuscht und froh darüber. Und es machte mich wütend, dass es mir dennoch etwas ausmachte, dass sie selbst jetzt nicht über ihren Schatten springen konnte. Vielleicht war es aber auch besser so. Ihre Vorwürfe und geheuchelten Worte konnte ich jetzt nicht ertragen.

Alles, was ich wollte, war, zu trauern, aber selbst das verwehrte mir mein Körper. Meine Augen blieben trocken, obwohl mein Herz schmerzte. Meine Lippen blieben geschlossen, obwohl ich vor Wut und Kummer schreien wollte.

Warum?, fragte ich an Gott gewandt. *Warum musste das passieren? Nach allem? Ist das, was wir bereits durchgemacht haben, noch nicht genug? Werde ich immer wieder dann bestraft, wenn ich glücklich bin? War es eine Bestrafung, weil ich mich für ein Leben mit einer Frau entschieden hatte?*

Warum? Immer wieder dieselbe Frage. *Warum?* Doch die einzige Antwort war unerbittliches Schweigen.

Hätte ich mir nur nicht gewünscht, nicht schwanger zu sein. Wahrscheinlich hatte das Schicksal meine Bitte erhört, doch jetzt würde ich alles dafür geben, es rückgängig zu machen.

All meine Freunde hatten unzählige Nachrichten auf meinem iPhone hinterlassen, denn alle hatten von dem Unfall mitbekommen. Aber ich beantwortete keine einzige davon. Sie wollten vorbeikommen, aber ich hatte weder die Kraft noch die Nerven, mich ihren Beileidsbekundungen und mitleidvollen Blicken zu stellen.

Romy war der einzige Mensch, den ich in meiner Nähe haben wollte. Wir sprachen nicht viel. Die meiste Zeit saßen wir nur zusammen in meinem Krankenzimmer, in dem ich allein untergebracht worden war.

Wenigstens ging es Romy körperlich gut, sodass sie nur in der ersten Nacht zur Beobachtung stationär hatte bleiben müssen. Ich konnte mir nicht ausmalen, was es mit mir gemacht hätte, wäre mit ihr etwas passiert. Das wäre zu viel, als ein Mensch ertragen konnte.

Ich löste meinen Blick von der kahlen Wand mir gegenüber und schaute in Romys blaue Augen, die ausnahmsweise nicht geschminkt waren. Es war fast ein ungewöhnlicher Anblick, als wäre sie nackt.

Auch wenn sie am Steuer gesessen hatte, machte ich ihr keinerlei Vorwürfe, die machte sie sich schon selbst genug. Immer wieder beteuerte sie, wie leid es ihr tat, und egal wie oft ich ihr sagte, dass es nicht ihre Schuld war, wollte sie nicht aufhören, sich zu entschuldigen.

Im Gegensatz zum Fahrer des anderen Wagens, der durch seine Entscheidung unser Schicksal besiegelt hatte. Ich hasste ihn, ohne ihn kennen. Ich hasste ihn sogar mehr, als ich Robin und meine Mutter hasste.

Romy streichelte mit ihrem Daumen sanft über meinen Handrücken, aber ich spürte die Berührung kaum. Der Unfall, die Sorge um mich und der Verlust des Kindes hatten selbst ihr die Kraft geraubt. Sie sah so ausgelaugt aus, wie ich mich fühlte. Ihre Wangen waren so blass, wie ich es von ihr nicht kannte, und ein Teil in mir wollte sie trösten und sich gleichzeitig in ihrem Trost suhlen. Ich wollte stark für sie sein, weil nicht nur ich etwas verloren hatte, sondern auch sie. Wir hatten uns gemeinsam dazu entschieden, das Baby großzuziehen.

Jetzt war da nur noch Leere in meinem Bauch, wo Louisa einmal gewesen war. Sie nicht mehr zu spüren, war ein Gefühl, als würde es mich innerlich zerreißen. Es war nicht zu beschreiben. Ich vermisste sie, auch wenn ich sie nicht einmal gekannt hatte. Auch wenn ich nie die Chance gehabt hatte, sie auch nur ein einziges Mal in meinen Armen zu halten. Niemals würde ich ihr Lächeln sehen, niemals ihr Lachen hören, ihr niemals dabei helfen, ihre ersten Schritte zu machen. Niemals ihre Haare kämmen. Sie niemals über etwas belehren und mir niemals Sorgen um sie machen, denn sie war fort, an einem anderen Ort, an dem ich sie nicht erreichen konnte. Sie war nun ein Sternenkind.

Aus Gewohnheit schob ich die Hand auf meinen Bauch. Die Wölbung war noch da, zusammen mit der Narbe meines Kaiserschnitts.

»Ich kann nicht glauben, dass sie wirklich weg ist«, sagte ich leise. Meine Stimme hörte sich so kratzig an, als hätte ich sie seit Tagen nicht benutzt.

»Ich weiß ...« Romy zog die Luft in die Lungen, als würde sie um ihre Fassung kämpfen.

Zuerst glaubte ich schon, sie würde sich wieder entschuldigen wollen.

»Ich auch nicht«, sagte sie leise, den Blick fest auf mich gerichtet. Der Druck ihrer Hand wurde fester.

»Nächste Woche wollten wir noch ein Kinderbett kaufen und einen Wickeltisch und Kleidung!«

Mit jedem Wort wurde ich immer lauter und verlor immer mehr meine Fassung. Mein Kopf pochte mit meinem Herzen um die Wette und meine Narbe begann schmerzhaft zu ziehen, als würde man mir ein Messer in den Bauch rammen.

»Es ist nicht fair!«, brüllte ich, so heftig, dass es mir selbst in den Ohren wehtat. Wut pulsierte durch meine Adern, vertrieb die Lethargie, die die Trauer in mir hinterlassen hatte. Die Lethargie, die dafür sorgte, dass sich sogar das Luftholen schmerzhaft anfühlte.

»Ich weiß«, wiederholte Romy, ohne mit der Wimper zu zucken, weil ich sie anschrie, obwohl meine Wut nicht einmal auf sie gerichtet war. Ihr Gesicht wurde noch eine Spur blasser, wenn das überhaupt möglich war. Ihre Augen wirkten erschöpft und unglücklich, als wäre sie mein Spiegelbild. Als würde sie das reflektieren, was sie bei mir sah.

Romy richtete sich auf, ohne meine Hand loszulassen, und quetschte sich auf den schmalen Rand des Bettes.

Mein Blick war immer noch auf sie gerichtet, als könnte sie etwas tun, damit es aufhörte, wehzutun. Als könnte sie die Zeit zurückdrehen und den Unfall verhindern.

Doch das konnte sie nicht und die Erkenntnis sorgte dafür, dass meine Wut verpuffte. Als würde man einen Luftballon zum Platzen bringen.

Tränen sammelten sich in meinen Augen, die bisher trocken geblieben waren, aber sie wollten nicht fließen. Sie stauten sich hinter meinen unteren Lidern, als wären sie ein unüberwindbares Hindernis.

Ich spürte Romys Wärme, nur um sie gleichzeitig nicht zu spüren, als wäre mein Körper zu Eis erstarrt. Ihre Wangen waren wieder nass, ohne dass mir bewusst geworden war, dass sie erneut angefangen hatte, zu weinen, was mir verwehrt blieb.

Romy beugte sich so weit nach vorn, dass ihre Stirn meine bloß streifte, aber nicht richtig berührte, als hätte sie Angst, mir wehzutun.

»Es tut mir so leid«, flüsterte sie wieder, aber dieses Mal wusste ich, dass sie nicht den Unfall meinte, sondern alles andere.

Ich schloss die Augen, spürte Romys Atem auf meinen Wangen, ihre Nähe, die mich sonst so tröstlich umhüllte. Aber ich war zu kaputt, um das zu fühlen, was sie sonst in mir auslöste. Was nicht bedeutete, dass ich sie nicht brauchte. Sie war der einzige Halt, an den ich mich klammerte, und ich wusste nicht, ob sie noch genug Kraft hatte, um uns beide da hindurchzutragen. Ich wusste noch nicht einmal, ob ich das überhaupt von ihr verlangen konnte.

Und wieder blieb mir nur die Frage nach dem *Warum*.

Drei Wochen nach dem Unfall

Ich saß auf einem Stuhl vor dem Fenster und betrachtete die Schneeflocken, die von dem Wind durch die Luft getragen wurden. Es beruhigte mich, sie zu beobachten. Jede von ihnen war einzigartig und ein Unikat.

So wie wir Menschen. Jeder von uns war auf seine Weise einzigartig. Und gab es doch jemanden, der uns bis aufs Haar glich, gab es immer etwas, das uns unterscheiden würde, und sei es nur die Persönlichkeit oder eine andere Meinung.

Oft dachte ich daran, was aus Louisa geworden wäre. Welche Farbe ihre Augen gehabt hätten, welche Form ihr Gesicht. Was für Erfahrungen sie gemacht hätte und welche Ansichten sie über die verschiedensten Dinge gehabt hätte.

Drei Wochen war der Unfall her und dennoch fühlte es sich so an, als hätte man mir ein großes Loch in die Brust geschlagen, das einfach nicht heilen wollte. Es war wie eine eiternde, offene Wunde, die ich nicht behandeln konnte.

Manchmal war ich so wütend über all das, dass ich fast ohnmächtig wurde. Manchmal war ich so traurig, dass ich glaubte, meine Tränen würden nie mehr aufhören, zu fließen. In diesen Augenblicken glaubte ich, dass ich mit dem Schmerz und dem Verlust niemals klarkommen würde.

An manchen Tagen war es weniger schlimm und ich war der festen Überzeugung, dass ich es überleben würde, ohne dass es mich zerriss. Und wieder manchmal fühlte ich gar nichts, nur Leere.

Die Narbe an meinem Bauch war noch nicht gänzlich verheilt, aber auf einem guten Weg dorthin. Der Arzt war zufrieden, aber meine inneren Wunden, die konnte er nicht behandeln. Er hatte mir geraten, einen Psychologen aufzusuchen, um alles verarbeiten zu können. Aber allein der Gedanke, mit einer fremden Person zu reden, die mir ihre einstudierten Floskeln entgegnen würde, machte mich krank.

Es machte mich überhaupt krank, mit jemandem darüber zu reden, der meinen Schmerz nicht verstand. Das führte dazu, dass ich meine Freunde nicht zurückrief, die sich nach mir erkundigten, auch wenn ich es gern wollte. Ich ging nicht mehr auf in die Universität, traf mich nicht mehr mit Toshiro in der Mensa zum gemeinsamen Mittagessen. Ich betrat nicht einmal mehr meine Wohnung in Heidelberg, sondern blieb bei meinem Vater in Karlsruhe.

Sogar Robin hatte ich lange Zeit auf keine einzige seiner Nachrichten geantwortet, in denen immer wieder das Gleiche gestanden hatte. Ob es wahr war, dass ich eine Fehlgeburt hatte. Allein dieses Wort fühlte sich an wie unzählige Peitschenhiebe.

Irgendwann konnte ich es nicht mehr ertragen und hatte nur mit einer Silbe geantwortet: *Ja.*

Seitdem hatte er ein paar Mal angerufen, aber ich wollte nicht mit ihm reden. Nein, am allerwenigsten mit ihm.

Die einzige Person, die ich in meiner Nähe haben wollte, war Romy. Sie war Tag und Nacht bei mir. Sie hielt mich fest, wenn meine Tränen nicht aufhören wollten, mir wie Rinnsale über die Wangen zu fließen. Und ich hielt sie, wenn ihr Gesicht ganz blass wurde oder sie schweißüberströmt aus einem Albtraum erwachte.

Auch sie hatte mit den Folgen des Unfalls zu kämpfen. Es zog mir den Boden unter den Füßen weg, zu sehen, dass auch Romy vor etwas Angst hatte. Dass auch sie, die sonst so stark war, Schwäche zeigte und ich machtlos dagegen war, ihre Dämonen zu vertreiben, so wie sie meine nicht vertreiben konnte.

Alles, was wir tun konnten, war, füreinander da zu sein, manchmal auch ohne Worte. Sie hinterfragte nicht, wenn ich wortlos das Zimmer verließ, weil ich gerade Zeit für mich allein brauchte, wenn mir die Anwesenheit einer anderen Person zu viel wurde. Dafür beschwerte ich mich nicht, wenn sie mich nachts weckte, weil sie wissen musste, dass mit mir alles in Ordnung war, dass ich noch lebte und nicht wie in ihren Träumen im OP gestorben war.

So schlimm das alles war und wie sehr ich mir wünschte, dass alles nicht passiert wäre, so ließ es Romys und meine Beziehung noch intensiver und inniger werden.

Ich glaube, wenn wir das alles durchstanden, würde uns niemals mehr etwas trennen können. Doch im Augenblick fühlte sich alles so an, als würde ich jeden Moment daran zerbrechen, und ich kämpfte jeden Tag gegen dieses Gefühl an.

Louisa war zwar nicht Romys biologisches Kind, doch sie trauerte genauso um das verlorene Leben wie ich.

Wie konnte man jemanden nur so schrecklich vermissen, den man noch nicht einmal gekannt hatte?

Meine Hand ballte sich zu einer Faust und zerschlug die Taubheit in mir, für die ich eigentlich dankbar war. Wenn ich fühlte, dann spürte ich nur den Schmerz, der dafür sorgte, dass sogar das Atmen wehtat.

Ich kannte sein Gesicht nicht, aber dafür seinen Namen.

Michael Ringwald, der Kerl, der meine Zukunft mit einer Entscheidung zerstört hatte. Und ich hoffte, dass er dafür bezahlte. Ich hoffte, dass er jeden Morgen aufwachte und bereute, was er getan hatte. Ich hoffte, dass ihm klar war, dass er ein Mörder war.

Ein Klopfen an meiner Zimmertür riss mich aus meinen Gedanken. Ich wusste, dass es mein Vater war, denn außer ihm war niemand hier. Romy war zum ersten Mal seit Wochen über Nacht nach Hause gefahren. Nicht, weil wir uns gestritten hätten, aber ihre Familie brauchte sie auch.

Er betrat das Zimmer, ohne dass ich ihn hereingebeten hatte. Mein Blick war immer noch auf die Schneeflocken gerichtet, die fast schon beruhigend den Himmel hinabrieselten.

»Willst du nicht runterkommen und eine Kleinigkeit essen?«, fragte mein Vater mich in besorgtem Ton.

Meine Antwort war ein Kopfschütteln. Ich hatte keinen Hunger. Es war nicht so, als würde ich gar nichts essen. Aber an manchen Tagen aß ich nur eine kleine Mahlzeit. Mein Magen fühlte sich an, als wäre er auf die Größe einer Rosine geschrumpft, und wirkliches Hungergefühl besaß ich auch nicht. Ich nahm nur etwas zu mir, weil ich es musste. Außerdem hatte alles seinen Geschmack verloren, als würde ich nur fades Essen essen.

Mein Vater nahm einen tiefen, schweren Atemzug, ehe er neben mir in die Hocke ging und zu mir aufschaute. Der Blick seiner blaugrauen Augen war voller Sorge.

»Samantha, mein Schatz, ich weiß, dass du eine schwierige Zeit durchmachst. Ich weiß, dass der Verlust deines Kindes unglaublich schmerzt. Aber du solltest dich dabei nicht selbst vergessen.«

»Ja, ich weiß«, antwortete ich monoton, weil ich wusste, dass er das hören wollte.

Er konnte es nicht verstehen, wie denn auch? Er war es nicht, der Louisa in seinem Bauch vermisste.

Er runzelte die Stirn. Vermutlich hatte er nicht damit gerechnet, so wenig Widerstand von mir zu erhalten.

»Ich würde mich genauso fühlen, wenn dir etwas passieren würde. Um Gottes willen, ich möchte mir das nicht einmal ansatzweise vorstellen, aber ich kann es auch nicht ertragen, zu sehen, wie du dich selbst vor allem und jedem zurückziehst. Weißt du, als deine Mutter mich verlassen hat, ging es mir auch sehr schlecht. Obwohl sich herausgestellt hat, was für eine furchtbare Frau sie ist, habe ich nur an die guten Zeiten mit ihr gedacht. Ich habe mich in die Arbeit gestürzt, um alles um mich herum zu vergessen. Aber ich habe mich auch daran erinnert, dass es Menschen gibt, denen ich sehr wichtig bin. Menschen, für die ich funktionieren muss. Menschen, für die ich darauf achten muss, dass ich mich selbst nicht vernachlässige. Gib dir die Zeit, die du brauchst, um über den Schmerz und Verlust hinwegzukommen, aber ihn auch zu akzeptieren, denn er wird ab jetzt immer ein Teil deines Lebens sein. Er macht dich zu der Person, die du in der Zukunft sein wirst. Aber schade dir nicht noch mehr, indem du dich selbst vernachlässigst.«

Seine Stimme war von Trauer verzerrt.

Ich wusste, dass er sich nur Sorgen machte und es gut mit mir meinte, aber seine Worte lösten den Kloß in meinem Hals nicht. Seine Worte durchbrachen weder Taubheit noch Schmerz in mir. Und sie erreichten schon gar nicht, dass ich plötzlich Hunger verspürte. Ich wusste, dass er mit allem, was er sagte, recht hatte. Aber es half eben nicht. Einzig die Zeit würde mir helfen können, und vielleicht noch nicht einmal die.

»Kannst du bitte die Tür hinter dir zumachen, wenn du rausgehst?«, war alles, was ich dazu sagte, ehe ich den Blick abwandte, um den Schneeflocken dabei zuzusehen, wie sie vom Himmel fielen.

25

Ein neues Jahr bricht an

Acht Wochen nach dem Unfall

Das Leben ging weiter. Die Erde hörte nicht plötzlich auf, sich zu drehen, nur weil das Schicksal mir etwas genommen hatte, was mir wichtig war. Die Zeit verging, aber der Schmerz über den Verlust meiner kleinen Tochter ließ nicht nach.

An manchen Tagen war er so präsent, als hätte der Arzt die Worte frisch zu mir gesagt, und an anderen kam es mir so vor, als wäre es eine Ewigkeit her. Doch nach und nach nahm ich wieder an dem Leben teil, das mich immer wieder versuchte, zurückzuwerfen. Manchmal fragte ich mich, woher ich noch die Kraft nahm, um aufzustehen und weiterzukämpfen. Und dann dachte ich an die Menschen, die mir wichtig waren und die alles taten, damit es mir besser ging, und ich wusste, dass es nur geliehene Kraft war und nicht meine eigene. Aber irgendwann würde ich es ihnen allen zurückgeben.

Ich hatte mich dazu entschieden, doch eine Psychologin aufzusuchen, nicht zuletzt, weil Romy mich darum gebeten hatte, es zu tun. Immer und immer wieder hatten wir darüber diskutiert, bis ich eingeknickt war. Erstaunlicherweise war es nicht so schlimm, wie ich erwartet hatte, und es half mir, alles aufzuarbeiten. Nicht nur den Unfall und die Fehlgeburt, sondern auch den Verlust meiner Mutter, die immer versucht hatte, mich nach ihren Vorstellungen zu verbiegen. Meine ehemalige Beziehung mit Robin und auch das Mobbing in der Schule. Ich wusste nicht, wie viel sich angestaut hatte, und ich war noch weit davon entfernt, alles auch nur ansatzweise verarbeitet zu haben, aber mit kleinen Schritten ging es vorwärts.

Zumindest hatte ich aufgehört, mich vor meinen Freunden zu verstecken und von ihnen abzuwenden. Sie ließen mich nicht fallen, sie hatten so viel Verständnis und hörten mir geduldig zu, auch wenn ich immer und immer wieder über das Gleiche redete. Auch wenn ich es ihnen mindestens schon dreißig Mal erzählt hatte.

Es gab manchmal aber auch Tage, an denen ich aufwachte und im Bett liegen blieb. An diesen war nur Romy bei mir, selbst mein Vater zog sich dann zurück. Er wusste, dass es nichts mit ihm zu tun hatte.

Heute war der letzte Tag im Jahr 2018. Es schien mir, als wäre das letzte Silvester eine Ewigkeit her.

Genau vor einem Jahr hatte ich mich für Romy entschieden. Auch wenn ich damals gewusst hätte, was alles auf uns zukam, hätte ich meine Entscheidung nicht geändert. Aber ich hätte vieles anders gemacht, dann wäre uns beiden einiges an Leid erspart geblieben.

Ein Knall ertönte, gefolgt von dem Farbenspiel der Rakete, die im Himmel explodierte und das Firmament erleuchtete. Es war nicht die erste an diesem Abend, die vor Mitternacht geschossen wurde, und es würde auch nicht die letzte sein.

Vielleicht konnte Louisa mich gerade sehen. Oder schlief sie schon? In einem Bett aus flauschigen Wolken? Der Gedanke hatte etwas Tröstliches.

»Hi, Baby«, hörte ich Romys Stimme hinter mir. Wenige Sekunden später spürte ich ihre Arme, die sich von hinten um mich legten. Sie schmiegte ihren Körper an meinen und legte ihr Kinn auf meiner Schulter ab. Es war fast wie ein Déjà-vu, eine Erinnerung an meinen achtzehnten Geburtstag. Meinen neunzehnten hatte ich nicht einmal gefeiert. Der Tag war an mir vorbeigegangen wie jeder andere auch. Damals war alles anders gewesen, einfacher irgendwie, auch wenn es mir zu dem Zeitpunkt so schwierig erschienen war.

Ich hob meine Hände, verflocht beide mit Romys, die auf meinem Bauch ruhten. Dort, wo mir die Leere nur allzu sehr bewusst war.

»Du warst plötzlich verschwunden«, murmelte sie nah an meinem Ohr. Ihr Atem streifte meine Haare, sodass sie sich minimal bewegten.

»Ja, mir wurde das da drinnen alles zu viel«, gestand ich.

Alle waren da. Philipp, Holly, Dylan, Liane, Romy, Oma Maria, mein Vater, sogar Mayleen und ihr Partner Frederik. Es war das erste Mal, dass ich Romys ältere Schwester kennenlernte, und ich verstand nun, was sie meinte, wenn sie sagte, dass sie keine besonders innige Beziehung führten. Mayleen wirkte sehr perfektionistisch, beinahe schon überheblich, was das komplette Gegenteil von Romy war und leider auch an meine Mutter erinnerte.

Aber der Rest der Familie zeigte sich herzlich und warm wie immer. Wobei sie auffällig bedacht darauf waren, was sie zu mir sagten. Mir war eigentlich nicht wirklich nach Feiern zumute gewesen, aber ich wollte nicht diejenige sein, die Silvester kaputt machte. Wir hatten uns darauf geeinigt, nicht zu feiern, aber in gesellschaftlicher Runde beisammen zu sein, damit keine der beiden Familien *allein* sein musste.

Nach dem Unfall war die Bindung zwischen unseren Familien enger geworden. Es hatte zwar einen traurigen Hintergrund, aber insgeheim war ich froh über diese Tatsache, denn auch meinem Vater schien die Beziehung zu Romys Eltern gutzutun. Aber der ganze Trubel wurde mir zu viel, er engte mich fast ein, deshalb war ich in den Garten gegangen, um einfach nur die *Stille* um mich herum zu genießen. Und mal für einen Moment nicht so zu tun, als wäre alles okay. Am Anfang hatte sich die Kälte noch durch meine dicke Kleidung gefressen, doch mit der Zeit fühlte ich weder sie noch meinen Körper.

Jeder wusste, dass es Romy und mir nicht gut ging. Klar, es ging bergauf, mit jedem Tag ein bisschen mehr, aber es war noch ein langer Marsch, den wir beide meistern mussten. Holly hatte mir hundert Mal angeboten, dass ich mit ihr reden konnte, falls mir nach einem mütterlichen Rat war. Bis jetzt hatte ich das noch nicht getan, denn im Moment war ich schon froh, wieder atmen zu können, ohne dass es wehtat.

»Weißt du, woran mich das erinnert?«, fragte Romy. Ihre Stimme wirkte, als wäre sie in Gedanken versunken.

»Hm?«

»An deinen Geburtstag«, sagte sie.

»Daran musste ich auch denken«, erwiderte ich leise, in der Erinnerung an damals versunken. Wie sie mich an der Hand gepackt und mitgezogen hatte, die Raketen, die in den Himmel geflogen waren und unseren ersten Kuss symbolisch untermalt hatten.

»Woher hattest du nur den Mut, mich einfach zu küssen?«, stellte ich ihr die Frage, die ich ihr bis heute noch nie gestellt hatte.

»Das war eine ganz einfache Gleichung«, antwortete sie.

»In Mathe war ich noch nie gut«, entgegnete ich, den Blick nach oben in den dunklen Himmel gerichtet, der sich beim Wechsel der Jahre in eine explodierende Farbbombe verwandeln würde. Als stünde Romys Antwort irgendwo in ihm geschrieben.

»Entweder hättest du den Kuss erwidert, was du ja letztendlich auch getan hast, auch wenn ich für den Bruchteil einer Sekunde daran gezweifelt habe, oder du hättest mich einfach weggestoßen. Das Risiko war es mir wert«, erklärte sie mir das Offensichtliche.

Ich löste mich aus ihren Armen, drehte mich herum, sodass ich in ihre blauen Augen schauen konnte, die im Halbdunkel fast schwarz wirkten.

»Hätte dein Selbstbewusstsein so einen Schlag überhaupt verkraftet?«, witzelte ich und zog, ohne es zu wollen, die Mundwinkel leicht in die Höhe.

»Glaub mir, du wärst nicht die Erste, die mir eine Abfuhr gegeben hätte.« Romy zuckte mit den Schultern über das, was längst Vergangenheit war.

»Wie kann dich jemand nicht wollen?« Ich zog meine Brauen in die Höhen, um mein Unverständnis deutlich zu machen.

»Glaub mir, das frage ich mich manchmal auch«, erwiderte sie.

Ein Glucksen löste sich aus meinem Mund und kurz darauf lachte ich laut, obwohl ich das gar nicht wollte.

Aber Romy war der Mensch, der mich zum Lachen brachte, wenn mir nicht einmal nach Lächeln zumute war. Auf eine Art war es befreiend, auf der anderen aber irgendwie auch falsch, dennoch konnte ich nicht damit aufhören.

Ich kicherte und gluckste so lange, bis mir Tränen in den Augen standen, die mir die Wangen hinabliefen. Zuerst dachte ich, dass sie zu meinem Ausbruch gehörten, doch dann wurde meine Kehle wieder so eng, als würden zwei Eisenhände sie zusammendrücken. Aus meinem Lachen wurde ein Schluchzen und Romy zog mich in eine Umarmung, so fest, dass all die losen Teile meiner Seele zusammengehalten wurden und für den Moment alles in Ordnung zu sein schien.

Und in diesem Augenblick ging das Feuerwerk von allen Seiten los, als wollte es meine Klagelaute überdecken. Menschen schienen in diesem Moment auf die Straße zu strömen, um das neue Jahr willkommen zu heißen, und wir standen hier gemeinsam im Garten, klammerten uns aneinander, als würden wir ohneeinander ertrinken. Es würde noch eine ganze Weile dauern, bis wir beide uns von dem Schicksalsschlag erholt hatten.

»Ein frohes neues Jahr wünsche ich euch!«, zerstörte eine Stimme, die mir sehr vertraut war, den intimen Moment. Sie ging mir durch Mark und Bein und sorgte dafür, dass es sich anfühlte, als würde mir die Luft aus den Lungen gepresst werden. Ich konnte nicht mehr einatmen, als wäre um mich herum nur Vakuum.

Romy und ich lösten uns gleichzeitig voneinander und ich wirbelte herum, in der Hoffnung, dass das alles ein schlechter Scherz war.

Doch als ich ihn sah, wie er aus dem Schatten der Dunkelheit in das gedämpfte Licht der Veranda trat, erkannte ich, dass es kein Scherz war. Es war die Realität. Mein Ex-Freund stand hier, mitten in unserem Garten.

Es war eine gefühlte Ewigkeit her, dass ich ihn zuletzt gesehen hatte, um ihm zu sagen, dass ich von ihm schwanger war. Die Tränen auf meinen Wangen schienen einzufrieren und mein Herz stehen zu bleiben.

Ich hatte gehofft, ihn nie wieder sehen zu müssen, aber wie naiv war es gewesen, das zu glauben? Ihn zu sehen, verpasste mir beinahe körperliche Schmerzen, weil er den Verlust meines Kindes erneut aufrollte.

Was zur Hölle hatte er hier zu suchen?

»Was machst du hier?«, hörte ich Romy fragen, als hätte sie meinen Gedanken gelesen. Ich selbst war zu geschockt, um etwas sagen zu können.

Ich hoffte immer noch darauf, dass er eine Illusion war, die sich in Luft auflösen würde, aber das tat er nicht.

»Ich habe mir schon gedacht, dass ich dich hier finden würde«, sagte er, ohne auf Romys Frage einzugehen.

Zuerst dachte ich, er redete mit mir, aber sein Blick war auf meine Freundin gerichtet, die sich automatisch etwas vor mich schob, als wollte sie mich von ihm abschirmen.

Erst jetzt wurde mir bewusst, dass er getrunken haben musste. Seine Aussprache war schwerer, fast verzerrt, seine Augen blutunterlaufen, was ich trotz des schwachen Lichts ausmachen konnte. Seine Haare hatte er unter einer schwarzen Wollmütze verborgen und sein Gesicht war von Bartstoppeln übersät.

»Wie bist du hier reingekommen?«, fragte ich schockiert, als ich meine Stimme wiederfand.

Nun richtete er seinen Blick kurz auf mich. Ein gehässiges Lachen schlüpfte aus seiner Kehle.

»Ich bin über den Gartenzaun geklettert«, antwortete er.

»Du weißt, dass das Hausfriedensbruch ist? Besser, du verschwindest von hier«, kam es warnend von Romy, sodass sie seine Aufmerksamkeit wieder auf sich lenkte.

Automatisch hielt ich sie am Unterarm fest. Ich wollte nicht, dass sie ihm zu nah kam. Jedoch konnte ich nichts dagegen tun, dass Robin zwei Schritte auf uns zu machte.

Ich wollte zurückweichen, Distanz zwischen ihn und mich bringen, und in dem Moment war ich froh, dass Romy hier war. Auch wenn ich sie noch weniger in seiner Nähe wissen wollte.

»Ach halt doch das Maul, du Fotze«, knurrte er aggressiv und mein Magen stürzte wieder in die Tiefe.

Meine Blicke zuckten zu der Tür der Veranda. Drinnen saßen unsere Eltern, die uns nicht zu Hilfe kommen würden, denn sie hatten keine Ahnung, was hier draußen vor sich ging.

»Du … Du bist doch an allem schuld!«, schrie er schon fast, während um ihn herum der Himmel immer und immer wieder von den Feuerwerkskörpern erhellt wurde.

Robin wischte sich mit dem Handrücken über den Mund.

»Du hast mir alles weggenommen! Die Frau, die ich geliebt habe, und jetzt auch noch mein Kind. Du bist an allem schuld!« Seine Augen funkelten sie dunkel und wütend an.

»Lass uns reingehen«, bat ich Romy eindringlich.

»Ja, verpiss dich, das kannst du doch am besten! Verpiss dich, wie du es damals getan hast.« Seine Augen sprangen zurück in meine Richtung. Seine Blicke waren so scharf wie zwei Dolche.

»Nein.« Romy befreite sich aus meinem Griff und ging ein paar Schritte nach vorn, sodass ich nicht die Chance hatte, erneut nach ihr zu greifen. »Du bist derjenige, der gehen sollte. Nach allem, was war, hast du die Nerven, hier aufzutauchen und mit Vorwürfen um dich zu werfen. Du machst mich so krank! Verschwinde oder ich werde die Polizei rufen«, drohte Romy mit fester Stimme, zu der ich nicht in der Lage gewesen wäre.

Meine Augen sprangen zwischen den beiden hin und her und ich folgte Romy die Schritte nach vorn, die sie gemacht hatte, damit ich an ihrer Seite meine Position einnehmen konnte. Mein Körper zitterte, was nichts mit der Kälte um mich herum zu tun hatte.

Ich wollte, dass er ging.

Ich wollte, dass er nie wiederkam.

Ich wollte ihn nie wieder sehen müssen.

Gerade hatte ich geglaubt, das neue Jahr könnte nicht schlimmer beginnen, als das andere endete, aber Robin zerstörte wie immer alles. Ich wollte etwas sagen, aber mir fehlte nach allem schlicht und ergreifend die Kraft dazu.

Er lachte freudlos auf.

»Das traust du dich doch niemals«, sagte er an Romy gewandt.

»Leg es nicht darauf an«, antwortete Romy, immer noch mit einer unglaublichen Stärke und Dominanz in der Stimme.

Die beiden leisteten sich ein Blickduell, das nur ein paar Sekunden andauerte, aber sich wie eine Ewigkeit auszudehnen schien. Schließlich war es Robin, der verlor und zuerst wegsah. Er ließ es sich nicht nehmen, vor uns auf den Boden zu spucken.

»Ich bin hier eh fertig«, fauchte er, schob seine Hand in die linke Hosentasche und zog etwas aus ihr hervor, ließ den Gegenstand allerdings fallen.

Ich sah seinen Autoschlüssel zu Boden fallen, der geräuschlos auf der Erde landete. Es kostete mich ein paar Sekunden, um zu begreifen, was das zu bedeuten hatte. Dann explodierte der Schmerz in mir, als würde man eine Wunde ausbrennen. Wut bäumte sich brüllend in mir auf.

»Du bist mit dem Auto hier?«, fauchte ich.

Er schaute mich an, als wäre er sich keiner Schuld bewusst.

»Du bist wirklich das Letzte«, schrie ich und Tränen des Zornes füllten meine Augen. »Wie kannst du es wagen, betrunken Auto zu fahren? WIE? Nach dem, was passiert ist? Wenn du dich jetzt in deinen Wagen setzt und fährst, bist du kein bisschen besser als der Mann, der dein Kind getötet hat. Nicht Romy ist daran schuld, sondern der Kerl, der genauso dumm und unverantwortlich war, wie du es jetzt bist. Ich schwöre bei Gott, wenn du jetzt fährst, werde ich die Polizei anrufen und dich persönlich anzeigen!«

Meine Atmung ging so schwer, dass sie in unregelmäßigen Stößen aus meinen Lungen kam.

Wie konnte er es wagen, auch nur darüber nachzudenken, in seinem Zustand noch zu fahren? Würde er der Nächste sein, der ein Menschenleben zerstörte oder gar eins nahm? War er der Nächste, der eine Familie zerstörte? Der jemandem einen Vater, eine Mutter, eine Tochter, einen Sohn, einen Ehemann, eine Ehefrau, einen Bruder oder eine Schwester nahm? Das würde ich niemals zulassen, nur über meine Leiche.

Er schaute zwischen uns beiden hin und her und für einen Moment glaubte ich wirklich, er würde mich einfach ignorieren. Dann, als hätte man die Luft aus ihm herausgelassen, sank er leicht in sich zusammen.

»Es tut mir leid«, sagte er schließlich, jede Aggressivität war aus seiner Stimme verschwunden.

»Das sollte es auch«, antwortete ich hart.

Robin seufzte, bückte sich, um seinen Schlüssel aufzuheben, den er wieder zurück in die Hosentasche schob. Aus der anderen zog er sein Handy. Er aktivierte es und das Display beleuchtete das Gesicht, das ich gelernt hatte, zu hassen. Es dauerte eine Ewigkeit, vermutlich weil er nicht mehr so klar sah, doch wenig später hielt er sich das Handy ans Ohr, wandte den Blick von uns beiden ab.

Ich beobachtete das Geschehen angespannt. Romy neben mir war ganz still geworden, aber sie tastete nach meiner Hand und ich ergriff sie dankbar.

»Ich bin's«, sagte Robin zu der Person, die er angerufen hatte. »Kannst du mich bitte abholen?«

Kurzes Schweigen.

»Bei deiner Tochter«, antwortete er und schaute kurz zu mir.

Mein Gehirn brauchte eine Ewigkeit, um seine Worte zu begreifen, und als Romy meine Hand fest drückte, verstand ich, mit wem er telefonierte. Mein Brustkorb zog sich schmerzhaft zusammen und Hitze stieg in meinem Körper auf.

»Ja, ist gut. Okay. Bis gleich«, sagte mein Ex-Freund, ehe er auflegte.

»War …« Meine Stimme versagte mir und ich musste mich räuspern. »War das meine *Mutter*?«

Er sah mich mehrere Sekunden lang schweigend an, ehe er nickte.

Die Luft um mich herum schien so dickflüssig wie Kleister zu werden. Ich war nicht in der Lage, sie in meine Lungen zu befördern. Die Gedanken in meinem Kopf begannen zu rasen, um eine Erklärung dafür zu finden. Was hatte das nun wieder zu bedeuten? Wieso rief er ausgerechnet *sie* an?

»Ihr habt Kontakt miteinander?«, fragte ich, völlig aus der Fassung gebracht, was Robin scheinbar zu amüsieren schien, denn einer seiner Mundwinkel zuckte schadenfroh in die Höhe.

»Ja. Stell dir vor. Ich glaube, sie sieht in mir den Sohn, den sie nie hatte«, erwiderte er.

Früher hätte ich ihm dafür am liebsten eine verpasst. Aber alles, was er in mir auslöste, war das Gefühl von Mitleid. Er war eine verlorene Seele und ich froh, wenn ich ihn nie wieder in meinem Leben würde sehen müssen.

»Wundert mich nicht, ihr seid aus demselben Holz geschnitzt«, antwortete ich mit müder Stimme.

Ich war es leid, mich damit zu beschäftigen. Meine Mutter war für mich gestorben, nach allem, was geschehen war. Es tat nicht einmal mehr weh, an sie zu denken.

Robin lachte auf.

»Autsch«, kommentierte er trocken.

»Verschwinde«, kam es nun von Romy, die für lange Zeit still gewesen war.

»Hatte ich vor«, kommentierte er und wandte sich ab, aber nur, um noch mal stehen zu bleiben und mich anzuschauen. »Wir hätten glücklich werden können. Ich habe dich geliebt, weißt du? Und vielleicht tue ich es immer noch.«

Ich schaute ihn emotionslos an.

»Du hast keine Ahnung, was *Liebe* bedeutet, Robin«, erwiderte ich.

Und dieses Mal ging er wirklich. Nahm denselben Weg zurück, auf dem er hergekommen war. Ich schaute ihm lange hinterher, bis die Anspannung aus meinem Körper wich und ich mich vollkommen kraftlos fühlte. Das war alles zu viel gewesen, um es an einem Abend verdauen zu können.

»Alles in Ordnung, Baby?«, fragte Romy, die sich gänzlich zu mir umdrehte, sodass sie mir gegenüberstehen und ihre Finger an meine Wangen legen konnte.

Ich zuckte mit den Schultern, denn ich konnte die Frage nicht wirklich beantworten.

»Bei dir?«, wich ich ihr aus, doch Romy legte den Kopf schief.

»Es ist nicht mein Ex-Freund, der hier im Garten aufgetaucht ist«, kommentierte sie, ihre blauen Augen fest auf mich gerichtet, als wollte sie tief in meine Seele vordringen.

»Mit Robin komme ich klar«, antwortete ich ehrlich. »Aber der Gedanke, dass meine Mutter gleich hier sein wird ...« Meine Kehle wurde eng und die letzten Worte kamen nur noch als ein Hauchen aus meinem Mund.

Es war nicht so, als würde diese Tatsache mir wehtun. Nicht mehr. Dafür war zu viel passiert. Aber es war ein komisches Gefühl.

»Willst du sie sehen?«, fragte Romy und ich wusste, dass sie mich nicht aufhalten würde, wenn ich bejahen würde. Allerdings schüttelte ich den Kopf. Das würde vielleicht nur Erinnerungen hervorrufen, die ich vergessen wollte.

»Nein. Es macht keinen Sinn. Sie ist einfach gegangen. Sie hat sich von mir abgewandt, weil ich nicht in ihr *perfektes* Leben passe. Ich brauche sie nicht. Ich habe meinen Vater, meine Oma, meine Freunde und ich habe dich. Das ist alles, was zählt«, erwiderte ich ehrlich und legte meine rechte Hand auf ihre linke, deren Finger meine Wange streichelten. Als das Adrenalin nachließ, spürte ich auch wieder die Kälte, die schon längst unter meine Kleidung geschlüpft war, und begann zu frieren.

»Dann lass uns reingehen, zu den Menschen, die wirklich wichtig sind«, entgegnete Romy und ich nickte.

Ich verschränkte meine Finger mit ihren, zog sie von meiner Wange und hielt sie ganz fest, als wir das Haus wieder betraten. Wir erzählten niemandem von der Begegnung im Garten und erst recht nicht, dass meine Mutter gleich hier sein würde.

Mein Vater hatte das Recht auf einen schönen Abend, den ihm diese Frau nicht kaputt machen würde. Normalerweise war er derjenige, der mich immer beschützte, doch heute Abend hatten wir die Rollen getauscht.

Es sollten weitere drei Monate vergehen. Der Schnee war gefallen und wieder geschmolzen. Der Frühling zog über das Land und die Temperaturen kletterten spürbar nach oben. Seit der Begegnung an Silvester hatte ich Robin nie wieder gesehen. Was ein wahrlicher Segen war.

Meine Psychologin half mir ungemein dabei, die Vergangenheit aufzuarbeiten und all das, was mir in den letzten zwei Jahren widerfahren war. Von Sitzung zu Sitzung öffnete ich mich ihr mehr und mehr und hatte das Gefühl, von innen nach außen zu heilen.

Ich wusste, dass es noch viel Zeit brauchen würde, bis die Wunden nicht mehr schmerzten, aber mir ging es schon besser als im letzten Jahr. Nicht zuletzt, weil Romy mir jeden Tag die Kraft gab, aufzustehen und weiterzumachen. Für unsere Beziehung, für meine Familie und meine Freunde. Ohne diese Menschen in meinem Leben hätte ich den erneuten Schlag nicht überstanden.

Ich hatte begonnen, mit meinem Studium weiterzumachen, und verbrachte wieder mehr Zeit allein in meiner Wohnung in Heidelberg. Zwar nicht jeden Tag, denn oft wachten Romy oder ich aus Albträumen auf und klammerten uns in den Nächten aneinander. Ich hatte ihr auch geraten, sich meiner Psychologin anzuvertrauen, aber Romy hatte beteuert, dass sie das nicht brauchte. Irgendwann hatte ich aufgegeben, sie überzeugen zu wollen, denn sie konnte verdammt stur sein.

Heute war einer der wenigen guten Tage, denn mein Sternenkind hätte heute das Licht der Welt erblicken sollen.

Zumindest war das der Geburtstermin, den meine Frauenärztin errechnet hatte. Ob es wirklich genau heute passiert wäre, konnte niemand wissen.

Romy hatte sich dafür etwas ganz Besonderes überlegt. Es gab mir die Chance, Abschied zu nehmen, denn im Grunde hatte ich das nie wirklich getan.

In meinen Händen hielt ich das weiße Boot, das wir aus Papier gebastelt und wasserfest gemacht hatten. In geschwungener Schrift stand der Name *Louisa* darauf geschrieben. Langsam ging ich in die Hocke und schaute auf das fließende Wasser des kleinen Baches, dessen Strömung Äste und Blätter mit sich riss.

Romy, die mit mir hier war, begab sich in die gleiche Position, in der ich mich befand. Ich spürte ihren Blick auf mir, drehte den Kopf und schaute in ihre blauen Augen, die auf die vertraute Art schwarz umrahmt waren. Die Haare hatte sie ungewohnterweise hinter die Ohren geklemmt.

Sie schenkte mir ein aufmunterndes Lächeln, das ich kurz erwiderte, ehe ich meine Hand ausstreckte und das Boot über dem Wasser schweben ließ.

Es war eine Art Symbol für Louisas lange Reise und eine Gelegenheit für uns beide, ihr Lebewohl zu sagen. Auch wenn das hier nur ein Stück Papier war, fiel es mir schwerer, als ich gedacht hätte. So als würde ich sie endgültig loslassen, obwohl ich sie in meinem Herzen trug.

Romy sagte nichts. Sie ließ mir so viel Zeit, wie ich brauchte. Oder vielleicht brauchte sie diese selbst.

Ich nahm einen tiefen Atemzug, bevor ich das Boot auf das Wasser setzte. Die Strömung ergriff davon Besitz, als hätte sie nur auf diesen Moment gewartet, und das Papierboot schipperte den Bach abwärts, außerhalb meiner Reichweite. Ich schaute ihm so lange hinterher, bis es für meine Augen zu schwierig wurde, es länger sehen zu können.

Eine Träne rollte über meine Wange, die aber etwas seltsam Befreiendes hatte, als könnte ich nun endlich wieder nach vorn sehen. Ich würde meine Kleine niemals vergessen, aber ich wusste, dass ich weitermachen musste. Dass ich nicht auf der Stelle stehen bleiben konnte.

Romy griff nach meiner Hand und ich verschränkte meine Finger mit ihren, während wir immer noch schweigend da hockten. Lediglich das laute Plätschern des Baches war zu hören und das Rauschen des Windes, der durch die Bäume wehte. Die Geräusche hatten etwas Tröstliches, Friedvolles. Als wären sie ein Versprechen für bessere Zeiten. Das hier war noch nicht das Ende unserer Geschichte.

»Auch wenn wir Louisa nicht kennenlernen durften, werden wir sie niemals vergessen«, flüsterte Romy neben mir und ihre Worte berührten den tiefsten Winkel meines Herzens. Es fühlte sich ganz schwer an und doch gleichzeitig so leicht, als wüsste es, dass es okay war, nun endgültig Abschied zu nehmen. Als wüsste es, dass die Zeit der Trauer und des Verlustes vorbei war.

Ich war endlich bereit, nach vorn zu schauen und meine Zukunft so zu gestalten, wie ich es mir immer gewünscht hatte.

Auch Romys Leben ging nun in großen Schritten weiter, würde sie doch bald ihr Jurastudium beginnen, ebenfalls an der Universität in Heidelberg. Vielleicht rührte ihr Entschluss da her, dass wir beide fassungslos über das Urteil waren, das der Richter gegenüber Michael Ringwald ausgesprochen hatte. Zwei Jahre Freiheitsstrafe auf Bewährung. Es war ein schlechter Scherz.

Aber vielleicht würde ich eines Tages mein kleines Mädchen wiedersehen. Wer wusste das schon? An diesen Gedanken klammerte ich mich und das machte es erträglicher.

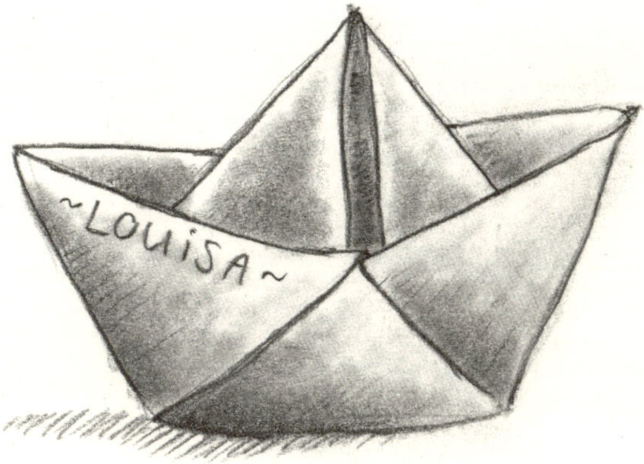
~LOUiSA~

26

Ganz in Weiß

Zehn Jahre später

Ich blickte in den Spiegel, aus dem mir ein Paar blaugrauer Augen aufgeregt und freudig entgegenstrahlte. Zwei braune Haarsträhnen umspielten in gelockter Form mein Gesicht, während der Rest meiner Pracht nach hinten gesteckt worden war und von einem weißen Schleier verhüllt wurde. Meine mit heller Farbe geschminkten Lippen bildeten ein Lächeln, ohne meine Zähne zu präsentieren.

Es gab selten Momente in meinem Leben, in denen ich mich wunderschön gefunden hatte, aber das war einer davon. Mein Herz schlug heftig in meiner Brust und meine Hände, die ich in den Schoß gelegt hatte, zitterten vor Aufregung.

Wie wird Romy wohl aussehen?, ging es mir durch den Kopf, gerade als es an der Tür klopfte.

Ich drehte den Kopf und Ella, die meinen Schleier noch einmal zurechtgezupft hatte, ließ von mir ab und ihr Blick wandte sich ebenfalls der Tür zu. Wenn es überhaupt möglich war, raste mein Herz noch viel schneller.

»Herein«, rief ich und die Tür öffnete sich langsam.

»Bist du so ...«

Mein Vater erschien im Türrahmen und mitten im Satz verstummte er. Seine Augen ruhten auf mir, seine Gesichtszüge schienen erstarrt zu sein, als er mich zum ersten Mal in voller Montur sah. Geschminkt und in meinem Brautkleid. Stolz funkelte in seinen Iriden auf und sein Mund verzog sich zu einem strahlenden Lächeln, als ich aufstand, um mich ihm vollkommen zu präsentieren.

»Sam«, brachte er verblüfft und ergriffen hervor. »Mein Gott, du siehst wunderschön aus!«, rief er aus.

Er selbst hatte sich in seinen teuersten und besten Anzug geworfen und war kaum wiederzuerkennen. Ich hatte ihn schon öfter in vornehmer Kleidung gesehen, aber es war, als würde er heute besonders edel aussehen. Sein Smoking schien nicht eine Bügelfalte zu haben und die Fliege saß akkurat an seinem Hals, als wäre sie für ihn angefertigt worden.

»Wie eine Prinzessin, nicht wahr?«, kam es von Ella, die es nicht lassen konnte, noch einmal an dem weißen Stoff aus Tüll zu zupfen.

Mein Vater brachte nur ein Nicken zustande, das mir abermals ein Lächeln entlockte. Ich kämpfte mit den Tränen, die in meinen Augen aufsteigen wollten, und blinzelte sie vehement fort. Ich wollte mein Make-up nicht verschmieren, bevor wir die Kirche erreicht hatten.

Das hier sollte unser Tag werden! Romys und mein Hochzeitstag. Ihr Antrag vor etwas mehr als einem Jahr war nicht besonders überraschend gewesen. Irgendwie hatte ich schon länger damit gerechnet. Aber dafür war es umso romantischer gewesen. Wir waren auf dem traditionellen Lichterfest in Karlsruhe gewesen, das in dem Zoo der Stadt stattfand. Alles um uns herum hatte geleuchtet, es gab ein riesiges Feuerwerk. Wir beide waren auf einem Boot über den dort angelegten See gefahren, als sie den Ring zückte, den sie für mich ausgesucht hatte, und mich nach den vielen Jahren – endlich! – gefragt hatte, ob ich ihre Frau werden wollte.

Vor lauter Tränen hatte ich das einfache Wort *JA* kaum aussprechen können, und wenn ich heute daran dachte, bekam ich am ganzen Körper Gänsehaut.

Natürlich war es nicht immer leicht gewesen.

Wir hatten sehr gute, aber auch weniger gute Zeiten hinter uns, doch ich wusste, weil wir das alles geschafft hatten, würden wir noch so viel mehr schaffen – gemeinsam. Und das war der Grund, wieso ich heute vor den Altar schreiten würde. Auch wenn wir vor dem Gesetz bereits verheiratet waren, wollte ich es mir nicht nehmen lassen, ganz in Weiß zu heiraten. Und selbst Romy, die sich so etwas *Kitschiges* wie ein Brautkleid nur sehr ungern anzog, hatte darauf bestanden, uns neben dem Standesamt auch kirchlich trauen zu lassen.

Nach einer aufwendigen Planung, viel Organisation und noch viel mehr Tränen und Aufregung war es heute endlich so weit. Der 28. August 2029 – unser Tag. Ich konnte kaum atmen, und das lag nicht an dem Brautkleid, das im Barockstil angefertigt worden war, sondern daran, dass ich wusste, wer vor dem Altar auf mich warten würde.

Ich hatte auf die Tradition bestanden, dass wir die Nacht vor der Hochzeit in getrennten Betten verbringen würden, und so war es gekommen, dass Romy bei ihren Eltern und ich bei meinem Vater übernachtet hatte. Keine von uns beiden wusste, was sie erwartete, aber ich wusste, dass ich nicht enttäuscht werden würde. Romy war immer wunderschön. Seit dem ersten Moment, als sie mit ihrer schwarzen Lederjacke ins Klassenzimmer gerauscht kam, bis zu dem heutigen, wo sie ganz in Weiß darauf warten würde, dass ich zu ihr kam.

»Danke, Papa«, sagte ich mit vor Aufregung zitternder Stimme.

Er lächelte und hielt mir seinen Arm entgegen, den ich dankend ergriff, als ich auf meinen High Heels und mit dem tonnenschweren Gewicht des Brautkleides auf ihn zuschritt.

»Na dann werde ich dich jetzt zu deiner Frau bringen«, sagte er und die Art, wie er es tat, ließ mein Herz flattern, als wäre ich wieder ganz frisch verliebt.

Der Wagen hielt vor der Kirche. Ich widerstand dem Drang, in meine Haare zu greifen, um mit ihnen zu spielen, weil ich wusste, dass ich damit das aufwendige Werk zerstören würde. Das Brautkleid schien mir nun zu eng, denn meine Brust hob und senkte sich heftig unter meinen aufgeregten Atemzügen. Ich konnte es kaum erwarten, dass Romy mich sah, und noch weniger konnte ich es erwarten, sie zu sehen. Ich wusste, dass sie bereits vor mir die Kirche betreten hatte. Wir hatten den Ablauf tausend Mal besprochen. Und dennoch fürchtete sich ein Teil in mir davor, dass etwas schiefgegangen war.

Was, wenn sie nicht rechtzeitig losgefahren waren? Oder unterwegs eine Panne gehabt hatten?

Beruhige dich, Sam, sie hätte angerufen, wenn dem so wäre, sprach ich mir gedanklich Mut zu und nahm einen tiefen Atemzug, der mich wieder ins Gleichgewicht bringen sollte. Doch sobald mein Vater, der das Auto gefahren war, ausstieg, war es mit meiner inneren Ruhe, die nur einen Wimpernschlag angedauert hatte, schon wieder vorbei. So lange hatte ich von diesem Tag geträumt und nun sollte er endlich wahr werden.

Ella griff nach meiner Hand. Ihre fühlte sich ganz warm und weich an, als sie meine drückte. Mein Blick glitt auf ihre Fingernägel, die sie in einem zarten Rosa lackiert hatte. Ihr Freund, mit dem sie schon ein paar Jahre zusammen war, war heute auch unter den geladenen Gästen.

Es freute mich, zu sehen, wie er sie selbst nach der ganzen Zeit noch glücklich zu machen schien, denn sie hatte es verdient. Wir scherzten immer darüber, dass sie bald die Nächste sein würde, die vor dem Traualtar stehen würde.

Sie schenkte mir ein aufmunterndes Lächeln, das ich zittrig erwiderte, so aufgeregt war ich, als mein Vater die Autotür von außen für uns öffnete. Ella stieg zuerst aus, dann folgte ich. Allerdings gestaltete es sich wegen des pompösen Kleides relativ schwierig, elegant aus dem Wagen zu steigen, aber dennoch schaffte ich es. Ich zupfte den Stoff abermals zurecht, hob den Kopf und starrte auf die geöffneten Eingangstüren der Kirche, die sich dafür entschieden hatte, auch homosexuelle Paare zu trauen – eine der wenigen.

Bei dem Gedanken, dass Romy mir nun ganz nah war, begann mein Herz schon wieder zu rasen. Gleich würde der Augenblick kommen, in dem wir uns sahen. Ich fühlte mich in der Zeit zurückkatapultiert, als wäre das hier unser erstes Date und nicht unser kirchlicher Hochzeitstag.

Ella reichte mir den Blumenstrauß aus weißen Rosen, den sie während der Fahrt für mich gehalten hatte, und ich klammerte mich an ihm fest, als wäre ich am Ertrinken. Und vielleicht tat ich das auch. Ich ertrank in meiner Liebe zu der Frau, die dort drinnen auf mich wartete.

»Bist du so weit?«, fragte mein Vater und seine Augen strahlten voller Stolz und Freude.

»Nein«, erwiderte ich mit einem Lachen, ehe ich doch nickte. Dankbar ergriff ich seinen Arm, den er mir darbot. Ich hatte zwar keine allzu großen Schwierigkeiten, auf hohen Schuhen zu laufen, aber meine Beine fühlten sich so wackelig an, als würden sie jeden Moment einknicken.

Gemeinsam liefen wir auf die großen Steinstufen zu, die uns zur Kirche hinaufführten. Mit jedem Schritt, den wir näher kamen, schnürte sich mein Bauch vor Aufregung und Freude mehr und mehr zusammen.

Nach all den Jahren löste Romy noch immer diese Gefühle in mir aus und ich betete dafür, dass es nie aufhören würde. Es war viel zu schön, sich in einem anderen Menschen so zu verlieren. Sie raubte mir die Sinne und meinen Verstand und gleichzeitig war sie mein Kompass, der mir immer die richtige Richtung wies.

Die Eingangstüren, die so mächtig und irgendwie heilig wirkten, kamen näher und näher und irgendwann empfing mich der Geruch von Kerzen und Weihrauch, als wir vor einer weiteren, kleineren Tür stehen blieben, die noch geschlossen war. Ich wusste, dass sich dahinter nicht nur Romy befand, sondern all die anderen Gäste, die zu unserer Trauung gekommen waren.

Mittlerweile war so viel Zeit vergangen, dass es mich nicht einmal mehr traurig machte, dass meine Mutter keiner von ihnen war. Es schmerzte viel mehr, zu wissen, dass Oma Maria diesen Moment nicht miterleben konnte, denn sie war vor zwei Jahren gestorben. Ein weiteres Tief in meinem Leben, das ich ohne meine Familie und meine Freunde nicht überstanden hätte. Meine Großmutter fehlte mir unglaublich und ich wünschte, sie wäre an diesem wichtigen Tag dabei gewesen.

Doch heute wollte ich nicht traurig sein, heute wollte ich einfach nur glücklich sein. Und das war ich ab dem Moment, in dem Ella uns die Tür öffnete und ich den Saal voller Leute erblickte, die nur wegen Romy und mir gekommen waren.

Ich musste nichts dafür tun, meine Lippen verzogen sich automatisch zu einem Lächeln. Mein Blick glitt über die vielen bekannten Gesichter hinweg. Alle waren da. Vanessa und ihr Freund Alex, Toshiro, Lars, Holly, Philipp, Dylan, der zu einem stattlichen jungen Mann herangewachsen war, zusammen mit seiner aktuellen Freundin, Liane, die kurz davorstand, endlich volljährig zu werden, Mayleen und Frederik, sogar Savannah und ihre Eltern waren hier. Und weitere viele Menschen, die wir über die Jahre kennen und lieben gelernt hatten. Es erfüllte mich mit Freude und Zuneigung, alle hier zu sehen.

Es war alles perfekt.

Mein Blick glitt weiter und blieb schließlich auf Romy kleben, die bereits vor dem Altar stand, beinahe so lässig, wie ich es von ihr gewohnt war, und dennoch auf eine ganz eigene Art elegant.

Mir stockte der Atem, als ich sie zum ersten Mal in ihrem Brautkleid sah.

Sie war noch viel schöner, als ich es mir vorgestellt hatte, in dem Stoff aus Seide, der sich eng an ihren Körper schmiegte, als wäre er eine zweite Haut. Das Kleid war glatt und besaß keinen Kitsch wie Rüschen oder Schleifen. Dafür bestand es ab der Schulter bis zu den Handgelenken aus Spitze. Ihre Haare trug sie – wie immer – offen. Allerdings hatte sie es über die Jahre immer wieder abgeschnitten, sodass es nicht mehr bis über ihre Brust fiel, sondern nur noch bis zu ihren Schultern reichte. Was sie nur noch erwachsener und fraulicher aussehen ließ.

Aber zum ersten Mal, seitdem ich Romy kannte, hatte sie sie zu Korkenzieherlocken eindrehen lassen. Es war verdammt ungewohnt, sie so zu sehen, aber es sah verdammt gut an ihr aus. Doch selbst wenn sie einen Müllsack getragen hätte, hätte ich vermutlich das Gleiche behauptet. Es gab nun mal diesen einen Menschen im Leben, der so etwas auslöste. Der einen genau das fühlen ließ.

Der Boden unter meinen Füßen schien zu vibrieren und ich krallte mich fester in den Arm meines Vaters, als die Distanz zwischen Romy und mir immer geringer wurde. Ihr Lächeln war so strahlend, als wollte sie sich mit mir ein Duell liefern, wer von uns breiter lächelte. Meine Augen begannen, sich mit Tränen zu füllen, ohne dass ich es hätte verhindern können, als wir nur noch wenige Schritte voneinander entfernt waren.

Ich blendete alles und jeden um mich herum aus, für mich gab es nur Romy. So als würde außer uns in dem riesigen Gebäude niemand mehr existieren. Ihre Augen waren ebenfalls nur auf mich gerichtet, unsere Blicke verschmolzen miteinander, so wie damals,

als sie ganz vorn im Klassenzimmer gestanden und für ein paar Sekunden nur mich angesehen hatte. Als hätte sie damals schon gewusst, dass es unser Schicksal sein würde, irgendwann hier zu stehen.

Ich hätte nie gedacht, dass ich einmal eine Frau heiraten würde, und wenn mir damals jemand gesagt hätte, dass es das Mädchen mit dem Feuer im Blick sein würde, hätte ich es nur belächelt und vehement den Kopf geschüttelt.

Und dann überbrückte ich den letzten Schritt, mein Vater löste meine Hand von seinem Arm und überreichte sie Romy. Sie griff nach meinen Fingern. In ihren Augen funkelten selbst Tränen, was dazu führte, dass mir welche über die Wangen liefen.

»Hör auf, dein Make-up verschmiert doch«, tadelte Romy mich neckend, was mich zum Grinsen brachte.

»Deines doch auch«, brachte ich bemüht hervor und dann lachten wir beide leise, ehe sich Stille über das Gebäude senkte und der Pfarrer mit beruhigender und warmer Stimme mit der Trauung begann.

Irgendwann gab ich auf, gegen die Tränen anzukämpfen oder sie mir von den Wangen zu wischen, wobei das Lächeln auf meinen Lippen niemals erlosch. Ich hatte mich in meinem ganzen Leben noch nie so glücklich gefühlt.

Aus der ersten Reihe konnte ich jemanden schniefen hören und als ich es schaffte, meinen Blick von Romy zu lösen, sah ich, wie Holly sich ebenfalls die Tränenspuren mit einem Taschentuch fortwischte und stolz lächelte.

Ich erwiderte die Geste, ehe meine Augen sich wieder auf Romy fokussierten. Ich tauchte ein in dem Dunkelblau ihrer Iriden und schwor mir im Stillen, alles dafür zu tun, diese Frau glücklich zu machen.

»Samantha, willst du Romina, die Gott dir anvertraut hat, als deine Ehefrau lieben und ehren und die Ehe mit ihr nach Gottes Gebot und Verheißung führen in guten und in schlechten Tagen, bis dass der Tod euch scheidet, so antworte: Ja, mit Gottes Hilfe.«

Die Stimme des Pfarrers riss mich aus meiner Trance, als er das Wort direkt an mich richtete.

Ella reichte mir einen der silbernen Ringe, die wir zusammen ausgesucht hatten, während Romy mir ihre Hand hinstreckte. Im Gegensatz zu meiner, die wild zitterte, schien ihre ganz ruhig zu sein.

Selbst jetzt hatte sie sich noch unter Kontrolle, was nicht bedeutete, dass sie nicht mindestens genauso aufgeregt und glücklich wie ich war. Mittlerweile kannte ich sie so gut, um ihre Körpersprache entschlüsseln zu können. Es war die Art, wie sie das Gewicht von einem auf das andere Bein verlagerte oder wie sie sich in die Innenseite ihrer Wange biss, was mir zeigte, dass Romy ebenso nervös war.

Mein Atem ging stoßweise. Alles in mir zog sich zusammen, bevor ich innerlich ganz ruhig wurde, als ich der Liebe meines Lebens fest in die Augen schaute.

»Ja, mit Gottes Hilfe.«

Es kostete mich meine ganze Konzentration, ihr den Ring behutsam und langsam über den Finger zu streifen.

»Trage diesen Ring als Zeichen unserer Liebe und Treue«, flüsterte ich, streichelte mit meinem Daumen über die Stelle und lächelte Romy zärtlich an, ehe ich ihre Hand losließ, auch wenn ich sie gern weiterhin festgehalten hätte.

»Romina, willst du Samantha, die Gott dir anvertraut hat, als deine Ehefrau lieben und ehren und die Ehe mit ihr nach Gottes Gebot und Verheißung führen in guten und in schlechten Tagen, bis dass der Tod euch scheidet, so antworte: Ja, mit Gottes Hilfe.«

Ihr Blick schien sich förmlich in meinen zu brennen.

»Ja, mit Gottes Hilfe«, sagte sie und eine Gänsehaut breitete sich auf meinem ganzen Körper aus, obwohl es hier drinnen fast schon zu warm war.

Diesen Moment würde ich nie in meinem Leben vergessen. Er würde in meinem Gedächtnis bleiben wie ein Brandmal.

»Trage diesen Ring als Zeichen unserer Liebe und Treue«, kam es nun auch von ihr, als ich ihr ebenfalls meine Hand hinstreckte und sie mir den Ring sanft, aber nicht so langsam, wie ich es getan hatte, über den Finger streifte.

Wir verschränkten kurz unsere Hände ineinander, ohne den Blick voneinander zu lösen. Der Moment war so intim, dass ich fast schon peinlich berührt davon war, dass sich so viele Augen auf uns gerichtet hatten. Ich bildete mir ein, dass jeder in diesem Moment sehen konnte, wie die Spannung der Liebe zwischen uns knisterte.

»Reichen Sie nun einander die rechte Hand«, wies uns der Pfarrer an, was er gar nicht hätte tun müssen, denn wir hielten uns bereits fest aneinander, als wären wir zwei Wachsfiguren, die zu einer verschmolzen waren.

»Gott, der Herr, hat Sie als Ehepaar verbunden. Er ist treu. Er wird zu Ihnen stehen und das Gute, das er begonnen hat, vollenden«, sagte er. Dann griff er nach der Stola, legte sie über unsere Hände und schob seine eigene rechte darüber.

»Im Namen Gottes und seiner Kirche bestätige ich den Bund der Ehe, den Sie geschlossen haben«, führte er die Traurede fort.

Sein Blick glitt in die Höhe, zuerst zu unseren beiden Trauzeuginnen. Meine war Ella und Romy hatte Savannah ausgewählt. Dann schaute der Pfarrer in die Gesichter unserer Gäste.

»Die Trauzeugen und alle, die zugegen sind, nehme ich zu Zeugen des heiligen Bundes. Was Gott verbunden hat, darf der Mensch nicht trennen. Sie dürfen Ihr Versprechen mit einem Kuss besiegeln«, endete er nun mit kräftiger Stimme.

Es schien mir, als hätte alles in mir nur auf diesen Moment gewartet. Romy und ich bewegten uns gleichzeitig aufeinander zu, sodass wir uns in der Mitte trafen, Nasenspitze an Nasenspitze. Wir mussten gleichzeitig lächeln, als hätten wir es einstudiert, ehe sich meine Augen automatisch schlossen und ich wenige Sekunden später ihre Lippen auf meinen spürte.

Ich hatte sie schon Hunderte, nein, Tausende Male geküsst, aber dieses Mal schien es mir so intensiv wie beim allererstenmal. Damals, an meinem Geburtstag, in dem Garten hinter dem Haus meines Vaters.

Es schien, als würde ihr Mund meinem einen elektrischen Schlag verpassen. Nur zu gern hätte ich meine Lippen stürmisch und leidenschaftlich an ihren bewegt, denn in mir drinnen explodierten die Glücksgefühle wie Feuerwerkskörper. Doch auch wenn ich es fast ausgeblendet hätte, erinnerte ich mich daran, dass uns viele Leute zusahen und wir uns in einer Kirche befanden.

Deswegen küssten wir uns nur sanft, aber dafür unglaublich intensiv. Romy schien noch besser zu schmecken als sonst oder es lag daran, dass ich gerade alles mit noch mehr Intensität wahrnahm, als wären meine Sinne verschärft. Ich musste mich dazu zwingen, meine Hände nicht in ihren Haaren oder dem Stoff ihres Kleides zu vergraben, und auch sie schien Mühe zu haben, ihre Selbstbeherrschung zu behalten, weshalb wir uns nach wenigen Sekunden voneinander lösten. Offiziell in den Augen der Kirche als Ehepaar. Ich konnte es nur wiederholen: Es gab absolut kein schöneres Gefühl auf der Welt.

»Ich liebe dich«, flüsterte ich, noch immer in dem Moment versunken, der ganz uns beiden gehörte.

»Und ich liebe dich«, erwiderte sie mit so viel Gefühl in der Stimme, dass mir erneut ein Schwall warmer Tränen über die Wangen floss.

»Nur mit dir«, hauchte ich.

»Immer noch du«, gab sie zurück und mein Herz flatterte wie der Flügel eines Kolibris.

27

Frau und Frau

Ein Kichern löste sich aus meiner Kehle, das von Romys Mund aufgefangen wurde. Blind tastete ich mit der Hand nach der Klinke, um die Tür zu öffnen, gegen die Romy – Pardon: meine Ehefrau – mich in der Hektik gedrückt hatte. Als der Widerstand an meinem Rücken nachgab, taumelten wir eng umschlungen und immer noch versunken in dem Kuss in unser gemeinsames Schlafzimmer.

»Ich will dir dieses Kleid ausziehen, seitdem ich dich in der Kirche darin gesehen habe«, flüsterte Romy, die ihren Mund, der nach Sekt schmeckte, von meinem gelöst hatte. Ihr Atem streifte meine Lippen, die sich zu einem Lächeln verzogen.

»Und ich dir deines.« Ich streichelte ihren Arm entlang über den Stoff, der nur aus Spitze bestand. Darunter konnte ich die Wärme ihrer Haut erahnen.

»Worauf warten wir dann noch?«, gab sie zurück und ihr Gesicht wurde von dem hellen Licht des Vollmonds beleuchtet, der durch das Fenster ungehindert ins Zimmer schien.

Meine Hand fand das Ende ihrer Reise an Romys Fingern. Ich ergriff diese und zog meine Frau durch den Raum auf das Bett zu. Widerwillig löste ich mich noch einmal von ihr, um die Nachttischlampe anzuknipsen, die das Zimmer in ein dezentes, warmes Licht tauchte.

Romys Augen wirkten erschöpft, aber gleichzeitig voller Leidenschaft und Lust. Ihr Make-up war über den Verlauf des Abends leicht verschmiert, aber das minderte nicht ihre Anmut und Schönheit. Die Locken, die sie sich hatte eindrehen lassen, hatten sich fast gänzlich ausgehangen, sodass ihre dunkelbraunen Haare so lang und glatt waren, wie ich sie kannte. Mit den Fingern ergriff ich eine ihrer Strähnen und strich sie ihr hinter die Ohren.

»Dreh dich um«, forderte ich sie auf.

Ihre Augen funkelten, als hätte sie ein Problem damit, einen Befehl von mir entgegenzunehmen. Aber als ich eine Braue in die Höhe zog, machte sie schließlich das, was ich ihr gesagt hatte. Ihre Haarpracht ergoss sich über ihren Nacken bis zu den Schulterblättern, die von dem weißen Stoff des Brautkleides gänzlich verhüllt waren.

Sanft wischte ich ihr die Haare beiseite und begann, die Druckknöpfe ihres Kleides zu lösen, die sich über die ganze Wirbelsäule entlang nach unten schlängelten. Knopf für Knopf für Knopf legte ich mehr und mehr Haut frei, die ich mit den Fingern sanft liebkoste, was Romy dazu brachte, zu erschaudern.

Irgendwann hatte ich mich bis zum letzten vorgearbeitet, ehe ich den Stoff zur Seite wegschieben konnte. Er rutschte an ihren Armen hinab, über ihre Taille hinunter, stockte kurz an ihren Hüften, ehe er zu Boden fiel und dort zu ihren Füßen liegen blieb.

Es erregte mich, zu sehen, dass sie auf einen BH verzichtet hatte. Ihr wohlgeformter Hintern lag entblößt vor mir, da sie sich dazu entschieden hatte, einen weißen Spitzentanga zu tragen. Hätte ich früher gewusst, wie wenig sie unter dem hautengen Brautkleid getragen hatte, hätte ich mich sicher nicht zusammenreißen und bis nach der Hochzeitsfeier warten können.

Romy seufzte, als wäre sie froh, das Kleid ausziehen zu können. Aber vielleicht war es auch nur das Wohlgefallen bei dem Gedanken daran, was gleich passieren würde.

Ich konnte nicht widerstehen und gab ihr einen kleinen Klaps auf die rechte Pobacke. Es ertönte ein leiser, klatschender Laut. Ihr Hintern fühlte sich stramm und fest an, denn gelegentlich ging sie nach der Arbeit in der Kanzlei Sport machen, was sich nun mehr als auszahlte. Wegen mir musste sie es nicht tun, das wusste sie, aber sie wollte körperlich fit bleiben. Ich glaubte ihr das, denn Romy war noch nie der Mensch gewesen, der sich für sich selbst geschämt hätte.

Ich näherte ich mich ihr von hinten, presste meinen Körper an ihren Rücken. Der Stoff meines pompösen Kleides raschelte und bauschte sich zwischen uns auf, sodass ich die Wärme ihrer Haut nicht spüren konnte. Meine Hände streichelten ihre Hüfte, während meine Lippen sanft begannen, ihre linke Schulter zu küssen und sich zum Nacken vorzuarbeiten.

Romy atmete geräuschvoll aus, was mich zufrieden grinsen ließ. Nach all den Jahren wusste ich einfach, was ihr gefiel und welche Knöpfe ich zu drücken hatte, damit sie zu Wachs in meinen Händen wurde. Auch wenn sie behauptete, dass sie das selbst dann wurde, wenn ich morgens verschlafen neben ihr die Augen öffnete – diese Frau war unfassbar.

Jedoch ging es mir mit ihr nicht anders. Manchmal war sie in meinen Augen in den normalsten Momenten sexy und anbetungswürdig. Zum Beispiel wenn sie nachdenklich die Stirn kräuselte und auf dem Stift knabberte. Oder wenn sie mich nach einem Streit wütend und kokett zugleich anschaute. Diese Kombination hatte sie wahnsinnig gut drauf.

Romy machte jeden meiner Tage lebenswert!

Sie gab noch mal ein Seufzen von sich, ehe sie sich in meinen Händen drehte und wir uns von Angesicht zu Angesicht gegenüberstanden. Ihre Augen ruhten ruhig, aber hungrig auf mir.

»Jetzt bin ich an der Reihe«, sagte sie rau, was tausend kleine Stromstöße gleichzeitig durch meine Nervenbahnen zucken ließ.

Ich nickte und wandte ihr, ohne dass sie etwas hätte sagen müssen, den Rücken zu. Und dann war sie es, die mit ihren Fingern geschickt den ewig langen Reißverschluss des Kleides nach unten aufzog und die Bänder löste, die dem Ganzen zusätzlichen Halt um meine Taille herum gaben. Sie ging nicht so behutsam an die Sache heran, wie ich es getan hatte, was ihre Ungeduld und Leidenschaft untermauerte.

Es bedurfte auch mehr Hilfe, bis sie den Stoff von meinem Körper geschält hatte und das schöne Kleid neben ihrem auf dem Boden liegen blieb. Wir würden uns morgen früh darum kümmern. Jetzt zählte nur der Moment zwischen uns beiden.

»Du trägst also etwas Blaues, ja?«, fragte sie mit rauchiger Stimme, als ich nur noch in Unterwäsche und dem blauen Strumpfband, das sich um meinen Oberschenkel spannte, vor ihr stand.

»Mhm«, gab ich von mir, die Lippen zusammengepresst, um das Grinsen zu unterdrücken. Ich hatte gewusst, dass ihr das gefallen würde.

»Ich will, dass das das Einzige ist, was du trägst, wenn ich es dir mache«, knurrte sie und allein ihre Worte sorgten dafür, dass abermals kleine Blitze durch meine Wirbelsäule nach unten zuckten und dafür sorgten, dass es zwischen meinen Beinen vor Erregung zu kribbeln begann.

»Mit dem größten Vergnügen«, gab ich zurück.

»Braves Mädchen.«

Sie belohnte mich mit einem Klaps auf den Hintern.

Er war jedoch fester, als es meiner gewesen war, und kam so unerwartet, dass ich ein Quieken ausstieß und auf den Fersen vor und zurück wippte.

»Oh komm schon, Baby, das war doch nicht mal fest«, kommentierte sie, bevor ich ihre Hände spürte, die sich unter meinen Armen entlangschlängelten und an dem Verschluss meines BHs, der vorn angebracht war, haltmachten.

»Nein, aber es kam unerwartet«, erwiderte ich, beobachtete ihre Finger, die es sich nicht nehmen ließen, am Rand des Körbchens entlangzustreicheln und dort meine Haut so sanft zu liebkosen, dass sich eine Gänsehaut auf meinem Dekolleté ausbreitete.

Dann packte sie abermals unerwartet zu, wie eine Kobra, die ihr Opfer ins Visier genommen hatte. Sie knetete sanft meine Brüste, aber durch den Stoff des BHs spürte ich die Berührung nur gedämpft, was mich dazu brachte, verstimmt zu brummen.

Romy, die meine Geräusche bereits kannte, ließ sich nicht davon beirren und fuhr mit ihren Bewegungen fort, nur um mich ein wenig zu reizen.

Erst als sie spürte, dass ich ungeduldig wurde, öffnete sie den Verschluss, schob ihre Hand unter den Stoff und fasste meinen

Busen nun richtig an. Ihr Daumen strich über meine linke Brustwarze, umkreiste diese, ehe sie ihre Hände zurückzog, als sie spürte, dass meine Knospe hart wurde.

Meine Frau streifte mir den BH über die Arme nach unten, der begleitet durch ein leises Geräusch hinter meinem Rücken zu Boden fiel. Ein Luftzug streifte unerwartet meine Brüste, die nun gänzlich frei lagen, und sorgte dafür, dass meine Brustwarzen noch härter wurden.

Romy, die immer noch hinter mir stand, presste sich nun ebenfalls, wie ich es zuvor getan hatte, dicht an meinen Rücken. Nur war da außer unserer Höschen kein Stoff mehr, der sich zwischen uns befand.

Haut an Haut.

Körperwärme an Körperwärme.

Eng umschlungen.

Als Ehefrauen.

In unserem gemeinsamen Schlafzimmer.

In unserer Wohnung, mitten in Heidelberg.

Ich schloss meine Augen, um diesen Moment auf mich wirken zu lassen, versuchte, das Ziehen zwischen meinen Beinen, so gut es ging, zu ignorieren, denn ich wollte das hier genießen. Auch wenn meine Libido nur Befriedigung wollte.

Bevor ich Romy kannte, hatte ich nicht gewusst, wie sehr Sex und Liebe zusammengehörten. Das eine war ohne das andere schön, aber beides in der Kombination lässt einen so hoch fliegen, dass man nach den Sternen greifen kann. Manchmal fragte ich mich, wie der menschliche Körper solche Emotionen aushalten konnte, ohne zu implodieren. Ich fühlte mich wie bei unserem ersten Mal, nur war ich heute nicht so aufgeregt.

Bei der Erinnerung an damals musste ich lächeln. Wie ich mich da noch angestellt hatte. Mittlerweile waren wir ein eingespieltes Team. Wir wussten, wo und wie wir uns berühren mussten, auch wenn ich selbst nach Jahren immer noch etwas Neues über Romy und ihren Körper lernte.

Wortlos schob sie mich in Richtung Bett. Ich drehte mich um, setzte mich auf die Matratze und schaute auffordernd zu meiner Frau. Langsam streckte ich den Zeigefinger in die Höhe, krümmte und öffnete ihn immer wieder, um ihr zu bedeuten, dass sie herkommen sollte. Ein einladendes Grinsen lag dabei auf meinen Lippen.

Romy kam auf mich zu, packte mich an den Schultern und drückte mich nach unten, sodass ich nun auf dem Bett lag, das unter meinem Gewicht leicht einsank, und sie über mich krabbeln konnte. Ich erschauderte, als ihr Körper meinen nur leicht streifte und ich die Hitze ihrer Haut erahnen konnte. Ihre dunkelblauen Augen fixierten mich so intensiv, als würde sie mich zum ersten Mal sehen.

Unsere Blicke verhakten sich miteinander, ehe sie sich gänzlich auf mich sinken ließ, sodass ich sie vollkommen auf mir spüren konnte. Ihr Mund fand meinen und sie küsste mich leidenschaftlich und spielerisch zugleich. Ich schlang meine Arme um sie, als wollte ich nicht, dass sie sich jemals wieder auch nur einen Zentimeter von mir entfernte. Alles in mir brannte, aber nicht auf eine schmerzhafte, sondern auf eine verzehrende Art und Weise, sodass ich immer mehr wollte.

Ihre Lippen bewegten sich vertraut auf meinen, aber dennoch wurde es nicht langweilig. Ich erwiderte den Kuss mit einer Heftigkeit, die mich nach all den Jahren selbst überraschte. Vielleicht lag es an der Tatsache, dass wir beide nun verheiratet waren, dass meine Liebe noch einmal in mir auflodderte, als hätte man Benzin in Feuer gegossen. Ich bewegte mich unter ihr, sodass unsere Körper sich aneinander rieben, während Romys Hand an meiner Seite hinabwanderte und mit dem Bund meines Slips spielte.

Ich musste sie nicht darum bitten, ihn mir endlich auszuziehen, denn das machte sie nun von ganz allein. Ihre Bewegungen waren fahriger und angetrieben von ihrer Lust auf mich krallte ich meine Fingernägel in ihre Schulterblätter, was sie dazu brachte, leise zu keuchen.

»Sachte«, murmelte sie an meinem Mund, von dem sie sich löste, um ihre Küsse nun auf meinem Kinn und Hals zu verteilen. Sie wusste, welche Stellen sie berühren musste, um mich um den Verstand zu bringen und das Pochen zwischen meinen Beinen heftiger werden zu lassen.

Das Höschen landete wie alles andere auf dem Boden und ich öffnete nur allzu bereitwillig meine Beine, als sie mit ihrer Hand zwischen meine Schenkel fuhr, um sich Platz zu machen. Kurz darauf fühlte ich neben ihren Küssen an meiner Haut ihre Fingerspitzen, die meine feuchte Mitte streichelten. Das Ziehen der Lust wurde stärker und gleichzeitig beschwichtigte mich ihre Berührung auch, denn ich hätte das nicht mehr lange ausgehalten.

Romy streichelte mich so, wie sie wusste, dass ich es mochte. Und es war gut. Verdammt gut. JA!

Ich bewegte mein Becken, um ihrer Hand entgegenzukommen, als sie zwei Finger in mich schob und gleichzeitig mit ihrem Handballen die nötige Reibung erzeugte, sodass ich noch feuchter und williger wurde. Ihr Mund saugte sich an meinem Hals fest und irgendwann schlossen sich meine Augen ohne mein Zutun. Ich gab mich ihr voll und ganz hin. Ging verloren in einem Strudel aus Empfindungen.

Die Lust braute sich in meinem Unterleib zusammen und meine Hände fuhren über ihren Rücken, griffen in ihre Haare, die sich vom Haarspray leicht strohig anfühlten.

Ich drückte den Rücken durch und gab ein zustimmendes Seufzen von mir. Nicht, damit sie wusste, dass es gut war, was sie machte. Das wusste sie auch so. Sondern weil ich wusste, dass sie es gern hörte.

Sie ließ von meinem Hals ab, küsste sich nun zu meinem Ohr nach oben, während sie ihre Finger weiter bewegte und das Gefühl der Hitze in mir anschwoll, bis ich glaubte, zu verbrennen. Dann verschwanden ihre Finger und ich öffnete blinzelnd die Augen, suchte ihren Blick, den sie mir auch schenkte.

Ein freches Lächeln lag auf ihren Lippen, spitzbübisch, als wäre sie wieder die Schülerin von damals und nicht die knallharte Anwältin, die sie jetzt war.

»Ich will ja nicht, dass dir langweilig wird«, neckte sie mich, gab mir einen Kuss auf die Ohrspitze, ehe sie sich aufrichtete. Sofort bildete sich eine kalte Stelle überall dort, wo ihre Haut meine berührt hatte und wir uns gegenseitig gewärmt hatten.

»Das machst du doch extra«, beschwerte ich mich schnaubend und widerstand dem Drang, mich selbst da anzufassen, wo eben noch ihre Finger gewesen waren, um das Pochen zu lindern.

»Natürlich, du solltest mich doch langsam kennen, Baby!«, sagte sie mit einem Lachen, ehe sie vom Bett aufstand und sich auf den Boden kniete.

Mein Unterleib zog sich zusammen, als sie meine Beine packte, diese aufstellte und mich so weit an die Kante der Matratze zu sich heranzog, dass mein Hintern beinahe in der Luft hing. Sie begann, mich ab dem Knie zu küssen, verharrte an dem blauen Strumpfband, packte es mit den Zähnen und zog es mir quälend langsam am Bein hinunter.

Ich hob den Fuß etwas an, damit sie es mir leichter ausziehen konnte, und schaute zu ihr hinab.

»Hattest du nicht gesagt, dass ich es anlassen soll?«, fragte ich nach.

»Habe ich. Aber ich habe mich umentschieden. Das hat viel mehr Spaß gemacht.«

Sie zwinkerte schelmisch, bevor sie ihren Kopf zwischen meine Beine sinken ließ und begann, mich an meiner empfindlichen Stelle zu küssen und zu lecken.

Ich gab einen wohlwollenden Laut von mir, schloss abermals die Augen, um ihre Liebkosungen besser genießen zu können. Romy beherrschte das unglaublich gut, hatte sie von Anfang an schon! Es sorgte dafür, dass meine Lider zu flattern begannen, als meine Lust immer heftiger wurde, je länger Romy ihre Berührungen fortsetzte.

Abermals hob ich meinen Unterleib an, was für sie ein Zeichen war, genau so weiterzumachen, wie sie es jetzt tat. Nicht schneller, nicht langsamer und schon gar nicht aufhören! Der Orgasmus kündigte sich an. Ich hasste und liebte zugleich dieses süße, quälende Gefühl, wenn man kurz davorstand und einem alles egal zu sein schien. Man wollte nur noch eines: die absolute Befriedigung.

Und diese gab Romy mir, als ich mit einem halblauten Stöhnen zum Höhepunkt kam, der wie eine Welle über mir zusammenschlug und mich für ein paar Sekunden vollkommen orientierungslos zurückließ.

Ich brauchte einen Augenblick, bis ich mich so weit gefasst hatte, dass ich mich aufrichten konnte, um meiner Ehefrau die gleiche Lust zu bereiten wie sie mir. Sie erhob sich nun ebenfalls vom Boden und verzog kurz das Gesicht. Vermutlich war es nicht angenehm gewesen, die ganze Zeit zu knien, dafür würde ich sie jetzt entschädigen. Und ich wusste auch schon genau, wie ich das anstellen würde.

Nun musste ich selbst fast schon diebisch grinsen, als ich mich Romy näherte, um über ihre Brüste zu streicheln, die sich nach wie vor fest und geschmeidig anfühlten, ihren flachen Bauch, der durch das Training immer noch straff war.

Dann streichelte ich mit Zeige- und Mittelfinger einmal über dem Höschen ihre heiße Mitte entlang, ehe ich meine Frau umrundete, als wäre ich eine Jägerin, die mit ihrer Beute spielte. Meine Hände schmiegten sich an ihre Hüften, als wären sie dafür gemacht, ehe ich Romy nach vorn schob, bis sie mit den Knien die Matratze des Boxspringbetts berührte.

Sanft streichelte ich ihren runden Po, der durch den String fast komplett frei lag, ihren Rücken hinauf, auf den ich Druck ausübte, sodass sie sich nach vorn über das Bett beugen musste. Automatisch stützte sie sich mit den Händen ab und streckte mir ihr Hinterteil entgegen. Sie wusste, was ich von ihr wollte, und das gefiel mir.

Ich befeuchtete mir die Lippen mit meiner Zunge, ehe ich meine Finger wieder den gleichen Weg über den Rücken hinabwandern ließ, verhakte sie mit dem Bund ihres Höschens und begann, es ihr ganz langsam nach unten über die Beine auszuziehen. Dabei achtete ich darauf, dass meine Fingernägel ihre Haut minimal streiften, was Romy dazu brachte, zu erschaudern.

Oh ja, sie wollte es!

So wie sie es getan hatte, neckte ich sie, indem ich mir dabei Zeit ließ, meine Hand wieder nach oben wandern zu lassen. Dabei streichelte ich die hintere Seite ihrer Oberschenkel, wo sie ganz besonders sensibel war.

Ich sah und spürte die Gänsehaut, die sich auf ihrem Körper bildete, als ich das tat, und zwar so gründlich, als würde ich sie zum ersten Mal dort berühren. Aber Romy hielt still, sie äußerte ihre Ungeduld nicht, so wie ich es getan hatte. Sie hatte sich schon immer besser unter Kontrolle gehabt.

Ich drückte mich von hinten an sie heran, beugte mich nach vorn, sodass ich den unteren Bereich ihres Rückens mit sanften Küssen versehen konnte, als ich meine Finger höher und höher schob, bis ich an deren Spitzen ihre Feuchte und Hitze spüren konnte.

Zuerst tastete ich mich vorsichtig heran, aber nicht, weil ich unsicher war, sondern um es für sie noch intensiver zu gestalten. Ich umkreiste ihre Wölbung mit der einen Hand, während ich die andere dazu nahm und zuerst einen, dann einen zweiten Finger in sie schob.

Romy presste sich mir entgegen, das war das erste kleine Anzeichen ihrer Ungeduld. Dass sie es wollte, spürte ich bereits, denn mit jeder Berührung wurde sie noch ein wenig feuchter. Ich verstärkte den Druck, mit dem ich sie streichelte, und begann, stoßende Bewegungen zu imitieren, während ich weiterhin gehauchte Küsse auf dem unteren Bereich ihres Rückens verteilte.

Ihre Atemzüge wurden angestrengter und keuchender, was mich dazu brachte, genau so weiterzumachen, bis mir die Reaktion ihres Körpers zeigte, dass auch sie so weit war, sich der Umarmung der Befriedigung hinzugeben.

Romy war besser darin als ich, ihrer Lust freien Lauf zu lassen, als sie mir mit einem lauten Geräusch zeigte, dass sie dabei war, zu kommen. Ich ließ meinen Daumen kreisend über ihren zuckenden Punkt wandern, bis ich mir sicher war, dass sie wirklich gekommen war, ehe ich meine Finger aus ihr zurückzog und mich hinter ihr aufrichtete, während sie sich erschöpft mit dem Bauch voran auf die Matratze fallen ließ.

Das brachte mich dazu, ein Kichern auszustoßen, obwohl ich wusste, dass es mir gerade ähnlich ergangen war. Aber es bereitete mir eine perverse Freude, dass es ihr so gut gefallen hatte.

»Verlässt dich auf deine alten Tage deine Ausdauer? Und das, obwohl du trainieren gehst?«, scherzte ich.

Romy gab eine Art Knurren von sich, das aber vom Polster der Matratze gedämpft wurde.

Schneller, als ich erwartet hatte, drehte sie sich auf den Rücken, streckte die Beine nach mir aus und schlang sie um meine Hüfte. Mit einem Ruck zog sie mich an sich heran, sodass ich das Gleichgewicht verlor, nach vorn fiel und auf ihr landete, was uns beide zum Keuchen brachte.

Sie hatte sich allerdings schneller als ich wieder gefangen, packte meine Schultern und drehte uns beide, sodass ich kurz darauf unter ihr lag und sie auf mich hinabschauen konnte. Unsere Körper waren eng aneinandergepresst, sodass ich jeden Winkel von ihrem spüren konnte.

Ihr erhitzter Atem streifte mein Gesicht, während ich mir die Haarsträhnen aus den Augen pustete, die durch die heftige Bewegung nach vorn gefallen waren.

Romy beugte sich zu mir, ihre Wange streifte meine und bald darauf befanden sich ihre Lippen ganz nah an meinem Ohr.

»Unterschätze mich nie wieder, Baby«, hauchte sie und biss sanft zu.

Das war der Moment, an dem wir ein zweites Mal miteinander Sex hatten, als wären wir frisch verliebt und unersättlich. Vielleicht hätten wir es auch noch ein drittes Mal getan, wären wir beide nicht so müde von der Feier und den Orgasmen gewesen.

Arm in Arm lagen wir da, als meine Augenlider sanken, zu schwer, um sie noch länger offen zu halten. Ich lauschte Romys Atemzügen, roch ihren vertrauten Geruch, der sich über die Jahre nicht verändert hatte. Noch immer war es die Mischung aus Mandel-Vanille-Seife, die mir schon damals die Sinne benebelt hatte.

Hier, in ihrer Umarmung, war ich zu Hause und würde es auch immer sein. Sie war der Mensch, der mir gezeigt hatte, wer ich wirklich war, und ohne sie wäre ich verloren.

Meine Ehefrau.

Samantha Keller, das war nun mein Name.

Epilog – Romy

Familie

Ich hielt meine Augen geschlossen, lauschte dem Song *In Your Eyes* von *WrongTurn*, der mich um Jahre in der Zeit zurückkatapultierte. Als Sam und ich noch sehr jung und ganz frisch verliebt gewesen waren. Zusammen in Hamburg, in dem Hotelzimmer. Sie war noch so unschuldig gewesen, so unberührt, und jetzt war sie zu dieser selbstständigen Frau herangewachsen, die meine Tage erfüllte.

Ich erinnerte mich nicht nur an das Konzert in Hamburg, sondern auch an meine Zeit in New York. Ich wurde immer nostalgisch, wenn ich das Lied hörte, und erinnerte mich an die zufällige Begegnung mit Tony und Drew, die schon seit Jahren ein glückliches Paar waren. Als wären ihre Schicksale mit Sam und meinem verwoben.

Ich erinnerte mich noch sehr gut daran, wie damals die Tür zu dem kleinen Café aufgegangen war und die beiden hineingestürmt waren. Als wäre ein Rudel Wölfe hinter ihnen her. Meine Augen schlossen sich und auf einmal war ich selbst wieder dort und viele Jahre jünger.

Erneut wurde die Tür geöffnet und ein Schrank von einem Mann, fast gänzlich in Schwarz gekleidet, mit einem Ear-in in seinem Ohr, dessen Kabel unter dem Kragen seines weißen Hemdes verschwand, folgte den Jungs, blieb aber dezent im Hintergrund stehen. Drews Augen waren nur auf seinen Bandpartner gerichtet, zuckten kein einziges Mal zur Seite. Sein Mund bewegte sich, während er leise auf Tony einredete, der kurz vor dem Zusammenbruch zu stehen schien. Seine Hände hielten Tonys Wangen fest und streichelten sie so sanft, als wären sie zerbrechliche Eierschalen.

Allein diese Geste sagte mir alles, was ich wissen musste.

Sie waren niemals nur beste Freunde.

Der Bodyguard wagte es, sich vorzubeugen und scheinbar eine Frage zu stellen, woraufhin Tony den Kopf schüttelte und Drew etwas sagte, was zu leise war, als dass ich es hätte hören können. Der Mann in Schwarz verließ das Café und die beiden blieben allein zurück.

»Das sind sie doch, oder?«, lenkte mich die Stimme meiner ehemaligen Klassenkameradin Kristin ab.

Drew beugte sich vor und hauchte seinem besten Freund (und noch mehr) einen Kuss auf die Stirn.

»Das sind die Jungs! Tony und Drew!«, kam es erneut von Kristin. Sie war so taktvoll, zu flüstern, damit es nicht das gesamte Café mitbekam. Aber anscheinend waren außer uns beiden keine Fans zugegen, denn die

meisten hatten sich schon wieder ihren Getränken und ihrem Kuchen gewidmet.

Tony drehte sich in unsere Richtung, als hätte er die Frage doch gehört. Sein Blick schweifte zuerst über uns hinweg, zuckte wieder zurück und blieb auf mir hängen.

»Du von Deutsch?«, fragte er direkt an mich gewandt und ich war ernsthaft schockiert darüber, dass er mich zu erkennen schien.

»Ich bin eigentlich von hier«, antwortete ich nach kurzem Zögern in meiner zweiten Muttersprache. Mich brachte selten etwas aus dem Konzept, aber von Tony erkannt und angesprochen zu werden, brachte selbst mich dazu, nach Worten zu suchen.

»Du kennst Tony Ward?«, rief Kristin dazwischen. Ihre Stimme klang eine Spur hysterisch. »Warum hast du mir nichts erzählt?«

Wieder blieb ich ihr eine Antwort schuldig, als ich aufstand und zu den Jungs hinüberging.

»Ich bin Romy«, stellte ich mich vor und schaute beiden für eine angemessen lange Zeit in die Augen.

»Woher kennt ihr euch?«, fragte Drew seinen besten Freund verwirrt.

»Sie war auf einem Konzert in der ersten Reihe,« antwortete Tony ihm und in seinen Gesichtszügen bildete sich ein fragender Ausdruck.

»Mit …?«, hakte er nach und blickte verwirrt über meine Schulter zu Kristin. Er schien das Gesicht nicht einordnen zu können. Erinnerte er sich an Sams genauso wie an das meine, obwohl er nur einen so kurzen Blick auf sie geworfen hatte?

»Sam.« Ihren Namen laut auszusprechen, fühlte sich an, als hätte ich mich an zu heißem Tee verbrannt. »Sie … Sie ist in Deutschland.«

Und lebte dort ein Leben, das sie nicht glücklich machte.

Tony erwiderte nichts darauf. Entweder spürte er instinktiv, dass ich nicht näher darauf eingehen wollte, oder aber mein Blick vermittelte, dass ich das Thema nicht weiter vertiefen würde. Stattdessen wechselte ich es.

»Keine Angst. Ich sage niemandem etwas«, *versprach ich, nicht nur ihm, sondern auch Drew, auch wenn ich nur Tony ansah.*

Der Ausdruck in seinen Augen wurde weich, dann für den Bruchteil einer Sekunde verzweifelt, ehe er Drew mit einer Zärtlichkeit anblickte, die mir nur allzu bekannt vorkam. Es war die Art, wie Menschen sich meist nur in Liebesfilmen anschauten. Oder wie ich Sam angesehen hatte. Als gäbe es nichts Schöneres auf der Welt.

»Ich gehe jetzt, ich muss mich da um etwas kümmern«, *verabschiedete ich mich vage von den beiden, ehe mir doch noch etwas in den Sinn kam.*

»Tony?«

»Hm?«

»Ich meinte, was auf dem Schild stand. Lass dir von keinem Arschloch der Welt etwas anderes einreden«, *sagte ich mit Nachdruck in der Stimme.*

Er war aus einem ähnlichen Holz wie Sam geschnitzt. Ich wollte nicht, dass er genauso unter der Last der Intoleranz zerbrach und in tausend Stücke zersprang, wie es bei ihr der Fall gewesen war.

Bevor weder er noch Drew etwas antworten konnte, ging ich an ihnen vorbei und verließ das Café.

Das kleine Bündel in meinem Bauch bewegte sich und riss mich aus meiner Erinnerung, in die ich abgetaucht war. Ich öffnete die Augen und schob die Hand auf die Stelle, an der ich das Kleine eben gespürt hatte.

»Dir gefällt die Musik, was?«, fragte ich und als es den Klang meiner Stimme hörte, bewegte es sich wieder, was mich dazu brachte, zu lächeln.

Vor ein paar Jahren hätte ich mir noch nicht vorstellen können, schwanger zu sein. Aber der Wunsch, ein Kind mit Sam zu haben, war immer größer geworden. Lars hatte ihn uns schließlich erfüllt, indem er uns seine Spermien gespendet hatte. Es hatte uns einige Versuche gekostet, bis es mit der Becher-Spritzen-Befruchtung geklappt hatte, aber jetzt wuchs das Kleine mit jedem Tag mehr in mir drin.

Sam war noch nicht so weit gewesen, wieder schwanger zu werden, aber das war in Ordnung. Louisa war noch immer in unseren Herzen und da würde sie auch für immer bleiben. Doch sobald Sam irgendwann so weit war, uns den Wunsch eines zweiten Kindes zu erfüllen, hatte Lars sich angeboten, uns wieder als Spender zu dienen, damit die Kleinen biologische Halbgeschwister sein würden. Er und Toshiro wollten selbst keine eigenen Kinder, aber würden beide als Onkel im Leben des Kleinen oder der Kleinen eine wichtige Rolle spielen.

Die Tür öffnete sich und ich wandte den Blick von meinem Bauch ab, der mit jeder Woche zu wachsen schien, und begegnete den blaugrauen Augen, die mich seit unserer ersten Begegnung verrückt machten.

Sie mit ihren unschuldigen Blicken. Sie mit ihrer zurückhaltenden Art, die so liebenswert war.

»Hast du wieder deinen Nostalgischen?«, fragte sie mit einem amüsierten Zug um die Mundwinkel.

»Jep«, antwortete ich und zuckte ungeniert mit den Schultern.

Sam kam zu mir, legte ihre Hand auf meinen Bauch, als wollte sie das kleine Bündel selbst spüren, aber gerade schien es wieder zur Ruhe gekommen zu sein.

»Vielleicht erfahren wir heute endlich, was es wird?«, sagte sie und schaute ehrfürchtig zu mir auf.

Ich liebte sie.

Mit jedem Tag mehr.

»Vielleicht«, entgegnete ich.

Egal, was es werden würde, es machte schon jetzt unsere kleine Familie perfekt.

Über die Autorin

Nadine Roth wurde 1993 geboren, lebt in Baden-Württemberg und arbeitet als Bürokauffrau in der Nähe ihres Heimatdorfes. Durch die »Bis(s)-Saga« entdeckte sie das Lesen für sich und später auch das Bloggen. Im Alter von 15 Jahren begann sie selbst zu schreiben, was zunächst nicht mehr als ein Hobby war. Im September 2015 entwickelte sie die Idee zu ihrem Debüt »Bloody Mary«, das sie im April 2016 fertigstellte. Nach einigem Zuspruch von ihren Freunden entschloss sie sich dazu, das Buch zu veröffentlichen. Schon jetzt hat sie Ideen für weitere Projekte.

Fan werden:

https://www.facebook.com/nadinerothautorin

Dank

Ich danke **Carolin Emrich** dafür, dass du die Ursprungsfassung gelesen und zerrissen hast. Nein, wirklich, es war absolut richtig so. Danke, dass du dir die Zeit genommen und mir deine ehrliche Meinung gesagt hast. Du hast mir damit die Augen geöffnet und mir gezeigt, was mich selbst an dem Buch gestört hat.

Ich danke **Hannah Welte** für den Support zu Band 1 von *SAMe Love* und auch für den aufregenden Tag auf dem CSD. Danke auch dafür, dass du so viele meiner Fragen beantwortet hast.

Ich danke auch dir, **Jennifer Wolf**, für ein weiteres Crossover mit deinen Jungs! Es hat so viel Spaß gemacht, die beiden Geschichten miteinander zu verbinden. Danke für deine Ermutigung und deinen Zuspruch, und danke, dass meine Mädels einen Platz in deinen Büchern erhalten haben.

Vielen Dank **Stefanie Finter**, dass du so hinter meinen Büchern stehst, mich motivierst, dir meine Ideen anhörst und mich bei jedem Projekt so sehr unterstützt. Du bist die beste Freundin, die ein jedes Mädchen braucht.

Natürlich möchte ich auch meinem besten Freund danken. **Andreas Kornmann** – das hier gilt dir: Danke, dass du mir mit deiner permanenten Nachfrage, wann und ob ich nun endlich mein Buch weitergeschrieben habe, immer wieder in den Arsch getreten hast. Danke, dass du dir immer wieder mein Gelaber über meine Bücher anhörst, auch wenn du kein Plan hast, wovon ich rede. Ich hab dich auch lieb!

Danke, **Elina Schell** und **Janine Zimmerer**, dass ihr ebenfalls meine Bücher lest und mir bei jeder Veröffentlichung beisteht. Es tut so gut, all das mit euch teilen zu können, mit dem Wissen, dass ich mich auf euch verlassen kann. Danke für die Unterstützung!

Danke, **Twini**, dass ich mit dir so viel Brainstorming betreiben konnte. Dass du mir geholfen hast, Romy auszuarbeiten, als ich das Gefühl hatte, vor einer Wand zu stehen. Danke für die vielen Gespräche, die mich inspiriert haben. Ohne dich würde Romy an der Haustür immer noch ganz anders reagieren, als sie es jetzt tut.

Danke an **Sarah Steinel**. Niemals werde ich diese Autofahrt nach Stuttgart vergessen, als wir über den Plot gesprochen haben und du mit einem Vorschlag eine ganze Flutwelle an Ideen ausgelöst und mir so tolle Szenen vorgeschlagen hast, die es auch in das Buch geschafft haben. Sorry, Milzriss, aber du bist es leider nicht geworden! Danke auch dafür, dass du bei jeder Buchmesse so verständnisvoll mir gegenüber bist. Ohne dich wäre es nicht dasselbe und nicht viele hätten so viel Geduld.

Danke, **Papa** und **Mama**, dass ihr so stolz auf mich seid und jedem von meinen Büchern erzählt, ob sie es hören wollen oder nicht. Danke für das ständige Schleppen der Kartons, das Mutmachen und für das Zuhören, wenn ich über meine Ideen spreche.

Ein riesiges Dankeschön geht auch an **Rica Aitzetmüller**. Du hast wieder gezaubert, wie schon bei Band 1. Ich kann dir nicht sagen, wie sehr ich beide Cover liebe! Du hast die Stimmung auf den Punkt gebracht, ohne das Skript zu kennen. Ich bin so verliebt in das Kleidchen für Band 2. Die Bücher sehen nebeneinander so unglaublich schön aus. DANKE!

Danke, **Martina König**, dafür, dass die Zusammenarbeit mit dir immer so unkompliziert und spaßig ist. Danke, dass du aufpasst wie ein Luchs und dir wieder Dinge ins Auge springen, die ich total übersehen habe. Danke, dass du so sympathisch, witzig und klug bist, dass das Lektorat sich nicht nach steriler Arbeit anfühlt, sondern nach gemeinsamem Zusammenhalt.

Vielen Dank an **Andi Spörri**, für jede erfolgreiche tolle Messe, für deine Unterstützung und deine lieben Worte zu meinen Büchern. Mir geht jedes Mal das Herz auf und es ist so schön, zu sehen, mit welcher Begeisterung und Leidenschaft du bei der Sache bist. Danke, dass dir unsere Bücher genauso sehr am Herzen liegen wie uns.

Und danke, danke, DANKE an **Corinne Spörri**, dafür, dass du mir so viel Mut gemacht hast. Dafür, dass meine Mädels im **Sternensand Verlag** ein Zuhause gefunden haben. Danke für deine Leidenschaft und Hingabe, mit der du die Bücher verlegst. Ich weiß einfach, dass ich am Ende ein wunderschönes und liebevoll designtes Buch in der Hand halten werde, wenn ich dir meine Manuskripte anvertraue. Vielen Dank, dass du mir besonders bei *SAMe Love 2* mit deinem ehrlichen Feedback so den Rücken gestärkt hast. Und auch ein Danke dafür, dass jede Buchmesse ein wunderschönes Erlebnis wird. Ihr gebt euch jedes Mal so viel Mühe mit allem und ich bin stolz darauf, eine Sternensand-Autorin zu sein.

Jetzt gibt es natürlich noch jemanden, dem ich ein großes Danke aussprechen möchte, und zwar euch: **meinen Lesern**. Ohne euch wäre ich nicht an dem Punkt, an dem ich heute bin. Ohne euch würde ich Bücher schreiben, für die sich keiner interessiert. Niemand würde die Geschichten meiner Protagonisten lesen, keiner würde ihnen Leben einhauchen. Ich liebe euren Zuspruch, eure Bilder, eure Postings oder wenn ihr mich auf Buchmessen anquatscht. Ich kann euch nicht sagen, wie viel mir das bedeutet.

Meine Playlist

Philipp Poisel – Eiserner Steg (Sam x Romy)
The Beatles – Yesterday (Sam x Romy)
Kings of Leon – Use Somebody (Romy x Sam)
Heartland – I loved her first (Sams Vater x Sam/Romy)
3 Doors Down – Here without you (Romy x Sam)
Joel Brandenstein – Polaroid (Sam x Romy)
Jason Mraz – I'm yours (Sam & Romy)

Weiteres von Nadine Roth:

Bloody Mary: Du darfst dich nicht verlieben
2017, Sternensand Verlag
560 Seiten, broschiert
€16,95 [D]

Liebesroman

Als Taschenbuch und E-Book

Klappentext:
»*Mein Name ist Mary. Bloody Mary. Sie rufen mich, und ich töte sie. Doch dieses Mal nicht. Er hat mich gerufen. Und das hat alles verändert.*«
Im Jahr 1990 wird die sechzehnjährige Mary Jane Wyler von einem Serienmörder auf grausame Art und Weise umgebracht und findet sich in der Totenwelt wieder. Gefangen hinter Spiegeln, wartet sie darauf, dass jemand nach ihr ruft, um Rache an den Lebenden zu nehmen.
Der siebzehnjährige Avian glaubt nicht an diesen Mythos. Um seinem besten Freund zu beweisen, dass alles reine Fiktion ist, ruft er den Rachegeist – und sieht sich plötzlich Bloody Mary gegenüber. Aber ist sie tatsächlich so blutrünstig, wie die Legende behauptet? Oder steckt hinter der Furcht einflößenden Gestalt nur ein einsames Mädchen, das sich nach Mitgefühl und Wärme sehnt?
Avian versucht, zu Mary Jane Wyler durchzudringen, doch er spielt dabei mit seinem Leben.
»*In der Welt der Toten gibt es drei Regeln: Zeige keine Gnade, zeige keine Schwäche, zeige keine Gefühle. Ich habe jede einzelne gebrochen.*«

Weitere Titel aus unserem Romance-Sortiment:

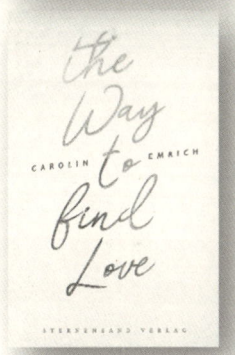

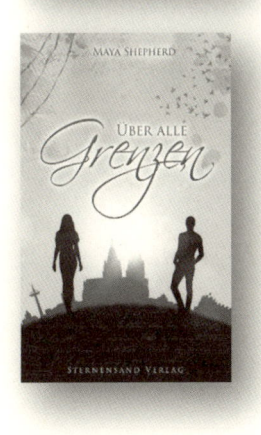

C. M. Spoerri
Kathleen: Dein Weg zu mir
21. Dezember 2018, Sternensand Verlag
350 Seiten, broschiert
€ 12,95 [D]

Liebesroman
Als Taschenbuch und E-Book

Carolin Emrich
The way to find love: Mareike & Basti
18. Mai 2018, Sternensand Verlag
430 Seiten, broschiert
€ 12,95 [D]

New Adult, Liebesroman
Als Taschenbuch und E-Book

Maya Shepherd
Über alle Grenzen: Anna & Yasin
25. August 2017, Sternensand Verlag
544 Seiten, broschiert
€ 14,95 [D]

Liebesroman
Als Taschenbuch und E-Book

STERNENSAND VERLAG

Besucht uns im Netz:

www.sternensand-verlag.ch

www.facebook.com/sternensandverlag